UN BRONCEADO HAWAIANO

Un film noir

Editorial Persona
Dirección Postal
Matías Montes, Presidente
9759 NW 30 St. Doral, FL. 33172
Dirección electrónica
mmhuidobro@aol.com

Copyright © Matías Montes Huidobro

Segunda Edición, Editorial Persona, 2017

Primera Edicion, Aduana Vieja, 2012

GF Graphic Design
Diseño de cubierta y páginas interiores:
Luis G. Fresquet
www.fresquetart.com
luisgfresq@gmail.com

Fotografía de la portada:
Banco de Imágenes CanStockPhoto.

Un proyecto de Pro Teatro Cubano

ISBN-13: 978-1537738567
ISBN-10: 1537738569

Está prohibida la reproducción total o parcial de esta obra sin la autorización de Editorial Persona,

UN BRONCEADO HAWAIANO

Un film noir

Matías Montes Huidobro

NOVELA

EDICIÓN DEFINITIVA

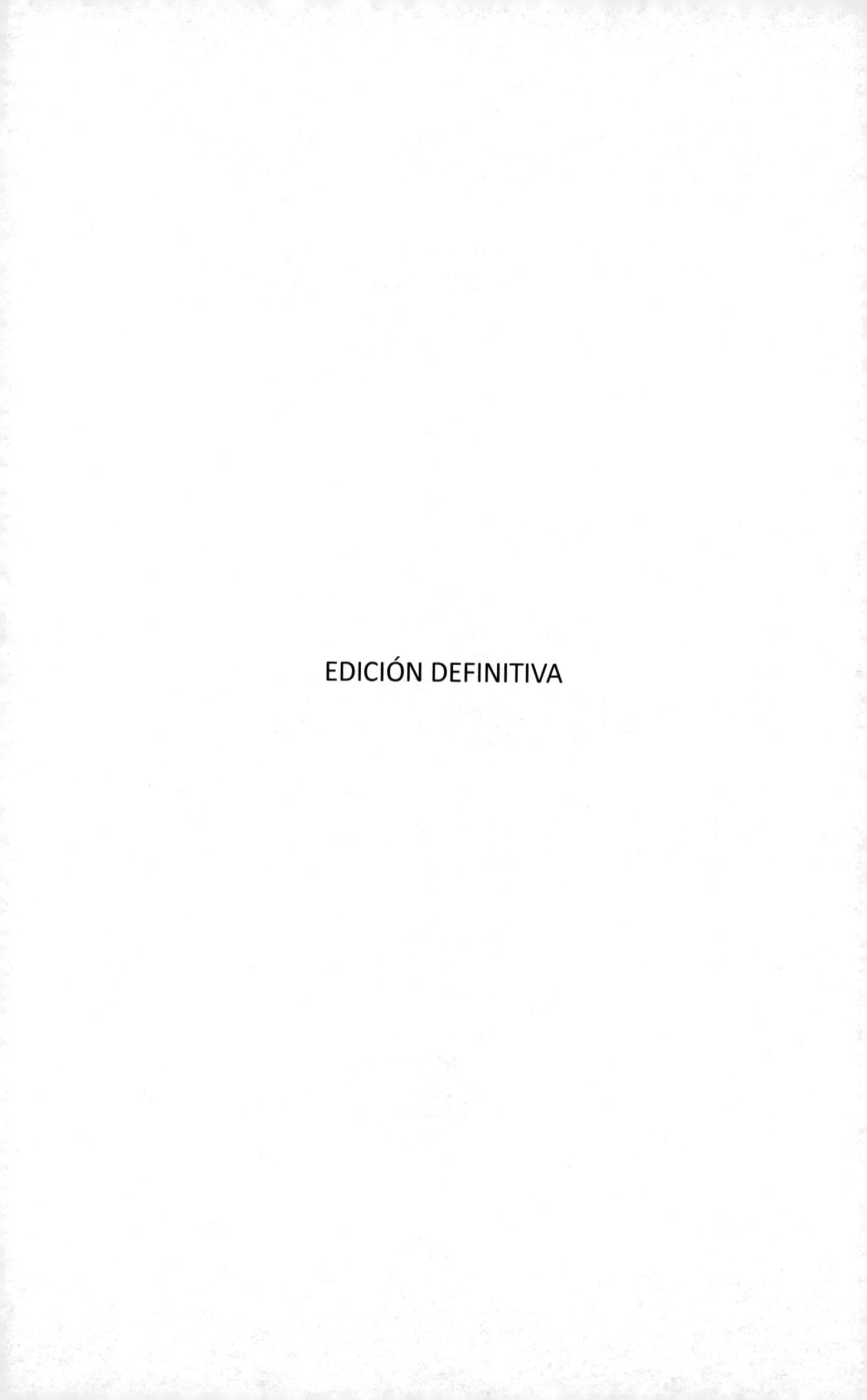

CAPÍTULO I

CASI PERFECTO

la hora cero

Cuando Doris se contempló en el espejo se dio cuenta que sus esfuerzos no habían sido en vano. Desnuda ante el mismo, que había mandado a colocar frente por frente a la bañadera, se veía de pies a cabeza. Finalmente, había logrado el bronceado perfecto. "Bueno, casi perfecto", pensó. La piel se aclaraba ligeramente en la parte donde había estado algún minúsculo bikini, y los pechos, todavía, insistían en su blancura y pecosidad aunque no tanto como antes. Los pezones tenían aquella aureola rosada que tanto la irritaba, y el pubis era de un castaño claro que siempre la había mantenido inconforme consigo misma.

Pero, en fin, no se podía quejar. Había logrado lo que quería, y aunque caro le había costado (en cierto sentido), pensaba que de ahora en adelante las cosas iban a ser diferentes. Se secó con una toalla, se envolvió en ella y, atenta al teléfono, que ella creía iba a sonar de un momento a otro, se dirigió al patio. La puerta de la alcoba se abría directamente a él, y removiendo la toalla la colocó en el piso, justamente al lado de la piscina, acostándose después sobre ella, bocabajo, de espaldas al sol, como si fuera Danae dispuesta a que el mismísimo Zeus la bañara de oro.

Al otro lado de la casa estaba el estudio de Bob, cuya puerta de cristal, opuesta al dormitorio, se abría también directamente a la piscina, que funcionaba como patio central entre un extremo y otro de la casa. Un alero, entre californiano y granadino, bordeaba casi todo el patio, que se ampliaba frente a la sala de estar, formando una terraza, lo que en Hawai recibe el nombre de *lanai*, con abundantes macetas llenas de flores y numerosas buganvilias metidas en cintura por el jardinero, sin faltar varias mesitas y butacas de mimbre con acolchonados cojines, donde de vez en cuando llevaba a efecto inevitables fiestecitas, entre amigos y enemigos, colegas y estudiantes, pasos ineludibles en su ascenso profesional, en las cuales les arrancaban la tira del pellejo a los que no estaban invitados.

Del lado opuesto una alta pared de ladrillos rojizos rompía la armonía del conjunto. Esta pared fue agregada a la casa después que la compraron, y Bob se refería a ella como "el muro de Dios", cuya áspera superficie invitaba, en su opinión, a darse golpes contra ella, aunque es dudoso que lo pusiera en práctica, porque, según Doris,

Bob era incapaz de locura semejante. Doris prefirió soslayar tales filosóficas connotaciones, con unas grandes macetas de barro donde sembró unos arbustos de mediano tamaño, cuyo verdor contrastaba con la sombría nota impuesta por los ladrillos. Acabó por referirse a ella como "la galería", que era nombre más pictórico y que efectivamente respondía a la función por la cual había sido creada. La construcción de "la galería" entusiasmó a Bob, como si se tratara de una muestra que estuviera preparando para la Bienal de Venecia. "Un espacio sin luz, claustrofóbico, donde la total oscuridad fuera el cuadro, para darme golpes contra la pared y pintarlo", le dijo un día a Janet, en franca contradicción con lo que Doris pensaba de su marido. "No pintarme yo, sino el golpe, que tiene que ser negro y claustrofóbico, dentro de un muro sin luz, sin puertas y ventanas, golpeándome de aquí a la eternidad, del final al principio". En apariencia, todo iba en absoluta contradicción con su manera de ser, tibia y sosegada, aunque acorde con aquellos sombríos años en Ithaca, donde la habían pasado tan negra.

En realidad "la galería" tenía funciones de naturaleza más pragmática. Era básicamente un túnel, casi herméticamente cerrado, que comunicaba el ala izquierda y el ala derecha de la casa, del estudio de Bob a la alcoba matrimonial. No tenía ventanas y lo construyeron para que Bob conservara en ella sus cuadros, que se acumulaban en un espacio cerrado. Cuando se cerraban las dos puertas a ambos extremos, la oscuridad era absoluta, a menos que se encendieran un par de bombillos desnudos que colgaban del techo de aquello que parecía un pasadizo subterráneo, un túnel sin luz, un callejón sin salida, un *búnker* germánico, convertido en un anacronismo en aquel paraíso del *hula hula* que era tan lumínico. Doris jamás había entrado allí y no sabemos en qué medida Bob lo hacía, aunque en alguna medida debió haberlo hecho, porque allí estaban depositados la mayor parte de sus obras maestras.

Finalmente, Doris había decidido adoptar otro punto de vista y dejar a Bob "con sus cosas", como ella decía. Cada loco con su tema. Dispuesta a pasarla lo mejor posible, un poco más elevada que el resto de las casas del vecindario, Doris prefería el sol y el cielo azul, desnudarse y tirarse en la piscina sin que nadie la viera, pensaba ella, aunque posiblemente hubiera hecho lo mismo si la casa estuviera en un nivel más bajo. Pero esto tranquilizaba a Bob, que era mucho más discreto, a pesar de que en los años sesenta había sido un tanto *hippie* californiano, aunque sin demasiada convicción y siempre algo puritanamente –después de todo había nacido en Massachusetts.

Las cortinas del estudio de Bob estaban corridas, porque a Bob le molestaba aquella recalcitrante claridad del mediodía. Había llegado a la conclusión de que la luz en Hawai era demasiado intensa y que ese era el motivo por el cual su pintura no había cuajado todavía, aunque había dicho todo lo contrario cuando vivía en Ithaca, donde su pintura no cuajaba por falta de luz. Cuando llegaron a Hawai aquella claridad lo volvió eufórico, dando por resultado algunas de "sus obras maestras", aunque al poco tiempo empezó a sospechar lo contrario. En todo caso, debía estar pintando y Doris lo dejaba en paz para que estuviera entretenido con sus pinceles.

Ella, por otra parte, no iba a poder permanecer allí por mucho tiempo, porque el sol era demasiado fuerte.

Además, el timbre del teléfono sonaría de un momento a otro, porque esperaba una llamada de Jack Wayne. El comité donde se decidía su inamovilidad y su ascenso se estaba reuniendo en esos momentos, y Jack, que pertenecía al mismo, le prometió llamarla cuando terminara la reunión para decirle lo que habían decidido. Claro que esto no iba a ser otra cosa que una confirmación de lo ya sabido. Con Jack en el comité, que era una fiera a la que nadie se atrevía a oponerse, tenía su trabajo asegurado. Él era quien llevaba la voz cantante. De todos modos, no podía evitar un rescoldo de ansiedad, porque aquello representaba muchos años de esfuerzos y de, bueno, en verdad, de sacrificios, inclusive para Bob. "Daría todo lo que tengo porque fuera feliz", pensó –aunque en el fondo creía que estaba exagerando. "Es posible que Bob, algún día, pinte algo que valga la pena. Entonces quizás seamos completamente felices". Pero a la verdad, eso también le parecía una exageración.

Lamentablemente (y mucho más lo lamentaría después) no confiaba en el talento pictórico de su marido, adoptando una posición crítica de total escepticismo que bordeaba en cinismo. Cuando llegaron a Hawai, ya estaba casi segura que Bob no iba a pintar nada que valiera la pena, aunque le seguía la corriente, asegurándole que aquel cambio de luz iba a señalar una nueva etapa en su pintura. Claro que ella no creía en lo que estaba diciendo, pero estaba convencida que había que mentirle para hacerlo feliz. Y no era difícil, porque, afortunadamente, Bob no se daba cuenta de nada. O así lo parecía, inclusive en el peor sentido. Metido en aquel "misticismo surrealista" que era una ceguera del color, vivía, "gracias a Dios", en su propio mundo, mientras que ella se abría camino por el suyo, por no llamar las cosas de otro modo. Al principio, sin embargo, cuando lo conoció mientras ella hacía su doctorado, había pensado que Bob posiblemente (bueno, con toda seguridad) tendría un puesto en la plástica norteamericana –aunque no sabía exactamente cual. Tenía un cierto número de relaciones pictóricas y en un tiempo había presentado algunos de sus cuadros con un grupo que se llamó Park Place Gallery de Nueva York, donde lo había conocido en medio de unas muestras que eran una extravaganzas geométricas entre las cuales el propio Bob parecía una abstracción. A ella, realmente, no le impresionaba lo que hacían y las largas tiradas sobre la "conciencia cósmica", la cuarta dimensión y la aplicación de la teoría de la relatividad a las artes plásticas, por las que Bob se sentía entusiasmado, le parecían una tontería. Tenían sesiones de jazz y hasta Bob llegó a tocar la trompeta, pero ciertamente el halo de ingenuidad que lo rodeaba no acababa de cuajar entre aquel grupo donde se fumaba lo que no se debía fumar y se hacían algunas cosas que iban más allá de la timidez de su marido. Estas y otras asociaciones eran esporádicas, duraban lo que un merengue en la puerta de un colegio, y Bob acababa por estar fuera de lugar, lo cual terminaría por no favorecerlo. En todo caso, era un encanto, y sin pensarlo mucho se casaron.

Las cosas se simplificaron grandemente porque, según le dijo en ese momento era hijo único y sus padres habían muerto en un accidente automovilístico cuando él tenía apenas once o doce años. Había sido una experiencia traumática, pero ya había sido superada y prefería no hablar del asunto. "Hasta más adelante", le dijo. Parecía tan atrozmente normal que Doris no insistió sobre el tema, dejándolo para "más adelante", en caso de que tuvieran que volver a tratarlo. Le enseñó algunas fotografías borrosas, no muy buenas, dañadas e imprecisas, donde aparecía con sus padres, jugando con otros niños, en la escuela, en las fiestas de graduación (cuando ya sus padres habían muerto) en la escuela secundaria, con amigos y alguna muchachita con la que estuvo saliendo. A nada de esto parecía darle mucha importancia, y ella, realmente, no estaba demasiado interesada. Lo único que creaba una cierta zozobra era que Bob padecía de unas terribles pesadillas, y a la media noche pegaba unos gritos horripilantes que daban miedo y dejaban a Doris sobresaltada. Bob se despertaba con el corazón en la boca, pero se tranquilizaba poco después. Doris le preguntaba que en qué estaba soñando, pero él siempre le contestaba que no sabía, porque todo se le olvidaba tan pronto abría los ojos. O por lo menos esto era lo que decía.

Se expresaba de una forma sencilla y elocuente, y cuando explicaba el significado de sus cuadros lo hacía con una fe tan ciega, que ella acabó cegándose —porque, mirándolo bien, tenía que reconocer que si no hubiera sido por las explicaciones de Bob no habría visto nada. De todos modos, la crítica pictórica era más o menos así y sólo faltaba que apareciera un crítico que se pusiera a repetir lo que Bob estaba diciendo sobre su propia obra —cosa que, desafortunadamente, no había pasado todavía- para que todos se lo creyeran.

En aquel tiempo, Doris estaba terminando su doctorado y, como asistente, enseñaba algunas clases de primer año en la universidad, en una trayectoria dificilísima entre estudios, estudiantes y principalmente profesores, que la tenían en vilo. Bob tenía un nombramiento temporal para que impartiera un par de clasecitas, dando unos cursos para principiantes de Historia del Arte, que enseñaba a regañadientes y ponía resistencia a toda responsabilidad académica que fuera más allá de lo imprescindible. Sus teorías llegaron a llamar la atención, afirmando que "quería pintar el aire que envolvía las cosas, como camino para llegar a la armonía de Dios"; pero su práctica, si al principio impresionó a unos pocos, al final acabó por no impresionar a nadie. Al menos, Doris no tenía prueba palpable de lo contrario. Su meta era sumergirse en "la luz de Turner" y "dar vueltas en un torbellino naranja como si se estuviera zambulléndose en el fondo del mar". Todo esto le pareció muy bonito, pero ciertamente no lograba ver nada de ello sobre el lienzo. La desproporción entre lo que decía que decían sus cuadros y lo que pintaba era tal que sólo un ciego hubiera podido verlo. No acababa de dar en el blanco, pero quizás fuera cosa de mala suerte porque en aquel tiempo otros pintores estaban estropeando lienzos de forma parecida y recibían el aplauso de la crítica. Algunos pintaban con los pies, literalmente, y otros tiraban latas de pintura sobre la tela o daban brochazos a diestra y siniestra, y los críticos afirmaban que eran obras maestras. Bob andaba por las mismas, pero el tiro le salía por la culata.

Después que terminó el doctorado, a Doris le prorrogaron el contrato dándole un par de nombramientos temporales que se renovaban anualmente y en los cuales no existía la mayor posibilidad de permanencia en el cargo. Se sentía agobiada de trabajo, de composiciones llenas de faltas de ortografías donde el negro de una escritura plagada de errores y el rojo de las correcciones, formaban cuadros dignos de una exposición, puro expresionismo abstracto, cuya sintaxis primitiva se mezclaba con las propias dudas de la maestra y sus incertidumbres respecto al idioma.

En conjunto, Bob acabó echándole la culpa al clima, y los dos últimos años que pasaron en Ithaca fueron ciertamente difíciles. Empezó a hablarle del número nueve (que es el número de todos los números), de la *sílaba om,* y una sinfonía entrópica que tenía que pintar, "un todo vale del color, donde cada color funcionaría dentro de su propio vacío, que sería el todo, sin relación con el espacio y el color con el cual convivía, formando una algarabía inarmónica más allá de Kandinski". Decididamente, un disparate. No, aquel caos no debería servir para nada, salvo para volverse loco. Si al principio Doris estaba completamente convencida del talento de Bob –bueno, casi completamente, como lo estaba de su bronceado-, al final ya le había hecho frente a la verdad, que se complementaba con la mentira. Porque mentirle era un imperativo de la sobrevivencia. Cuando le echaba la culpa a Ithaca diciendo que "¿cómo iba a producir nada en medio de aquel paisaje sin color y sin luz?", ella le seguía la corriente. Después, en una transición inesperada, en un tono más sosegado que la dormía, le hablaba del Renacimiento, los grandes maestros de la pintura veneciana, el Mediterráneo...

–Claro que el otoño-, agregaba Bob con desgano.

–Pero el otoño es un momento tan perecedero, Bob, que ni siquiera los mejores impresionistas...

–Tienes razón, Doris.

Y ella, dándole un beso, le ponía la venda en los ojos, que era el mejor modo de hacerlo *completamente* feliz, aunque no sabía si lo era.

En resumen, el fracaso de la última exposición puso a Bob en un estado depresivo total que lo llevó a pintar cuadros negros unos detrás de otro. Dio un par de viajes "en busca de sí mismo", no sabía exactamente a dónde, pero regresaba más desosegado que antes, más taciturno, y se ponía a pintar mañana, tarde y noche. Comenzaba con manchas negras sobre el lienzo, que algún crítico imaginativo hubiera podido asociar con expresiones corporales, líneas ondulantes con sugerencias físicas, erecciones e incisiones de alguna cópula que no llegaba a realizarse, un coito interrumpido por la fatalidad, que él después emborronaba hasta que se perdía en una masa negra y uniforme. En otros casos, trabajaba con volúmenes negros de formas geométricas sobre espacios de algún otro color, pero este fondo se fue haciendo cada vez más lúgubre a medida que aumentaba su mutismo, como si quisiera eliminar todo diálogo de los colores y estuviera buscando un eclipse total de su persona, un Caravaggio postmodernista. Disertaba sobre los colores con pasión, como si fueran personas de carne y hueso, desarrollando batallas campales entre el rojo y el amarillo, que no se ponían de acuerdo, hasta que finalmente acababa por descartarlos a todos y quedarse con el negro. Con este punto de vista, decidió eliminar de los cuadros toda emoción y todo movimiento, como si no quisieran decir nada y poco a poco fue aumentando el espacio geométrico del negro, arrojando del lienzo todo color y borrando los contornos de la precisión geométrica para ensombrecer el entorno. Se sumergía en él como si estuviera de luto, como si viviera en un túnel y fuera él el túnel. Pintaba casi en plena oscuridad y como a las tres de la tarde en pleno invierno ya era de noche, toda ilusión visual iba desapareciendo. Un ciego no lo hubiera hecho mejor. Cuando Doris volvía de las clases, las que daba y las que recibía, el apartamento estaba en plena oscuridad, y al entrar en el ático donde Bob pintaba y que se comunicaba con el mundo exterior por un ventanal inclinado, que en invierno estaba con frecuencia cubierto de nieve, no sabía si estaba allí, perdido él mismo en la penumbra total. Era como si fuera un pintor ciego pintándose a sí mismo en la experimentación de un lienzo que era un autorretrato funeral donde él ni siquiera se veía, mudo, sordo y ciego, como si todos los sentidos se hubieran puesto de acuerdo para negarlo. Doris se sentía morir y estaba a punto de hacer un pacto suicida, aunque no tenía suficientes somníferos en el gabinete.

Como afortunadamente tenían que comer y pagar la renta, a Doris no le quedaba más remedio que dejar a Bob en el abismo de su locura pictórica, de aquel experimento de "la plástica negra", que produjo la "Serie del Ático", formada por una infinidad de lienzos negros, verdaderos autorretratos deprimentes y depresivos. Todos parecían iguales. Mejor dicho, todos *eran* iguales. "No, no, son diferentes", aclaraba él. "Al negro le pasa como al blanco, pero todos los negros no son iguales". Si no se hubiera sabido de qué estaba hablando, opinión semejante hubiera podido interpretarse como una manifestación de racismo. Era, cuando menos, un racismo pictórico, como si buscara una raza pura. Pero la verdad era que Doris no veía la diferencia. Al principio interceptaba el negro con algún detalle, alguna pincelada en rojo vivo, candente, que le daba cierta vitalidad; pero acabó diciendo que era una concesión, un "argumento", una escena de melodrama que traicionaba la función misma del color, que se volvía teatro: "Lady Macbeth con las manos tintas en sangre". Trabajaba desaforadamente, hasta bien pasada la medianoche en lo que él llamaba "el gabinete del Dr. Caligari". Quizás lo llamara así por sus relaciones con el expresionismo abstracto, que por otra parte negaba, porque nada lo irritaba más que lo llamaran pintor expresionista. Las locuras que se le ocurrieron en aquella temporada fueron de marca mayor, particularmente en lo que se refería a las mezclas pictóricas, haciendo las más inusitadas combinaciones de ácidos acrílicos con las yemas de huevo, porque la clara había que desecharla, "para darle luminosidad noctámbula a los lienzos y en particular al negro, un toque de sol al otro lado de la tela, que es cuando amanece". Todos los días iba de la ferretería al mercado, regresando con docenas de cajas de huevos que acababan costándole a Doris un dineral. Por un tiempo pensó que le había dado por comer revoltillo, ya que también compraba litros de aceite de oliva, pero en esto estaba detectivescamente mal encaminada. A esto le agregaba una goma de piel de conejo, que le parecía un condimento esencial para obtener la pigmentación más precisa. De donde había sacado aquellas ideas no lo sabemos, pero lo mezclaba todo con pintura negra de la ferretería, a veces con tubos de pintura de aceite, pimienta negra molida, resinas de carbón, sin faltar las yemas de huevo, que debían ser frescas, que era lo que más la desconcertaba. Aquello se convirtió para Doris en una pesadilla funeral pictórico-kafkiana.

Con el negro terminaba de forma radical toda aquella batalla campal de los colores, aquella guerra fratricida en que no se ponían de acuerdo, para llegar al más profundo silencio, acabando con todos los derramamientos de sangre. Si se percibía algún trazado previo de la forma, arremetía contra él para hacerlo desaparece en una nueva capa de pintura. La seguridad de que todo objeto se negaba a que lo reprodujeran, lo llevaba al más absoluto abstraccionismo sin ilusión y sin alusiones. El negro lo poseía como si fuera el fondo de un paranoico y todo lo demás le pareciera superficial y hueco, un coqueteo del arte abstracto, una concesión, una mariconería de los pinceles. "Si fuera dramaturgo", le dijo un día, "escribiría una obra de teatro que se desarrollaría en un escenario totalmente a oscuras donde no se verían los personajes y no se oiría lo que están diciendo, como si fuera un teatro para sordos y para ciegos, un oscuro total que todos estamos viviendo". Era, en fin, para tirarse de los pelos. Quería pintar "un canto negro, sin voz, que le saliera del fondo de la garganta y que lo ahogara. El meollo de la negación, el silencio del negro: un ascensor inmóvil que no fuera ni para arriba ni para abajo": un manifiesto pictórico, un oscuro total, que superara todos los postulados, artísticos o no, incluyendo el *Mein Kampf* y el *Manifiesto Comunista*. Doris llegó a pensar que Bob estaba completamente loco, a pesar de que daba la impresión de ser la normalidad personificada.

Ya para esa fecha de total experimentación le habían dado la noticia de que a ella no le renovaban el contrato. Abrumada con sus responsabilidades, no tenía tiempo para prestarle toda la atención que merecía. Era para pegarse un tiro.

En medio de aquel callejón sin salida, el puesto en Honolulu les pareció una bendición y vino a salvarlos, aunque en un principio Bob no mostró particular entusiasmo por la idea, y Doris detecto un sesgo sombrío en el rostro de su marido, aunque realmente era imperceptible.

—¿Te pasa algo?—, le preguntó.

—No, no, nada—, le contestó escuetamente.

Cuando Dean Leighton la entrevistó en Chicago, en una de las reuniones anuales que celebraba la Asociación de Lenguas Modernas, destinada entre otras cosas a cubrir plazas y descubrir talentos de la lengua, parece que quedó impresionado, no sabía si por su currículo, que tenía sus limitaciones, o por sus piernas, que le miró un par de veces de forma impasible y sesgada, recorriéndolas de arriba abajo y humedeciéndole las pantorrillas, de forma casi atrevida, que ella sintió como si le estuviera deslizando la lengua hasta llegar al clítoris. En todo caso, pensó que no le darían el trabajo, porque cometió un par de errores hablando en español, y aunque Leighton no sabía ni una papa del castellano, Gordon Wright, que lo acompañaba, la corrigió mediante un complicado circunloquio que iba del indicativo al subjuntivo. Salió muy deprimida después de la entrevista, porque una vez más había metido la pata. Así que cuando un par de semanas después la llamaron ofreciéndole la plaza, no salía de su asombro. En Hawai Bob iba a tener toda la luz que le diera la gana, hasta el punto que tendría que correr cortinas y cerrar las persianas.

Ciertamente Doris salía de un abismo no menos oscuro que Bob y se liberaba de un par de manoseos de segunda o tercera categoría que no la conducían a ninguna parte. Resistió con entereza, porque no pensaba engañar a su marido por un contrato que sólo sería por un año. Ella valía un poco más que eso y decidió darse a su lugar. La oferta de trabajo despertó la envidia de algunas compañeras que le arrancaban la tira del pellejo y dejó con las manos en la bragueta a unos cuantos que se quedaron con las ganas y que estaban a punto de destrabar los dientes de la cremallera.

Tan pronto Doris firmó el contrato, mientras trataban de ponerse de acuerdo por si se llevaban esto o dejaban aquello, Bob se quedó algo así como congelado ante el espejo. Doris lo miró a través del cristal, porque le daba la espalda.

—Tengo que decirte algo—, dijo Bob y ella se quedó esperando a que lo dijera. El tono era frío, distanciado, y no se podía detectar ninguna emoción, lo que le daba un cariz único que en poco tenía que ver con algunas de sus peroratas de carácter pictórico, que eran apasionadas.
—El accidente en que mis padres perdieron la vida tuvo lugar en Hawai.

Doris se quedó perpleja, sin saber qué decir, sin saber qué hacer con una blusa en un perchero que tenía en la mano, indecisa entre llevársela o tirarla a la basura.

—Entonces, ¿qué vamos a hacer?—, le preguntó Doris.
—No, no hay que hacer nada.
—Si quieres no nos vamos. Puedo romper el contrato. Si me lo hubieras dicho antes...
—No, no, de ninguna manera. No tiene la menor importancia, pero dada la coincidencia tenía que decírtelo. Nunca hubiera pensado que de todos los lugares del mundo fuéramos a parar en Hawai. Cuando me lo dijiste me produjo... bueno, no te sé decir... Porque es un asunto en el que nunca pienso... O pienso lo menos posible...

Doris estaba anonadada, realmente conmovida.

—No, no, no le hagas caso-, dijo alejándose y siguió contando. -Mamá y papá sufrían una crisis matrimonial muy grande. Era un pleito detrás del otro y querían reconciliarse. Una gritería, pero no queríamos meternos en el asunto. En esa época vivíamos en Los Angeles y pensaron que tal vez un viaje a Hawai les haría cambiar... Reconciliarse... Dar por terminada aquella lucha permanente... Una "segunda luna de miel", decían... Aparentemente la estaban pasando estupendamente, por lo que nos contaron cuando nos llamaron... Al atardecer, como una hora antes de que ocurriera el accidente... – ("¿Nos contaron? ¿A quienes les contaban?", pensó Doris, y estuvo a punto de preguntarlo, pero Bob seguía contando sin interrupción y, además, ella quería conocer el desenlace). –Se habían pasado el día en la playa... Precisamente en una playa un poco apartada, donde Burt Lancaster y Deborah Kerr habían filmado aquella escena famosa de la película que le dieron un Oscar... ¿te acuerdas?

Doris no se acordaba.

—¡Ah! ¡Sí! *De aquí a la eternidad*.

—¡Y los dos se reían! ¡Yo creo que habían tomado más de la cuenta! Al doblar una curva, uno de ellos, porque nunca se supo quién estaba manejado, perdió el control del timón o no aceleró a tiempo y cayeron al fondo del abismo

—¡Oh, Bob! ¡Oh, Bob!–, exclamó Doris con un tono ligeramente artificial, corriendo hacia él y abrazándolo, como hacen en el cine.

Encontraron el coche, pero no los cadáveres: las dos puertas del auto estaban abiertas.

Hubo una pausa. Doris todavía tenía la blusa en la mano.

—Esa blusa siempre te ha quedado mal. Yo creo que debes botarla-, le dijo Bob. Y no se habló más del asunto.

El traslado a Honolulu acabó con todos los ahorros que tenían. No cargaron con muebles, pero Doris, aunque por razones profesionales hubiera querido hacerlo con todos los libros que tenía, no pudo reducirlos a cero, deshaciéndose de aquellos que no estuvieran estrictamente relacionados con la enseñanza de idiomas, por lo cual *Don Quijote de la Mancha* pasó al basurero, ya que con un inútil como su marido era suficiente, empeñado además en cargar con aquellos lienzos de "el negro en el ático", y muchísimos más, porque se negaba a abandonar su más insignificante o su más monumental obra maestra. La obsesión de Bob por el número nueve, que era la clave del todo, le permitió a Doris convencerlo de que cargara solamente con nueve pinturas negras (que no eran ciertamente las de Goya), "las más perfectas de la serie, las más representativas" (aunque para ella todas eran iguales), facilitando así una tarea que de lo contrario hubiera sido descomunal y que Bob llevó a efecto de una forma minuciosa, desechando un cuadro un día y reponiéndolo al día siguiente, haciendo y deshaciendo sin saber qué hacer, y decidiéndose finalmente por los más sombriamente llamativos.

Todo quedaba atrás. Llegó a Hawai sedienta de sol y soñaba con aquel bronceado perfecto que algún día la iba a convertir en una mujer diferente. Claro que esto no iba a suceder de la noche a la mañana y trabajo le iba a costar. Tenía una piel blanca y lechosa que no se bronceaba fácilmente. Los primeros días en Waikikí fueron casi trágicos. Se puso roja como un tomate, y a punto de recibir quemaduras de primer grado (o del grado que fueran) se blanqueaba un par de días después. Tenía una blancura que hubiera sido las delicias de un miembro de la gestapo o del Ku-Klux-Klan, pero ella no estaba interesada en ese tipo de quemaduras.

Desde que llegaron, además, comprendió que la vida en aquel paraíso no iba a ser tan fácil como prometía. Todo era carísimo y los ahorros habían desaparecido. Bob no tenía trabajo y era mejor así. Desde un principio Doris decidió no contar con él, porque estaba convencida de su inepcia. Además, Bob se ponía de muy mal humor cuando no pintaba, y desde que llegó se puso a pintar en azul, lo cual era un descanso después de aquellos lienzos grises en que había captado, según él, "toda la miseria de los inviernos en Ithaca" y de los negros en los cuales había logrado "el luto plástico" de los estados depresivos. Inventaba múltiples variaciones del azul de un modo casi infantil, creía ella, como si fuera un niño al que le regalan su primera caja de lápices de colores, convirtiéndose en un Miró prácticamente monocromático, hablando de sus "azules lúdicos"; o del "período azul", como si fuera Picasso. Doris estuvo a punto de recobrar la fe, aunque tras unos cuantos cuadros tuvo que reconocer que los tonos azules pueden ser más placenteros, pero tan aburridos y deprimentes como los grises. Sencillamente, no apreciaba lo que su marido estaba haciendo.

En todo caso, sería ella la que le haría frente a la situación. Tenía un contrato por un año que era renovable. Si no lo renovaban se quedaría en la calle y sin llavín. Así iba a ocurrir por varios años hasta que le tocara el ascenso y la inamovilidad, si era que se la daban. Claro que le preocupaba la evaluación constante a la que iba a estar sometida, sujeta a miles de intrigas universitarias de las que estaba plenamente informada, aunque todavía no las había experimentado en carne propia. Bueno, casi. Algún manoseo tuvo que pasar en Ithaca, y se vio precisada a hacer algunas concesiones, pero la cosa no llegó a aguas mayores, como ya mencionamos. Ahora estaba en el tinglado de otra manera, porque esta plaza estaba a otro nivel. Pero estaba sola, pensó, como entran los toreros en el ruedo. No podía contar con nadie, salvo con lo que ella llevaba encima. Bueno, más bien por debajo de la blusa y de la falda. Y, a la verdad, no creía que tenía mucha importancia lo que llevara en la cabeza.

Como algo había aprendido además de chapurrear el español, inmediatamente hizo la composición de lugar. De inmediato le cayó bien al Jefe de Cátedra (conocido por Cold Salmon), famoso por las *soarés* que daba y las delicias gastronómicas que servía en la mesa así como por la improductividad intelectual que estaba respaldada por un gran vacío en sus muchos años de enseñanza. Era, simplemente, un *snob*, amante del chisme y de la intriga, hipócrita él, con el que no le costaría mucho trabajo entenderse. Por otra parte, jugaba en el otro bando, lo que la libraba de que la estuviera pasándole la mano. Eso era un verdadero alivio, aunque naturalmente podría haber una competencia desleal donde ella tendría las de perder. Gordon Wright, que era el que tenía mayor antigüedad en aquellos bretes de la enseñanza, la sacaba de quicio con sus circunnavegaciones léxicas que le producían mareo.

"El Gordo", como le decían a sus espaldas, era un tipo enciclopédico, un investigador e instigador del chisme, y de los dimes y diretes, una gatica de María Ramos, realmente uno de los fundadores que, a pesar de todo o precisamente por ello, gozaba de considerable prestigio. Un filólogo de la vieja escuela, graduado de Yale, conocía múltiples idiomas que iban más allá de los límites estrictos de las lenguas romances, navegando con pesada ligereza por el cantonés y el tagalo, con la misma facilidad con que hacía citas en griego, en hebreo y en latín, y por extensión en las malas lenguas. Le daba a la lengua de otra manera, formando parte de la tercera escuela lingüística de la facultad, completando un triunvirato contrapuntístico con Jack Wayne y Sam Mason. Su multiplicidad idiomática le hacía practicar una especie de trabalenguas imposible de reproducir, un tanto gongorino, donde su saber enciclopédico se ponía de manifiesto con toda clase de retruécanos con subyacentes insultos, alusiones y sarcasmos, cargados de mala intención, que en muchos casos sólo él entendía. No obstante ello, con el tiempo había perdido fuerza y para la fecha en que Doris hizo su aparición, su perversión léxica no pasaba de un ejercicio en el vacío. Carente de poder había sido suplantado por una nueva ola más directa y agresiva. En última instancia, había llegado a una dialéctica inútil, hablar por hablar y por amor al arte: una eyección de palabras onanísticas, un orgasmo del incomunicado. En definitiva él se entretenía con el léxico como Bob con sus pinceles y no había que hacerle demasiado caso.

Pero Jack Wayne era otra cosa.

Era un tipo arrogante y brutal, que chocó con ella desde el momento que se conocieron. La miró de arriba a abajo con insolencia, y fue tan directo que ella se sintió francamente turbada, cosa que le molestó, porque no era ninguna chiquilla y sabía como reaccionar ante situaciones de ese carácter. Entonces ella dijo algo en inglés y después algo más en español, y él inmediatamente corrigió lo que ella había dicho (lo que había dicho en español), y no pudo decir nada porque, efectivamente, lo había dicho mal. De esa forma, cada vez que se encontraban se sentía insegura, sin saber qué decir en un idioma o en el otro, y lo esquivaba, aunque sabía que con él tendría que contar si quería continuar enseñando. Pero no sabía cómo actuar. Pensaba que ella le caía mal, pero como él la miraba fijamente, suponía que detrás de todo aquello había otras metas. Estaba casado pero su mujer era una alcohólica cuya función se reducía a parirle unos cuantos hijos. Gordon decía que estaba loca y que casada con Wayne no le faltaba razón para perderla. Cuando no estaba metida en la cocina estaba emborrachándose, frecuentemente ambas cosas a la vez, y en sus mejores momentos, cuando él la llevaba a alguna fiesta y ella no podía mantenerse en pie, la cargaba como a una recién casada, cruzaba el umbral, abría la puerta de la camioneta y la tiraba en el asiento trasero como si fuera un fardo.

Cada vez que se encontraba con Jack Wayne él se las arreglaba para decirle algo desagradable, aunque nunca faltaba algún comentario adicional sobre cualquier cosa relacionada con su aspecto físico o lo que ella se había puesto encima, como si quisiera hacerle ver que se fijaba en ella, principalmente en lo que llevaba debajo de la ropa. En aquellos tiempos se podían decir esas cosas, sin temor a que le pusieran un juicio por atrevido, descarado o abuso sexual. Pero no eran ni piropos ni galanterías, sino un modo de chocar y desnudarla. Esto la dejaba intranquila y la irritaba.

Como se sentía insegura enseñando y no tenía mucha experiencia, iba a parar de vez en cuando al despacho de Sam Mason, que estaba en el mismo piso, pero del lado opuesto. Mason y Wayne eran enemigos mortales, y Wayne había hecho todo lo posible para que lo botaran, pero algún buen enchufe debía tener Mason entre la plana mayor (o entre las piernas), porque no había quien lo sacara de allí. Había llegado a donde había llegado gracias a Cold Salmon, que fue quien lo entrevistó para aquella vacante universitaria en una asamblea de profesores destinada a los efectos, y quien después lo apoyó en sus gestiones para que le garantizaran su inamovilidad universitaria. Saberse no se sabía nada, y justo es decir que Mason no era conocido como maricón, pero un favor se le hace a cualquiera. Tenía alguna forma secreta de poder, porque se mantenía inconmovible en su despacho, que era como una fortaleza fálica. Lo tenía decorado con una galería de monjes capuchinos encapuchados, todos ellos en estado de erección, esparcidos por el buró y los libreros, complementando sus textos de lingüística. Cuando entró por primera vez, Doris se quedó sorprendida, y él le preguntó que por qué, porque seguramente ella había viso muchos capuchinos semejantes aunque no tan bien dotados. Doris hasta se ruborizó (cosa que la puso irritadísima, porque siempre le pasaba en los momentos más inconvenientes para hacer todavía más difícil la situación), pero Mason la ayudó después a salir del paso, diciéndole que no le hiciera caso porque aquello no pasaba de juguetes para pasar el rato, lo cual era decididamente muy ambivalente. Al contrario de Jack Wayne, era sinuoso, y le pasó la mano por la espalda de una forma acogedora, pegajosa y algo repelente. De ese modo las tribulaciones pedagógicas de Doris, que se acrecentaban con la inseguridad que le producía Wayne, "canalizaban" sus relaciones con Mason, a quien visitaba con frecuencia y cuya consulta profesional le costaba algún superficial manoseo.

Bajo estas circunstancias, Jack Wayne le dijo que tenía que visitar su clase de segundo año, pues debía hacerle una evaluación. Cuando llegó el día de aquella inspección escolar, Doris estaba hecha un manojo de nervios. Sabía que la clase le iba a quedar mal y que Wayne acabaría con ella y la haría añicos.

Algunas de estas incertidumbres las compartía con Bob, pero no muchas, siempre perdido en los lienzos azules. Después que los pintaba, pasaba horas mirándolos y haciéndoles retoques, y no estaba tranquilo hasta que azulaba todos los azules, diciendo que el secreto de aquella pintura no estaba en el color, sino en la textura, en la superficie (y cuando se secaba acariciaba el lienzo con la yema de los dedos), ya que allí estaba (aseguraba) la dimensión submarina del paisaje. Quizás todo no fuera tan uniforme como a ella le parecía, pero había que acercarse mucho para darse cuenta. Esto era (según él) un rompimiento absoluto con todo lo que se había hecho antes en la pintura, que se volvía un hecho táctil, un descubrimiento de ciegos. Había que sentirlo. De esa forma, decía, construía el oleaje, pero no a partir de lo superficial, del aspecto externo, sino buscando una corriente oculta que tenía que desprenderse de un movimiento interior, intensificando muy ligeramente el azul, como en la cresta de una ola, que al día siguiente cubría con una capa uniforme de azul que retocaba aquí y allá una y otra vez, "provocando corrientes submarinas impalpables e invisibles, analogías internas", que nadie veía y que estaban predestinadas para ser descubiertas por paladares exquisitos entre los cuales no se encontraba el de su mujer. Aquella ceguera pictórica de su marido (quien sabe si de ella), que se extendía a todos los actos de la vida cotidiana y principalmente profesional, la desquiciaba. Estaba a expensas de las fieras, dispuestas a meterle el diente para hacerla pedacitos. Pensaba, además, que tenía que comer y que si Wayne escribía una evaluación negativa, Bob tendría que irse a pintar lienzos grises y negros otra vez por alguna parte. La idea le daba escalofríos. Pero era inútil hablarle, explicarle, zambullido como estaba en aquel abismo de aceite, casi litúrgico.

Al no poderle comunicar su preocupación, corría al despacho de Mason, que la esperaba con el anzuelo, y al que le contaba las agonías léxicas y sintácticas de una profesora sin inamovilidad que de un día al otro podían poner de patitas en la calle. Ya Mason no tenía empacho en manosearla toda, para tranquilizarla, pero sin ir al fondo del abismo. Gozaba con aquel lento descenso, como si Doris estuviera resbalando por una pendiente cenagosa, enlodada, de alguna montaña andina, y él la estuviera esperando sumergido y pastoso en una cloaca de fango —un lienzo que quizás nunca pudiera imaginarse Bob. Creía ella. Daba asco. La atrajo hacia sí y le dijo que no se preocupara, que después de todo los pronombres relativos no eran tan difíciles y que él tenía la clave pedagógica de su enseñanza y aprendizaje. Claro está que su didáctica del clavo pasado era opuesta a la de Wayne, pero Mason le decía que había tantas alternativas para enseñar los relativos (de ahí su nombre), como posiciones había para colocar el adjetivo. Doris no le veía la gracia por ninguna parte, pero pensando en su bronceado (y un poco en Bob) se la reía.

Claro está que aquellos procedimientos iban a ser catastróficos. Después de todo, Wayne veía los relativos desde otro punto de vista y el desacuerdo era de arroba.

Pero de eso no se dio cuenta Doris hasta que se descorrió el telón y ya había salido a escena, con Wayne de espectador e irritado por la forma en que ella conducía la clase, que era por el camino equivocado. Intranquilo, se movía en el asiento y tomaba notas todo el tiempo. Ella, cada vez que iba al pizarrón, pensaba que iba a cometer una falta de ortografía, y llegó el momento en que, efectivamente, perdió el control de lo que estaba haciendo. Cuando ya estaba a punto de comenzar a gritar, confundiendo el que con el quien y poniendo el acento donde no debía, Wayne se levantó decididamente violento y salió de la clase dándole un fuerte tirón a la puerta.

Temblando, Doris subió las escaleras hasta el tercer piso, que era donde estaba su despacho. Anticipaba todos los improperios de Wayne y tenía que reconocer, por otra parte, que aquella clase había sido un desastre. La evaluación de aquella fiera acabaría con el período azul de Bob, que no podría seguir pintando aquel océano pastoso. Cuando llegó al tercer piso, estaba sin aire, como si hubiera escalado hasta las cumbres del Everest. Abrió la puerta, a la que nunca le pasaba el pestillo, y se encontró que allí estaba Jack Wayne, en la oscuridad de aquel despacho sin ventanas. Notó que los lápices, libros y papeles que había dejado sobre el buró, estaban tirados por el piso, como si les hubiera dado un manotazo. Pero no tuvo tiempo de sorprenderse. Wayne caminó hacia ella y ella pensó que iba a pegarle, como si fuera a castigarla por no haberse aprendido la lección. Y quizás, en el fondo, este era el caso. De un tirón, cerró la puerta y le pasó el pestillo, agarrando a Doris por los brazos y haciendo que se le cayeran todos los libros que llevaba en la mano. Entonces la tiró hacia atrás en el buró y le subió la saya, cubriéndole casi la cara. Todo fue bastante rápido y no hubo preámbulo de ninguna clase. Ocurrió en un abrir y cerrar de ojos. No cruzaron palabra y los dos, como si estuvieran de acuerdo, evitaban hacer el menor ruido, salvo Wayne, que jadeó por un momento y por lo bajo. Eso fue todo. Mientras él lo hacía, Doris pensó en la mujer de Wayne, que no en balde era una alcohólica y estaba, además, al borde del manicomio. Al unísono, trató de hacer su papel lo mejor posible.

Cuando se fue, ella se quedó en la misma posición, sobre el buró, por un rato. En la oscuridad ni siquiera le había visto la cara. Después de todo, aquello era un objeto como otro cualquiera; un poco incómodo y hasta engorroso, eso sí, pero no más molesto que otras cosas por las que tenía que pasar. Hubiera querido sentirse humillada; pero no, no lo estaba. Al contrario, sentía una sensación de alivio, no porque hubiera sentido otra cosa, sino porque la tensión por la visita de Wayne y la evaluación que tenía que hacerle habían desaparecido completamente. Aunque ciertamente había pasado un mal rato, no había sido mucho peor que dando la clase. Tenía casi la certeza que él había salido complacido. Estaba decidida a tomarlo todo de la manera más práctica posible. A la larga, se había quitado un problema de encima.

Sólo le restaba por ver que era lo que quería Mason, con su idea de que "las múltiples posibilidades de la sexualidad son tantas como las del subjuntivo". Le parecía (no, no le cabía la menor duda) que era más tarado que Wayne, que era un bruto sin imaginación, y quizás fuera Mason lo que ella se merecía en aquel momento. Aquel resquemor de culpa la irritó, porque pensó que ella no tenía culpa de nada –y se sintió atrapada entre dos penes, como si dos hombres estuvieran fornicando con ella al mismo tiempo. Todo fuera por Bob, purificándose en aquel mar azul celeste. En última instancia, sólo le importaba la felicidad de su consorte, que como era tan bueno se merecía cualquier sacrificio -aunque, claro, todo esto era un poquitín exagerado.

Cuando cruzó por el despacho de Mason, la puerta estaba cerrada, pero un filo de luz se dejaba ver entre la puerta y el piso, lo que indicaba que Mason todavía estaba allí. Doris, de forma casi imperceptible, dio unos toquecitos. Él la abrió con su acostumbrada sonrisita de hijo de puta. Más que un monje capuchino, parecía un médico que espera por su paciente en el quirófano. No en balde era conocido como El Proctólogo. Crimen y castigo.

UNA PESADILLA RECURRENTE

Estaban manejando por una carretera al lado del mar y se veían profundos barrancos y precipicios. Contra el acantilado formado de rocas de lava chocaban olas gigantescas y a lo lejos se veía una playa arenosa tras la cual, en el horizonte, se dibujaba un atardecer rojizo. Entonces se dio cuenta que no estaba solo sino acompañado de una mujer vendada de pies a cabeza, cubierta por una gasa que la envolvía y la convertía en una momia o un maniquí. Bajo aquel vendaje que daba vueltas alrededor de ella, se marcaba un cuerpo delgado y esbelto, con unos pechos que apenas se insinuaban debajo de aquel encaje quirúrgico que la cubría con el recato de una monja, aunque la presión de la venda acababa por insinuar unos pezones que dejaban clara constancia de su género, haciendo ver que por debajo de la gasa no tenía nada puesto. A través del espejo pudo ver su cara, que no sé por qué motivo se le ocurrió pensar que debía ser hermosa ya que en última instancia no la veía, y precisamente

por ello, le pareció radiante y esplendorosa aunque todo bien pudiera ser un efecto de aquellos rayos de sol que producían una especie de incandescencia al caer sobre los azulejos del agua. La cara la tenía igualmente envuelta en aquella gasa blanca, salvo donde no estaban sus ojos y se distinguían dos aberturas oscuras e insondables, cuencas negras y vacías de unos ojos que debían mirarlo desde el fondo de aquellos siniestros y tentadores agujeros que acabarían por perderlo. Otro tanto ocurría con la boca, ligeramente entreabierta, que dejaba ver tan solo la oscuridad de una garganta que no estaba, por todo lo cual empezó a sospechar que no había nadie dentro y que probablemente estaba viajando solo. Este pensamiento lo intranquilizó, y en el momento en que miró a la profundidad de uno de los múltiples despeñaderos de lava que se sucedían al borde de la carretera, como si viera en ellos la órbita de sus ojos que lo estaban mirando, se dio cuenta que no era él el que manejaba, sino ella la que iba al timón conduciendo de una forma tan nerviosa y vehemente que acabó por producirle vértigo. Mareado, sintió náuseas y pensó que iba a vomitar, por lo cual sacó la cabeza por la ventanilla, hecho que francamente lo aterró al verificar el peligro en que se hallaban. Era necesario que él, si quería sobrevivir aquel episodio en el cual se encontraba atrapado, tomara el timón en sus propias manos. A punto de despeñarse, su mirada se cruzó con la de ella, aunque en realidad no podían verse y estaba a punto de que le diera un vahído. De esta manera inusitada, comprendió que ella era la que lo miraba con sus cuencas vacías a través del espejo, acechando todos sus movimientos, pensando tal vez, y quien sabe si deseándolo, que él fuera capaz de hacer algún siniestro disparate, zambullirse en el océano y de-

jar que ella sola terminara el viaje. Consideró, ciertamente, que lo más seguro era pegar un salto, pero se contuvo al ver los filos de aquellas rocas de lava, que apuntaban como cuchillos. Al mismo tiempo, era probable que ella se tirara, como si por su cuenta quisiera librarse del peligro en que él la ponía, conduciendo de forma tan irracional y sin tener en cuenta las señales de tránsito, como un poseído que ignora todas las medidas de seguridad. Y sin embargo, perito en la materia, como si estuviera entrenado para correr en alguna competencia internacional, manejaba con una precisión y un control absolutos, como si siempre hubiera estado con el pie en el acelerador. Al doblar una curva que le pareció peligrosísima, lo hizo con la mayor destreza, disminuyendo ligeramente la velocidad, porque temía estrellarse contra las laderas de la montaña, cortadas de modo vertical, de un solo tajo. Su pericia en el timón no dejaba de sorprenderlo, y sólo podía compararlo con la destreza de su boca y el manejo sinfónico de sus dedos, y otras porciones de su cuerpo, en las maniobras de eros. Este pensamiento lo desconcertó porque, obviamente, no era el momento ni la circunstancia para salirse con ocurrencia semejante, pero no había duda que la presencia de aquella desconocida en el asiento de al lado, o quizás en el de atrás, toda envuelta en una gasa que la vestía con una austeridad no exenta de elegancia y que inclusive acrecentaba su belleza, porque la hacía más enigmática, lo excitaba en medio de aquel viaje, como si se tratara de una aventura inesperada. Tenía un no sé qué de eterno femenino, tal vez de mujer fatal, porque era imposible definir la intención que había en aquella boca ligeramente entreabierta, palpitante casi, donde quizás se dibujara el remanente de una sonrisa o se insinuara algún escondido deseo. No sabía en qué momento se había subido en el coche, o dónde la había encontrado. Ignoraba si la había visto antes alguna vez y, como es natural, aquel vestuario quirúrgico hacía casi imposible la anagnórosis. Trataba inútilmente de recordarla, de reconocer sus facciones, que cubiertas de modo tan absoluto no le permitían identificarla, y las misteriosas cuencas de sus ojos, que lo miraban fijamente a través del espejo, no manifestaban la menor expresión, al mismo tiempo que había en ellas, estaba seguro, una latente insinuación. Entonces, ¿quién era aquella desconocida que lo estaba manipulando? Es posible que no fuera nadie, pero sin duda se trataba de un as del timón que, cambiando de posición, tomaba las riendas y manejaba con un control absoluto y una efectividad que sólo podía equipararse con la suya. Pero al bajar la vista hacia su pie desnudo (es decir, envuelto en aquella gasa total) notó que apretó el acelerador, acrecentando la velocidad, insaciable, como si la de él no fuera suficiente, quisiera más y más y se sintiera insatisfecha a pesar de todo lo que le daba. No cabía la menor duda de que, a pesar de su pericia, de un momento a otro se iban a ir contra un barranco, y temía que esa fuera su intención, como si ninguna otra opción pudiera satisfacerla y sólo pudiera descansar si llegaba a un éxtasis definitivo. En ese frenesí, debajo de la gasa, su cara (que no podía ver) adquiría el delirio último de la transición. vuelta una suculenta mandorla que succionaba con deleite. Era evidente que estaban perdido. Se dio cuenta en ese instante que la única escapatoria era abrir la portezuela y tirarse hacia el abismo, pero ella, que pareció reconocer sus intenciones, alargó la mano y tiró, con violencia, de aquella erección que tenía entre las piernas, ajena al peligro en que se encontraba y como si funcionara por cuenta pro-

pia. No sé como, decidió no prestarle atención y, con la mano izquierda controló el timón, sin disminuir la velocidad; pero respondiendo a otro impulso regido por aquella erección inconveniente, metió sus manos entre sus muslos, en busca de soluciones pero sin resultado. Al contrario de las cuencas de los ojos que no estaban y la boca que conducía al oscuro total de lo que había desaparecido, un férreo cinturón de castidad hecho de vendajes y gasas la protegía con críptico hermetismo. Esto lo indignó. Le pareció entonces que intentaba escapar, abrir la portezuela del coche y tirarse al abismo, en un acto suicida opuesto a su aparente lujuria. Forcejearon para que no lo hiciera, mientras que ella, aparentemente, lo empujaba para que se cayera del otro lado, abriendo la puerta del automóvil. Estuvo a punto de caer por aquel precipicio. Con dificultad, se aferraba al timón, evitando por un lado que cayeran los dos en el acantilado o que se reventaran contra las montañas, erguidas al otro lado de la carretera. Lo cierto es que, manejando así, no iban a llegar a ninguna parte, porque los riesgos eran inmensos. Entonces ella, provocativa e insinuante, sin soltar el timón, empezó a despojarse de aquel ropaje. De Salomé a Mata Hari, bailaba la danza de los siete velos y él, como hipnotizado, no podía quitarle la vista de encima. Era evidente que iba a salir decapitado. Dispuesta a mostrárselo todo, tal y como ella había venido al mundo, desnudándose de pies a cabeza, se quitaba la venda que la cubría y que daba vueltas y vueltas alrededor de todo aquel cuerpo seductor, único y transparente, mar y cielo, que no tenía ni principio ni fin, sacando aquella gasa infinita por la ventanilla. Entre la lujuria y el espanto, no sabía lo que iba a pasar de un momento a otro, como si fueran a copular en el aire, dando un salto mortal entre trapecios y sin malla que pudiera protegerlos. Por otra parte, si ella estaba manejando por aquella carretera plagada de despeñaderos, no era posible que pudiera hacer las dos cosas al mismo tiempo (y de él diríase otro tanto). Para acrecentar su espanto, mientras se quitaba la gasa se daba cuenta que no había nadie dentro, que aquel cuerpo desaparecía a medida que se desnudaba, quedando un espacio vacío en el asiento en un coche que no manejaba nadie. Ya completamente desnuda, vio horrorizado como el pie desaparecía en el acelerador, hasta que al llegar a la única mano que le quedaba vendada, la que iba manejando, la otra que ya no se veía, la iba haciendo desaparecer. Se lanzó sobre ella para que no fuera a desaparecer del todo, cuando en realidad nunca había aparecido, dispuesto a que la cópula se consumara. Buscó la humedad de su lengua en el oscuro total de aquella boca que ya no estaba y creyó perderse en el vacío insaciable de la lujuria que los lanzaba a la fosa del océano.

CAPITULO II

AUTORRETRATO

cinco años antes

Era francamente difícil, cuando no imposible, determinar la edad que tenía Janet Leighton, y mucho menos la que tenía Dean, su marido, aunque por razones bien diferentes. Desde que llegaron a la universidad, hacía unos doce años, Janet estaba prematuramente envejecida, aunque esto no es más que una hipótesis ya que, exactamente, lo que se llama exactamente, no se sabía la edad que tenía. Desde joven había tenido cierta tendencia a maquillarse más de lo debido, lo cual era un error lamentable, porque lucía mucho mejor si no se ponía maquillaje alguno. Su cara era más bien alargada con los pómulos algo salientes, y aunque no era una belleza, tenía cierto atractivo, acrecentado por su sonrisa, que echaba totalmente a perder tan pronto empezaba a maquillarse. Esto nunca lo entendió y hasta daba la impresión que se maquillaba para no ser ella misma y para pasar por una desconocida. Recordaba lo que hacían en Hollywood en los años treinta y cuarenta, cuando muchas "estrellas" sucumbían bajo pesadas capas de maquillaje y acababan francamente desfiguradas. Su cuerpo no la favorecía porque no estaba bien proporcionada, exenta de caderas y con las piernas muy delgaduchas. No era ninguna niña, aunque los hijos de aquel matrimonio apenas frisaban, en aquel entonces, los diez o doce años. Como se casó bastante joven, podría decirse que tendría poco más de cuarenta años al llegar a Honolulu, que es una edad "razonable", aunque parecía "muy mayor" y, decididamente, muchísimo mayor que su marido. En conclusión, no tenía edad. Esto explicaba que, como desde un principio había lucido tan categóricamente mal (en parte por el exceso de *rouge),* con el paso del tiempo no había cambiado lo que se dice mucho, ya que no había dejado mucho margen para empeorarse. Paradójicamente, y mirando el presente aspecto de Janet con conciencia retrospectiva, se podía decir que "se conservaba muy bien", y si en alguna de aquellas reuniones de profesores y arpías (de ambos sexos), se escuchaba aquello de "¡pero qué bien estás!", o "no has cambiado nada", podría decirse que el emisor no estaba mintiendo. Pero si uno la miraba detenidamente y a conciencia, se descubría que la gruesa capa de maquillaje apenas disimulaba un creciente número de arrugas, y que evidentemente éstas se habían acrecentado con el paso del tiempo.   Algunos consideraban que "estaba hecha una pasa"; lo cual era una exageración. El maquillaje, que siempre se había aplicado con una pupila pictórica decididamente expresionista, contribuía a acrecentar el enigma de su edad y su oculta belleza, si es que la había. Aficionada a la pintura, nunca había ido más allá de aguachentos paisajes marinos, naturalezas muertas con manzanas y peras que quitaban el apetito (frutas manoseadas y apolismadas que ningún cliente quería comprar y a las que ni Eva ni Adán se les hubiera ocurrido morder en el Paraíso), y una galería de flores tropicales que parecían disecadas en el momento de mayor florescencia. Sin embargo, colocada ente el espejo y con la paleta multicolor de un pincel de Max Factor (o Avón llama), hacía proezas que ya quisieran haber hecho los más notables expresionistas alemanes.

Por el contrario, Dean era puro realismo, y tenía la pulcritud de alguien que se baña con jabón desodorante que no está perfumado. Era la naturalidad (no el naturalismo) personificada. Bueno, quizás no tanto; pero su pulcritud daba la sensación de que olía a limpio. Como en el caso de su mujer, no se podía precisar la edad que tenía —a menos que uno estuviera familiarizado con su *curriculum vitae*, en los tiempos aquellos en que para conseguir un trabajo se tenía que confesar la fecha de nacimiento. Debía tener más o menos la edad de su mujer, que como ya hemos dicho no se sabía exactamente. En todo caso, desconocía el paso del tiempo. Al contrario de Janet, lucía "muy joven" y siempre debió lucir así desde antes de haber nacido. "Muy joven para su edad", sería un término preciso, en el caso de aquellos que la supieran. Empezó su carrera profesional en plena juventud, porque era ambicioso y tenía un notorio talento administrativo. Como llegó a la universidad con bastantes años de experiencia, era evidente que después de haber pasado veinte años entre colegas que envejecían por su cuenta, se tenía que llegar a la conclusión que se "conservaba muy bien", no importa los años que hacía que se estuviera conservando. Arrugas no tenía y barriga mucho menos. Su piel era tersa y ligeramente sonrosada, pero no blanda sino firme, lo que le daba un aspecto masculino, pero no exagerado hasta el punto de parecer un semental. No era uno de esos tipos que dan la impresión de un gimnasio ambulante, pero tenía la suficiente firmeza en sus músculos para dar la medida de la salud personificada. Era de esos hombres que son estrictamente masculinos, muy distantes de esa masculinidad exagerada que a veces linda con la mariconería. El contraste que ofrecía con su mujer era marcadísimo, y aunque de algún modo no daba la impresión de parecer su hijo, a ella sin lugar a dudas, con algún grado de miopía, podrían confundirla con su madre. Evidentemente él se cuidaba muy bien, haciendo a diario los correspondientes ejercicios, dando las caminatas de reglamento al paso reglamentado y durmiendo en paz y tranquilidad siete u ocho horas como quien toma una prescripción facultativa y no tiene idea del insomnio. De esta manera se mantenía en forma, y en veinte años no había engordado (ni bajado) una sola libra y no le había salido una sola arruga y tampoco una cana. Amable y cortés, se mantenía distanciado, como si evitara a toda costa los inconvenientes de la intimidad, que siempre acaba siendo conflictiva y subía la presion. Sabía sonreír, pero evitaba reír a carcajadas celebrando más de la cuenta alguna gracia, y otro tanto hacía si las cosas no funcionaban en la medida que le fueran más convenientes. Podía ser estricto, pero enfurecerse por una cosa o por la otra estaba más allá de toda probabilidad. A nivel profesional sólo hablaba lo esencial, para enredarse lo menos posible y medía las palabras letra por letra, como si tuviera que pagar por ellas, manifestando un sentido del ahorro que llegaba a la tacañería. Era un economista del lenguaje. Escuchaba, eso sí, pero como reducía la emisión sonora al mínimo, daba la impresión de que uno hablaba con una pared, aunque ya sabemos que "las paredes oyen". Pocos abrían su caja del tímpano, aunque trataran de forzarla con yunques y martillos, y en el caso de Janet, en particular, la silenciaba interiormente con las resonancias de la trompa de Eustaquio. Con tales reglas de medida, era lógico que se conservara muy bien, como alguna pared bien pintada a la que nunca le han enterrado un clavo. Y finalmente, no obstante el nido de víboras universitario, había en él tal distanciamiento, que su perfección casi plástica no despertaba envidia, sino lejanía e indiferencia.

A pesar de ese desajuste físico entre marido y mujer, había algo impecable en las relaciones entre los dos, y las lenguas más viperinas no habían podido arañar las superficies. La de Dean era demasiado marmórea y la de Janet estaba tan maquillada que un arañazo auténtico tenía que pasar inadvertido. En todo caso, la fachada matrimonial era inmaculada, y aunque en un principio hubo alguna especulación, acabó todo como una flecha tirada al vacío. A Dean no se le supo nunca nada y Janet estaba más allá de todo apetito —como si fuera la autora de su propia naturaleza muerta, no había pecador que fuera a meterle el diente. Claro está que todo esto se encuentra referido a nivel perceptual de los hijos de vecino (que eran de su madre) y la verdad del caso bien podía ser tanto más o tanto menos, pero en lo que se refiere a la conducta pública, aquí bien podríamos poner punto final a lo que venimos contando.

Cuando Janet y Bob se conocieron en una *soaré* de Cold Salmon, que había sido el jefe de cátedras más *snobista* que uno pudiera imaginar, mientras Mason le ponía la mano en el culo a la mujer de este último, en tradición clásica universitaria, aquellas dos almas gemelas se sintieron unidas en uno de esos lienzos donde el azul marino de las acuarelas de Janet se perdía en los óleos monocromáticos de Bob. La llegada de Bob a los círculos académicos (por conducto matrimonial) fue para ambos un verdadero amor a primera vista, en el más casto de los sentidos y en puro sentido plástico. Como si hubieran nacido el uno para el otro, el paisaje humano de las cascabeles salía de foco, bajo el efectos de los faroles chinos que algún pintor de pacotilla había colocado sobre una playa de cocoteros bajo la luna.

Aquella noche Janet estuvo muy parlanchina, diciendo que ella como Bob, también pintaba, aunque la pintura (la que ella hacía, quería decir), no pasaba de ser un mero pasatiempo. En modo alguno se consideraba una profesional, como lo era Bob, y aunque admiraba la pintura abstracta (que aparentemente era lo que él pintaba), ella era esencialmente una paisajista. Y para pintar paisajes no había lugar como Hawai. Si hubiera pintado bien, se hubiera podido decir que había recibido la influencia de los pintores ingleses (no de Turner, naturalmente) que eran tan comedidos y precisos, y extendiendo el cumplido, se podría ampliar a algunos cuadritos de pintores holandeses. Su marido se burlaba un poco de ella cuando iba a la playa con sus pinceles a ¡pintar olas!

Fue por eso que un día, para darle una lección, le hizo un retrato, que nunca, por cierto, le había enseñado. ¡El día que lo viera! ¡Sabe Dios cómo lo había inmortalizado! "Viejo y lleno de arrugas", dijo. "¡Con la edad que verdaderamente tenía!" Una y otra vez se repitieron las risas cristalinas mezcladas con el tintineo de los carillones. La mirada de Doris se cruzó con la de Dean, que por un momento la había mirado fijamente, pero sin sugerir ni esto ni aquello. De pasada, le echó un vistazo a las piernas. Sonreía sin exageración, de forma medida y casi plástica (casi perfectamente plástica), como alguien que no quiere que se le arrugue el rostro. Quizás por ello fuera un hombre tan guapo y, al mismo tiempo, tan distante. En el fondo, poco sexi: irse a la cama con él (había pensado Doris alguna vez) sería como acostarse con una estructura de hormigón armado, y esto lo decía sin doble sentido. Esperaba que no tuviera intención, ya que era una mirada inexpresiva, que no decía nada, porque con Jack (que ahora llamaba así, porque a estas alturas bien podía tutearlo) y con Sam Mason ya tenía la cuota llena.

Janet y Bob tenían mucho que decirse, como si hubieran estado callados por siglos y finalmente descubrieran la palabra. Pero no la palabra de cada uno, sino la del otro; es decir, la del emisor, la onda aquella que traspasaba pabellones y conductos a partir de las cuerdas vocales, descorriendo membranas a modo de telón y tocando yunques y martillos que anticipan su llegada, que descendía por canales y se internaba en aquel caracol que acunaba las palabras hasta que el cerebro las convertía en significado. Era un viaje de la voz que habían esperado por mucho tiempo y que por momentos se transformaba en una cascada cristalina que descendía a saltos por cauces rocosos, cayendo en precipicios, y después corrían en silencios llenos de pausas y sosiego. Porque lo cierto era que si ninguno de los dos era mudo, la impresión de que nadie los había escuchado se había acrecentado con el tiempo, particularmente entre cada media naranja.

–Tenemos que vernos–, dijeron al mismo tiempo.

Y principalmente, agregaron, tenían que ver lo que habían pintado, estaban pintando y les quedaba por pintar.

Naturalmente, la relación que se estableció entre ambos les pareció a todos la cosa más natural del mundo. Se caía de su peso. Los dos pintaban, y tanto Dean como Doris estaban siempre muy ocupados; Dean con una infinidad de tareas administrativas y una burocracia que no tenía fin, y Doris dedicada a la enseñanza, como la más eficiente metodóloga. Como era lógico, no tenían tiempo disponible para dedicarle el poco que les quedaba a aquel par de obras maestras. Estando Janet más allá de todo apetito, nadie tenía la menor sospecha de que Bob probara bocado, por mucha hambre que pasara.

Entre paisajes marinos (con olas y barquitos), lienzos azules sin detalles de más y muchos de menos, Janet y Bob se reunían para almorzar una vez por semana, intercambiando impresiones sobre lo que estaban pintando. Preferían darse cita en el Museo de Arte, pasando largos ratos en algunas de las salas y comiendo después en la cafetería. Minuciosamente, casi como entrenamiento crítico pictórico, discutían los detalles de los cuadros, morosamente, exponiendo los más diversos puntos de vista de una manera técnica y objetiva, porque por algo ellos también pintaban. Este regodeo ante cada cuadro, casi ante cada pincelada, se extendía en el tiempo, como si ambos temieran que las galerías del museo pudieran agotarse. Pero siempre podrían volver sobre algún espacio de color, develando nuevos matices y texturas, significados desconocidos que no habían percibido la vez anterior.

Mientras tanto, Dean en lo suyo. Nadie mejor que Janet sabía que Dean era hombre de pocas palabras, resignándose al eco de aquel silencio sepulcral. *Scotch* en mano, ignoraba a cualquiera que le estuviera hablando, pero hacía como si escuchara. Esta actitud, por motivos profesionales y de tranquilidad doméstica, se perfeccionó año tras año y, prácticamente, no tenía el menor sentido hablar con él, salvo para llegar a la conclusión que la conversación era un concierto para sordos y lo que decía nada tenía que ver con lo que estaba pensando y que seguramente no estaba pensando nada. Cuando las peroratas iban más allá de lo razonable, desconectaba totalmente. A los efectos del diálogo, era como si fuera más sordo que una tapia. En casa, después de "prepárame un *scotch*", agregaba en la mesa "pásame la ensalada", acompañado de "bien, gracias" o "de nada", porque la verdad es que era una persona bien educada. Ciertamente nunca mandaba a callar a Janet, que durante los primeros años de su matrimonio hablaba hasta por los codos y no perdía la costumbre, y bien merecía que la callaran; mientras que él, haciendo gala de un admirable ejercicio de concentración, resolvía los trabalenguas de algún crucigrama, seguía vagamente el acontecer nacional para ponerse al día respecto a lo que pasaba entre demócratas y republicanos, y finalmente se dormía leyendo alguna historia policíaca. Sólo mostraba una ligera molestia cuando veía (y escuchaba) las noticias locales en la televisión, porque era preciso tener un mínimo de información sobre lo que pasaba en el vecindario, y Janet seguía con su parloteo; pero justo es decir que en esos intermedios su mujer se iba para la cocina a lavar los pocos platos de una cena bien medida en calorías y baja en colesterol, que no daba mucho trabajo, y allí hablaba sola —es decir, de la misma forma que había estado hablando todo el tiempo. Esta forma de dialogar no dejaba de tener su lado positivo, porque demócrata de pura cepa, Dean dejaba que Janet hablara de cualquier cosa. Justo es decir que con el paso del tiempo, aquella chatarra verbal se había venido reduciendo y las zonas de silencio habían ido aumentando gradualmente.

Bob, ciertamente, no había sido nunca tan parlanchín como Janet, ni remotamente a pesar de sus coloquios pictóricos, ni Doris, su mujer, había llegado al grado de profesionalismo del silencio que era la marca de fábrica de Dean. Además, como Bob le había estado endilgando aquellas arengas que iban del simbolismo y el impresionismo al realismo fotográfico de la pintura norteamericana de los últimos treinta años, Doris, bajo presiones menos abstractas a causa de las batallas universitarias que tenía que sostener, que a veces la agotaban y no podía soslayar, lo escuchaba como quien oye llover, respondiendo con escuetos monosílabos, entre los cuales intercalaba algunas opiniones del propio Bob (que había repetido antes) y que resultaban muy convenientes ya que éste se sentía complacido con aquel común acuerdo teórico y práctico, que era la prueba fehaciente del amor que los unía. Desde que se trasladaron a Honolulu, del expresionismo y el surrealismo no metía mucha baza, porque parecía distanciarse (o eso decía) ya que le producían una excitación nerviosa que lo desasosegaba, prefiriendo los colores primarios y planos, principalmente aquellos que no se metían con nadie, pálidos y descoloridos. El problema era que cada color tenía su temporada y era imposible llegar a una conclusión permanente. Cuando defendía el blanco (como antes había hecho con el negro), asegurando que era la mística personificada por ausencia, ella se sentía desaparecer, como si no estuviera allí ni en ninguna parte. En una especie de afán de no estar presente, decía que quería ser el pintor de las transparencias. "Quiero pintar por omisión", tartamudeaba algunas veces. Ciertamente no era fácil para Doris, pero Bob no parecía darse cuenta. Era como si conviviera con él en un inmenso museo de concreto, vidrio y titanio, o si caminara por galerías de hielo, una inmensa muestra pictórica donde ellos dos se convertían en unas amebas insignificantes que se disolvían en el espacio dentro de una inmensa estructura de hormigón. Bob hablaba de ello con convicción, casi como un místico de la decoloración, como si existieran en un baño de cloro que los desleía. Vivir con él era como no estar y a veces Doris buscaba en el cuadro una soga de la cual ahorcarse que nadie había pintado.

Afortunadamente, lo peor había quedado atrás entre el gris y negro del espacio de Ithaca, como si Honolulu introdujera el technicolor con la placidez del azul como color dominante, que acabaría siendo el único. Doris, incapaz de contradecirlo en una plástica que no le daba ni frío ni calor, funcionaba como un eco que respondía desde algún remoto paisaje, ensimismada en cosas mucho más prácticas que requerían una respuesta inmediata.

Activa hasta la médula de los huesos, era una gimnasta de la vida universitaria, en la que estaba metida hasta los codos y que se le había metido por otra parte. Inclusive, ocasiones había en que la sinfonía monopictórica de la paleta verbal de Bob, mientras le entraba por un oído y le salía por el otro, sin función inmediata que cumplir, le servía para relajar los músculos de su dinámica biológica, ajustando su metabolismo al ritmo pausado (aburrido más bien) de su marido, como si flotara plácidamente en un olvido hipnótico donde no se oía nada y se veía mucho menos. No en balde, muchísimas veces, en aquel renacimiento paradisíaco, se quedaba a su lado sosegadamente dormida. Ni un sí ni un no. Aunque puede que las apariencias engañen, esto era lo que parecía.

Por el contrario, entre Janet y Bob el diálogo fluía con rapidez, saltando del uno al otro, con variedad, simetría y lleno de significado, como si la ausencia de sus respectivos consortes gestara las voces que se habían ovulado en los soliloquios. Claro está que se trataba de un significado que en un principio fue estrictamente limitado a las artes plásticas. Ambos se oían mutuamente, que es un arte de la conversación que muchos han perdido. Aunque no faltaban las cortesías del bien decir (particularmente en el caso de Janet, que se había educado en uno de los más exclusivos *colleges* privados de las inmediaciones de Filadelfia y hablaba con el acento nasal y parkinsoniano de Katherine Hepburn) al conversar manipulaban conceptos que no funcionaban de un solo lado. Intercambiaban ideas, puntos de vista, y hasta llegaban a lo controversial y lo contrapuntístico, frisando lo polémico pero sin lanzarse del todo, como si entre los dos estuvieran componiendo una sinfonía. No era, en este caso, una entropía de la disonancia, del caos, sino de la armonía, entre dos instrumentos musicales que convergían y apuntaban hacia una melodía que podía repetirse. No había la menor incompatibilidad de caracteres, manteniendo un acuerdo interno entre las disonancias.

Desde el primer momento comprendieron, sin embargo, que había entre ellos una gran divergencia en su modo de ver la pintura —aunque en aquella ocasión, y no era pura coincidencia, el azul era el color favorito con el cual ambos estaban experimentando, ¡pero de qué modo tan diferente! Janet se confesaba una aficionada que apenas había tenido entrenamiento en la pintura, aunque tenía, sin embargo, una excelente base teórica. Conocía la historia del arte al dedillo y dada la posición social de su familia y la profesión de su padre, había viajado por medio mundo, visitado los mejores museos y conocía las obras maestras de primera mano. Era, en realidad, más modesta de la cuenta, a pesar de la fanfarria pictórica que se desprendía de su persona. Tenía una licenciatura en Historia del Arte y antes de establecerse en Honolulu había desempeñado un trabajo de relativa importancia en el Museo de Arte de Chicago. Su carrera había quedado al margen, subordinada al cuidado de los hijos y a los desplazamientos profesionales de Dean, particularmente cuando se trasladaron al medio del Pacífico. Pero siempre había estado asociada con las artes plásticas, unas veces como asesora y otras por pertenecer a la junta de diferentes instituciones, como le pasó en Honolulu, donde formaba parte de la directiva del Museo de Arte. Su cabeza era una ebullición de ideas y de colores. El arte lo sentía "en la médula de los huesos", como ella decía. Pero precisamente por ello pintaba por pura vocación, sin la menor pretensión, y sin embargo, gradualmente, la pintura se había ido apoderando de su vida. Así que, agregaba con modestia, no era el caso de Bob, que era un pintor con escuela, consciente del trabajo que realizaba, con teorías exactas cuidadosamente elaboradas y con íntegra dedicación al arte. Pero pintar, lo que se llama tomar un pincel y poner unos colores sobre el lienzo, lo empezó a hacer desde su llegada a aquellas islas maravillosas del hula hula, inspirada tal vez por la luz y el paisaje, pero principalmente para llenar sus horas vacías, que por el trabajo de Dean eran muchas. Ella pintaba como esas solteronas inglesas de principios de siglo que recorrían el mundo con Agatha Christie y un pincel en la mano, mientras a su alrededor se cometían grandes crímenes.

Bob encontraba estas ocurrencias verdaderamente ingeniosas y le celebraba la gracia, percibiendo quizás, detrás de ellas, alguna intención sutil cuyo velo prefería no descorrer, dejándola envuelta en un tul algo difuso y misterioso. Después de todo, ¿a qué grandes crímenes podría estarse refiriendo? ¿Quién mataba a quién? En medio de aquella placidez hawiana era difícil imaginar algún derramamiento de sangre, aunque en la universidad no faltaban puñaladas traperas que llevaban a inesperadas cesantías. De ahí no pasaría la cosa. Porque no podía haber mayor criminalidad en la calistenia de Dean, su dieta y su talento lingüístico para solucionar crucigramas –detalles todos que fue conociendo Bob, intercalados y como quien no quiere la cosa, entre las acuarelas que le contaba Janet con entusiasmo. "Era como si se cubriera el rostro con un velo pintado", pensó Bob, "porque debajo de él quizás hubiera otra cosa, un azul más profundo en las cavidades del océano, lleno de peces extraños y desconocidos que se entrelazaban en una cópula submarina. Otra "persona". Pero, ¿no era eso lo que le pasaba a todo el mundo?" La miraba un tanto al descuido, pero tratando de hurgar en los silencios, en las pausas, en la evasión de las miradas y hasta en algunos manerismos interpretativos que querían desviar la atención para que no se supiera lo que se quería decir. En cierto modo, era un regodeo delicioso que ni él ni ella habían experimentado antes. Hacían largas pausas que se iban entre celajes grises que flotaban en el cielo, imaginando otras opciones, como nubes que no se definían del todo.

En fin, que el azul era para ella la vida, porque estaba en todas partes. De ahí que desde que llegara a Hawai todo lo viera en azul, fascinada por el mar "tornasolado" y el cielo, siempre "azul celeste". Los atardeceres multicolores que se veían desde el *penthouse* que habían comprado la habían inspirado y siempre tenía el atril con un lienzo al lado de la puerta vidriera que daba a la terraza, con un paisaje que empezaba y no podía terminar, luchando vanamente por reproducirlo, pero, ¿cómo iba a poder competir ella con la mano de Dios? Posiblemente a él todo esto le podía parecer un poco desproporcionado, tal vez infantil, un lugar común, porque Janet no creía que su pintura fuera otra cosa, ni su vida tampoco. La conciencia del "azul" se había apoderado de su persona. Claro que también existían el verde, el terracota e inclusive los atardeceres anaranjados; pero el azul, "¡ah, el azul, el azul era algo único y le había salvado la vida!"

Por su parte, Bob coincidía con ella. Afirmaba que estaba viviendo un delirio en azul y que eso se transformaba, en él, en una especie de "euforia mística", una comunión con Dios tan absoluta que estaba convencido de que su pintura era estrictamente religiosa. Claro está que a primera vista no daba esa impresión y por eso había sido clasificada de abstracta, lo cual no era cierto. "Puede haber otro mundo debajo del lienzo", dijo alguna vez, "un espacio distinto por donde uno navega sin dejarse ver, una sustancia última que podría ser algo así como un parto en el cosmos, latiendo debajo de la piel". "Nada, absolutamente nada, que fuera narrativo". Pintar una gota de agua en la que estuviera Dios mismo, "atestiguar la presencia de Dios... Un panteísmo visionario que acabaría siendo el golpe de muerte de la pintura, porque nada se podría pintar después... El azul de todos los azules... El rojo de todos los rojos... Pero, principalmente, el negro final, el mural de los ciegos."

Janet sentía escalofríos, temblaba un poco cuando lo oía expresarse así, como si le estuviera hablando por debajo del maquillaje que ella llevaba. Su gran sueño como pintor era disponer de un inmenso espacio mural, en medio de la playa, y pintar el horizonte, un infinito lienzo azul (de un azul idéntico de un extremo al otro, de arriba a abajo), donde el horizonte se diluyera entre el cielo y el mar, y de ese modo representar el infinito de Dios. En esto, más o menos, coincidían.

—Yo no podría, Bob, yo no podría. Siempre le agregaría las velas blancas de unos cuantos barquitos.

—¡Qué disparate! ¡Qué disparate!–, exclamaba Bob.

Parecían unos niños.

Desde la aquella deslumbrante *soaré* de Cold Salmon que por muchos años fue la comidilla del profesorado, Dean se sintió, por primera vez aliviado del peso de Janet, y aunque no prestaba atención a lo que ella y Bob estaban diciendo, porque hubiera sido una lamentable pérdida de tiempo, se daba cuenta que de ahora en adelante tendría que escucharla todavía muchísimo menos porque al fin parecía que había encontrado a alguien que la escuchara. Y no era que Janet le pesara demasiado, pero algo es algo. Doris, por su parte, mientras Mason le ponía una mano por un lado y Wayne la manoseaba por el otro, caminando en una cuerda floja universitaria, pensaba que aquel encuentro fortuito entre Janet y Bob era lo mejor que pudiera pasarle, no sólo a ella, sino a su marido. Al mantener a este entretenido, iba a ser su propia salvación, que le permitiría concentrarse en aquella riesgosa operación de ascenso e inamovilidad académicas, que era su modo de pasar el Niágara en bicicleta. Por un momento, muy distanciadamente, de un extremo a otro del *lanai,* se cruzó la mirada de Doris con la de Dean, que le recordó la primera vez que le había mirado las piernas. Era una mirada abstracta, congelada más bien, que se medía con la suya. Iguales, simétricas, distanciadas y oblicuas, estaban conscientes del espacio que recorrían hasta un punto en el cual convergían. De haber existido alguna posibilidad, hubiera sido un coito de hielo, como si la hubiera traspasado alguna estalactita.

A pesar de todo, a Bob le costó un poco de trabajo que Janet le enseñara algunos de sus cuadros –que realmente eran cientos. Ella se excusaba reiterando, en honor a la verdad, que todos eran malos (lo cual era lamentablemente cierto), aunque Bob insistía que eso era pura modestia. Bob, mucho más ambicioso que Janet, accedió casi de inmediato a llevarla a su *atalier*. En aquel tiempo no era otro que un minúsculo apartamento de dos dormitorios que habían alquilado con los ahorros y el sueldo de Doris. En uno de ellos, literalmente, no se podía dar un paso. Esperaba algún día poder comprar una casa con un espacio adjunto que le sirviera de estudio, donde acumular cuadros y cuadros, hasta que llegara "su" momento y alguien lo "descubriera", y se quedaba pensando en aquel "descubrimiento" ignoto, un punto en el fondo de un cuadro donde pudieran verlo a él, escondido entre los resquicios de una gota de pintura. ¿Quién y cuándo? A Van Gogh sólo lo descubrieron después, como si fuera un ictiosaurio, pero, ciertamente, los fósiles nunca mueren.

El apartamento era efectivamente un taller de trabajo, y había que admirar, indiscutiblemente, la paciencia y generosidad de Doris, que apenas tenía espacio para preparar sus clases, entre los pinceles, los oleos y las acuarelas de su marido. Claro que ella tenía su despacho en la universidad y por ese motivo (¿qué otro podía tener?) se pasaba en él la mayor parte del tiempo preparando clases y haciendo "investigaciones". Pero así y todo, al César lo que es del César y honor a quien honor merece. Janet, en todo caso, se quedó con la boca abierta entre tanta pintura y tanto desorden; pero pasado el impacto inicial, allí estaban los cuadros de Bob, todos de diferente color aunque, realmente, todos iguales. Y todavía tenía muchos más en un guardamuebles que habían alquilado. Como eran tantos, era un mundo al cual no se podía llegar ya que un cuadro estaba oculto por el otro. No se sabía, exactamente, qué había allí, como si los lienzos, desplegados unos y enrollados otros, se cubrieran mutuamente para no descubrir lo que estaban diciendo. Un color se superponía sobre el siguiente, diseñando su propio espacio, pero producían una primera impresión de que todos eran idénticos. Por supuesto que eso no se lo dijo Janet. Graduada en Bryn Mawr, no hubiera estado a la altura de su circunstancia, como su educación y buenas maneras le habían enseñado. Y no ciertamente por hipocresía de la mejor estirpe anglosajona.

A la otra habitación prácticamente no se podía entrar, llena seguramente de obras maestras. Bob ofreció resistencia a que lo hiciera, afirmándole que correspondían a un período iniciático, el "del otro Bob", que quería borrar de su memoria y que algún día se proponía llevar a la hoguera. Cuando finalmente lo convenció, quedó de pie en el umbral de aquel cuarto sin luz, porque todas las paredes estaban tapiadas por cuadros vueltos contra ellas, así que sólo se veía el negro como color que lo dominaba todo, aunque no era un oscuro total ya que se conjugaba con un devenir de sombras un tanto fantasmagóricas en lo que podría llamarse "mural de la claustrofobia". En su conjunto era "un estudio en blanco y negro", "un film noir" en que estaban metidos. Como eran tantos, no se sabía lo que existía más allá, ya que "el infinito no tiene límites, de igual modo que no se puede llegar al azul del fondo del mar, porque nunca se sabe", dijo Bob. La voz le resultó extraña como si fuera el eco de la voz de Bob que le hablaba desde el fondo de la habitación: una espiral dantesca que conducía al meollo del Infierno, o a una caverna platónica donde todos los colores fueran la sombra de un color verdadero dentro de los cuáles alguien nos estuviera pintando. "Así, de pronto. Quería salir de allí y al mismo tiempo, verlo todo". Se sintió intranquila, aunque también estaba interesada en descubrir lo que había detrás de aquellos negros y grises, y el profundo mar azul, y bien podía ver a Bob, a punto de aparecer dentro de la niebla, como surgiendo de una nada otoñal;

o en blanco, enterrado en un paisaje que, según decía Bob, era una pincelada de nieve que se había congelado en el lienzo.

Se volvió y el propio Bob la tranquilizó, iluminado por la claridad que venía de la otra habitación, rodeado de la luz y el monocromatismo más estable de su obra pictórica más reciente (suponía ella) donde resaltaba, ahora más que nunca, la transparencia azul de sus ojos, como si se pintara a sí mismo en la uniformidad de aquellos lienzos iguales que encubrían la pesadilla. Azul y nada más que azul. Inmaterial y cósmico, tuvo la impresión de que lo que pintaba era un autorretrato de su mirada, una refracción polifónica donde se adormecían todas las inquietudes, una luminosidad donde el azul lo invadía todo, el aire, la diafanidad de su pupila. La respiración se hacía más pausada, rítmica y somnolienta, como si la armonía monótona de los colores fuera un sedante necesario, hipnótico. Quizás un análisis minucioso llevara a otras conclusiones, porque los cuadros eran de una textura espesa, acumulando una capa de pintura sobre la otra. Podría ocurrir como el caso de esas obras maestras cuya restauración descubre un lienzo debajo de otro lienzo, dando lugar a un centenar de posibilidades e interpretaciones. Un cuadro dentro del cuadro. Una metateatralidad pictórica. "Como las personas", pensó. Como ella misma, debió pensar también.

Bob insistió en que ella le mostrara algunos de sus cuadros. Si él se "había desnudado" en aquellos lienzos, esperaba que ella hiciera otro tanto. Janet, a pesar de que desde hacía bastante tiempo había dejado de ser una adolescente, se ruborizó, pero bajo la capa de coloretes no había quien descubriera su rubor, salvo algún narrador de sus emociones. Después de todo no hacía más que aplicar la paleta del *rouge* del tocador para ocultar también las posibilidades de quién era ella. Le dijo que no, o cuando menos "no por ahora". ¿Cómo iba a atreverse ella, que entre los dos, tenía que confesarle, sólo pintaba baratijas? Bob insistía en no creerlo. De todos modos, tendría que esperar, le dijo Janet, porque aunque a veces pintaba en el apartamento con vista a Diamond Head, tenía su estudio en la Costa Norte, al otro lado de la isla. Aunque el apartamento tenía tres dormitorios y era en realidad más grande de la cuenta desde que sus hijos se fueron al *college*, Dean era tan meticuloso con respecto al orden y al concierto, que todo desorden lo desconcertaba, y ella prefería pintar en "la choza de la playa", a donde Dean nunca iba, ni siquiera a tomar el sol y nadar durante los fines de semana. En ese sentido, en nada se parecía a Doris, "que al parecer le dejaba pintar hasta las paredes". Además, tenía que confesarle para que no hubiera lugar a dudas, que ella era una "artista comercial", que pintaba paisajes marinos "para vendérselos a los turistas". Quedaron, sin embargo, que "el día menos pensado" lo llevaría a verlos.

Todo era una conversación de superficie, peces en una pecera, como si tuvieran todo el tiempo disponible para no dejarse ver.

Bob era (parecía) transparente y traslúcido, como si fuera aquel hombre envuelto en una gasa que aparecía una y otra vez en un sueño recurrente, apretando el acelerador y volviéndose invisible a medida que la gasa lo iba desnudando. Tenía una textura y una coloración monocromática que se lo escatimaba; como si estuviera pintado de un solo color, disolviéndose en algunos de sus lienzos. Cuando le daba por un determinado color empezaba, casi obsesivamente, a vestirse de los mismos tonos, según él mismo le había dicho, como si buscara su identidad en los colores que utilizaba. De ahí que al principio, acabado de llegar a Hawai, asimilado al "período gris", tenía los resabios del norte de Nueva York y se vestía de gris de pies a cabeza; pero aquella bruma no funcionaba bajo el recalcitrante paisaje de sol que lo rodeaba. Su período azul le fue mucho más favorable, como si ese fuera "su" color; aunque lo disolviera más todavía como si fuera una disolvencia acuosa dentro del cielo y el agua, y dejaba de verse, como si se perdiera en el fondo de su pupila. Quizás por eso los dos, sin hacerlo intencionalmente (del todo), prolongaban las sobremesas de una forma excesiva, entre el ocultamiento y el destape, en movimientos refinados del verse y no dejarse ver, casi en un delicioso suspense de la ignorancia (y de lo ignoto) mezclando la animada conversación con lánguidos silencios que se iban sin prisa sobre algún paisaje.

En uno de sus almuerzos en el Waioli Tea Room, convertido en restaurante por obra y gracia del Ejército de Salvación, le enseñó un oleo no muy bien pintado que era su "Homenaje a Robert Luis Stevenson", de cuando el alma del Dr. Jekyll y el Sr. Hyde buscaron la paz y el reposo en medio del Pacífico, Janet le aseguró que "el día menos pensado" no estaba lejos. Era un cuadrito de pocas dimensiones, con predominio del follaje, sin la menor indicación de que por allí estuviera rondando un alma desdoblada y en pena, como si todo estuviera visto a través de "un velo pintado", agregó.

Bob se quedó muy pensativo, como si mirara hacia un punto que no estaba allí, y por dentro le corrió una irritación que le costó trabajo disimular y que Janet notó. Pero se la quitó de encima, llevándose la mano derecha a la cabeza, como si quisiera deshacerse de algún mal pensamiento.

—¿Te pasa algo?

—No, nada. Stevenson siempre me ha caído como una patada en la boca del estómago–, le dijo Bob con una brusquedad que a Janet la confundió, pero él reaccionó de inmediato. —Perdóname, Janet, no quería ofenderte.

—No, no, por favor, no te preocupes. Dije una tontería. Después de todo lo del doctor Jeckyll y el señor Hyde, es un verdadero disparate.

—Tómalo como una imprudencia de Hyde, que habló donde no debía. Una metedura de pata.

Y se pusieron a hablar de otra cosa, con la cortesía y buenas maneras que siempre habían caracterizado al Dr. Jeckyll.

Finalmente, pasado algunos meses, accedió a lo prometido y el día en que Bob menos lo esperaba se apareció en su *atalier* con una gran pamela y un vaporoso vestido de tul de color azul celeste (como si Bob lo hubiera pintado), que era un injerto entre Bette Davis haciendo de Baby Jane y Vivien Leight subiéndose a un tranvía llamado deseo.

El recorrido a lo largo de la costa les tomó como dos horas, pasando por innumerables promontorios y playas, de una belleza tropical que no describo porque me quedaría corto, tanto como le pasaba a Janet que, según dijo, "los había pintado todos". Janet iba manejando con seguridad al borde de los acantilados y la idea que estaba envuelta en una gasa le vino a Bob a la cabeza, cubierta toda ella de tal modo que sólo se le veían los ojos mientras se lanzaban por el despeñadero. Afortunadamente, después de varias curvas ciertamente peligrosas, la carretera descendía casi a nivel del mar, junto a una extensa playa arenosa donde las conchas despedazadas por las olas producían destellos perlados al ser iluminadas por el sol.

Antes de llegar al *bungalow* se detuvieron en un restaurante junto a la costa, cuya terraza se extendía prácticamente sobre las aguas. Un arco iris (cuyos colores siempre le habían parecido cursis; a Bob, quiero decir) se dibujaba a los lejos, hundiéndose en el mar.

Cuando volvieron al automóvil, el cielo se había oscurecido. Las montañas a un lado tenían un verdor intenso y parecían envueltas en una nebulosa que les daba un carácter romántico casi fuera de lugar. Una turbonada tropical parecía avecinarse, dándole al paisaje una tonalidad romántica de cumbres borrascosas, como si Emily Bronte lo estuviera pintando. Una pequeña bahía estrechaba sus lados montañosos de un verde intensamente oscuro, creaba inesperadamente un espacio brumoso con la sombra de ellos mismos y formaba una concha de niebla. Un combate de la luz ennegrecía e iluminaba el mar que se volvía nórdico, y un círculo blanco, ligeramente gris en el núcleo, flotaba por encima de la vaga línea del horizonte sobre un mar color cobalto, sin sol pero metálico, como si estuviera iluminado. En la distancia, en alta mar, pudo distinguirse un relámpago, y se presentía una embarcación a punto del naufragio. Un romanticismo trasnochado del hombre frente a la naturaleza les hizo dar un salto hacia atrás, cuando el paisaje era una incógnita y en medio del cual ellos no eran nada, un punto perdido entre celajes; un instante de terror y de violencia en que se esfumaban hacia la nada. No obstante ello, aquel episodio de lo que no fue y sólo vivimos una vez, no pasó de aquella pirotecnia exterior, casi en blanco y negro; momento efímero de la indecisión que no iban a recuperar nunca por no haberlo vivido. Después de una curva aparecía aquel faro desolado tras el cual todo el paisaje se reintegraba a una normalidad turística, rompiendo la consistencia del hechizo, hasta que llegaron finalmente al *bungalow*, como a ella le gustaba llamarlo.

Era en realidad una tienducha al cuidado de una samoana que tenía empleada Janet y que debió haber sacado de algún cuadro de Gauguín. La recibió con una gran sonrisa, la abrazó y besuqueó afectuosamente, pintarrajeándose toda pero sin llegar a remover del todo la capa de maquillaje que Janet tenía encima. Entre botellas de Coca Cola y chucherías de todo tipo sobre un desvencijado mostrador, había un centenar de paisajes marinos, con marcos y sin ellos, acuarelas y óleos, que daban la ambientación casi irreal de un destartalado paisaje acuático. No faltaban papayas y mangos, estrictamente de verdad, puestos a la venta junto a caracoles y corales, algunos de ellos tendidos de la forma más chocante. A esto podría agregarse prácticamente cualquier cosa, incluyendo toallas de playa, camisas *alohas*, sombreros de paja, sandalias de goma, esterillas de todo tipo y tamaño, y un arsenal de baratijas turísticas. Pero principalmente, dándole un carácter diferencial, estaban todos aquellos cuadros que llevaban las iniciales "JL" y que colocados unos junto a otros y unos sobre los otros, rompían la geometría rectangular de la mayor parte de ellos, con incisiones triangulares, paisajes acuchillados, que enterraban algún cacho de montaña, alguna espinosa buganvilia, algún acantilado, en los destellos de una arena perlada arrullada por un oleaje de espuma, lo que acaba produciendo un irreal efecto cubista y *cezanesco* que desconcertaba.

Efectivamente sorprendido, Bob terminó por fascinarse, como si entrara en un paisaje maravilloso (que estuviera mal pintado). Más que ver de inmediato los cuadros de Janet, se sintió sumergido dentro de una irrealidad marina, geométrica, que le recordaba lo mejor de la pintura cubista o, más exactamente, un gran *collage* teatral que funcionaba como escenario.

Entusiasmado, se lo dijo, aunque en realidad bien pudiera ser la decoración de un restaurante de tercera categoría especializado en mariscos. Janet no sabía qué decir. Se sentía abrumada por el entusiasmo de Bob, e inclusive culpable, porque ella había sido mucho menos generosa cuando se había enfrentado a sus cuadros. Tenía el suficiente talento para comprender que todo aquello estaba mal pintado, y que ni siquiera tenían el carácter de una pintura primitiva. Bien era cierto que sus cuadros se vendían (entre los turistas y a precios de turistas) no sólo allí, y que si iba por Waikikí se encontraría con aquellas iniciales que casi la avergonzaban. Venderse, se vendían, particularmente entre los japoneses, que posiblemente ya estarían abriendo una fábrica de paisajes marinos al por mayor allá en Tokío, y que acabarían exportándolos a Honolulu. Le hizo gracia la idea. Bob era, decididamente, un ingenuo (cosa que posiblemente también pensaba Doris) fácilmente impresionable. Decididamente "el otro Bob" claustrofóbico no pasaba de una fantasía de las equivocaciones.

—Todo esto fue idea de Dean, que tiene espíritu de empresa. O quizás lo hiciera para deshacerse de mí...

—Eso tiene gracia, Janet—, dijo Bob casi por decir algo.

—Sí.... —y se quedó pensativa.

—No me hagas reír.

Sin darse cuenta, se repetían.

—En todo caso, los dos estuvimos de acuerdo, y después de la muerte de mi madre decidí hacer unas inversiones. Dean, con la posición que tiene, no se irá nunca de aquí y, por otra parte, cualquier inversión en Hawai es una mina de oro. Cuando se nos presentó la oportunidad de adquirir este *bungalow* a precio muy razonable, pues invertimos gran parte de lo que había heredado. Dean pensó que no sería mala idea montar este timbiriche con el que podríamos ir pagando el resto de la hipoteca, y además estaría mejor cuidado. Como esto está lleno de aborígenes —y se rió al usar el término- que sencillamente no quieren hacer nada, pues le pedimos prestados a Gauguin una diosa Pele, la Melekalikimaka que vino a recibirnos.

Cuando pasaron a la sala donde efectivamente Janet pintaba un par de veces a la semana y donde no había ninguna de las baratijas mencionadas (salvo sus cuadros), el efecto que producían las paredes era pura desolación. La puerta vidriera se abría a todo lo largo y de par en par a un paisaje marítimo de belleza tal que no podía estar mejor pintado. Del otro, en orden y penoso concierto, colgaban los cuadros de Janet que, en síntesis, ofrecían un vano espectáculo, casi deprimente. En su conjunto, aquella pared no era más que una naturaleza muerta, inclusive si Hopper los hubiera pintado a ellos dos. Ni siquiera Bob pudo decir mucho, y sólo acertó a articular un par de tonterías. Janet, decididamente, necesitaba una ginebra con soda, y sin preguntarle si quería o no, le preparó otra a Bob.

Mientras lo hacía, Bob recorrió la habitación y se fijó en un cuadro que tenía algo de Rousseau, por el follaje intensamente verde, y unas flores de un rojo vivo e intenso, como si estuvieran artificialmente vivas. El cuadro estaba sobre una consola en el pasillo que daba a la alcoba, con una gaveta entreabierta, y era tan malo como todos los demás. En la semioscuridad del pasillo pudo descubrir con dificultad, entre el follaje, una pistola que Janet, con marcada torpeza, había pintado, francamente fuera de lugar, parecida a otra, que creyó distinguir, dentro de la gaveta.

—Otra naturaleza muerta—, le dijo Janet mientras le alargaba el vaso y, con la otra mano, cerraba la gaveta.

Por un rato quedaron en silencio, y Bob, casi por decir algo, mientras contemplaba la línea del horizonte, comentó que en los paisajes de Janet había cierta desolación porque nunca había nadie.

—¿Y eso que tiene que ver? En los tuyos tampoco—, dijo con un sonido nasal, marcadamente áspero —Nunca he pintado bien las caras.

—Ni Hopper tampoco.

Ambos se quedaron muy pensativos. Hubo una larga pausa. Bob se levantó y caminó hacia la puerta vidriera que daba al mar.

—No, es como si estuviera de sobra en el paisaje. Como en tus lienzos. Como en ese mural que quieres pintar en medio de la playa—, comentó Janet, y después, como si lo mirara más allá de la sombra del rímel, agregó: –Bueno, que después de todo algo tenemos en común, además de los azules.

Hubo un ligero tremor que los atemorizó, como si hubiera sido otra la que hablara y fuera otro el que estuviera escuchando. Entonces ella, abruptamente, con la voz endurecida, agregó:

–Pero miento. Antes de pintar toda esta... naturaleza muerta, pinté –y casi estuvo a punto de no decirlo-, pinté... mi autorretrato. Cuando todavía estaba viva.

Se dio cuenta que había hablado demasiado, que era absolutamente impropio lo que acababa de decir, trasluciendo sentimientos que debía ocultar detrás de su máscara de *rouge*. Pero había tocado algún resorte, porque Bob la miró con intención, como si le quitara toda aquella máscara que llevaba en la cara. Ella dio unos pasos, alejándose de él y poniéndose a la defensiva. Era como si por un momento hubiera escuchado su propia voz, que se le había escapado de la garganta trasluciendo una identidad que no quería dar a conocer. Durante mucho tiempo había vivido en la incomunicación, encerrada en su propio cráter volcánico, como si le hubieran arrancado el útero con una cuchilla, y no anticipaba una erupción a través de las grietas de la piel. Estaba, por otra parte, estableciendo una relación con aquel Bob claustrofóbico que se asfixiaba en "el otro dormitorio" donde encerraba sus pesadillas. Recapacitó. Inmediatamente dio marcha atrás. Al hablar de ese modo ella misma le parecía grotesca, que todo lo que había aprendido en su juventud, aquel ejercicio en que se guardaba para sí misma, volvía a traicionarla, y ella se había hecho el firme propósito de que el error que había cometido con Dean no iba a repetirse nunca más en su vida.

—Es hora de irnos. Si nos demoramos un poco más, será demasiado tarde.

No era eso exactamente lo que había querido decir, pero quizás por ello Bob hizo un gesto que nunca se hubiera imaginado, tomándola de un brazo y reteniéndola. Fuera de lugar, mal dirigido. Era un gesto incoherente, inconcebible, porque no había la menor posibilidad pictórica de poner ese gesto en un mismo cuadro.

—¿Dónde está?

Por un momento ella sintió la presión de aquellos dedos que no parecían suyos, que si fueran los de una mano esculpida por Bernini, que presionaba una carne que gradualmente se iba convirtiendo en mármol.

—¿Qué cosa?

—El autorretrato.

—En el gabinete y encerrado con un candado–, dijo Janet con una voz que le salía de alguna entraña que le habían extirpado, apuntando a una puerta de caoba, casi terracota, que tenía, efectivamente, cerrada con un candado. –Vámonos.

El la apretaba por la muñeca, a punto de hacerle daño, casi sin darse cuenta. Y a ella le costó cierto trabajo deshacerse.

Y salieron de la casa, sin hablar mucho durante el regreso, pensando, tal vez, en el autorretrato que él nunca había visto y el que ella no quería recordar que había pintado.

Cuando llegó al *penthouse,* se sentía desasosegada, pero dispuesta a disimularlo. No tuvo que hacer un gran esfuerzo. El apartamento estaba en penumbras, salvo la alcoba, cuya puerta estaba entreabierta y Dean, limpio e impecable, con un pijama beige, leía plácidamente una novelita detectivesca, de esas que le producían una tranquilidad abúlica y anodina que era lo más cercano que podía estar de una sacudida mística.

—Se me hizo tarde. Llevé a Bob Harrison a la Costa Norte a ver mis cuadros. Quería verlo todo y el tiempo se nos pasó sin darnos cuenta, en un abrir y cerrar de ojos. Lo siento.

Si él le hubiera prestado atención, hubiera notado un temblor parkinsoniano en la emisión nasal de Janet, pero estaba realmente ensimismado en el *thriller*, que debía estar llegando al clímax.

—No te preocupes. Tuve un día difícil y me preparé un sándwich, y de paso te preparé otro a ti.

Ella se quedó ligeramente sorprendida por la atención, porque el gesto se acercaba a lo inusitado.

—Gracias, Dean. Pero no tengo apetito. Me tomaré un vaso de leche.

Fue al refrigerador y, efectivamente, allí estaba el sándwich envuelto en un papel plástico transparente, frío y desolado. Estuvo a punto de servirse el vaso de leche, pero al ir a hacerlo se detuvo, fue al bar y se sirvió una ginebra con tónic, como si fuera la continuación de aquella bebida que no se había tomado. Pero no era lo mismo. Regresó al tocador que estaba en el baño, y al verse ante el espejo, tan exageradamente maquillada, abrió tan pronto como pudo el pote de *coldcream* y se embadurnó la cara. Al mezclarse la blancura del *coldcream* con la capa de maquillaje, los colores se disolvieron en ella, cubriéndole el rostro, como si Jackson Pollock la estuviera pintando. Más exactamente, como si fuera un payaso preparándose para salir a escena, como había hecho toda su vida. Estuvo así por varios minutos ante el espejo, ensimismada, hasta que tomó finalmente una toallita de papel y fue quitándose gradualmente aquella capa grasienta que la cubría, despintándose, dejando que poco a poco fuera apareciendo ella ante el espejo. Se vio como si se hubiera visto por primera vez y tuvo que reconocer que quizás todavía fuera joven y que su aspecto era, no diría que una belleza, pero decididamente el de una mujer... y se encogió de hombros... como otra cualquiera. Lo cual no sabía exactamente lo que significaba, como si en el fondo de aquella percepción se deslizara entre el consuelo y el desencanto. Pero sin una gota de maquillaje, podría decirse, en toda justicia, que era hasta bonita.

Cuando volvió a la habitación, Dean había apagado la luz de su mesa de noche y había colocado allí el libro que había estado leyendo. No podría decirse que roncaba como un bendito, porque no roncaba jamás, aunque ciertamente dormía profundamente. Janet se acostó. Cuidadosamente, puso la cabeza sobre la almohada. Parecía dormir con los ojos abiertos. Era demasiado tarde para todo.

Todo parecía, gradualmente, volver a la normalidad. La adquisición por el museo de aquel *Retrato de Jennie* de Eben Adams, un pintor bastante desconocido cuya producción solamente tuvo resonancia por aquel cuadro que no era nada del otro jueves a quien alguien se le ocurrió llamar "la Mona Lisa del Parque Central", causó cierto revuelo local, y críticas por lo mucho que habían pagado póstumamente a la *Ethel Barrymore Foundation de New York,* por un cuadro que no estaba mal, pero que no decía nada nuevo y era el único de un pintor de la que poco se sabía, prematuramente desaparecido. Sin embargo, todo aquella mitificación del encuentro atemporal de Jennie con Adams, tras sus misteriosas apariciones en el Parque Central que inspiraron al pintor, y la muerte de Jennie durante una tempestad cerca de un faro en Nueva Inglaterra, (que no era más que la alegoría de un coito escurridizo que no se había consumado), crearon una atracción hipnótica en Bob y Janet, que pasaban largos ratos ante el cuadro, y que más tarde, de sobremesa en el comedor, sometían a demoledores análisis críticos, superando la crisis del *bungalow* y de lo que no había sucedido. Bob, en particular, tendía a burlarse, para quitárselo de la cabeza, tarareando aquella cancioncita atribuida a Jennie, según el catalogo, que él, un tanto diabólicamente, repetía: "Nadie sabe de dónde vengo/ pero todos van a dónde voy". Janet hacía como si se irritara, aunque al final acababa entonándola por su cuenta, sin tomar todo esto muy en serio.

Revestidas por la técnica, se reintegraron a aquellos encuentros casi profesionales, pero subrepticiamente, en otro tono, aquí y allá, se descorría algún velo de lo personal, dado por algún matiz del color, un tul que encubría descubría algún detalle menor, insignificante, que tras algún comentario se volvía significativo. Esto ocurría durante los almuerzos y las largas sobremesas, en las que a veces dejaban pasar el tiempo sin decir ni una palabra. De ahí que estos encuentros en el museo se fueran convirtiendo en una proyección de los cuadros, cuadros ellos mismos que se contemplaban mutuamente, colocados Janet y Bob uno frente al otro como si se dejaran ver mirándose. A veces sin mirarse, indagando en el vacío, convergiendo en un punto en la distancia. Quizás era mejor no ahondar, ignorar las posibilidades. Janet no quería ni imaginarlo. Ni él tampoco, seguramente. Dar un mal paso. Pero por dentro escuchaban un concierto de lobos. Para Bob el develado era francamente infructuoso y no creía que iba a acertar jamás con el rompecabezas, a menos que descubriera aquella otra mujer cuya voz había escuchado en el *bungalow*. Quizás la propia Jennie que los seguía con la mirada, prácticamente sin maquillaje. O la que estaba detrás de aquella puerta intensa, terracota, encerrada con un candado, sin dejarla salir. Sólo forzando la cerradura iba a ser capaz de descubrirla. Y debía hacerlo. Traicionar de una vez por toda su propia cobardía, sus vacilaciones. Dejar suelto a algún animal feroz que le mordía las entrañas. Deshacerse de sí mismo. O ser el mismo, que era la misma cosa. Estaban de igual a igual. Mientras tanto, sólo tenía aquella incógnita al otro lado de la mesa. Cubierta como estaba de *rouge*, tintes y maquillajes de todo tipo, le resultaba difícil traspasar aquella costra. La posibilidad que fuera la cara mitad del otro Bob, el que tenía también bajo llave en la galería, no podía descartare. A veces en la voz, proyectada sobre algún cuadro, podía detectar a la mujer encerrada en el armario que permanecía protegida por aquel conglomerado de arrugas policromadas. Mejor no, se repetía.

No era extraño que en un silencio detrás de las palabras, entre "la pobre Doris, que con sus clases no tiene tiempo para nada" y "el pobre Dean, que no sé cómo puede con tanto papeleo", empezara un mínimo de desentrañamiento de las esfinges. El "segundo dormitorio" del apartamento de Bob le producía a Janet una inquietud ante la cual no quería volver a enfrentarse y cerraba la puerta apresuradamente. Quería conocer, pero al mismo tiempo prefería no ver ni escuchar nada. La del closet de Janet, con su candado feroz, venía con frecuencia al cerebro de Bob, que cada día la veía de un intenso color terracota, arcilloso, casi sangre, acompañado de un pistoletazo seco y tajante. Recordaba la puerta como si la hubiera olvidado, oscureciendo la caoba hasta adquirir el tono de sangre coagulada. Esta obsesión trastornaba la luminosidad de sus azules, que poco a poco empezaron a ensangrentarse.

–Estoy pintando mi autorretrato–, le dijo un día, ya de sobremesa y mirándola fijamente.

Por un instante, le pareció otra persona. Se sintió turbada, sin tener la menor idea de las razones que la llevaban a sentirse de este modo, pero se dio cuenta de que desde hacía unas semanas, quizás meses, Bob había cambiado el color de sus camisas, empezando por unos fondos arenosos que gradualmente se habían intensificado. Se había vuelto sepia, que es el color de la memoria, y también del olvido. Más diluido que nunca, Janet no le había prestado mucha atención. Pero ahora, de pronto, mientras le decía aquello, se dio cuenta que tenía puesta una camisa terracota, color entero. Aterrorizada, se quedó mirando fijamente la camisa, el pecho de Bob. Levantó la vista y fue como si él hubiera dejado de ser transparente por primera vez, de ser azul, descubriéndose a sí mismo en la sangre terracota que lo cubría, que hacía juego a su vez con aquellas flores oscuras sobre la consola, con una pistola oculta entre las hojas y las flores. No sabía qué decir. Toda su pintura incolora y monocromática, en la cual se había deslizado como si fuera un pez transparente en el mar o un ave diluida en el infinito azul celeste, había desaparecido y afloraba aquel desgarramiento de toda una vida que nadie había visto (aquel claroscuro) y se desbordaba por dentro, en una especie de hemorragia interna. Pero no podía explicarlo, salvo que le daba miedo; como si otro Bob los recorriera por debajo de aquella piel impasible y transparente. No tenía valor. Sin saber el motivo, por un instante, recordó a su marido, que era otro desconocido, pero era un desconocido seguro. Pero aquel otro desconocimiento la dejaba anonadada, al mismo tiempo era la cosa más natural del mundo. Porque, ¿no era ese el desconocimiento que tenía de sí misma? Insegura, no sabía qué hacer ni qué decir, porque aquel terracota era, efectivamente, su autorretrato.

Al ir a colocar la servilleta sobre el mantel, él le tocó la mano que ella tenía extendida sobre el tapete, casi de forma imperceptible. No era que antes no se hubieran tocado, pero ella sintió algo más que una caricia en la yema de los dedos. Con cierta brusquedad retiró la mano, cuando en realidad debió haber hecho todo lo contrario: uno de esos momentos en que se hace lo que no debe hacerse, mientras que una voz le estaba diciendo que lo hiciera, que era exactamente lo que estaba ocurriendo y lo que quizás hubiera evitado lo inevitable, un peligro de vida o muerte. Pero fue su capacidad de resistencia lo que se impuso, como si ella misma estuviera apretando el gatillo. Vivía entre el terror y la cobardía. Como si fuera un negativo fotográfico, todo sucedía a la inversa. Todo el resto de su vida iba a tener que pagar por un "pecado" que no había cometido, que era el peor de todos los pecados.

–¿Qué te pasa?–, le preguntó Bob con una voz que no parecía ser la suya.

—A mí no me pasa nada.

Era demasiado tarde. Además, no se atrevía a saber, porque siempre había vivido en la teoría del desconocimiento. Había esperado demasiado y ya no tenía tiempo para nada, porque las horas estaban contadas. Quizás en ese momento debió haber hecho todo lo contrario y haber presentido el peligro en que estaba el propio Bob, mucho más que ella. Estaba fuera de todo cálculo. Pero por una razón o por la otra, quizás por aquel pasado puritano, la contuvo su cobardía. La imagen de un caballo desbocado y un estrépito de cañones la atemorizó; caballos en llamas que la rodeaban con un centenar de ojos. Se deslizaba por el faro y caía en el vórtice del remolino. Era un derrumbe, un vendaval alucinado que la aterrorizaba porque lo había resistido siempre cerrando puertas y ventanas.

—Es demasiado tarde, Bob. Ya no hay tiempo. Tengo que irme—, le dijo mientras contemplaba la camisa terracota, de un caoba oscuro, intenso, recordado, imaginado, la puerta cerrada con un candado detrás del cual estaba también su autorretrato. ¿El de él o el de ella misma?

Decidida, como si hubiera escuchado una detonación, salió del museo y sin darse cuenta se encontró manejando hacia el *bungallow*. No cabía la menor duda de que, a pesar de su pericia, de un momento a otro se iban a ir contra un barranco, y temía que esa fuera su intención, como si ninguna otra opción pudiera satisfacerla y sólo pudiera descansar si llegaba a un éxtasis definitivo. No entendía. ¿Por qué tenía la necesidad de enclaustrarse en su autorretrato? ¿Qué significaba aquel color terracota que se le venía encima y la envolvía? "Nadie sabe de dónde vengo pero todos saben a dónde voy". Y le chocó entonces la puerta de caoba donde había estado encerrada hacía un centenar de años, aquella sangre petrificada, roca de lava, con el candado férreo que la había condenado un cuarto de siglo, como si Dean hubiera escondido la llave en la clave secreta de un crucigrama y se estuviera burlando. Y había sido ella, sin embargo, la que se había tapiado en su propia sepultura con aquella gota de sangre (gota de nieve, gota de niebla, gota de cielo, gota de mar en la pintura monocromática de Bob; pero también gota de sombra) que era a su vez un autorretrato. Porque un autorretrato no es tan sólo el que nos hacemos; en gran parte es el que nos hacen los demás.

Al final de una curva que se adentraba en aquel recodo del agua donde la luz se transformaba, le pareció distinguir en la distancia el vuelo de los ictiosaurios. Pero pensó que eran vuelos de piedra. La oscuridad se había intensificado y el verdor de los árboles se había vuelto casi negro, con las ramas ondulantes y sinuosas que ascendían en una llamarada verdi-negra que parecía una gran mancha gigantesca. A la siguiente vuelta de la carretera pudo distinguir en el espejo retrovisor el auto de Bob que la seguía y que quedó atrás, como una ilusión óptica, en la vuelta del camino donde estaba el faro en el acantilado, fantasma insomne cuyo potente foco era la perdición de los navegantes entre cumbres borrascosas. La tempestad y el naufragio se reiteraban con una intensidad volcánica de la cual estaba huyendo. Apretó el acelerador como quien se escapa de algo o de alguien, cuando en realidad estaba huyendo de sí misma. La banda sonora se la pidió prestada a Hitchcock. Pura *Psicosis*.

Al bajarse del auto en el *bungallow* nadie vino a recibirla. La tienducha estaba cerrada y ella, directamente, entró en la sala por la otra puerta. Pero a medida que se acercaba aumentaba la opresión en el pecho, como si al verse contemplara también al asesino que, con un puñal, la acuchillaba. No era la primera vez que ocurría lo mismo, pero nunca había pasado de modo tan claro y convincente, como si toda la vida hubiera estado pintándose para que otra paleta la desfigurara. Tuvo intención de buscar la pistola que estaba en la gaveta de la consola, pero no tuvo tiempo. Miró de inmediato la puerta del gabinete donde estaba metida, y contempló el candado, firme, inmóvil, fijo, seguro de sus actos. Histérica, buscó la llave, que se le perdía en el fondo de la bolsa, entre aquel centenar de cosméticos y colorines que siempre llevaba consigo. Al final la encontró y frente a la puerta se dio cuenta que Bob había captado aquel perfecto color de una caoba que no tenía vetas, como si fuera una veta infinitesimal vista bajo un microscopio en la que sólo un color fuera posible. Como un cirujano que entierra el bisturí, metió la llave en la cerradura, dispuesta a ver saltar un chorro de sangre, y de un tirón abrió la puerta de par en par al mismo tiempo que Bob, que efectivamente la había seguido, entraba en la sala. Se metió en la oscuridad de sí misma donde estaba pintada y le pasó el pestillo por dentro a medida que el chorro del agua de la ducha le caía encima, convertida gradualmente en un baño de sangre menstrual. Vuelta una cápsula de cristal, copulaba dentro de su propia matriz, que era un modo de no hacerlo. Como si fuera un animal en celo, desconocido y desatado, el olfato lo enardecía, y Bob daba golpes feroces contra aquella puerta tras la cual se había encerrado. Gemía y bufeaba, mientras ella se ahogaba en su autorretrato.

MONOCIGÓTICOS

—Tengo que decirte algo–, le dijo Bob.

Cada vez que Bob se bajaba con esta oración o alguna parecida, Doris sentía una especie de escalofrío, que disimulaba lo mejor posible. Afortunadamente, ocurría con poca frecuencia, porque la mayor parte de las veces no tenía nada grave que decir, y sus conversaciones sobre el Renacimiento y el Barroco, en particular, que estaban tan distantes, eran como un bálsamo. Con la pintura del siglo XX se agitaba un poco, pero en definitiva... Sin embargo, de vez en cuando, decía algo y cambiaba el tono de la voz... Muy de vez en cuando, realmente, y esto le producía a Doris una remota inquietud, una cierta desconfianza, no sabía por qué...

Estaban en el patio después de haber comido una cena muy ligera que Bob había preparado, mientras Doris se daba un chapuzón en la piscina: una ensalada de lechuga y tomates, unos espaguetis, quesos y pan, unas fresas, y una copa de vino. Oscurecía lentamente. Habían encendido las luces de la piscina, que siempre producían unos destellos irreales.

—Yo soy un monocigótico—le dijo Bob de pronto, de sopetón, y sin venir al caso.

Bueno, era lo menos que Doris podía esperarse y se rió un poco ante la ocurrencia de su marido.

—Primera noticia, Bob. ¿Y eso que quiere decir?

—Que no soy hijo único.

La idea le pareció a Doris una ocurrencia sin importancia y se sirvió un poco más de vino. En un primer momento no la tomó en serio. Le costaba trabajo asimilarla, porque Bob siempre había insistido que era así o del otro modo porque era hijo único. En fin, no sabía exactamente qué decir.

—No sé como empezar.

Entonces fue que recordó aquel episodio de la muerte de unos suegros que nunca conoció y del cual nunca más volvieron a hablar, entre otras cosas porque había sido innecesario. El hecho de haber muerto en Hawai donde ocurrió aquel trágico accidente, nunca volvió a ser tema de conversación y de hecho Doris no sabía exactamente donde tuvo lugar, y hasta era posible que Bob no lo supiera tampoco, porque ni se había mencionado ni había habido nunca la menor indicación de su parte de que hubieran pasado por el lugar donde el mismo ocurriera. Oahu no era una isla muy grande y para esa fecha ya le habían dado la vuelta varias veces. Ciertamente a Bob no le gustaba manejar por los acantilados más allá de Hanauma Bay, que eran bellísimos, pero jamás había hecho ningún comentario. Había sido un acuerdo tácito y había resultado efectivo. No habían tenido necesidad de hablar nuevamente del asunto, viviendo en una paz semi-idílica entre ambos, tirando al aburrimiento en el peor de los casos. Pero el hecho de que ahora se bajara con aquello de que no era hijo único, como si fuera otro secreto de familia, no dejaba de parecerle peculiar, particularmente viniendo de Bob, al que creía conocer como la palma de su mano y no era nada melodramático. De todas maneras lo de monocigótico, así de sopetón, la sorprendió y no se lo había aclarado todavía, porque ella no tenía la menor idea de lo que eso quería decir.

—Monocigótico quiere decir que somos univitelinos.

—Por favor, Bob, no me hagas reír.

—Bueno... en todo caso... no es solamente que no sea hijo único, sino que tengo un hermano gemelo.

—¿De veras?–, preguntó Doris, algo burlona y más bien incrédula.

—Te advierto que no tiene la menor gracia.

—Bueno, perdóname, si es que la cosa va en serio. Tal vez sea el vino.

Efectivamente, la botella estaba llegando a su fin.

—Si te explicaras de una vez... He tenido un día muy difícil, y la cabeza se me parte. Me han vuelto aquellas migrañas que tenía en Ithaca.

Con cierta frecuencia, Doris padecía de unas migrañas terribles. "Unas migrañas recurrentes", como ella decía.

—Es decir, que no sólo tengo un hermano gemelo, sino que somos gemelos idénticos: uno igual al otro–, dijo Bob, que parecía tomar el asunto muy en serio.

"Bueno, en última instancia, ¿qué importancia tenía? Sin contar que ella siempre había pensado que un gemelo era igual al otro. Si no era hijo único y nunca había conocido a su hermano, era como si lo fuera, y si era gemelo o no tampoco tenía mayor importancia, con tal de que no se fuera a acostar con él sin darse cuenta", pensó Doris.

–Lo cual es exactamente posible. Porque Hyde se quiere acostar contigo.

Le pareció que no había oído bien. ¿Hyde?

–Sí, el oculto, el escondido, como el de Robert Luis Stevenson.

–No entiendo a qué viene todo esto. Si tienes un hermano monocigótico o lo que sea, ¿a qué viene que me lo cuentes? No comprendo, Bob. Hemos vivido sin tu hermano monocigótico desde que nos conocimos y podemos seguir viviendo sin él hasta que la muerte nos separe.

–No lo creas.

–En el fondo me parece una gran tontería. O algo que no tiene sentido–, dijo Doris poniéndose de pie. Estaba ligeramente alterada. – Quizás has tomado más de la cuenta y te ha dado por ahí. ¿Podrías explicarte de una vez?

– Sí, quizás esté borracho. Pero no lo suficiente–, dijo Bob.

Se fue al bar y se sirvió un trago más fuerte, sin agua y sin hielo. No acostumbraba a salidas de este tipo.

–Está loco por ti y quiere venir a verte.

–¿Cómo va a estar loco por mí si no nos conocemos?

–Bueno, tú no lo conoces, pero él sí te conoce a ti. ¿Recuerdas aquella exposición en Ithaca? Por años estuvimos desconectados, porque él me había perdido la pista. Y además, estaba en lo suyo. Pero cuando supo por los periódicos que iba a tener una exposición, vino a verme.

–Yo no recuerdo nada.

–No, no, tú no recuerdas, porque tenías otras cosas en la cabeza.

–De todas maneras, ¿qué importancia tiene?

—Escucha, Doris... —le dijo más calmado, tratando de explicarle —Quizás sea más complicado de lo que a primera vista parece... No, no, tú no sabes exactamente lo que eso quiere decir... Lo de monocigótico... Parece un disparate, una locura, pero no lo es. Déjame explicarte, para ver si te das cuenta del caso... Mamá y papá no se llevaban bien. Estaban siempre peleando. Pero acababan haciéndose el amor después de alguna gran pelea, que parecía excitarlos, pero que era de muy mala leche–, dijo rápido, como si fuera la cosa más natural del mundo, pero era una salida inesperada de Bob, como si alguien le pusiera palabrotas en la boca, y siguió sin alterarse. —Entonces, un día, nos concibieron a los dos al mismo tiempo, que es lo peor que puede pasar, porque los genes están así como perro y gato, mal llevados, de muy mal carácter para concebir nada, como explican los siquiatras. El resultado, para simplificar, consiste en que los dos embriones... monocigóticos... se odian el uno al otro–, y se sirvió otro trago que se tragó de un buche. Después, como si se lo supiera de memoria, se fue alterando gradualmente a medida que lo iba explicando: "En el caso de los hermanos monocigóticos, la bipartición del embrión se produce acompañando a la proliferación celular, en la que sólo está implicada la mitosis, un proceso de reparto de material hereditario que distribuye copias idénticas de la dotación genética, de manera absoluta, compartiendo el cien por ciento de los genes, salvo pequeñas variaciones, imperceptibles." Es decir, que él y yo somos iguales.

Hizo una pausa, tratando de tranquilizarse nuevamente.

—Durante nueve meses estuvimos juntos, en el mismo útero de mamá, en un espacio pequeño, sin poder

movernos casi, donde nos empujábamos para poder respirar, para poder sobrevivir las mismas circunstancias... El útero es un lugar acogedor, pero pequeño, y éramos dos... Allí empezó el pugilateo, que duró casi nueve meses, porque el parto de mamá fue ligeramente prematuro, precisamente por el lío que nos traíamos entre manos, las discordias, los puñetazos que nos dimos cuando tuvimos manos...

Lo explicaba todo con una lógica absoluta, como si fuera la cosa más natural del mundo y como si, efectivamente, lo hubiera vivido y lo recordara detalladamente. Doris no salía de su asombro.

—No, no, tú no puedes darte cuenta, nadie puede imaginarse lo que es eso. Mamá nunca se recuperó de aquel embarazo y es por eso que empezó a odiar a papá, con el que no quería volver a acostarse... En todo caso, es un embrión engendrado en una fecundación típica, igual a cualquier otra, un único óvulo, un único espermatozoide. Se separan durante la primera fase de su desarrollo, escindiéndose en dos, en una multiplicación asexual. ¿Comprendes? ¿No te parece una monstruosidad? ¿Te das cuenta por qué no te lo dije?

Doris no comprendía del todo. De hecho no comprendía nada, porque no tenía sentido e inclusive no llegaba a creer lo que él estaba diciendo. Le parecía que todo lo estaba inventando. Cuando menos, era una exageración.

—Es por eso que debido al limitado espacio de la matriz, queríamos salir de allí lo antes posible... Es tan reducido, que uno empuja para irse y a veces el parto se adelanta, porque no se puede resistir así, estar más tiempo juntos... Cosa de vida o muerte, porque un parto prematuro es peligroso... Se corren grandes riesgos... ¿Te das cuenta del peligro tan grande en que me encontraba?

Después, claro, en el momento del parto él quería salir primero, tomarme la delantera, para ser el primogénito y tener los derechos que la ley les da a los primogénitos. Nos empujamos como locos, hasta que en una de esas el primero que salió fui yo, aunque él no se cansa de negarlo, y como no había testigos no tengo modo de probarlo. Mamá no lo supo nunca, naturalmente, porque no tenía fuerzas para nada. Se desmayó porque no quería recordarlo, y papá se negó a presenciar el parto, así que los médicos y las enfermeras hicieron lo que les dio la gana... Siempre fue un canalla, desde antes de nacer, y lo que quería era chuparme la sangre, para engordar y ser más fuerte que yo... Empujar, vapulearme, abusar de mí...

De pie, caminaba al borde de la piscina, bastante alucinado. Contaba esta historia dando la impresión que se la creía al dedillo. Doris jamás lo había visto así. O quizás fuera la bebida, que le hacía decir tantos disparates.

—En fin, no quiero contarte en detalles, para que no te asustes y pienses que estoy loco... —Los hermanos monocigóticos somos así, porque el siquiatra se lo explicó a nuestros padres, y los dos lo oímos detrás de la puerta... Somos idénticos, con una diferencia fundamental, que uno es el malo y el otro es el bueno... Sí, sí, como te digo, sin exagerar... En blanco y negro... Lo que pasa es que Hyde siempre ha sido más carismático que yo... ¡No, no, no estoy borracho tampoco! ¡Te lo aseguro!–, dijo tambaleándose. —Cuando oímos esta explicación nos quedamos pasmados, y nos abrazamos, no sé por qué motivo... Mamá puso el grito en el cielo... Papá no sabía qué decir... Lo mejor era separarnos, les dijo el siquiatra.... Que viviéramos lo más lejos posible el uno del otro... Pero mamá no quería. A consecuencia de esta situación mamá y papá no hacían más que pelear. Repro-

ches. Acusaciones. Hasta que decidieron venir a Hawai, de vacaciones... Como si se tratara de una nueva luna de miel... Y fue peor todavía...

—Bob, Bob, por favor, no sigas–, le dijo Doris, acercándose a él y tratándole de quitarle el vaso con whisky que tenía en la mano. Pero no pudo. Estaba decidida a no tomarlo demasiado en serio. Y sin embargo... De haber sido así... Todo habría sido una mentira, toda aquella sencillez de Bob, que ella creía que era transparente, simple, sin complicaciones... Incapaz de... No, esto no tenía el menor sentido... Ella misma necesitaba otro trago, pero no podía perder la cabeza, porque serían dos locos, y ninguno de los dos sabría lo que estaba ocurriendo.

—Siempre nos llevamos mal. Nuestra niñez fue un infierno, porque siempre quiso hacerme todo el daño posible. Mamá trataba de protegerme, porque sabía todo el mal que quería hacerme. Claro que era difícil, porque como nos parecíamos tanto a veces se confundía y lo protegía a él, ya que no se daba cuenta. Nadie podía reconocernos. Papá, por el contrario, lo prefería porque era un gallito de pelea, decía, más macho que yo. Y lo mismo ocurría en la escuela, a menos que yo ganara la pelea, pero entonces pensaban que era él el que había ganado, porque no podían concebir que yo ganara, así que en el fondo era Hyde el que siempre ganaba... Los maestros se volvían locos y Hyde, que no quería estudiar, me obligaba a veces a que yo tomara los exámenes, para sacar mejor nota... Nos ponían cartelitos para reconocernos, pero él me quitaba el mío y se lo ponía, y, si repartían algo bueno, por ejemplo, él lo recibía por partida doble. No era ningún tonto. Los castigos me los pasaba a mí y tenía que pagar por culpas que no había cometido. Y lo mismo después, ya en la escuela secundaria, porque siempre tuvo más éxito con las muchachas y hacía con ellas lo que le daba la gana. Algunas, cuando salían conmigo a alguna fiestecita, como no podían reconocernos, pensaban que yo era él, hasta que sospechaban que yo no lo era y se daban cuenta de la equivocación. Tal vez cuando me metían la mano en la bragueta.

Después, tras una pausa.

—Yo era tímido, indeciso, mientras que él era todo lo contrario. Pero como era el malo, ellas siempre lo sentían y eso era lo que les gustaba. Tenía todas las de perder. Las mujeres se volvían locas por él, hasta que nos separamos y perdimos la pista el uno del otro...

Doris cerró los ojos y echó la cabeza hacia atrás en la silla de extensión que tenían al borde de la piscina. Se dejaba llevar, casi adormilada, porque todo aquello era francamente absurdo.

—No, no, nada de esto te lo había contado. Quizás debí hacerlo, pero no me atrevía. Además, cuando te conocí en Ithaca, hacía ya un par de años que no lo veía, hasta que se presentó en la exposición. Aquella que fue un fracaso y a la que no fue casi nadie.

—No digas eso.

— Se había dejado crecer la barba, que le cubría gran parte de la cara, con unos cabellos más bien largos, pero no exageradamente, que le caían sobre la frente. Tuve la impresión de que quizás usara algún tinte, castaño y algo rojizo. Puede que fuera una barba postiza. Todo muy natural, sin embargo. Hasta yo mismo, por un momento, no lo reconocí. Pero cuando me di cuenta que era él, no te puedes imaginar lo que aquello fue para mí. Y se había dejado el bigote, espeso, no tan rojo como la barba. Así que la cara estaba así como enmascarada y era difícil pensar que éramos gemelos idénticos, porque *hasta yo mismo no me di cuenta en el primer momento, salvo por los ojos, que eran azules y que también eran los míos. Nos abrazamos fraternalmente, pero después nos separamos, como si lo pensáramos dos veces y no fuera posible aquel abrazo fraterno. Algo así como si nos hubiéramos mordido. Porque yo recelaba, pensando que algo se traía entre manos, que a lo mejor se quería hacer pasar por mí, como si fuera el bueno. Un redomado hipócrita, pensé, y sin embargo, no pude resistirlo, porque me parecía convincente, que sí, que era finalmente el hermano que nunca había tenido. Se entusiasmó con mis cuadros y no sé cuantas cosas me dijo, que además tenían sentido, porque era evidente que sabía de artes plásticas. Me quedé sorprendido, porque nunca había dado señales de que le gustara la pintura. Que no, que él no podía pintar nada, porque ese talento lo tenía yo solamente, pero que el entendía la pintura, al dedillo, y que estaba haciendo un doctorado en arte, para hacerse un curador de algún museo y ponerse a restaurar cuadros, técnicamente, con los adelantos fotográficos, una nueva ciencia electrónica en la que se estaba adiestrando. Que iba a ser "mi complementario", y que entre los dos íbamos a llegar muy lejos. Claro, esto me desconcertó y volví a tener mis sospechas, pero llegó a convencerme. Afortunadamente, tú no te dabas cuenta de nada. No sabías lo que estaba pasando. Pero desde que te vio... Así, de lejos, cuando llegaste a la galería... Me di cuenta que lo que quería era acostarse contigo.*

—¡Qué disparate, Bob! ¿Te das cuenta de lo que estás diciendo?

—Sí, claro. Sé muy bien lo que estoy diciendo.

Por un momento pensó que Bob, sencillamente, se había vuelto loco, con una idea tan descabellada en la *cabeza y que aquello de mono... monocinegético... No, no, monocigótico, era una invención cuyo significado tendría que ir a descifrar en un diccionario. Nunca, nunca le había pasado cosa similar con su marido. ¿Cómo era posible que tal cosa estuviera ocurriendo? ¿Con Bob? Le parecía un extraño, un desconocido. Aquello era absolutamente ilógico. No tenía el menor sentido. Era como si otra persona...*

–Precisamente, ¿cómo puedes estar segura de que yo soy Bob?

Entonces, era ella la que estaba soñando. O era ella la que estaba soñando en el sueño de Bob. Era la única explicación posible. A menos que...

–Que yo no sea Hyde–, le dijo Bob–, y de pronto, así como así, la atrajo violentamente hacia él, besándola en la boca, metiéndole la lengua con una intensidad desconocida, que la arrastraba sexualmente, con una violencia tan brutal que se convirtió en una mordida, hasta el punto de dolerle, haciéndola sangrar, por lo que se vio obligada a separarse, a deshacerse, no supo cómo, de sus brazos, cuyas manos parecían acariciarla por todas partes, pero haciendo una presión más allá de la caricia, que le dolía. La atracción y el rechazo se confabulaban, pero pudo más este último, porque también se sentía aterrada, y logro deshacerse de él, que la retuvo por la bata de felpa mientras ella se deshacía de ella para librarse de aquel hombre que parecía un desconocido, quedándose completamente desnuda, lo cual lo excitaba, y quizás a ella también, mientras él la seguía hacia la recámara, al mismo tiempo que se iba desnudando. Parecía un lobo en estado de celo, que la perseguía, bufando, hasta que ella alcanzó la puerta vidriera con el propósito de encerrarse en el cuarto, sin que le diera tiempo porque él ya

estaba detrás de ella, encima de ella más bien, sin poderlo ver, porque todo estaba a oscuras. La tiró sobre la cama bocabajo. La semioscuridad de la alcoba moldeaba con su luz unas nalgas perfectas, que lo sacudieron como si quisiera comérselas, la boca babeando se le salía del hocico de arriba abajo, la mordía y le acariciaba la espalda y las nalgas en una lujuria canina, como un pavoroso perro jíbaro, haciendo que se encorvara para montarla desde atrás, aplastándole la cabeza contra el colchón, para que no pudiera ver ni moverse. Aquella posición le resultaba humillante, y con Bob nunca había practicado nada parecido, y con Jack, para complacerlo, un par de veces para que dejara de insistir. En esa posición, temió que se bajara con las anomalías de Mason, pero el abuso no llegó a tales extremos. No obstante ello, parecía tener una docena de manos acariciándola por todas partes, con aquellos resoplidos que la erizaban, que parecían excitarle todos los poros de la piel, una sensación que no había sentido antes, una nueva variante de la lujuria que no se había imaginado en Bob, crispándola toda, el cuerpo de él transpirando como si fuera una eyaculación por los poros que la bañaba toda. Como tenía la cara aplastada contra el colchón y no podía verlo, llegó a pensar que aquel no podía ser Bob y aquella disparatada mención del hermano le vino a la cabeza, haciendo imposible que ella pudiera saber con quién, exactamente, estaba copulando. Quizás se estuviera acostando con un asesino de esos que matan en serie. Era una cópula bestial y mitológica, una furia animal y primigenia que desconocía y que la poseía de una forma incondicional, irremisiblemente, en un vértigo del deseo en el cual el orgasmo se confundía con la muerte: un aullido en el vórtice de la lujuria y la pesadilla.

Gritaron los dos al mismo tiempo, como si estuvieran soñando lo mismo. Exhaustos, se dejaron caer sobre la almohada. Ella se llevó los dedos a los labios y notó que un hilo de sangre los humedecía. El alargó la mano casi sin moverla y Doris sintió imperceptible las yemas de los dedos de un animal doméstico que la acariciaba. Después ambos se quedaron profundamente dormidos como si se hubieran despertado de un sueño y se volvieran a dormir de inmediato, olvidándolo todo.

CAPÍTULO III

LA LLAMADA FATAL

Seis años después, un minuto más tarde

Decididamente, si seguía allí junto a la piscina, tirada bajo aquel recalcitrante sol del mediodía, acabaría achicharrada e iría más allá del bronceado casi perfecto que había logrado a fuerza de tantos sacrificios, y al que se oponía, decididamente, su dermatólogo. Pero Jack no acababa de llamarla para sacarla de sus remotas dudas, y Bob seguía pintando en la penumbra remota del estudio, empeñado en aquella "metafísica del color". Como si fuera Marc Rothko, que era anatema, podía pasarse horas y horas delante de un cuadro sin poner una pincelada para después, a lo sumo, darle un imperceptible toquecito con un pincel, y quedarse meditando ante lo que había hecho por un par de horas.

Desde hacía tiempo había abandonado el azul, y tras una etapa en verde (relativamente corta), algunas vacilaciones (en que inclusive dio un salto atrás hacia el gris, que a Doris siempre le producía escalofríos) se había decidido por una coloración un tanto amorfa que empezaba en el beige y terminaba en el terracota –que era, sin discusión, "el color hawaiano por excelencia". Para él, en la arena, estaba el secreto de la luz, que es el color de todos los colores. (Bueno, lo mismo había dicho del negro). Doris apenas le hacía caso y lo escuchaba como quien oye llover. Quizás hacía mal, ya que algún sentido debía tener todo aquello –inclusive el lapso al gris. Algo debía estar pasando. Tenía la impresión que durante la etapa azul Bob había sido más feliz que nunca. Y no era que ahora se hubiera vuelto sombrío, pero, de algún modo, era diferente. Si antes había buscado la "textura del mar", ahora se empeñaba en descubrir aquella "textura de la montaña" ("el secreto de la diosa Pele", como él decía), lo que él llamaba (entre bromas y veras) el bronceado perfecto de la pintura hawaiana. Aunque no lo pudiera parecer (y a los lectores seguramente no les parece) amaba a Bob y quería que viviera lo más tranquilo posible.

Cerró los ojos y por un momento reconstruyó su pasado inmediato: las penurias de aquella periódica evaluación que durante los últimos seis años la habían recorrido con reglas gramaticales del buen y el mal decir que habían ido de la garganta al culo a partir de la *soaré* de Cold Salmon, que tuvo lugar casi al cumplirse el primer año de estar enseñando en la universidad. Había salido en busca de un poco de aire, porque había demasiada gente en la sala y la atmósfera le parecía un poco cargante. Además, algo le había caído mal con aquella escena de los cocodrilos en la terraza, que Cold Salmon había tenido el mal gusto de contar en el momento en que estaban sirviendo el *Canard au Vin Rouge,* que todos afirmaban que estaba exquisito. Pero fue la entrada triunfal de la *Salade d'Annanas et de Trufes* la que desencadenó la indigestión, donde las trufas y las piñas, con su toquecito de vinagre y su pizca de sal, más un toque de salsa *curry,* se mostraban en un absoluto desacuerdo. Cuando salió a la terraza, donde no había calor y el aire era decididamente refrescante, se había sentido mucho mejor. De afuera venía, distante, un rasgueo de papagayos, y la brisa movía, imperceptiblemente, el cristal de los carillones que colgaban de las vigas del techo. De espaldas a la sala, contemplaba el patio con cocoteros y los reflejos azules de la piscina iluminada, como aquellas con las que soñaban sus amigas durante los inviernos de Ithaca y que sólo habían visto en películas, añorando como Doris aquel bronceado perfecto que ella pensaba alcanzar algún día. Lo recordaba perfectamente. Cuando sintió la mano de Mason depositada en la nalga izquierda, volvió a la realidad. No tenía que verlo para saber que era él, porque no había nadie que la depositara de ese modo. Le preocupó que lo hubieran visto (aunque como era un hábito de Mason nadie se iba sorprender demasiado), y vio a Jack que caminaba hacia ellos en la terraza. Venía con su inseparable ginebra con soda, y miró a Mason de soslayo, que ya había dejado de manosearla. Alejándose de Mason, había resbalado a lo largo de la baranda. Fue entonces cuando él le dijo que le habían renovado el contrato para el año próximo, colocando su mano, pesadamente, sobre la que ella tenía en la baranda. A partir de entonces, Jack se había vuelto el portavoz de la buena nueva, mientras que Mason había dejado de toquetearla. No recordaba exactamente lo que se dijo después, porque Bob y Janet venían hacia la terraza, y ella dio unos pasos hacia ellos, esperando que Bob no se diera cuenta de nada. La inocencia facial de Bob y el cosmético enmascaramiento de Janet se complementaban a la perfección y en última instancia todos vivían en una mutua ignorancia, creía ella, reconstruyendo en su memoria los ritos de iniciación universitaria de aquella velada.

Fue en ese momento que sonó el timbre del teléfono. Posiblemente era Jack que la llamaba para comunicarle la decisión del comité, como había hecho durante los últimos años, cada vez que él, específicamente él, le había renovado el contrato. Con la aprobación del decano, naturalmente. Pero esta vez iba a ser ligeramente diferente, porque ahora ella iba a poder determinar si seguía o no con aquel arrendamiento. Después de todo, Bob... Corrió hacia el cuarto, descolgó el teléfono, y se vio completamente desnuda, nuevamente, ante el espejo, conseguido casi aquel bronceado perfecto. "Hola". Entonces, quizás ahora... Porque Bob, sí, merecía otra cosa. No, no, claro que no se sentía culpable. Después de todo, Bob era feliz, ¿no es cierto? Y ella siempre lo tenía presente porque todo era también para él. "Sí, sí... Sigue, entiendo..." Bueno, él era inocente... Claro que ahora dice que hay demasiada luz y temía una recaída en el gris, pintando en aquella oscuridad del estudio donde apenas se distinguían los objetos y los colores, un Rembrandt abstracto tal vez. "Constructivista", rectificaba él. Ignorante también, pensaba, porque ¿qué sabía él lo que ella había tenido que pasar? Bueno, no iba a decir que había sido una tortura, porque a la verdad... Jack había sido siempre tan directo, tan inmediato... Verdad era que después de aquella primera vez nunca más la había puesto sobre aquella tabla, más dura que su erección, como si estuviera en la mesa de operaciones o como si la estuviera reconociendo el ginecólogo. Pero detalles, lo que se llama detalles... "Sí, sí, comprendo..." Porque de eso a otra cosa... Afortunadamente casi no tenía que fingir, porque sencillamente a Jack le importaba un bledo. Bueno, no iba a decir que pasaba un mal rato, porque la mayor parte de las veces... Todo lo contrario. Claro que no era espléndido tampoco y a él, directamente, poco le había podido sacar de su bolsillo; pero tenía sus contactos, inversiones, bienes raíces, nexos financieros que hacía con sus amigos del Club de Deportes mientras daban pelotazos contra la pared... "Claro, naturalmente. Tienes razón..." Y después de todo, con Mason, que estaba tarado hasta la médula de los huesos, nunca había tenido necesidad de acostarse. Quería decir, literalmente, en una cama, que hubiera sido demasiado convencional, al modo que lo hace la mayor parte de la gente. Bueno, era difícil de explicar... Y era mejor no entrar en detalles... Porque él decía "que había que buscar los otros canales de la sexualidad, como se hace con el subjuntivo...", tara pura... No, no sabía si se explicaba... Y hasta era mejor no explicar nada... En fin, que desde cierto punto de vista no había sido en realidad su amante, por escrúpulos de Mason, que juraba no pisar por donde pisara Jack Wayne... "Sí, sí, pero el caso fue que al fin se pusieron de acuerdo". Bueno, Jack por lo menos era expeditivo, pragmático, iba a lo suyo y ya, diez minutos, mientras más rápido mejor, porque era su concepto del machismo y de la lujuria. Bueno, allá él. En todo caso, aquellas relaciones con Jack le habían permitido empezar a hacerse de cierto capital, dar aquel depósito para aquella residencia... Jugadas en la bolsa, inversiones en bienes raíces... Riesgos financieros que habían dado un resultado estupendo, gracias a las recomendaciones de Jack, que en ese sentido era un visionario... No estaba mal... Tenía hasta que estarle agradecida... Quizás Bob mucho más que ella... Inclusive renovar la casa y construirle a Bob aquel cuarto anexo al estudio por donde se entraba a un escondido laberinto... Lleno de cuadros que él pintaba mañana, tarde y noche, que ni siquiera ella conocía, como si los estuviera acaparando... "Claro, claro que estoy contenta". Entonces, por el momento, todo había terminado. Ahora, con el ascenso y la permanencia podría finalmente, efectivamente... deshacerse de Mason y toda aquella anomalía... Eso estaba decidido... "Sí, sí, fenomenal". En fin, que al fin Jack le daba la buena noticia... Por lo menos Bob no sabía nada de nada, ¿no? No, él no sospechaba ni jota, metido en aquellos fondos azules, en aquellos verdes, en aquellos terracotas que se habían ido enrojeciendo poco a poco, como si estuvieran teñidos de algún atardecer, algún vómito rojo de lava, negro, petrificado... Encerrado en el estudio y pintando su propio laberinto en donde a la mejor un día... el menos pensado... Tal vez estuviera en lo cierto y él fuera el portavoz de aquella pintura hawaiana que no se había pintado jamás... Porque después de todo Bob, a pesar de todo, había sido el único que... Bob, sólo Bob... En última instancia Bob... Porque lo que eran Jack y Mason... Especialmente Mason, un vomitivo de ocasión... Quizás algún día Bob se decidiera a pintarla a ella, desnuda, aquel bronceado casi perfecto, aunque fuera un corte de su piel, el pedazo de piel que era ella, quemado, achicharrado por aquel sol canceroso. "Sí, como tú dices, un ascenso bien merecido." Bob, inclusive, no tenía de qué quejarse. Había logrado hacer varias exposiciones, y algunos de sus cuadros colgaban en los vestíbulos de los bancos, especialmente aquellas abstracciones terracotas en las que se iba sumergiendo, que gustaban tanto, como si aquel color les hubiera secado a todos la pupila pictórica... Una naturaleza muerta... Pero, en fin, aquellos lienzos bronceados habían tenido éxito –bueno, esto era otra exageración: *casi* habían tenido éxito... Quizás fuera él, no ella, el del bronceado perfecto... Un bronceado sin sol que se soleaba por dentro... Un bronceado hawaiano que no necesitaba loción y que sin embargo quemaba la piel... *Le pareció oír...* Pero no, no había oído nada... "No, Bob no sabe nada, Jack". Entonces, tendría que decírselo; es decir, que le habían dado el ascenso y la inamovilidad. Empezarían una nueva vida. Ella, para ser exactos, porque él, que no sabía nada, no tendría que empezar. Porque era inocente. Empezarlo todo otra vez, una gama de color, las variaciones del arco iris. "Sí, esto hay que celebrarlo, Jack." Aquello era la olla de oro al final del arco iris. Estuvo a punto de echarse a reír, porque se acordó de Judy Garland.

    Colgó el teléfono y miró hacia el otro lado de la casa, donde estaba el estudio de Bob, todavía con las cortinas corridas para evitar la luz. Era como si se estuviera proponiendo algún bronceado interior, el lienzo casi perfecto de una piel que había conseguido, térmicamente, el tono que el pincel no había podido darle. De pronto, se miró al espejo, y se vio, desnuda y pálida, más blanca que nunca, como si todos los colores se hubieran escapado de su cuerpo. Parecía una muerta.

Como se había dado un chapuzón en la piscina, tenía los cabellos empapados en agua. Tomó una toalla y se envolvió la cabeza en forma de turbante. Caminó junto a la piscina y una corriente de aire le produjo escalofrío. Estaba fría y temblaba de pies a cabeza, segura de una erupción, de alguna sangría de lava, y tomando la bata de playa que había dejado sobre una silla, inmaculadamente blanca, se envolvió en ella como si se estuviera cubriendo con una túnica trágica. Con el turbante en la cabeza, se parecía a Lana Turner en *El cartero siempre llama dos veces*. Más exactamente, Tilda Swinton en el útero, porque no había filmado ninguna película todavía.

Le pareció que algo estaba pasando al otro lado de la casa, como si finalmente el mar azul se hubiera desbordado, arrastrando en su textura de aceite aquel mar de Bob que se iba ensangrentando en un desgarramiento de tiburones. Era un mural entonces el que estaba pintando con su propia vida a orillas del océano, mientras que en las cumbres del Kilauea a ella la inmolaban en la furia de Pele. Se llevó la mano a la boca, como si ella fuera roja y transparente al mismo tiempo, una sangre de hielo, una muerte en el espejo que había perdido su dimensión de sol para volverse una estepa de luna. No tenía fuerzas para correr, aunque hubiera querido hacerlo. El lado opuesto de la casa estaba a una distancia que sólo podía medirse en el tiempo de los petroglifos, y sosteniéndose en las paredes blancas de la casa, que creía manchar de sangre, logró llegar hasta la puerta del estudio, corriendo finalmente el cristal que siempre los había separado.

Lo primero que vio fue aquel desnudo de piel en el lienzo que parecía acabado de pintar. Tenía, exactamente, el color bronceado que ella había perdido en el espejo, el color que ella nunca había podido conseguir, como si Bob hubiera podido captar, definitivamente, un segmento de su piel, que finalmente se había bronceado, con unas pequeñas manchas, insignificantes, abajo, hacia la derecha. Toda la coloración era la misma y uniforme, salvo en la esquina aquella donde Bob, de modo casi imperceptible, había estampado su firma con el pincel rojo de una quemadura de sangre.

En el piso estaba Bob, empapado en ella.

CAPÍTULO IV

UN ANÁLISIS DE SANGRE

Inmediatamente después de un minuto más tarde

Cuando Doris vio a Bob creando su propio diseño sobre la alfombra se quedó en estado de *shock*, como si le hubieran dado un trompón en la quijada, supuso, porque nunca se lo habían dado ni nunca había visto nada así. Se quedó paralizada porque era lo menos que se hubiera podido imaginar. Claro, en ese momento no sabía que estaba muerto, aunque el charco de sangre no dejaba constancia de otra cosa. Lo primero que le vino a la cabeza fue un pensamiento brutal, un desliz del subconsciente que nunca se iba a perdonar: "Tendré que cambiar la alfombra". Esto fue para ella casi una sacudida más fuerte que verlo de bruces en el piso, porque era así como la señal de la culpa. Se veía a sí misma caminando por el *lanai* con la pistola en la mano. No podría decir, exactamente, cuánto le duró el impacto de lo uno o de lo otro, pero lo recordaba como si se hubiera congelado en un espacio intangible. Atinó a ver que la pistola estaba muy cerca de la mano y tuvo la impresión de que alguien se la había puesto allí. Notó, como si los hubiera visto por primera vez en su vida, los largos y finos dedos de Bob, suaves e inocentes, entreabiertos y suplicantes, de un músico sobre un teclado que ejecuta la sinfonía como un virtuoso; y la mano parecía descansar sobre la alfombra, recordándole la del hombre primigenio tal y como la había pintado Miguel Ángel en la Capilla Sixtina, que había visitado con Bob en el viaje a Italia que hicieron poco después de casarse. La pistola, curiosamente, apuntaba hacia ella, como si fuera a dispararle. Todo eso lo pensó en un dos por tres. Cuando se recuperó, un poco aturdida, corrió al patio y la luz del sol la cegó, como si estuviera en medio del desierto. En el cristal de la puerta vidriera espejeaba aquel desierto arenoso del Sahara que procedía del lienzo. La superficie del cristal, bajo el efecto de la luz, se volvía ondulante y esto la mareaba. El efecto del sol sobre el cristal centelleaba de forma casi imperceptible, como si Bob hubiera triturado partículas insignificantes de conchas perladas, sobre las cuales se podían escuchar las notas empalagosas de "pearly shells from the ocean" de una arena que se tostaba bajo un sol recalcitrante. Un bronceado hawaiano. El agua en la piscina la reflejaba con mayor intensidad y ella se transparentaba como si fuera un delito líquido. En la superficie reflectante se reproducía su figura que dejaba de ser lisa para moverse serpenteante y recaer en el agua, desfigurando un cuerpo desnudo en un mundo submarino que invertía la realidad. Por un momento estuvo a punto de desmayarse, pero no pasó tal cosa.

Corrió al teléfono y marcó el número de emergencia. Después de colgar se quedó algo indecisa, pero en un impulso que no pudo contener llamó a Jack Wayne, arrepintiéndose casi de inmediato, aunque la voz de él ya se escuchaba al otro lado de la línea y le dio una relativa calma.

—No, no vengas—, acertó a decirle. —La ambulancia llegará de un momento a otro.

Era lo más prudente, aunque no sabía en realidad el motivo de la cautela, porque oficialmente Jack era un colega como otro cualquiera. Jack no tuvo necesidad de decirle que no iba, pero ya lo tenía pensado. El instinto lo aconsejaba.

La ambulancia no demoró en llegar conjuntamente con un par de perseguidoras. No había nada que hacer: Bob se había pegado un tiro en la sien. Vagamente oyó lo que ya sabía:

—Está muerto—, dijo un policía.

Doris no sabía qué hacer, porque estaba realmente consternada y confundida. No sabía dónde ponerse y finalmente se sentó en una silla de extensión que había junto a la piscina. Tomaron un buen número de fotografías.

—Que no se toque nada—, dijo Chan, el detective chino que se ocuparía del caso.

Como pasaron pocos minutos entre el pistoletazo que no escuchó y el momento en que ella abrió la puerta del estudio, obviamente el cadáver estaba fresco (si es que tal cosa se puede decir de un cadáver) cuando ella lo vio despatarrado sobre la alfombra tinta en sangre. Inclusive, la firma de Bob y aquella pincelada que se corría debajo de ella, como si fuera una gota de sangre, no se habían secado todavía en el momento que le salía la suya por la cabeza, a borbotones, salpicando el lienzo. Tan viva estaba la sangre del cuadro, que el detective estuvo a punto de tocar la mancha con el dedo, pero se contuvo porque tampoco era cosa de hacer un papelazo con una pincelada improvisada. No dejaba de ser impresionante, porque bien se pudiera pensar que Bob había firmado el cuadro con sangre, de tan idéntica coloración que las fronteras entre ficción y realidad se borraban. A Doris le impactó esta posibilidad, y aunque Chan no tenía aparentemente muchas inclinaciones literarias, básicamente se bajó con lo mismo. Esta idea era cuando menos parcialmente falsa, pura imaginación pictórica, como después pudo comprobarse; porque a pesar de las apariencias (y como todos sabemos las apariencias engañan) era una combinación cromática preparada por el propio Bob, ya que la misma coloración pudo detectarse en la tradicional paleta.

No obstante ello se descubrió que en la paleta que había caído sobre la alfombra, Bob había estado experimentando con la pintura, y de hecho (como quedó posteriormente demostrado), una de las manchas en rojo que aparecía sobre la misma eran gotas de sangre del propio pintor. ¿Cómo era posible? Cuando se lo dijeron tiempo después a Janet Leighton ella no se sorprendió en lo más mínimo porque Bob le había dicho que estaba experimentado con el color de una forma que ni ella misma se podía imaginar. Y empezó una larga perorata sobre el San Juan Bautista de Caravaggio, que había pintado en Malta y era el único cuadro "que había firmado con su propia sangre, como si fuera la de San Juan Bautista que había sido sacrificado". "Algún día", agregó, "quisiera hacer algo parecido." Necesitaba llegar a ese *nun plus ultra* de la creación, que sería su sílaba *om*. "El color no me es suficiente", le había explicado largamente, porque "el mundo suena y en el color está la música, aquel concierto que buscaba, aunque fuera un concierto para sordos, donde daría a conocer el desgarramiento, en una simbiosis, Janet, donde no haya límite alguno, como si fuera el cosmos en la pupila... una mirada circular..." y parecía que no encontraba las palabras... Todo esto se lo había dicho a Janet con una intensidad que Doris nunca había escuchado, porque jamás le había hecho comentario parecido. ("Bueno, puede que sí"). Buscaba aquel punto trascendente de la plástica que fuera algo así como un cosmos de la luz, su "noche estrellada"; inventar una nueva coloración donde estuviera "la médula de mí mismo", creía que le había dicho. A Janet le pareció un poquitín exagerado, porque generalmente era mucho más mesurado, pero pensándolo bien todo tenía que ver con un cambio en su conducta, que no había podido explicar con exactitud. Lo cual quiere decir que había estado experimentando con una gama de colores color sangre con el propósito de firmar el cuadro. Posiblemente había logrado dicha similitud gracias a tal proceso experimental, aquella mezcla de la pintura con unas gotas de sangre que él mismo había derramado, porque era un perfeccionista.

Esto explica que el detective chino quisiera tocarla, como hubiera hecho el inspector Cluzot. Instintivamente estuvo a punto de meter el dedo (lo cual hubiera sido, más exactamente, una metedura de pata), pero se contuvo, afortunadamente, porque de hacerlo hubiera descompuesto la firma. "Allí había gato encerrado", pensó.

—Permítame presentarme —le dijo a Doris aquel chino vestido con un traje de dril blanco hecho en Hong Kong, por un sastre de pacotilla porque estaba mal medido y le quedaba (propuestamente) mal, que se le acercó e hizo una ligera inclinación. —La acompaño en su sentimiento. Lamentable, verdaderamente lamentable. Soy el inspector Chan y estaré a cargo del caso. Se me ha asignado llevar a cabo las investigaciones.

Oficioso, agregó que estaba allí para servirle y hacer que la verdad resplandeciera.

Doris no podía articular palabra. No se daba plena cuenta de lo que estaba pasando.

—¿Está segura que su esposo no ha dejado alguna noticia suicida?—, le preguntó.

A Doris le sorprendió el tono informal de la pregunta.

—No, nada... Que yo sepa...

—Después, cuando ya esté más sosegada, registre un poco porque a lo mejor dejó algún papelito, en alguna gaveta, en un rincón del comedor o la cocina. Dentro de una cazuela o debajo de un pote de pintura. Los suicidas son muy impulsivos, como ya se puede imaginar. Suponiendo que sea un suicidio, naturalmente. Porque si lo mataron no dejaría ninguna nota suicida. Bueno, busque por las habitaciones. Tal vez en la alcoba. Y si encuentra algo interesante no deje de avisarme. Aunque, si no le importa, yo mismo me podría dar una vueltecita por la casa. ¿Le parece bien?

A Doris el chino Chan le resultaba un chino molesto y reticente.

—Absolutamente informal, no se preocupe. Quiero hacerme una composición de lugar. No pienso tocar nada ni meterme en... intimidades—, agregó con cierta sonrisita.

Doris se mostraba indecisa, nada inclinada a decirle que sí.

–Naturalmente, puede decirme que no. Está en pleno derecho y no crea que esto es un abuso de confianza. No queremos hacer nada que esté fuera de la ley.

–No, no, haga lo que le dé la gana–, dijo Doris decididamente molesta.

En ese momento llegaron los vecinos de al lado, los Nakamura, gente muy amable. Vinieron a ver lo que pasaba. El chino Chan aprovechó el incidente para salir de la habitación y hacer de las suyas. Meter las narices por los rincones. Los Nakamura la abrazaron y le dijeron algunas palabras de consuelo, ofreciéndole ayuda en circunstancias tan difíciles. Escuchó frases de ocasión: "Pero, ¿qué ha pasado?"; "¿Bob? ¿Que se ha pegado un tiro?"; "¡No lo puedo creer!"; "¿Te sientes mal?"; "Te voy a preparar una taza de te". "Quizás sería mejor un poco de tilo". Doris estaba muy confundida y no atinaba a decir ni una cosa ni la otra. Apenas articulaba unos monosílabos, pero dadas las circunstancias se puede decir que estaba tranquila. No gritaba ni se tiraba de los pelos, porque después de todo era norteamericana, educada dentro de las normas más estrictas del *selfcontrol* donde no se usan exhibicionismos de esa naturaleza. La presencia de los Nakamura, que eran afectuosos y al mismo tiempo algo impersonales y que no acostumbran a meter las narices salvo en caso de emergencia, la tranquilizaba. Eran unos vecinos estupendos, respetuosos y asiáticamente distanciados, pero con los cuales podía contar. Claro, pequeñeces: regar el jardín si pasaban unos días fuera, abrirle la puerta al fontanero en caso de alguna reparación, pedirles un puñado de sal o de azúcar, darle una mano en caso de alguna fiestecita, cosas así; o cuidar al perro o al gato cuando se iban de viaje, en el supuesto caso que lo tuvieran. Naturalmente, esto era una verdadera sorpresa para ella, los Nakamura y el resto del vecindario, que trataba muy de fuera a fuera para evitar que se metieran en lo que no les importaba, aunque Bob siempre había sido mucho más expansivo.

Chan estuvo dando vueltas por todos los recovecos de la casa, como si se la quisiera aprender al dedillo. La alcoba le ocupó la mayor parte del tiempo, entreabriendo gavetas e inmiscuyéndose de forma algo inapropiada en las intimidades de Doris, que indiscutiblemente tenía una variada colección de audaces combinaciones, que manoseaba con más gusto de la cuenta. Como un experto conocedor de estas entretelas, metió el dedo en la masa de nailon y de seda, cuidándose de que sus colegas lo vieran, aunque sus motivos eran estrictamente profesionales. Le parecía esencial adentrarse en esas interioridades, porque las motivaciones del crimen siempre iban a parar a tales vericuetos.

La casa se fue llenando de policías y unos detectives (suponía) que tiraban unos polvitos por todas partes y parecían estar buscando huellas dactilares. Doris oyó sonidos de ambulancias y un individuo con un uniforme blanco le chequeaba el pulso y le tomaba la presión.

—Queremos que se quede tranquila. ¿Se siente mal? Sólo queremos ayudarla. Tranquila... Tranquila...

Debían ser unos enfermeros.

—La presión la tiene muy bien. El pulso lo tiene normal. Es usted una mujer muy fuerte. Pero si quiere que llamemos a un médico...

Después de todas las formalidades del caso, Nancy Nakamura se le acercó y le dijo:

—Me temo, Doris, que van a sacar el cadáver. Yo creo que es mejor que vengas para la sala.

Apoyándose en Nancy, Doris se sentó en el sofá, de espaldas a la puerta de la calle, por donde sacaron el cadáver de Bob en una camilla. Ella no se atrevió a volver la cabeza para "verlo" pasar. Poco a poco todo parecía volver a la "normalidad". Nancy Nakamura le quitó la taza de la mano y le dijo:

—No te irás a quedar sola entre estas cuatro paredes. Peter quiere que vengas para casa y te quedes a dormir con nosotros.

—No, no, de ninguna manera.

—Entonces yo podría quedarme. No es posible que te quedes sola esta noche.

Doris se sentía muchísimo mejor después que aquellas entradas y salidas se habían terminado.

—No es necesario, Nancy. Estoy tranquila.

El chino Chan volvió con unos papeles en la mano y debió hacerles una indicación a los Nakamura, porque Nancy se levantó del sofá y Peter y ella se encaminaron hacia la puerta de la calle.

—En todo caso, volveremos dentro de un ratico y veremos lo que se hace.

—Perdone el inconveniente—, le dijo el detective chino. —No hemos querido molestarla. Si me permite...–, agregó señalando a la butaca.

Doris, realmente, no se había fijado mucho en el chino. No lo había visto bien. Primero le pareció que se parecía a Charlie Chan sin el sombrero, quizás por el traje de dril hecho en Hong Kong. Pero como era pequeñito, se dio cuenta que en realidad se parecía a Peter Lorre.

—Perdone. Sí, siéntese, naturalmente.

—Me he tomado la libertad de dar una vueltecita por la casa.

—¿Cómo?–, preguntó Doris algo extrañada.

—Quería hacerme una composición de lugar. Chequear las entradas y salidas.

—Bob siempre había querido que lo incineraran–, le dijo Doris, aunque una cosa nada tenía que ver con la otra.

—Me temo que eso tendrá que esperar. Enterrarlo podrá hacerlo tan pronto como se le haga la autopsia y se determine la causa de su muerte. Pero quemarlo no puede todavía. Tendrá que esperar a que no exista... la sombra de una duda.

Ella no entendía. Para Doris estaba claro que Bob se había suicidado.

—Lo cierto es que el sistema judicial tiene otras exigencias, que deben cumplirse meticulosamente hasta que quede perfectamente determinado que el señor Harrison, efectivamente, se pegó un tiro. Las cosas no siempre son como parecen.

Doris sacudió la cabeza: quería asegurarse de que estaba despierta y que había oído bien. Quizás todo fuera un sueño. Chan agregó que comprendía la pena que esto le causaba, e insistió en que no iba a poder deshacerse del cadáver tan fácilmente.

Francamente, esto la desconcertó y hasta la sacó un poco de quicio. Quizás fuera cosa del idioma, porque después de todo aquel chino era chino. Había una cierta sorna que le recordó a Colombo, el detective con la gabardina raída que salía en un programa de televisión. Era muy imprudente y al ir a salir de la habitación, siempre volvía la cabeza y hacía una pregunta que desconcertaba al asesino. ¿O era ese Sherlock Holmes? ¿No era evidente que Bob, con la pistola prácticamente en la mano, se había suicidado?

—Pero también es posible que alguien se la hubiera puesto allí, casi entre los dedos.

A Chan le había parecido una pistola muy bien puesta y esto le resultaba sospechoso. No había dejado, aparentemente, ninguna nota explicando los motivos del suicidio, que era lo más correcto y lo menos que podía hacer un suicida que se respetara a sí mismo y tuviera un mínimo de consideración con aquellos que dejaba detrás, evitando reproches y malentendidos entre los seres queridos. Sin contar que esto siempre facilitaba que se cerrara el caso lo más pronto posible. "A menos que no fuera un suicida", pensó casi en voz alta.

—Si le parece pertinente puede llamar a su abogado—, le dijo el chino Chan, y agregó, sin la menor sutileza: —No debe abrir la boca si no está segura de lo que dice.

Advertencia innecesaria, por cierto, ya que Doris nunca decía lo que no debía.

—No, no es necesario—contestó, refiriéndose a lo de llamar a un abogado.

—Hay que poner cada cosa en su lugar. Es un decir, naturalmente, porque es imprescindible que no se toque nada. Particularmente en el estudio, que fue la escena del crimen.

Doris hizo un gesto.

—No, no, de ningún modo es posible descartar la posibilidad de que sea un homicidio. Aunque si tenía tendencias suicidas...

—Pero, ¿quién le ha dicho que tenía tendencias suicidas?

—Dado el hecho que quería que lo incineraran, según usted misma ha confesado.

—Su deseo de que lo incineraran no quiere decir ni una cosa ni la otra.

—Lo cual quiere decir que también existe la opción de que temía que le pegaran un tiro.

"¿Cómo...?"

—¿Y las huellas dactilares?–, le preguntó Doris de sopetón.

—Eso no se sabe todavía. Serán las del difunto, pero eso no quiere decir que haya disparado.

—¡Pero esto no tiene sentido! ¡Es obvio que Bob se mató! Prácticamente tenía el dedo en el gatillo.

—Precisamente. Por favor, no se altere. Todo quedará debidamente aclarado, y si usted es inocente...

—¿Qué si soy inocente...?

—Por favor, cálmese. No hay que ponerse así por tan poca cosa.

Doris estaba boquiabierta.

—Todo es posible en Honolulu, querida amiga, y no podemos descartar nada. Se han visto casos en que el asesino, después de cometido el crimen, ha borrado las huellas y le ha puesto a la víctima los dedos en el gatillo —insistió con intransigencia.

Eso, pensó Doris, debió haberlo leído. Tal vez estuviera bajo la influencia de *Hawai Cinco Cero*, un programa de televisión que era muy popular por esos días. Bueno, esto le parecía más descabellado todavía.

—Lo más probable es que usted tenga razón, pero es mi responsabilidad llevar a efecto todas las investigaciones del caso, que no podremos cerrar hasta obtener toda la información pertinente. Hay que ponerle la tapa al pomo–, dijo con cierto grado de incongruencia. –Tendrá que tener paciencia, mucha paciencia, como decía Chan-Li-Pó.

—¿Charlie Chan?–, preguntó Doris.

—No, no. Pero para el caso es lo mismo. Observe el plano de la casa, que naturalmente usted conoce mejor que yo.

Y sentándose a su lado en el sofá extendió sobre la mesita de centro unos dibujos que había hecho, donde de una manera algo burda había trazado un plano de la casa, dejando prueba evidente que no tenía nada de ingeniero o arquitecto.

—Como usted podrá ver, existen multitud de posibilidades y no debemos descartar ninguna de ellas. El estudio de Bob, si me permite la confianza y que lo trate de tú, —porque él se llamaba así, ¿no es cierto?— tenía tres entradas, una de las cuales daba a la alberca, que fue la que usted utilizó cuando descubrió el cadáver y se encontró que estaba… muerto–, dijo con redundancia. —Es dudoso que por ahí entrara el asesino (asumiendo, naturalmente, que se trate de un homicidio). *(Pausita)*. De todas formas, como usted estaba en su estudio hablando por teléfono, al lado opuesto de la escena del crimen (insistió) y la puerta vidriera estaba cerrada, según usted misma ha declarado y asumo que sea cierto, el presunto asesino bien pudo haber entrado por la puerta de la calle, en caso de que tuviera llave (lo cual tendría múltiples implicaciones), o en caso de que uno de ustedes no le hubiera pasado el pestillo *(pausita brevísima)* entrando al estudio ya sea por la puerta vidriera que da a la alberca, o por la puerta que comunica la cocina con el baño, que también conduce al estudio donde estaba pintando, saliendo directamente por la puerta que da al traspatio. De ahí pasaría al pequeño jardín lleno de aves del paraíso y mar pacíficos que está a todo lo largo del fondo de la casa, por donde también se puede entrar al estudio, y abriendo la puerta de la cerca se iría por donde posiblemente había venido *(Pausita)*. Sin contar la puerta a la izquierda del despacho, que está cerrada con llave y que aparentemente no conduce a ninguna parte...

—Es la puerta de "la galería", donde Bob guardaba la mayor parte de sus cuadros y que conduce a la alcoba...–, explicó Doris.

—Que también está cerrada con llave–, dijo Chan, como si hubiera descubierto el Mediterráneo.

—Sí, efectivamente. Veo que se ha dado cuenta.

—Es mi trabajo, querida amiga–, dijo con una confiancita completamente fuera de lugar, en tono pedante. – Una galería muy bien disimulada, por cierto. Una casa espléndida, que espero disfrute por muchos años... Es una lástima que su marido...–. Y agregó con una sonrisa francamente perversa: —no pueda disfrutarla. Naturalmente, es evidente que si tiene el pelo mojado, estaba dándose un chapuzón en la piscina–, agregó, haciéndose pasar por Sherlock Holmes.

Satisfecho de sus conclusiones, cerró el caso diciendo:

—¿Qué le parece?

["Parecía un idiota", pensó Doris por su parte]

Al mismo tiempo que esto contaba, trazaba con el lápiz flechas que indicaban entradas y salidas de forma caótica, hasta que, casi con furia, emborronó violentamente aquello que, dentro de sus posibilidades, había dibujado minuciosamente, hasta que finalmente lo estrujó, haciendo del plano una pelota de papel que, en un exabrupto nada oriental, tiró con ira en un rincón de la sala.

Doris estaba anonadada al mismo tiempo que no salía de su asombro. Después, teatralmente, de pie y dando vueltas alrededor del sofá, mientras Doris torcía el cuello a punto de que le diera una tortícolis, siguió con su silogismo con tono de sinalefa.

—Entonces... *(con cierto melodramatismo),* ¿Qué motivos tenía para pegarse un tiro en la sien? Vivía bien, *(haciendo un gesto abarcador de la estancia),* como puede verse. Sin contar la compañía de una mujer como usted, *(mirándola de arriba abajo),* tan agraciada. *(Meditabundo, con la mano en la barbilla).* ¿Estaba pasando acaso por algún estado depresivo? ¿Tomaba pastillitas para los nervios? Las motivaciones no deben pasarse por alto. ¿Acaso había alguien que tuviera razones para matarlo? Estos es, querida amiga, importantísimo. ¿Quién y por qué? ¿Un robo tal vez? *(La idea le pareció estupenda).* Porque esta posibilidad no debemos descartarla, aunque si tenía cerrada la puerta que conduce a la galería y él guardaba la llave... Claro que, en su estudio tenía cuadros para dar y vender... Los pintores, como usted sabe mucho mejor que yo, valen más muertos que vivos, lo cual no deja de ser una pista significativa. *(Calculando, movía los dedos de ambas manos como si estuviera sacando cuentas con muy poca precisión matemática.)* Un pintor como su marido, cuyas obras amontonadas unas detrás de las otras, como en un almacén... Sin contar las que están metidas detrás de esa pared... Tendrán un valor incalculable, de millones de dólares... *(Entusiasmado, interpreta el papel).* El presunto ladrón, que es culpable hasta que no se demuestre lo contrario, entra en el estudio. No espera encontrarlo allí. O quizás no estaba allí en ese momento, por cualquier motivo... o a lo mejor había ido al baño, o a la cocina a comerse una salchicha... y al volver se encontró que el ladrón, desconcertado ante tantas obras maestras, sin saber cuál elegir... *(Visualiza la situación)*. Después de todo el señor Harrison era un pintor de cierto renombre, sin exagerar. Una obra excelente para que un conocedor pusiera su mano en la masa. Ya sabe usted que el robo de obras artísticas tiene su mercado, aunque hay que saber elegir, como en todas las cosas... Particularmente en el cine francés... Alain Deloin, si no recuerdo mal, cuando apenas era un jovencito... De ahí que pudiera ser alguien con cierto grado de especialización... *(Volviéndose, satisfecho de sí mismo, con una sonrisa de oreja a oreja)*. Naturalmente, usted sabrá si falta un cuadro. *(Pausita, haciendo el gesto correspondiente)*. Rápidamente, sin perder un momento, su marido busca la pistola que tenía en el cajón a la izquierda del buró, forcejean, el ladrón, más fuerte y musculoso, o más ágil, se apodera de ella, se dispara un tiro que le destapa la tapa de los sesos, y sale corriendo por la puerta trasera llevándose un cuadro. *(Pausita)* Lógico, ¿no? ¡Cómo dos y dos son cuatro!

Justo es aclarar que en Honolulu (con acento o sin acento) no ocurrían crímenes con frecuencia, a menos que tuvieran lugar en la televisión o el cine, por lo cual un homicidio no era cosa de desperdiciar, y como a la oportunidad la pintan calva, Chan no estaba dispuesto a que el asesino se saliera con las suyas aunque no tuviera pelo y hubiera planeado el crimen perfecto.

—Las investigaciones son las investigaciones, mi queridísima señora, y no podemos pasar por alto el menor detalle. A veces, una simple colilla de cigarro... Tenemos que determinar, con precisión, el ángulo del disparo, porque el tiro le entró por un lado de la cabeza, destapándole la tapa de los sesos (bueno, no exactamente) y le salió por el otro, como documentará con mayor precisión el forense. Sin contar si hay de por medio un seguro de vida...

Con un sentido de lo macabro, Chan parecía regodearse en los detalles, sin menor consideración para con la viuda.

—¿Un seguro de vida?—, musitó Doris...

—Eso es muy frecuente. Especialmente si hay una *Doble indemnización*, como en aquel famoso caso de Barbara Stanwick—explicó Chan con un cierto sesgo de ironía.

Bien sabía que la bala no se le había quedado incrustada en la cabeza, porque había ido a parar al otro lado de la habitación, atravesando un lienzo que tenía inclinado sobre la pared y dejándole una quemadura circular que rompía la perfecta armonía de un cuadro impecablemente monocromático. Esto a Chan lo había impactado profundamente y por un buen rato se había quedado mirando aquella obra maestra, a la que pasaría a referirse como "El agujero".

—Muy lamentable el hueco que hizo en "El agujero", aunque es indiscutible que le da un toque muy personal—, dijo de sopetón. —De un dramatismo inesperado—, agregó con aguda percepción crítica.

—¿A qué se refiere?

—Al cuadro por donde pasó la bala hasta incrustarse en la pared. Un destrozo, pienso yo, porque con ese hueco (eso creía), "El agujero" no valdrá nada. Mucho me gustaría conservarlo de recuerdo, como un *souvenir*.

Doris no salía de su estupor.

—Pero, ¿usted está loco?

Aquella mujercita parecía tener muy mal carácter e iba por muy mal camino, pensó el chino, pero no iba a perder la paciencia. Sin embargo...

—Me temo que tendrá que esperar para quemarlo–, le espetó de la forma más grosera posible. –El sistema judicial, querida amiga, tiene razones que la razón desconoce y los caminos de Dios son inescrutables–, agregó filosóficamente como si fuera Confucio, ya en la puerta de la calle. –¡Volveremos, como dijo MacArthur!

Si hubiera tenido un vaso en la mano y si otras hubieran sido las circunstancias se lo hubiera tirado por la cabeza.

No conforme con esto, para joderla un poco más, antes de largarse de una vez, pasó la vista por toda la sala buscando algo, en una especie de panorámica. Se detuvo en algunos de los cuadros, más bien espacios monocromáticos ("constructivistas", hubiera corregido Bob) que interrumpían geométricamente la composición de las paredes. Buscaba, posiblemente, un retrato de Doris pintado por el difunto, como había visto en la película *Laura*, aunque él no se pareciera a Dana Andrews.

—Y su marido, ¿nunca le hizo un retrato?

—Bob no era un pintor figurativo–, le respondió Doris.

Este comentario le pareció una pedantería, porque si ella se creía que un detective chino no sabía lo que era la pintura figurativa, se equivocaba de pies a cabeza. Aunque Doris Harrison no era camarera, le recordaba a Lana Turner en *El cartero llama dos veces,* a pesar de que no la había visto con la toalla, a modo de turbante. No le gustaban las rubias, pero como la mayor parte de las veces estaban teñidas, se volvía loco por ellas.

Pocas veces en la vida Doris Harrison había perdido el control, pero aquel inspector de pacotilla la desquiciaba. ¿Cómo podría atreverse a tanto? ¿En qué se fundaba para bajarse con tales indirectas? Todos sabían que Bob era incapaz de matar una mosca, lo cual indicaba claramente que era imposible que tuviera un enemigo. Pero de inmediato se dio cuenta que esto también era una contradicción, porque después de todo se había suicidado. Sin embargo, la idea de que alguien le hubiera pegado un tiro era un disparate mayúsculo. No había motivación posible. El único inconveniente que se le presentaba a tal razonamiento era pensar que tampoco había ningún motivo para que se suicidara. Y se había suicidado. Por ella no sería. Volvió a hacer examen de conciencia, como si fuera a comulgar, y se declaró inocente. Bueno, aquel caso no sería el suyo. En verdad quería a Bob, aunque le pegara los tarros con Jack, pero fundamentalmente habían sido motivos profesionales los que la habían llevado a dar ese paso, que no iba a llamar un mal paso, y aunque no podía decir que acostarse con Jack Wayne le resultara repugnante, ciertamente era un episodio en su vida que hubiera podido pasar por alto. Con Mason había sido de Pascuas a San Juan y hasta era posible que se tratara de un castigo. Si algo había gozado con Wayne, buscaba en Mason, que era un pervertido de marca mayor, la abyección que la librara de los juicios de la conciencia. Con ello era bastante. No era necesario que le cayera encima ningún crimen y castigo, pero sin quererlo había vuelto sobre tales circunstancias. No, no, no era posible que sospechara nada. Era un inocente, incapaz de pensar mal de nadie, mucho menos de ella. "Lo había querido siempre y jamás se perdonaría haberle hecho el menor daño".

Finalmente se había quedado sola. Más o menos, porque tan pronto salió Chan, Nancy Nakamura asomó la cabeza; pero esto ya era otra cosa. Doris le aseguró que no tenía que preocuparse, y que aunque todo era como una pesadilla, estaba tranquila. Tenía necesidad de quedarse sola y descansar. Si iba a tomar un sedante y si se sentía mal o no podía conciliar el sueño, la llamaría. Bien sabía que siempre podía contar con ella. Cuando Nancy se fue se preparó un whisky, fue al botiquín y se tomó la pastillita. Apagó las luces de la casa y dejó encendida las de la piscina, sentándose en una butaca en el *lanai* y contemplando la piscina ondulantemente azul, como si Bob la hubiera pintado, y estuviera atisbando detrás de las cortinas del estudio.

Mentalmente, casi con sangre fría y como si fuera un criminal que volvía a la escena del crimen, empezó a reconstruirlo todo, como si lo ocurrido hubiera sido absolutamente irreal. Había sido, exactamente, como en las películas del cine negro. Ella y Bob las conocían todas porque en Ithaca la cinemateca de la universidad organizaba unos ciclos estupendos y con el frío que allí había y el poco dinero que tenían para festejos de mayor monta, se la pasaban de una película a la otra. Reconocía que el cadáver de William Holden tirado de bruces sobre el agua de la piscina en *Sunset Boulevard* era un clásico, pero nada es perfecto en esta vida y ella no era, con el favor de Dios, Gloria Swanson. La pistola había quedado sobre el piso y no lucía mal, muy cerca del charco de sangre, casi como si la sangre saliera de la boca del arma y haciendo unos sinuosos arabescos había corrido hacia la pared, yendo a terminar, precisamente al pie del cuadro. Un diseño muy bien llevado. A la verdad, no recordaba nada parecido. Esto le daba a la alfombra, de un beige muy pálido y arenoso, una consistencia plástica, con una tonalidad, por cierto, ligeramente bronceada. Tal parecía que Bob estuviese componiendo pictóricamente su propia muerte, ubicándose a sí mismo dentro de una muestra para una exposición, una instalación de esas que ocupan toda una sala, lista para la bienal de Venecia, y el pintor fuera el cadáver, en una composición audaz y única que no había sido imaginada antes. El cuerpo había "caído" de una forma cinematográfica porque recordaba, por la forma en que aparecía doblada su cabeza, el esquema visual de *Anatomía de un asesinato,* como si la escena hubiera sido filmada por Otto Preminger. Todo compuesto a la perfección, con una nitidez suprarrealista, aunque esta no era característica en la pintura de Bob. Además, ella la reconstruía en su cabeza con una congelada precisión fotográfica, reproduciendo, con absoluto naturalismo, el cuerpo yacente de su marido. Las gotas de sangre dibujaban el lienzo casi lúdicamente, como si las hubiera pintado Miró. Otras, mínimas, sólo podían detectarse con el microscopio y algunas, más grandes, se ampliaban y diluían de forma irregular, diseñado con cierto sentido decorativo. Habían caído sobre el lienzo no muy lejos de donde habían encontrado el cadáver (o, más exactamente, dentro de la tela) y le daban al mismo una dimensión que lo enriquecía, contradiciendo el criterio de Chan de que "El agujero" había sido criminalmente devaluado. Esto podía dar lugar a un problema médico-forense, ya que el cuadro quedaría como prueba jurídica en caso de que la muerte de Bob tuviera mayores repercusiones, y aunque todo parecía indicar que se había suicidado, ya hemos visto lo que aquel chino tenía en la cabeza y nunca se sabía hasta qué punto un incidente como ese podría complicarse. De ahí aquellas instrucciones de que no se tocara nada.

Dejando a un lado consideraciones estéticas, policíacas y fílmicas, el suicidio de Bob (no, no podía llamarse de otro modo) tenía lugar en el momento más improcedente que se hubiera podido imaginar, aguándole la fiesta de algo que tanto trabajo le había costado, la inamovilidad académica, que finalmente le llegaba y que precisamente había querido conseguir para que Bob la disfrutara. Ahora que él iba a tener todo lo que le diera la gana (incluyendo un largo y esperado proyecto de viajes por Italia, en especial a Nápoles –"para adentrarse en las vísceras tenebrosas de Caravaggio", como dijo alguna vez, pensándolo bien–; y otro, para enredar la pita, por la India y el Japón con el objetivo de descifrar los intríngulis indescifrables del budismo y el karma –o lo que fuera–, que eran la razón esotérica de su pintura), más la posibilidad de captar todos los matices de la luz hasta en las tinieblas londinenses si le daba la gana, se le ocurría pegarse un tiro. Hubieran podido, quizás, ser *totalmente* felices. La idea no podía ser más impropia, descabellada, y en particular irresponsable para con ella, que siempre le había dado todo lo que él quería y que ahora se bajaba con la más imperdonable ocurrencia.

Además, ¿de dónde había sacado la pistola? Esto, en particular, la tenía cavilando porque desde que lo conoció siempre había mostrado la más radical oposición al uso de las armas de fuego. Ninguna forma de violencia encajaba con su personalidad, partidario de toda clase de compromisos para evitar gritos y bofetadas. Su ídolo era Mahatma Gandhi y aunque se opuso a la Guerra de Vietnam y asistió a algunas demostraciones, había dejado de hacerlo tan pronto las mismas fueron conducentes a la violencia. Era una criatura anti-bélica y lo tenía como el hombre más pacífico que había conocido. Incluyendo en la cama, donde no había pasado de la más absoluta discreción y delicadeza.

Aquella pistola, ciertamente la desconcertaba y evidentemente el chino Chan se había ido con multitud de ideas, seguramente dispuesto a identificar el número de la licencia, dónde, cómo y cuándo la había adquirido, lo cual era decididamente razonable. No tenía la menor duda de que aquel chino le daría muchísimos dolores de cabeza, como ya había sugerido al considerar las posibilidades de un homicidio, siendo ella, naturalmente, la primera en caer bajo sospecha. Después de todo, estaban bajo el mismo techo en el momento en que Bob debió haber apretado el gatillo, como se mostró después al determinarse la hora exacta en que pasó a mejor vida. No dejaba de ser ligeramente sospechoso que ella no hubiera escuchado el disparo, pero ciertamente el despacho de Doris estaba en un extremo de la casa opuesto al estudio de Bob (como había verificado Chan en un mapita chapucero), con una galería adyacente donde los cuadros de Bob se acumulaban uno encima del otro y no se podía dar un paso a riesgo de pisotear alguna obra maestra.

Reconstruyó su conversación con Jack. Mientras hablaba con él había cerrado la puerta vidriera que conducía de su alcoba a la piscina, y además había cerrado la puerta de su despacho para prestarle mayor atención a lo que Jack le estaba comunicando. En caso de tener que presentar una coartada para que se confirmara que ella no había cometido el crimen (pensamiento que no tenía el menor sentido, pero que Chan le había metido en la cabeza como si tal cosa fuera posible), tenía siempre la que le ofrecía Jack Wayne, en el supuesto caso de que las investigaciones llegaran tan lejos y alguien le fuera a hacer caso a aquel chino loco. Estas explicaciones de lo que no tenía que explicar la molestaban, pero no sabía como sacárselas del cerebro. Se sentía, de pronto, acosada; pero es posible que fuera un acoso interno e irracional. Además, la compañía telefónica podía trazar la llamada con precisión, y así no le sería difícil probar su inocencia —asumiendo que Jack no quisiera comprometerse. Nada de esto, naturalmente, tenía el menor sentido, pero el cerebro a veces funciona por su cuenta y riesgo sin aceptar los más sólidos razonamientos, a menos que ella realmente fuera culpable de la muerte de Bob. Naturalmente que no lo era y, aunque pudiera pensarse lo contrario, le tenía lealtad absoluta. "Lo peor del caso es que ahora lo sabe todo". ¿Y aquella idea descabellada de la indemnización por partida doble? Bueno, en realidad, no tanto, porque pensándolo bien Jack se lo había mencionado alguna vez, pero afortunadamente nunca había llegado a hacer nada... A menos que a Bob, por su cuenta, se le hubiera ocurrido... ¡Qué disparate! Tuvo la sensación que Bob abría la puerta del despacho y que se le acercaba, como si no hubiera muerto todavía, desencajado, con el cerebro tinto en sangre en la mano, ofreciéndoselo a ella, en una película de horror, y de las peores.

No, ella no era culpable de nada. Todo, o casi todo, lo había hecho por él.

Se preparó otro whisky, porque le esperaban días difíciles. Apenas le agregó agua o hielo y se lo tomó en unos pocos tragos, que acompañó con un par de sedantes. Tenía que tranquilizarse. O morirse con una excesiva dosis de barbitúricos, como le había pasado a Marilyn Monroe.

No, no, aquello no era una tragedia, sino una tira cómica del arte pop y ella era una heroína rubia con lagrimitas, Jack al fondo junto a la cama enseñando el culo y subiéndose los pantalones, mientras la mano de Bob aparecía en primer plano con la pistola en el momento en que le explotaba la bala en el cráneo; a la derecha, el chino Chan entreabría la puerta y aparecía un globo con exclamaciones ¡#$%"!? y cosas por el estilo.

Se dejó caer en la silla de extensión junto a la piscina y pensó que modelaba para aquel cuadro que Bob (creía ella) nunca había pintado: un demonio alado en una gota de agua azul que se zambullía en el agua tornasolada de la piscina, una siniestra gota de lluvia de un cuerpo mancillado por un fango que se deslizaba sobre su piel, un fantasma acuático que era el demonio del deseo, los fragmentos del anfiteatro de su persona. La geometría californiana del escenario contrastaba fríamente: el rectángulo de la piscina, el ángulo del tejado, los cristales de las puertas. Una yuxtaposición irreal de contenidos que se rechazaban, dialogaba en el torbellino de hielo que era la muerte, fría como un cuchillo que se entierra por el ano. En un espacio infinitamente cuadriculado, era un lienzo que la conducía a la imagen de ella misma ante un paredón blanco, colgada desnuda desde lo alto en el gancho de algún carnicero que la exponía desangrándose, mientras que la sangre que descendía desde la vagina dibujaba arabescos en el cemento, una oscura sangre menstrual que se esparcía, su propio pincel que la diseñaba, y se deslizaba sigilosa hacia el agua azul de la piscina, enrojeciéndola. Tal vez la pintaba así como se pintaba a sí misma. Echó la cabeza hacia atrás como si fuera el murciélago emplumado de Samotracia, la metamorfosis de la mujer ante el espejo, la buitre emplumada de Vulcano que se encendía en las llamas de su propio infierno, multiplicada en burbujas donde navegaba desnuda.

Entonces, no era cierto que no pintara retratos y que no fuera un pintor figurativo. Tal vez sí, porque ella era una naturaleza muerta, desmembrada, descuartizada por el pincel de Bob, fragmentos de vidrio. Y sin embargo, era inocente, viajando en un sueño de ojos desnudos que flotaban en el Pacífico, piezas de cristal en erupción del Maunakea. La descomponía en porciones de un cuerpo seccionado sobre una bandeja, con unas uvas y una manzana cortada por un cuchillo. Estaba congelada, como si fuera de hielo: Judith con la cabeza de Holofernes, Salomé frente a la bandeja con la cabeza de San Juan Bautista, la mujer vampiro de Transilvania enterrándole los colmillos a Munch. Toda una galería de mujeres infernales abriéndole el origen del mundo. Posiciones explícitas, prostibularias, trazadas al detalle, aquel bosque suculento, puro realismo... Bob de pie junto a la ventana, aquel muchacho azul, tocando a la puerta con los nudillos, casi adolescente, como un voyeurista insomne que indagaba en el misterio último entre los celajes de una persiana entreabierta, el juego de la luz deslizándose sobre su piel, entrando en el laberinto de lo ignoto, los ojos cerrados de ella, sin saber lo que estaba pasando, congelándose bajo la luna en un bronceado sin sol.

Estaba iluminada por la luna que resplandecía en la piscina, zambulléndose, recreando sus rayos sobre sí misma a medida que las nubes se desplazaban y la envolvían. La archaeopteryx del jurásico, como ave de rapiña esperando la carroña, extendía sus alas sobre la casa y se elevaba por encima del alero en un vuelo tenebroso del pájaro y la serpiente.

Estaba segura que Bob, en el estudio, la estaba pintando así en una docena de cuadros multiplicados, vista por el ojo implacable de los pinceles. Más bella que nunca.

CAPÍTULO V
EL NOTICIERO DE ÚLTIMA HORA

Al mismo tiempo.

Cuando Jack descolgó el auricular tras la segunda conversación telefónica que sostuvo con Doris, ya estaba listo para irse a *surfear* a la Costa Norte porque el parte metereológico anticipaba olas descomunales. Había tenido un día difícil y lograr el ascenso y la inamovilidad de Doris fue cosa del carajo, porque tuvo que enfrentarse a la oposición de unos cuantos que querían liquidarla. "El Gordo" jodió bastante con sus indirectas lingüísticas. Aunque en el fondo era un ejercicio en la nada y una pérdida de tiempo, exigía una buena dosis de paciencia. Mason no estaba en el comité y estaría en su despacho entreteniéndose con su fraile capuchino o trabajando con la mano. En todo caso, la segunda llamada de Doris lo cogió cansado y le pareció que Bob se había pegado el tiro de forma muy inoportuna, aunque no le sorprendió en lo más mínimo porque, después de todo, se había pasado la vida, según él, fuera de lugar –lo cual, reconocía, había tenido sus ventajas. Parecía que finalmente lo encontraría. Si por un lado siempre había cumplido con Doris en todo aquello que el pragmatismo del caso lo permitiera, no era cuestión de salir corriendo cuando realmente no podía hacer nada. Estuvo a punto de decirle que no iba, pero afortunadamente ella se dio cuenta que su presencia en casa del occiso sería inoportuna y le dijo que no fuera.

La decisión de irse a *surfear,* además, iba a despejarle la mente y le permitiría hacer una composición de lugar de las nuevas circunstancias aunque, a decir verdad, lo mismo le daba que Bob estuviera vivo o muerto. Lo lamentaba, de veras, porque no le tenía antipatía, ni creía que él se la hubiera tenido. Tampoco, pensaba, ni siquiera debió haberse imaginado nunca lo que pasaba entre él y su mujer, porque Bob era un tonto de capirote. Claro que el suicidio lo había agarrado de sorpresa porque le era difícil comprender que un tipo tan pusilánime, que nunca decía una palabra más alta que la otra, hubiera sido capaz de pegarse un tiro. Doris y él apenas hablaban de Bob, como si no existiera, y siempre se había mantenido una saludable distancia, porque el hecho de que estuviera casado con ella en nada interfería con lo que ellos hacían en la cama periódicamente. Entre los dos, es decir, entre Doris y él, había un absoluto profesionalismo, y eso ocurría en todos sentidos. Es decir, el acoplamiento era casi una extensión de las actividades académicas, que hasta podría agregarse en el *curriculm vitae* pues a la larga favorecía la enseñanza, dados los avances lingüísticos de Doris desde que había empezado a acostarse con él. Doris, con todas las deficiencias que había manifestado en el uso de la lengua (y esto que no se interprete mal, pues estaba pensando en estricto sentido lingüístico) era una alumna ejemplar, y repetía lo aprendido con una precisión digna de encomio. Manejaba la lengua como experta maestra, sin contar el aumento del vocabulario, que se había enriquecido considerablemente con un buen número de malas palabras. Más de una vez se había muerto de risa en medio de la cópula, porque Dorís podía hacerlo bien pero el acento anglosajón no lo perdía ni en sus mejores momentos. Aquello de fornicar en español tenía su gracia pero no faltaban confusiones y dificultades. Justo es decir que, en algunos de ellos Jack se ponía ciertamente pesado y más de una vez, mientras se quitaba los pantalones o se ponía los calzoncillos, y ella hacia otro tanto abriéndole las piernas, él recordaba algunas reglas del subjuntivo que a ella se le confundían siempre, considerando impropio que le enmedara la plana en momentos de tal penetración.

Por todo lo demás, lo consideraba una relación ideal. A Jack le gustaba practicar expresiones que había aprendido con un diccionario de la sexualidad, y cuando él le decía "ponte en forma, que te voy a acaballar", ella se quedaba sin saber donde poner el coño y el culo. En algunos momentos ella se orinaba de la risa, que no era lo más pertinente, aunque ¿quién había llegado al orgasmo riéndose a mandíbula batiente? Cuando le decía que se iba a poner el "bozal" no tenía ni la más remota idea de lo que le estaba hablando, pero otras veces, cuando se bajaba los pantalones y afirmaba que había llegado con el "biáncamo encendido", no había que dar más explicaciones. La mayor parte de las veces era un trabalenguas divertido y Doris le seguía la corriente, dándole por la vena del gusto y saboreando el resultado, aunque ciertamente, cuando se venía en la boca le parecía cosa de mal gusto. Bob nunca se venía con esas. Doris era, sobre todas las cosas, y en particular en la cama, una mujer gimnástica, calisténica, con un sentido pragmático de la sexualidad que daba gusto compartir. Ni más ni menos, tenía una precisión admirable para el orgasmo, que era medido sin ser frío; lo suficientemente caliente pero sin necesidad de que el pene le saliera ardiendo. Aceleraba y disminuía la velocidad con precisión, aunque claro, tenía que reconocer que su destreza hacía juego. No era un orgasmo posesivo, cosa que a Jack le caía muy mal y había llevado más de una vez a un radical rompimiento de relaciones. No le gustaban las mujeres que hacían de la cópula una toma de poder. Tampoco (salvo las pertinentes observaciones lingüísticas mencionadas en el párrafo anterior) se perdía demasiado tiempo en los preámbulos y mucho menos en los epílogos, porque cuando se daba por terminado lo hacía sin puntos y comas y mucho menos dudas del subjuntivo. Pasaba no sólo a otra oración, sino a otro párrafo y con frecuencia a un nuevo capítulo. Se veían un promedio de una vez por semana y nunca había irregulares ataques de celos que llevaran a imperativos de la cópula. Era, diríase, el adulterio perfecto.

Lo que hicieran o dejaran de hacer por su cuenta, no les interesaba en lo más mínimo. Jack sospechaba que el tarado de Mason le había metido mano por alguna parte, pero no sería él quien se fuera a celar de un individuo que aunque conocía la lengua no sabía usarla. No se equivocaba en el uso de los tiempos gramaticales, pero se bajaba con unas oraciones que no se decían jamás en ninguna parte.

Ciertamente Bob no presentaba el menor inconveniente. Todo lo contrario. Inclusive creía que Dorís quería a su marido y que aunque se acostaba con él no tenía la menor intención de producirle ningún sufrimiento. Era sin duda mejor persona que él, que le tenía sin cuidado lo que sufriera o no su consorte. Eso era asunto de ella. Sabía que Doris se acostaba con él porque le daba la gana (en muchos sentidos), aunque sin lugar a dudas aquello de la inamovilidad y el ascenso no le venía mal. No se hacía realmente demasiadas ilusiones y Doris mucho menos. Si a ella se le antojara (o necesitara) buscarse algún otro querido y lo dejara sin cubículo donde meterse, pues quedarían tan amigos aunque su práctica del idioma podría resentirse. No se habían jurado "hasta que la muerte nos separe" y aquellas negociaciones se basaban en el vínculo de las frotaciones: si tú me frotas te froto. La presencia de Bob al otro lado del lienzo aseguraba que a ninguno de los dos se le ocurriera otra cosa. Era incapaz de indagar más allá de las superficies: lo que se veía era lo que se tenía. Su materialismo era de pura cepa.

Ese equilibro perfecto quedaba relativamente interrumpido con la desaparición del marido ideal que ni pincha ni corta. Según Jack, naturalmente, porque estamos asumiendo su personalidad y punto de vista. Su presencia había sido como una medida de seguridad, una profilaxis, un auténtico preservativo que los libraba de cualquier enfermedad venérea del corazón, que pueden ser mortales. Peor que la sífilis o el sida. Por la cabeza de ninguno de los dos había pasado la idea de que las circunstancias pudieran colocarlos en posición yacente, uno al lado del otro, en una misma cama, soñando hasta mañana. Donna (su consorte) era para él una medida de seguridad no menos efectiva. De antemano, todas las mujeres a las cuales les había metido mano sabían que aquel era el bacalao con el que andaba a cuestas, y que a pesar de serlo (o por serlo) él no iba a abandonar aquel esperpento alcohólico y mariguanero que no podía sostenerse por sí misma, pero que le paría hijos, le cocinaba y le limpiaba la casa. La consideraba una excelente inversión. De todas maneras, en el caso de Doris, no creía que se presentara ningún problema de marca mayor después de la muerte de Bob. Era demasiado práctica para tomar una decisión que no fuera la más conveniente, y sin dudas él no era el mejor partido. De todas formas, se propuso mantener cierto distanciamiento y no pensaba asomar las narices, ni por teléfono, hasta bien entrado el día siguiente.

No fue hasta las diez de la noche cuando se enteraron los demás. Dean Leighton estaba a punto de irse a la cama, pero antes de hacerlo tenía por costumbre ver el noticiero local de las diez de la noche, para tener una idea de lo que estaba pasando en la comunidad. No se quedó con la boca abierta, porque no era esa su costumbre, pero ciertamente lo agarró de sorpresa la noticia de que el conocido pintor Bob Harrison se había suicidado en su residencia en Kapahulo, acompañada de una imagen gráfica en que lo sacaban en una camilla y lo metían en una ambulancia. Janet estaba todavía en el baño, pero a los pocos minutos sonó el timbre del teléfono y asomó la cabeza, sorprendida, porque en Hawai a nadie se le ocurre llamar a tales horas, que se consideraban como pasadas la medianoche. Era Gordon Wright que también la había visto y oído, y se bajó con unos complejos circunloquios a los que Leighton no les hizo mucho caso. Estaba indeciso entre llamar o no a Doris para darle el pésame, indicándole Leighton que lo más prudente sería esperar al día siguiente, que era lo él pensaba hacer. Al lado del teléfono estaba una novelita policíaca de James M. Cain, que era una lectura que no le quitaba el sueño, cuyos crímenes lo tranquilizaban y le hacían conciliarlo a la perfección. Indeciso, no sabía si seguir con aquella inveterada costumbre y quizás aquella noche no le quedaría más remedio que leerse un par de capítulos.

Era evidente que tendría que llamar a Doris, por si en algo podía servirle, aunque no tenía que ser, necesariamente, en ese momento. De hecho le parecía incorrecto y poco profesional, porque los vínculos personales no eran muchos. Se quedó de pie al lado de la consola donde estaba el teléfono, algo meditabundo, porque el silencio no iba a durar por mucho tiempo.

–¿Pasa algo?–, le preguntó Janet.

Era una noticia inesperada y, sin dudas, traería unos cuantos inconvenientes académicos aunque no sabía exactamente cuáles. Pensativo, miraba a la pared, mientras que su rostro impávido, como un cuadro estrictamente realista, se reflejaba inexpresivo en el espejo que estaba encima de la consola. Janet acababa de salir del tocador a donde siempre iba antes de acostarse y en el cual se encerraba por largo rato, quitándose el maquillaje que todavía le había quedado tras los trajines del día. Después se cubría el rostro con una crema blanca que le daba un carácter fantasmagórico, aunque no llegaba a meter miedo. Sin embargo, por esta vez, viéndola a través del espejo, Dean Leighton, que no se impresionaba con nada, se quedó ligeramente desconcertado, como si fuera un maquillaje que, para la ocasión, no tenía desperdicio.

–¿Quién era?

—Gordon.

—¿Para qué...?

—Bob Harrison se ha pegado un tiro.

Janet no podía entender.

—¿Cómo que Bob Harrison se ha pegado un tiro? ¡No irás a hacerle caso! Tratándose de "El Gordo" será un tiro por la culata... Un juego de palabras o un chiste de esos que sólo entiende él.

—No, Janet. Ha sido exactamente eso. Además, dieron la noticia por la televisión. Bob se ha pegado un tiro en la sien...

—¿En la sien...?

—Eso fue lo que me dijo.

—Pero eso no puede ser.

—¿Cómo que no puede ser?

—¿Cuándo? ¿Dónde? ¿Por qué?–, preguntó vertiginosamente, decididamente alarmada–. ¿Qué razones tenía Bob para pegarse un tiro en la sien?

Janet estaba completamente transfigurada. A Leighton le pareció exagerado. Su mujer era algo excéntrica, pero en definitiva sajona y contenida. Claro está que el maquillaje, o más bien aquella crema pastosa que le cubría la cara y que había reemplazado el maquillaje, acrecentaba el efecto de la transfiguración. Agitada, tal parecía que iba a sufrir unas convulsiones.

—¿Cómo puedo contestarte a esas preguntas? ¿Cómo lo voy a saber? Yo siempre he tratado a Bob de fuera a fuera. Tú lo conocías mucho mejor que yo, ¿no es cierto?

Eso, realmente, no lo sabía.

—¿Pero está muerto?–, preguntó perpleja, desarticulada.

—Supongo que sí, Janet. ¿Qué es lo que te pasa?

Dean estaba, finalmente, alarmado. Inclusive, cuando le preguntó "¿qué es lo que te pasa?", acompañó la pregunta con un gesto de las manos y un movimiento de los hombros que era inusitado en un hombre que tenía una sangre fría que congelaba muertos. Después de todo, de eso se trataba. Comprendía que Janet sentía una particular predilección por Bob, pero inclusive bajo tales fatales circunstancias no era para ponerse de ese modo. Ni siquiera cuando Mitsumisu (su gato de Angola) murió aplastado por un camión se puso de forma semejante.

—¿Por qué? ¿Por qué? ¡Eso no es posible! ¡Eso no es posible!

Se mesaba los cabellos como si hubiera perdido el juicio y caminaba de un lado para otro a punto de llevarse de encuentro unos jarrones que había traído de su viaje a Italia. Dean se había quedado medio paralizado, pero paralizado de verdad, porque no sabía qué hacer. En sus muchos años de matrimonio no había visto nada comparable.

—¿Pero cómo esto es posible? ¡No, esto no puede ser! ¡Dime, dime que no es cierto, dime que tal cosa es una falsedad! ¡Una mentira!

¿Y aquella teatralidad de melodrama, de dónde la había sacado? Creía que se le iba a tirar encima.

—Bueno, llamaremos a Doris para que lo confirme, aunque no lo creo necesario. De todos modos, tendré que darle un telefonazo...

—¿A Doris? ¿A esa arpía? ¿A esa intrigante? ¿¡A esa canalla!? ¿A esa degenerada hija de puta?

—Pero Janet. Contrólate. ¿Cómo eres capaz de decir tales cosas? No te entiendo.

—¡Tú no me has entendido nunca! Y en cuanto a que es una hija de puta, es absolutamente cierto y tú lo sabes mucho mejor que yo. Es una puta que usa el culo para lograr lo que le da la gana.

La histeria de Janet, acompañada de esas palabras completamente inapropiadas, dejaron a Dean, finalmente, con la boca abierta. Janet había sido siempre tan medida en sus modos de decir, tan refinada en su conducta y en su lenguaje, que ni siquiera Dean se había podido imaginar no sólo que las dijera, sino que las pensara o las hubiera aprendido en alguna parte. —Lo ha obtenido todo con su redomada papaya. La muy cabrona y sinvergüenza. No en balde Bob ha tenido que pegarse un tiro... No, no... Te advierto que yo lo veía venir... Se ha acostado con Jack Wayne y con Mason... Y no se ha acostado con Gordon porque Gordon es maricón.

—¿Y quién te ha dicho eso?

No, él no sabía que Gordon fuera maricón.

—Eso lo sabe todo el mundo y tú mejor que nadie—, repitió por segunda vez, casi con intención, sin referirse a lo mismo.

—Acabarás diciendo que se ha acostado conmigo—, dijo como si fuera una comedia de equívocos.

—Eso no lo sé yo, pero no seré la que meta la mano en la candela. ¡Una canalla! ¡Una sinvergüenza! Un hombre del talento y la generosidad de Bob no merecía un tratamiento semejante.

Era una furia. Si hubiera tenido a Doris por delante seguramente le hubiera sacado los ojos. Dean no conocía a aquella mujer que de pronto se había convertido en un basilisco.

Se desplomó en la butaca y le vino un acceso de llanto. ¿Cómo era posible que pasara algo así? ¿Y qué vínculos los había unido para que Janet reaccionara de ese modo? Después de todo... Bueno, aquella relación, aquella intimidad a través de la pintura siempre le había parecido algo razonable y, en realidad, no le había hecho mucho caso. Inclusive ahora no se podía imaginar como hacerle caso. Almas afines, se habían acercado el uno al otro por amor al arte, pero estaba seguro de que de ahí no había pasado la cosa. Sin embargo..., en fin, después de todo, tampoco se había imaginado que Janet pudiera decir lo que dijo, comportarse de manera semejante... Y mucho menos que Bob fuera capaz de pegarse un tiro, punto de vista en que todos estarían de acuerdo. Aquellas palabrotas que jamás, decididamente jamás, había pronunciado y que ni si quiera él había dicho delante de ella, aunque la cantidad de hijos de puta con los que convivía día a día bien merecía que las estuviera diciendo desde que llegaba de su trabajo. Pero no las decía. "Nadie conoce a nadie", pensó, como en las novelas de James M. Cain. "Las apariencias engañan, porque de no ser así nadie podría matar a nadie. Las cosas no son como parecen". Aprovechó la tranquilidad del momento y se fue al botiquín del baño en búsqueda de una pastillita para el insomnio, que Janet tomaba con alguna frecuencia, y duplicando la dosis se acercó a su mujer con un vaso de agua. Ella levantó la cabeza, mucho más tranquila. Con una servilleta de papel que había quedado sobre la mesita junto a la butaca, se había quitado gran parte de la crema blanca que le había cubierto la cara. Lucía muy sosegada, extremadamente sosegada, como si hubiera pasado la tormenta.

–No, no, no las necesito–, dijo refiriéndose a las pastillas–. Ya me he calmado. Ahora lo comprendo...

–¿Qué cosa es lo que comprendes?

—La pistola...

—¿Cómo la pistola?

—La que tú me habías dado.

—¿Qué pistola?

Se puso de pie. Parecía rejuvenecida y tenía en el rostro una frescura que Dean había olvidado.

—Desde hace varias semanas la he estado buscado, pero no me aparecía por ninguna parte.

Hablaba pausadamente, tomándose su tiempo.

—Recuerda que cuando empecé a pintar en el *bungalow* y decidí quedarme por las noches algunos fines de semana, tú me diste una pistola, porque te parecía algo peligroso que yo me quedara así, sola. Yo no te hice caso, naturalmente, porque, ¿quién iba a querer hacerme daño? Además, yo no sabría usarla. Sin contar que nunca tengo miedo. De todas formas me la diste, y yo la dejé metida en una gaveta de la consola, la que está en el pasillo que conduce al dormitorio. Nunca le hice mucho caso, salvo cuando pinté aquel cuadro donde se me ocurrió reproducirla, formando las piezas de un rompecabezas, dispuestas al azar, dentro de un paisaje vegetal de espinosas bugambilias y aves del paraíso. Bueno, ni siquiera te acordarás, porque nunca has visto lo que yo pinto. O si lo miras, no lo ves. En fin, que la tenía en la gaveta, prácticamente olvidada. En todo caso, Bob sabía donde estaba, porque la vio un día que estuvo allí y le pedí que me alcanzara unos pinceles que tenía en la misma gaveta. La noche en que me quedé sola, hace unos días, cuando estaba buscando algo, no recuerdo qué, abrí la gaveta y me di cuenta que la pistola no estaba allí. No le presté mucha atención. Pensé que tú te la habías llevado e iba a preguntarte al día siguiente, pero se me olvidó completamente. Ahora me doy cuenta y todo tiene sentido. Bob cogió tu pistola para matarse.

—Nuestra pistola, querrás decir.

—Pero que compraste tú, con tu licencia.

Janet dio media vuelta y caminó rumbo a la recámara. Se sentía extenuada a consecuencia de su propia violencia. Dean, a su vez, estaba anonadado. Finalmente, al cabo de un buen número de años, parecía que iba conociendo a su mujer. Lo de la pistola se las traía, particularmente porque la licencia era la suya y la policía acabaría identificándolo. Bueno, se tranquilizó, porque eso no tenía la menor importancia y en el momento en que apretó el gatillo él estaría en su despacho con su secretaria, pensó sin segunda intención. O cosa por el estilo. Además, bien pudo haberse matado con otra, porque hay muchas pistolas en el mundo. Inclusive, alguien pudo haberlo matado. Puede que hasta Doris, para deshacerse de un estorbo, pero era difícil imaginarse que Bob pudiera estorbarla. Naturalmente, sabía que algo estaba pasando porque Gordon, que era un lleva y trae, lo mantenía más o menos al día. Trató de recordar alguna novela de Raymond Chandler donde se presentara una situación semejante, pero ninguna le vino a la cabeza. Dejó la novela sobre la mesita de noche. *¿Indemnización por partida doble? ¿El cartero llama dos veces?* Inclusive... existía la posibilidad de que alguien pensara que lo había matado él, ya que la pistola era la suya. Todavía tenía en la mano el vaso de agua y las pastillas para dormir. Se las llevó a la boca. El nunca las tomaba, porque dormía como una piedra, pero esa noche, estaba seguro, no iba a conciliar el sueño fácilmente, porque, ¿quién era aquella mujer que no había visto nunca en su vida?

CAPÍTULO VI

LA SOMBRA DE UNA DUDA

Después de las últimas noticias

Aunque el suicidio de Bob produjo en Doris un cierto grado de irritación por los inconvenientes que le trajo, ciertamente tuvo sus compensaciones. La prensa, en particular, le dedicó un buen espacio, incluyendo una noticia que salió en primera plana, con la fotografía de Bob, y prosiguió en la página cinco, donde se reprodujeron dos de sus cuadros, que dada la uniformidad pictórica de los mismos y por aparecer en blanco y negro, parecía que se trataba del mismo cuadro que reproducían dos veces. Algo así como un mes después, Bruno Miller, que había sido nombrado recientemente curador del Museo de Arte, recién llegado a Hawai con las mejores credenciales, publicó un ensayo que se llamó "Bob Harrison: una retrospectiva necesaria", subtitulado "Una pérdida irreparable para la pintura norteamericana", que incluía comentarios considerablemente elogiosos sobre la obra pictórica de Bob, asegurando que era un pintor de la categoría de Mark Rothko ("que, por cierto, en fecha relativamente reciente se había suicidado", agregaba) y con una obra tan importante como las de Robert Ryman e Yves Klein, cuyos nombres, justo es decir, eran poco conocidos salvo por los críticos muy especializados en la plástica postmoderna. Miller se remontaba a aquella exposición de Bob en Cornell, cuando el propio Miller no era más que un estudiante de doctorado, donde se conocieron, antes de ocupar una posición de particular importancia en el Museo de Arte de Filadelfia y la que ahora pasaba a desempeñar en Hawai. A Doris, que no lo recordaba, no dejaron de impresionarle aquellos reconocimientos póstumos, sin duda muy merecidos, pero algo inesperados, porque ¿quién podía ser este Bruno Miller del cual no había oído hablar nunca en su vida? Ciertamente, no recordaba que Bob se lo hubiera mencionado, pero también era cierto que con frecuencia no le había prestado demasiada atención. ¿Bruno? Si le hubiera hablado de él lo recordaría, porque era un nombre peculiar, que no se oye todos los días.

En realidad, todo esto asombró a muchos, particularmente a aquellos que tenían su cuenta en el First Hawaiian Bank y nunca le habían hecho mucho caso a un inmenso cuadro monocromático que se encontraba en una de las paredes del vestíbulo. Ahora, cuando iban a hacer un depósito, cambiar un cheque, pedir el saldo o solicitar una hipoteca, parecían echarle un vistazo por primera vez. Jack Wayne pensó, casi de inmediato, que a lo mejor Doris tenía una fortuna por delante y que la muerte de Bob le venía como anillo al dedo. Quizá tuviera un sinnúmero de Van Goghs (con la firma de Bob) en el estudio. Como era un hombre práctico, empezó a hacer sus cálculos, pero como no tenía la menor idea de cuántos había y lo que podían valer, perdió la cuenta. Sabía que Bob había sido un pintor prolífico y que los lienzos se acumulaban uno encima del otro en una de las paredes del estudio, mientras que otros, ocupando menos espacio, estaban enrollados por todas partes, sin contar los que tendría metido en aquel *búnker* en el fondo del patio, que finalmente cobraba significado. Esto, unido al ascenso e inamovilidad académica que acababan de concederle, hacían de Doris, no diremos que una viuda alegre, pero cuando menos una viuda muy apetecible. Claro que para él estos pormenores no entraban en sus cálculos. Todo lo contrario. Quizás todo hubiera terminado. Aunque nunca se sabe.

Doris, por otra parte, se sentía irritada con las sospechas de Chan de que se trataba de un homicidio. ¿En qué se fundaba para bajarse con tales reticencias? Sin darse cuenta, volvía sobre lo mismo. Todos sabían que Bob era incapaz de matar una mosca, lo cual indicaba claramente que era imposible que tuviera un enemigo. De inmediato se dio cuenta que esto también era una contradicción, porque después de todo, se había suicidado y había tenido que apretar el gatillo. Pero la idea de que alguien le hubiera pegado un tiro era un disparate mayúsculo. No había motivación posible. El único inconveniente que presentaba tal razonamiento era pensar que tampoco había ningún motivo para que se suicidara. Y se había suicidado. Por ella no sería. En verdad lo quería, aunque lo engañara con Jack, pero fundamentalmente eran motivos profesionales lo que la habían llevado a dar ese paso, aunque no podía decir que acostarse con Jack fuera tomarse un purgante. Con Mason había sido un castigo por el ano, una razón de su subconsciente para librarse de la culpa. Además, desde hacía mucho tiempo eso no había vuelto a pasar. Ni nada parecido. Porque aquello, sencillamente, no le gustaba. Si algo gozaba con Wayne, había buscado en Mason la abyección que la librara de los juicios de la conciencia.

Además, Bob no sabía nada. ¿Cómo iba a saberlo? Jack, estaba seguro, no había dicho esa boca es mía, por la parte que le interesaba y no porque fuera un caballero. Tan pragmático como ella, no abría el pico con tal que ella le abriera las piernas. La compacta y profunda compenetración era un pacto de silencio y utilizaba un arma poderosa; el sentido común, no se piense mal. Claro que no faltaban las malas lenguas, pero no creía que llegaran a tanto, y si "El Gordo" se hubiera bajado con alguna insinuación, como todo lo decía era un rompecabezas lingüístico, pues estaba segura que Bob, con su sencillez y su inocencia, se hubiera quedado en Babia. No tenía la menor idea de quien hubiera podido querer hacerle daño, ni para motivarlo a que se pegara un tiro ni para que se lo pegaran.

Claro que a ella... Bueno, ella era harina de otro costal y en la facultad de idiomas extranjeros había más de uno que le pedía la cabeza. No porque tuviera mucho poder, que no tenía ninguno, pero por cualquier cosa, por el que pudiera tener en el futuro, por hacerle sombra a cualquiera. Claro que de eso a cometer un asesinato... Pero, ¿cómo era posible que se pusiera a pensar tal cosa? Era evidente que las sospechas del chino eran contagiosas.

Sin embargo, lo cierto era que Bob se había suicidado, por razones que a ella se le escapaban. Ella misma quería saber y hubiera querido meterse en su cabeza. Tenía que reconocer que entre los dos había tenido lugar un distanciamiento gradual, que le había parecido natural, por cierto, lógico dadas las circunstancias profesionales. Se acrecentó desde su llegada a Honolulu, porque todo parecía indicar que Bob era feliz, disfrutando de una tranquilidad que nunca tuvieron en Ithaca. Por ello, precisamente... Porque, ¿qué hacía Bob entre las cuatro paredes de su estudio? Pintar, naturalmente. No obstante lo dicho... Sólo atinaba a pensar que la conciencia de su fracaso como pintor bien pudo llevarlo al suicidio, porque tenía que confesarse, sencillamente, que su pintura no servía absolutamente para nada (aunque ahora se dijera otra cosa); pero desde que lo conoció vivía engañado y estaba segura (¿estaba segura?) que nunca llegó a pensarlo. Además, había perdido contacto (pensaba) con todos aquellos (unos pocos, más bien) pintores que había conocido hacía años y con los cuales había compartido (en Nueva York, principalmente) metas comunes. Pensaba ella. Esto, sin embargo, se le presentaba como una nueva contradicción, porque compararlo con Robert Ryman e Yves Klein, quienesquiera que fueran, la sorprendía tanto como su muerte. Era absolutamente irreal. O iba más allá del realismo. Quizás fuera un caso de hiperrealismo, de lo que no tenía una clara idea. Pero como todo le parecía un sueño sin la menor lógica, a lo mejor era una pesadilla surrealista. Los hechos demostraban, obviamente, que alguna razón tuvo para matarse, que ella desconocía, pero afirmar que alguien hubiera cometido un crimen era un disparate que sólo podía venirle a la cabeza a un detective chino.

En más de una ocasión había considerado ir a ver a Jack y darle a conocer sus preocupaciones, porque no podía hacerlo con nadie más. O llamarlo por teléfono y pedirle que viniera a verla. Quizás fuera el caso de *Ascensor para el cadalso,* en que Jean Moreau y su amante se ponen de acuerdo para matar al marido y deciden no hablar por teléfono para no levantar sospechas. ¿O era el de Simone Signoret sobre una novela de Balzac donde pasa algo parecido? ¿*La bestia humana* con Gloria Grahane, aquella mujer fatal pintarrajeada que no tenía escrúpulos de ninguna clase? ¿*Teresa Raquín*? No podía precisarlo, porque las clases de literatura francesa las tomó porque eran un requisito universitario para el doctorado y todas las películas se le confundían. ¿Barbara Stanwick en *Indemnización por partida doble*? Porque, ¿acaso tenía Bob un seguro de vida? En ese caso, ella tenía motivos para pegarle un tiro; hasta un complot con Jack con el cual pudiera estar de acuerdo para quedarse con todo, de la poliza a los cuadros. Entonces, bien podía haber sido ella, o ellos. Hizo una pausa para tomar aliento. ¿Jack Wayne pegándole un tiro a Bob? ¡Qué disparate! Sin contar que Jack tenía una coartada perfecta, porque en ese momento estaba hablando con ella por teléfono. No, por ese camino iba derecho al manicomio, y todo por un chino maniático que le había metido esos pensamientos en la cabeza. Ciertamente, ahora que Bob estaba a punto de convertirse en un pintor famoso, con unos cuadros cuyo valor se habían centuplicado, había inclusive motivaciones, pero hasta ese momento nadie se había dado cuenta... Ella, menos todavía. Salvo Bruno Miller, que por haber llegado a la isla hacía apenas un mes, no podía tener vela en el entierro. No obstante ello... Precisamente... ¿Pura coincidencia? Después de todo, no contaba con él, un desconocido que entraba en escena en el episodio de mayor suspense. Ni que fuera planeado por Hitchcock. Por un momento tuvo la impresión de que todo había sido preparado por alguien que ella no conocía... Preparado por... "Preparado por Dios..." No podía creer que ella, que no creía ni en la paz de los sepulcros, pudiera pensar tal cosa. Definitivamente no había que darle más vueltas: era un disparate mayúsculo.

Desde la muerte de Bob ella y Jack no habían vuelto a verse y tal parecía que los dos se evadían. Ciertamente no había pasado mucho tiempo y quizás fuera demasiado prematuro irse a la cama nuevamente. Sentía, además, unos escrúpulos nuevos, desconocidos. Hablaban por teléfono, pero de ahí no pasaba la cosa. Ahora él podría venir a la casa cuando le diera la gana, sin el peligro de que Bob llegara de un momento a otro, pero verdaderamente Jack, aunque vagamente le había preguntado "¿quieres que pase a verte?", parecía hacerlo por compromiso, y ella le había contestado con un indefinido "no, no es necesario". Quizás fuera natural que ella se sintiera así, pero en el caso de Jack estaba fuera de su carácter porque carecía de esa condición. Obviamente, él no lo necesitaba y posiblemente, con toda seguridad, no le faltaría alguna alumna con quien acostarse y sirviera de sustituta, como cuando uno faltaba a clases y venía otra maestra a ocupar su lugar. De hacerlo con ella, lo haría como prescripción facultativa porque Jack era de los que creía firmemente que un buen orgasmo podía resolver todos los problemas de la psiquis y empezaría a manosearla de arriba abajo. Pero, precisamente, ella no se sentía lista para tratamiento semejante.

A pesar de todas estas objeciones, finalmente decidió ir a su despacho (sin segundas intenciones). Pura coincidencia, de forma casual, sobre el buró, tenía doblado el periódico en la página donde aparecía el artículo sobre "una retrospectiva necesaria".

–¿Qué te parece?–, le dijo sin esperar respuesta. –La muerte de tu marido ha sido un éxito póstumo.

Ella, sin saber el motivo, se sintió turbada y le pareció un comentario de mal gusto, como si hubiera ofendido a Bob, pero no le dijo nada; le comunicó algunas de sus preocupaciones, aunque sin exagerar. Lo redujo a su conciencia de culpa y lo mucho que la mortificaban las impertinencias de Chan. Jack no le prestó mucha atención. Como no tenía, además, atisbos morales de ninguna clase, le insistió en que no tenía que culparse en lo más mínimo, porque Bob había vivido en su mundo y ella en el suyo (argumento que no quería decir absolutamente nada porque, en última instancia, todo el mundo vive de ese modo). Estaba pasando un mal rato, lo cual era natural, y eso era todo. Bob no había tenido el menor miramiento para con ella y suicidarse así fue una desconsideración. Tenía que hacerle frente a la verdad: dijeran lo que dijeran, Bob no era gran cosa (pintara o no maravillas) y ella no había hecho otra cosa que sacrificarse para darle el mejor de los mundos posibles. Inclusive él, que en algo había ayudado con aquella operación de bienes raíces que le había permitido disfrutar de aquel estudio donde se había pasado horas pintando a sus anchas, había hecho todo lo posible por hacerlo feliz. No había nada más inconveniente que una mujer insatisfecha. Su cinismo, obviamente, no tenía ni escrúpulos ni límites. Si había decidido suicidarse era cosa suya y es mejor que lo olvidara. No tenía sentido meterse en la cabeza de un muerto.

Jack era, decididamente, un bruto, y aunque nunca se había acostado con él por su delicadeza, ahora le parecía más brutal que nunca. Finalmente (no quedaba más remedio) (y con toda seguridad para que lo dejara tranquilo), le propuso irse a la cama (al buró, como recurso inmediato), porque eso le haría bien y la relajaría; pero Doris le dijo "no, gracias".

Se levantó de la silla como una colega en plano de consulta pedagógica. Él la acompañó hasta la puerta.

—¿Y la pistola?—, le preguntó cuando estaba a punto de irse.

—No sé de donde la sacó.

—¿No lo sabías?

—No, claro que no. No entiendo, porque detestaba las armas de fuego. No tenía la más remota idea de que tuviera una pistola.

Jack se quedó pensando por un instante. Acabó por encogerse de hombros.

—Bueno, da lo mismo, porque no la usará de nuevo.

El chino Chan, ciertamente, no se encogía de hombros, porque si había una pistola era esencial poner en claro de donde había salido. Se determinó con bastante rapidez y de forma categórica que Bob nunca había tenido licencia para portar armas de fuego y que por lo tanto estaba haciendo uso ilegal de la misma, por lo cual se le podría poner una multa (transferible quizás a la viuda para cuando recibiera la herencia) ya que no era factible multar a un muerto. Aunque Chan no se atrevió a exponer estos detalles, hizo la composición de los mismos, para tranquilizarse. Era indispensable, no obstante ello, precisar de donde procedía porque ello podría dar una pista para dilucidar el crimen y determinar quién era el culpable, ya que algún culpable tenía que haber y "el que la hace la paga". De esto no le cabía la menor duda.

Cuando llegó a su casa Doris estaba malhumorada. El problema era que no podía hablar con nadie, porque en aquel nido de víboras universitario no se podía contar con un amigo, y con una amiga mucho menos. Naturalmente, ella tampoco era amiga de nadie. De la noche a la mañana se veía en la constante de un monólogo interior, porque hasta el momento las cosas no habían pasado de inquietudes económicas, renovaciones de contrato, envidias y rencillas del profesorado que la habían ido endureciendo profesionalmente, cuyas tribulaciones una vez que otra había compartido con Bob, que era un alma de Dios. Como tal, no entendía. Y sin embargo, la certidumbre de que estaba allí le daba la sensación de que no estar sola, dándole significado a una vida que de otro modo no la tendría. Naturalmente, esto no parecía tener sentido y de hecho nunca lo había pensado, pero ahora se daba cuenta. Después de todo, aunque no le contara a Bob sus preocupaciones siempre había sido una persona con la cual podía contar, en caso de que fuera necesario. Sabía que estaba allí, al alcance de la mano. Lo cierto era que bajo las nuevas circunstancias estaba irremisiblemente sola.

Por todo ello sentía la necesidad de que lo de la pistola se aclarase y que el chino Chan se fuera a freír espárragos. No obstante lo disparatado, la verdad era que aunque Bob había utilizado la pistola para pegarse un tiro existía la posibilidad de que esta no hubiera sido la razón para tenerla, ya que bien la hubiera podido tener con la intención de pegarle un tiro a alguien. Claro que esto era pura elucubración porque a estas alturas poco importaban sus intenciones. Esto la irritaba porque no tenía sentido e iba inclusive contra su manera de ser. Se sentía contagiada, como si se le hubiera pegado una enfermedad. Acabaría yendo a un siquiatra. Sí, quizás eso fuera lo mejor, lo más lógico, lo que mejor se ajustaba a su temperamento. Pero claro, entonces tendría que contarlo todo. Se sentía como Raskolnikov en *Crimen y castigo,* con la diferencia de que ella no le había entrado a hachazos a nadie. ¿O acaso había sido así? ¿Era posible que ella fuera la que le puso el dedo en el gatillo? A lo mejor Chan tenía razón.

En todo caso, la lógica le decía que no podía descartar la posibilidad de que conociendo su adulterio, la hubiera adquirido para matarla a ella o, inclusive, para matar a Jack, en el supuesto pero improbable caso de que supiera que ellos eran amantes. De alguna manera este acertijo se convirtió en su obsesión, cuyos razonamientos la asaltaban en los momentos más inoportunos, en medio de una clase, por ejemplo, confundiendo los usos del por y el para con toda su retahíla de posibilidades, sin decidirse si lo había hecho "por matarla" o "para matarse". Todo este barrenillo lo llevaba en la cabeza, pura matraquilla. Acabaría escribiendo ejercicios gramaticales con el tema de aquella muerte que no le había sido anunciada.

De vez en cuando le venía a la cabeza aquella idea descabellada de que tuviera un hermano gemelo, porque de ese asunto solamente habían hablado una vez, e inclusive... "¿Habían hablado alguna vez?" No lo recordaba con precisión, porque había sido una conversación muy de pasada... Bueno, lo recordó vagamente y hasta pensó que debía ponerse en contacto con él, porque si era un hermano, tal vez debería saber que Bob había muerto... Claro, no tenía ninguna dirección, ni siquiera recordaba claramente cómo se llamaba... ¿Cómo iba a poder localizarlo? Lo pasó por alto, porque era seguramente un disparate.

Hubiera querido recordarlo todo. Buscar insinuaciones que le dieran una pista. Pero Bob no había sido nunca (pensaba ella) un hombre de subtextos que ocultaran una segunda intención. De reticencias mortificantes. Cuando más, pausas y silencios, omisiones; pero esto exigía un refinamiento de la memoria que se le perdía en la propia opacidad del que fuera su marido. En este caso, un refinamiento del silencio. Con algún esfuerzo, recordaba ideas y conceptos, tratando de reconstruirlo a través de puntos de vista que no siempre podía precisar: su rechazo del barroco, la exageración y la teatralidad; a los efectos de luces y el dramatismo desenfrenado o artificial; a los contrastes de la luz y de la sombra; y en particular al recalcitrante realismo, a toda lección de anatomía, a la vivisección de los cadáveres, que le parecía repugnante y el arte de los cirujanos. Principalmente, una reacción frente a la violencia, los martirologios y derramamientos de sangre, las alegorías y las discordias bíblicas: todo ese concepto narrativo que, según él, había convertido a la pintura en una novela por entregas que iba del barroco al romanticismo. Esto explicaba al Bob sin narrativa, monocromático, que era el que ella había conocido, inclusive en carne y hueso, pero que sin embargo se había destapado la tapa de los sesos con un pistoletazo que llegó hasta el lienzo, lo tiñó de sangre y le hizo un agujero, como si "el otro Bob" se hubiera desenmascarado... La idea de la duplicidad... ¡Qué absurdo!

En cuanto al caso concreto de la pistola, el chino Chan le había asegurado que los informes le llegarían de un momento a otro y que él mismo no podía pegar los ojos elucubrando de donde había salido, porque sin esa información nunca iba a poder saber quién era el asesino. Finalmente, el informe del departamento nacional de licencias aclaró la situación, y se determinó claramente que la pistola había sido adquirida diez años atrás en Nevada por un tal Dean Leighton, que para asombro del propio chino era el decano de la facultad donde trabajaba la viuda del occiso. Sonrió entre dientes, como ocurre frecuentemente con los chinos, y pensó que allí había gato encerrado. ¡Quién se lo hubiera podido imaginar! Aquello tenía sentido. Raymond Chandler bien podía darle la pista, y eso que no sabía que era el autor favorito de Leighton, que lo adormecía lectura en mano como si una nodriza le estuviera tarareando una canción de cuna. Se sintió estimulado, pensando en la posibilidad detectivesca de que el decano, en complicidad con la viuda, fuera el asesino, porque alguna responsabilidad debía tener para que la pistola hubiera ido a parar a manos del muerto. Despistado por otros tarros, pensó que se le había escapado el tarro dentro del tarro, que era la metateatralidad de los cuernos.

Si asombrado se quedó Chan, más asombrada se quedó Doris, con aquel rompecabezas que no acababa de solucionarse. ¿Cómo había ido a parar una pistola de Dean Leighton a manos de Bob? No tenía sentido. Ella y Bob habían hablado poco del decano, y las relaciones con él eran muy, pero muy distanciadas, particularmente en el caso de su marido. Ella, naturalmente, por motivos profesionales, estaba en más frecuente contacto con Dean, pero todo de muy fuera a fuera, de forma estrictamente profesional. Sin embargo, pensándolo bien... Como hablar con él era algo así como hablar con la pared, pues nunca fueron muy lejos; aunque, justo es decir, en algunos momentos se le quedaba mirando fijamente, con lo que a ella le parecía una remota insinuación, aunque a la verdad no sabía de qué se trataba, como si fuera la pieza de un rompecabezas que no acaba de encajar con ninguna otra. Si aquella mirada no la había desconcertado cuando la miró, ahora que la recordaba se sentía turbada e indecisa. Era de esos hombres que la deslizan, entre procaz, lacónica e indiferente, como quien no quiere la cosa, de una persona a la otra; como quien tira una carnada en espera de que el pez quede atrapado en el anzuelo. Seguramente podría pasarse horas y horas pescando. Fue en ese momento que se le ocurrió pensar que Bob supiera, o se sospechara cuando menos, lo de ella y Jack, porque Jack tenía fama de mujeriego y nunca faltan las malas lenguas. Pero ella (ellos, en todo caso) habían actuado con la más absoluta discreción. Aunque a veces los hombres, bueno, cuentan, para hacer alardes de macho, en el gimnasio... cuando están encueros... en una partida de... tenis... de golf... Quizás Leighton estuviera sobre la pista... No, no, pero no lo veía...

Por su parte, Bob nunca tuvo afinidad con Leighton. No le caía mal pero, simplemente, no tenían nada que decirse. Entonces, ¿cómo era posible que se hubiera suicidado con una pistola de él? ¿En qué momento pasó de una mano a la otra? Existía, finalmente, la relación con Janet, esa intimidad que se fue desarrollando entre ambos desde que se conocieron y que, ahora lo calculaba claramente, había durado cinco años. Ciertamente había sido una amistad intensa con encuentros muy frecuentes, pero a nadie se le podía ocurrir... Bueno, a ella ni remotamente, porque conocía a su marido, que hubiera sido incapaz de... sido... incapaz de... llegar a ningún tipo de conducta... impropia... un desliz de esa... naturaleza...

Claro que ella... Pero ella era otra persona... Por primera vez sintió una vacilación, pero sólo necesitó visualizar por un momento, físicamente, a Janet Leighton para darse cuenta del disparate que le había venido a la cabeza. No obstante ello...

–¿Está usted seguro que la pistola era de Dean Leighton? No tengo la menor idea de cómo pudo llegar a manos de Bob, porque no eran amigos.

–¿Ni enemigos tampoco?

–Claro que no. Se conocían muy superficialmente.

–Pero había relaciones profesionales.

–No, ninguna. La relación profesional es conmigo.

–Sin embargo... No, no quisiera ser indiscreto... Su esposo tenía relaciones, es un decir, con la señora de Leighton–. Y preguntó con muy mala leche: –¿No lo sabía usted?

Ella no titubeó en lo más mínimo.

–Naturalmente. Eran muy buenos amigos y se veían frecuentemente.

–Eran... amigos íntimos.

–¿Y eso qué quiere decir?

–Eso, precisamente.

Y agregó con peor intención todavía:

–Si ellos se veían con frecuencia en el *bungalow* que tienen los Leighton en la Costa Norte...

Aquel chino era un insolente.

Ni corto ni perezoso, Chan se personó en el despacho de Leighton, como si fuera Phillip Marlowe. Por un momento se había convertido en el sospechoso número uno. Mientras el decano terminaba una conversación telefónica, Chan le echó una mirada rápida y detectivesca al despacho, deteniéndose en uno de los libreros, con una galería de gruesos libros de carácter administrativo y pedagógico, percibiendo, prácticamente escondido, un librito que le llamó la atención por su insignificancia. Se acercó al librero y alargó la mano como quien descubre una colilla de cigarro en el piso, notando que se trataba de una edición de bolsillo de una novelita de James M. Cain. No faltan criminales en ciernes que se entrenan leyendo novelitas policíacas y si mal no recordaba había una de Ágata Christie en la cual el asesino hacía algo por el estilo. Como Leighton estaba de espaldas, no pudo ver el gesto de Chan, que se apresuró a colocar el librito exactamente en su lugar. Esta coincidencia fue como una premonición, que lo ponía sobre la pista, aunque es posible que el libro estuviera allí para despistarlo. Inspirado por el novelista, Chan le planteó la situación de sopetón.

Advertido por Janet de la posible circunstancia, Leighton le explicó los antecedentes del caso de la forma más sencilla posible. Como su mujer iba con frecuencia al *bungalow* al otro lado de la isla, donde pasaba horas pintando y en algunas ocasiones se quedaba a dormir, creyó prudente darle la pistola en caso de que se sintiera insegura y tuviera que defenderse de algún intruso. Frecuentemente había insistido en que no pasara allí la noche, pero cuando empezaba a pintar perdía la noción del tiempo, y le parecía más seguro quedarse allí en lugar de manejar de noche de regreso a Honolulu. Bob era, como él sabía, pintor, como lo era su esposa, tenían muchas cosas en común y eran grandes amigos. Con frecuencia iba a visitarla al *bungalow*. Es posible que viera la pistola y, con la idea del suicidio en la cabeza, se la llevara. "Lógico, ¿no?"

—En realidad, no sabemos lo que él tenía en la cabeza.

–Naturalmente, pero tampoco sé lo que usted tiene en la suya.

–Es posible que no tuviera nada en la de él.

Aquello era un verdadero disparate. Exactamente no estaban diciendo nada.

–Pero se suicidó, ¿no es así?

–Sabemos que está muerto. Hay que ser objetivo.

Dean, que se desconcertaba muy pocas veces, realmente no supo qué decir.

–Comprendo que es una situación muy delicada...–, comentó Chan.

–¿Cómo que es una situación muy delicada...?–, preguntó Leighton, que de inmediato se puso en guardia.

Chan no se lo dijo, pero realmente, una mujer relativamente joven (o de mediana edad), casada, que recibía con frecuencia la visita de un hombre joven (se guiaba, en ambos casos, con la objetividad de la partida de nacimiento), casado también, bien pudieran estar cometiendo adulterio a menos que hubiera mayores impedimentos. Chan se asombraba de la parsimonia de Leighton. En todo caso, tenía que reconocerlo, él era chino y Leighton era un americano, aunque se supone que los chinos tengan más parsimonia que los americanos.

"Un americano cabrón", pensó.

–Quiero decir...–, tartamudeó Chan. –Tratándose de las circunstancias.

–¿Qué circunstancias?–, preguntó Leighton.

–El suicidio... Las frecuentes visitas que hizo al *bungalow*... Los motivos que lo llevaron a llevarse la pistola... Mucho me temo que su esposa tendrá que hacer declaraciones... Lamento tener que involucrarla en lo que parece ser una situación tan delicada... Una señora como ella... Usted comprenderá...

"¡Un crimen pasional!", pensó, pero no se atrevió a decirlo. "¡La crónica roja!"

—No, no comprendo nada. Pero, está bien. Haga lo que estime pertinente, porque mientras tanto consultaré con nuestro abogado.

—No es para tanto. Y mucho lo siento, particularmente por la delicada situación... Todo se hará con la mayor discreción posible. Usted perdone...

Y tomando el sombrero se puso de pie.

—Buenas tardes...

—Buenas tardes...

Estaba colérico. Que en el caso de Dean Leighton es mucho decir. Rojo de ira, después se puso blanco como la pared, que era su coloración natural. ¿Quién se hubiera podido imaginar que las relaciones... (¿las relaciones?) de Janet con aquel idiota le iban a traer complicaciones adicionales a las que ya tenía con sus colegas y subalternos? *"Fuck you"*, exclamó en inglés. ¡Era para mandarlos a todos al carajo! Sin contar aquellas ridículas alusiones de aquel chino de mierda que parecía insinuar que Janet le pegaba los tarros con aquel muerto que había sido siempre un tonto de capirote —coincidiendo en esto con Jack Wayne. "¿Un tonto de capirote? ¿Y eso qué quiere decir? ¿Qué es un capirote?" En mala hora se le había ocurrido comprar aquella jodida pistola. Peor todavía, dársela a su mujer, que la había recibido a regañadientes, para que la utilizara como arma de defensa, en lugar de dejar que le pegaran un tiro y verse libre de aquel matrimonio que parecía una cadena perpetua. En cuanto a la idea de que Janet le fuera infiel... nunca se le había podido ocurrir en veinticinco años que llevaba de matrimonio. ¡Qué disparate!

No obstante ello...

Se lo dijo a Janet a la hora de comer, cuando hacía el papel de cocinera...

—Tal vez sea conveniente llamar a un abogado.

—¿Para qué?

—No sabemos las complicaciones que esto puede traernos.

—¿En qué sentido?

—Tendrás que hacer declaraciones.

—¿Declaraciones?

—Bueno, la pistola estaba en el *bungalow,* ¿no es cierto? Como Bob iba allí con alguna frecuencia...

Janet detecto una sutil irritación por debajo de las palabras.

—¡Qué tontería! Bob no iba allí con *alguna* frecuencia...

—Bueno, lo que fuera...

—Como si hubiera ido todos los días. Eso poco tiene que ver con que se pegara un tiro. Si hay que hacer declaraciones pues las haré. Eso me tiene sin cuidado... A lo mejor tú también tienes que hacerlas.

—¿Yo? ¿Por qué?

—Porque la pistola era tuya...

"Y bien podías tener celos...", pensó, pero no lo dijo, y hasta le parecía cómico la circunstancia en la cual Chan podía poner a su marido. "Que él tuviera una motivación, a la que se unía el hecho... (¿fortuito...?) de que la pistola fuera suya..." Tenía su gracia.

¿Cómo era posible que pasara lo que estaba pasando entre él y su mujer? Entre ellos nunca había habido ni un sí ni un no; por lo menos de forma explícita. En todo caso, habían llegado a un gradual y perfecto distanciamiento sin decir una palabra más alta que la otra, como se hacía en el mejor teatro. Inglés, naturalmente. La gritería se la dejaban a la chusma, pero Janet y él estaban unidos por una conducta modelo.

—Me alegro que lo tomes de ese modo, pero te advierto que ese chino es un impertinente.

Lo disimulaba, pero estaba irritado. Salió de la habitación y le pareció que había tirado la puerta de la alcoba. Pero no, no estaba segura de que lo hubiera hecho... Y sin embargo... Estaba segura... Había descubierto matices, contrastes en la entonación, en cierto tono que le estaba dando a las palabras, que habían perdido aquel carácter plano, monorítmico, de una sola cuerda, igual, con que acostumbraba a decirlo todo, evitando darles inflexiones a las palabras, para que todas parecieran iguales; porque cuando dijo aquello de "alguna frecuencia" se le fue una mínima reticencia, que después quiso disimular con "lo que fuera...". Bueno, eso le pareció a ella, pero no cabía la menor duda que estaba decididamente molesto al referirse a Chan como "ese chino es un impertinente". ¡Al fin! No podía creerlo. Por el contrario, hasta era posible que Doris le estuviera sacando fiesta, y que Dean quiso quitárselo del camino, porque aquella mujerzuela...

Si él había tenido que disimular con aquella infinita capacidad de disimulo que lo caracterizaba, ella había hecho otro tanto, aunque no estaba segura de haberlo conseguido. Siempre había querido ser actriz, pero educada en Brian Mawr dentro de normas estrictamente puritanas, su familia se había opuesto a que diera semejante paso. La cosa no pasó de un par de cursos elementales de actuación, y hasta en un par de ocasiones subió a escena diciendo media docena de bocadillos. En su lugar se casó con Dean Leighton y poco a poco su vida fue algo así como un Oscar detrás del otro, saltando de los manerismos de Kathryn Hepbrun a los de Bette Davis.

Con dificultad, y haciendo uno de ellos, se apoyó en la consola. Sobre ella había dejado Dean Leighton la novela de James M. Cain que estaba leyendo desde que Bob se había pegado un tiro, aunque ella había pensado que era de Raymond Chandler. Como todos esos novelistas de pacotilla le parecían iguales, siempre se confundía. El marcador de libros se había quedado fijo en la primera página.

CAPÍTULO VII

EL VELO PINTADO

Un mes después

Tan pronto como Dean, haciéndole honor a su nombre, fue ascendido a la categoría de decano, compró un lujoso apartamento con vista a Diamond Head, aquel volcán extinto algo descabezado que salía en todas las postales turísticas y que era la marca de fábrica de Waikikí, con un cielo y un mar azul que se reflejaban mutuamente. Las nubes pasaban presurosas y no iban más allá de una tormenta de verano. En la terraza habían colocado una mesita de hierro pintada de blanco, no muy grande, donde desayunaban. La terraza tenía una vista estupenda que costaba un ojo de la cara, porque en Honolulu el valor de las propiedades se medía de acuerdo con el paisaje y aquel era de los más espectaculares. Quizás por ello desayunaban allí, conscientes de lo que aquel escenario les costaba. De todos modos, el apartamento, cuyo valor se había triplicado, había sido una inversión afortunadísima, aunque no tanto como la de los japoneses que habían invadido Waikikí, convertida en una playa de veraneo en las afueras de Tokio, el extremo de un arco iris que iba de Hiroshima a Pearl Harbor.

Todas las mañanas lo primero que hacía Dean era salir a la terraza y echarle mano al periódico que su mujer se había encargado de dejar sobre la mesa mientras ella terminaba de preparar el desayuno, conjuntamente con la correspondencia, generalmente sin importancia. Janet venía poco después con la bandeja: café, crema, unas tostadas, mermelada y mantequilla. Nada realmente complicado, aunque los domingos se daban el lujo de un revoltillo con jamón. Esta costumbre se había mantenido vigente, aunque el arte de la conversación, que nunca había sido el fuerte de Dean, se había ido extinguiendo.

A veces Janet recordaba los días felices en los cuales Dean compartía con ella confidencias académicas y administrativas. No era que le arrancara la tira del pellejo a todo el profesorado, pero había una sana interacción chismográfica. Justo es decir que era más saludable que dañina, porque como Janet no formaba parte de la facultad tenía voz pero no voto. Ciertamente no dejaba de tener su influencia en las decisiones de su marido, aunque este hacía como si no la tomara en serio. Parco, reducía sus observaciones al mínimo así como los secretos del decanato. Era un entretenimiento sano, entre marido y mujer, que bronceaba la terraza sin producir quemaduras. Confidencias universitarias que no tenían entre ellos dos mayores consecuencias. Verdaderamente Janet no era ninguna chismosa de pura cepa, de esas que utiliza los rumores para hacer daño, tan frecuente a niveles profesionales. Esos cotilleos los compartía con su esposo y con nadie más. Pero dejaba caer sus puntos de vista sobre la personalidad de los jugadores universitarios, riesgos, sospechas y estrategias que se desplazaban sobre el tablero como fichas de ajedrez, pues no podía ignorar que sobre el apartamento todavía estaba pendiente una hipoteca. Como eran intereses compartidos, Dean le prestaba atención, y en más de una ocasión Janet le había podido anticipar y hasta evitar algunos dolores de cabeza. A Dean le servía como válvula de escape, porque bien sabía que entre los miembros de la facultad no podía confiar en nadie, y que cualquier desliz podría traerle las peores consecuencias. Sólo Janet, realmente, era persona de confiar.

No obstante lo dicho, con el transcurso del tiempo el diálogo fue perdiendo fuerza y contenido, volviéndose cada vez más distanciado.

El parloteo de Janet empezó a resentirse y a volverse molesto, y se fue formando una congelada cortina de silencio. La elipsis que separaba la configuración alterna del diálogo se fue ampliando más y más, como si el silencio construyera una barrera sin sonido. Lo cierto era que cada día tenían menos cosas que comunicarse mutuamente, y a niveles más íntimos, lo que se decían dejaba ver polos opuestos, ausentes de auténticas resonancias. El conocimiento gradual de que poco tenían en común se fue haciendo evidente con el paso de los años. Al principio la oposición se hizo explícita pero poco a poco, discretamente, se silenciaba, para evitar el choque y mantener un discurso civilizado. Socialmente el vínculo se mantenía firme y la conducta era impecable, salvo por una textura distanciada que podía sentirse, siempre muy sutilmente. Las formas no podían perderse y ambos, muy bien educados y entrenados profesionalmente, actuaban como dos expertos equilibristas de altos vuelos, evitando destararse por mutuo consenso. Un sentido de la medida caracterizaba su conducta pública. Pero lo cierto es que, entre nosotros, debe aclararse que se acostaban tarde, mal y nunca, aunque puede que Dean lo hiciera alguna vez para cubrir las formas, cosa de la que no tenemos mayor certeza. Conservar las normas de conducta era esencial para ambos, y en este sentido era un matrimonio edificado sobre bases muy sólidas.

No sabemos tampoco en qué medida la relación de Janet con Bob —y no queremos que el término relación levante la menor sospecha— tuvo que ver con la cortina de silencio que, como si fuera el muro de Berlín, fue separándolos. Quizás en Janet fuera un proceso subconsciente y compensatorio, porque nunca en su vida había tenido tan largos coloquios como los que había sostenido con Bob. Tenían tanto que decirse que cuando Janet regresaba a su apartamento no sentía la necesidad imperiosa de conversar (o monologar) con su marido, porque el diálogo con Bob la satisfacía plenamente. En otras palabras, se sentía llena, lograda, como si hubiera gozado de un orgasmo perfecto.

En cuanto a Dean, de más está decir que no tenemos la más remota idea de lo que pasaba por su cabeza y el menor dato que nos permita dejar constancia de la pata de la cual cojeaba entre las piernas. Lo más que podemos decir es que tenía un mirar furtivo que se volvía inquisitivo a veces cuando deslizaba la vista de una mujer a la otra, deteniéndose con fijeza en alguna de ellas, como si estuviera calculando algo. Claro que nada de esto se traslucía, guardándolo para sí. Esto implicaba que era imposible determinar lo que sentía, si es que sentía algo, si había o no un grado de perversión o de indiferencia. En conclusión, nada podía saberse. Lo cierto es (y esto es lo más significativo) que sobre Doris y Bob, Janet y Dean hablaban poco, mucho menos de lo que hablaban al referirse a los otros "miembros" de la facultad, lo cual no dejaba de ser peculiar.

Llegado el momento en que se discutió el ascenso e inamovilidad académica de Doris, esto apenas se mencionó a la hora del desayuno o de sobremesa al atardecer. Janet lo sabía y si por ella hubiera sido la hubiera puesto de patitas en la calle, porque no sentía por Doris la menor simpatía, mucho más teniendo en cuenta lo que las malas lenguas decían por ahí. Esto, naturalmente, no se lo dijo a Dean, porque de ocurrir tal cosa, ¿qué le hubiera pasado a la "relación" que ella tenía con Bob? Porque si a Doris no le renovaban el contrato, era como si a Bob tampoco se lo renovaran. El caso fue que no insistieron en el tema.

Para la fecha en que Bob se había pegado un tiro se puede decir que a la hora del desayuno Janet y Dean prácticamente no hablaban nada, ya fuera porque Dean se enterara de lo que pasaba en el mundo con mayor rapidez que antes, porque tuviera que irse para el trabajo lo más pronto posible o porque, sencillamente, como tomaba el café sin azúcar, era un buche amargo que ingería con la mayor rapidez. Por una razón o la otra, podía escucharse el vuelo de una mosca bronceándose en Diamond Head. Si el silencio es oro, eran millonarios. Janet siempre había hablado por los dos y quizás había llegado el momento en que no tenía que hablar por ninguno. A pesar del paisaje y las pocas dimensiones de la mesa, que poco tenían que ver con *Citizen Kane*, a Janet le parecía que desde su llegada a Honolulu la habían estado filmando en la famosa escena del desayuno, aquella maravillosa síntesis de las relaciones matrimoniales en la cual marido y mujer empezaban como un par de tortolitos y acababan sin dirigirse la palabra.

En un principio el periódico jugaba un papel secundario, pero con el paso del tiempo pasó a un primer plano, ocultándole el rostro de su marido tras una cortina de silencio más allá de los grandes titulares. Además, ahora, Janet vivía de un eclipse del sol que había empezado en "buenos días, tristeza" y se ocultaba en un atardecer sombrío que se llamaba "lo que queda del día", que era casi nada.

La muerte de Bob la había dejado completamente anonadada y sentía como si la hubieran lanzado de un precipicio. El episodio final en el *bungalow* le repercutía en las sienes con un latido de la culpa, porque quizás pudo haberlo salvado. Pero tanto el hacer como el no hacer no eran reversibles.

Más de una vez, cuando Dean ya se había marchado para la universidad y quedaban sobre la mesa del desayuno las tazas floreadas de la vajilla inglesa que habían sido de su abuela, la vista se desplazaba horizontalmente hacia el cráter distante de Diamond Head, y siguiendo en línea directa por el horizonte, como las manillas de un reloj, en un movimiento panorámico hacia el otro extremo de Waikikí, como quien dibuja un semicírculo, llegaba hasta las cúpulas rosadas del hotel Royal Hawaiian. Más acá las persianas entreabiertas y misteriosas del Moana, sugiriendo marejadas, hasta que finalmente descendía la vista por la playa repleta de bañistas hasta alcanzar el abismo al pie del *penthouse,* que era el cráter de sí misma hacia cuyo infinito estaba a punto de lanzarse, fondo del remolino. Eso era lo que debía hacer, asediada por el pistoletazo de Bob, porque era posible que ella hubiera puesto también sus dedos en el gatillo.

La brisa le hacía llegar palabras sueltas de un poema, un viaje hacia la nada que recorría las cuatro estaciones hasta llegar a una sequía de arena. Pero en ella había desaparecido todo recuerdo de la primavera para arder solitaria en las largas sequías del verano, el efímero anaranjado de un otoño que se congela en el inverno. Desde la altura del *penthouse*, todo era lustroso y abstracto, al mismo tiempo que absolutamente realista. Las líneas de los edificios producían un efecto de nada geométrica que, en un corte vertical bajaba hasta el asfalto, donde los peatones y los automóviles configuraban diseños movedizos que vivían en unas pocas pinceladas. Los otros ventanales de cristal de los apartamentos aledaños, que se podían ver sesgadamente, descompuestos por la claridad del sol y las transparencia de los vidrios, devolvían la imagen de cuartos vacíos, muertos, donde no había nadie, sólo la soledad tan solo más allá de una naturaleza muerta. Sólo le bastaba hacer un ligero esfuerzo: arqueando su cuerpo sobre la baranda podía confirmar la ley de la gravedad, dejándose caer, convertida ya en otro punto que daba en el blanco de sí misma para dejar de ser aquella mujer muerta que estaba pintando Hooper, como si ella fuera la protagonista de todos sus lienzos: la mujer en el cuarto del hotel leyendo la carta de aquel hombre que la había dejado plantada, la mujer en el tren viajando hacia la nada, la espera en el vestíbulo adonde no llega nadie o del pasillo que no conduce a ninguna parte, ella pintándose en la oscuridad del gabinete mientras su cuerpo descendía contra la puerta de los siete candados para no cometer ningún pecado, recibiendo los golpes en la cabeza al estrellarse contra el asfalto. Una galería de rascacielos se le fijaba en el cráneo. Líneas verticales que descendían hacia abajo. Ventanas cuadriculadas que se cerraban con cristales herméticos. Imágenes cuyos colores se diluían en cuerpos abstractos, aplastados en una descomposición cotidiana. Rectángulos que se borraban en la posibilidad de la caída convirtiéndose en una abstracción vertical. Lo que no sucedía. Lo que no fue. Lo que no era. Lo que no se hizo.

    La verbalización mental de sus sentimientos le recordó a la chica de Bryn Mawr, convertida en una vieja parkinsoniana y esclerótica que era ahora capaz de inventar tales ridiculeces. Ciertamente Bob había significado mucho en su vida y aunque se había dado cuenta a medida que se fueron conociendo (o que ella creía que se iban conociendo), el significado de todo lo que había sido para ella no lo había constatado hasta "la noche del *bungalow*" y después en el momento del suicidio, inclusive de su propio suicidio metafórico lanzándose al vacío desde lo alto del *penthouse* o cayendo en el despeñadero al borde de los acantilados mientras le quitaba la gasa que lo cubría y no quedaba nada, que era algo así como una pesadilla recurrente, hasta hacerlo desaparecer; o que la cubría a ella mientras desaparecía. Evidentemente no lo había conocido porque si lo hubiera conocido no hubiera dejado que se suicidara, víctima de los desplantes de la otra. ¿Doris? Una cualquiera, capaz de acostarse con todo el profesorado con tal de conseguir su objetivo, como Gordon cacareaba por los pasillos rumiando una jerigonza barroca, lingüística, culterana y conceptista, donde cada palabra era un insulto encerrado en la concha del lenguaje. Hasta es posible que se acostara con su marido, porque los dos serían de hacerlo y olvidarse al día siguiente. Pero ahora, tras aquella muerte que no había sido anunciada, sabe Dios lo que estarían diciendo, porque la muerte de Bob y los circunloquios detectivescos de Chan tenían al claustro enfrascado en dimes y diretes. A Janet, realmente, le importaba un bledo. El chino Chan, aquel detective que no tenía nada que hacer, desplegaba ante sí las cartas de la baraja tratando de desentrañar un crimen que no se había cometido. (¿Qué no se había cometido? ¿Lo había cometido Doris? ¿Lo había cometido ella?). De la noche a la mañana todo había cambiado, y el propio Bob se había convertido en una metamorfosis del deseo. Ahora que estaba muerto lo quería reconstruir, retomar su desmembramiento y hacer de él el modelo vivificado de una estatua que era todas las estatuas y por consiguiente todos los hombres: una metamorfosis de un lobo lunar, de un minotauro reversible que había roto los siete candados de su lujuria para entrar en los anales de las violaciones. Pero no había sido así y se había quedado encerrada en el armario del subconsciente.

Se levantó y colocó la cafetera, las tazas, platillos, cucharitas, cuchillos y tenedores y se los llevó para la cocina, cansada de sus propios circunloquios. Lo cierto es que en el fondo no había conocido a Bob ni Bob la había conocido a ella, a pesar de su amistad, su intimidad, aquellas conversaciones que no tenían ni principio ni fin, diálogos que parecían haber interrumpido silencios milenarios. Había sido un *ménage à trois* con un espacio vacío, un azul multicolor donde se sumergían para no tocarse, pintándose sin verse en la pincelada de algún pintor, en el azul de la paleta y el lienzo, en la descomposición de la luz de un impresionista donde las cosas ni se ven ni se tocan, desapareciendo en la luz, desintegrando los cuerpos, ellos dos descompuestos en un cosmos solar, en la penumbra de una fronda verde donde su diluían en la nada y el todo, en una elipsis de la caricia: ella había sido aquella mujer en un paisaje de Renoir que estaba allí pero no se veía, mientras el otro Bob se le había escapado por el cañón del revólver.

Ya fuera una cosa o la otra, ciertamente Bob adquiría más sentido que nunca y era precisamente por ello que la había dejado más sola. "Como si me estuviera pintando Hopper en un hotel leyendo una carta donde me decía que no pasaría a verme porque no podía dejar a su mujer y a sus hijos". O a él a la medianoche (¿Dean?) en el *diner* tomándose una taza de café, planeando una cita con una prostituta. Una duplicación de fantasmas todos solos, uno detrás del otro, rostros mal pintados que se multiplicaban en una composición futurista sin movimiento. Con la cabeza envuelta en un pañuelo que no los dejaba ver se besaban al borde del precipicio. Ella misma ante las tazas de café después del desayuno, mirando el plato con la migaja de pan que había dejado Dean, la mantequilla que se derretía, la mermelada destapada y el diseño de flores de la taza con un fondo de café.

Estaba definitivamente sola: la jovencita universitaria de Bryan Marr, más flaca que una escoba, con la voz nasal de Katharine Hepbrun y el cuerpo de Judy Garland. Bob se había convertido en un espejismo: el cuadro que él había pintado en una página en blanco. No era sólo que aquellos encuentros que habían significado tanto para ella hubieran terminado para siempre, sino que se sentía embargada por un sentimiento de soledad y aislamiento que no había conocido antes, como si se enfrentara finalmente a otra verdad que había evadido: la de su fracaso matrimonial con aquel joven del cual no quedaba rastro alguno y que, como en una película de ciencia ficción, se había vuelto el hombre invisible.

Al volver a la terraza, se encontró que el periódico estaba tirado en el piso, doblado en la página deportiva. Ella lo desdobló y le pasó la vista a la sección de "Artes y Letras". "Bob Harrison: una retrospectiva necesaria". Y el subtítulo: "Una pérdida irreparable para la plástica norteamericana". Lo firmaba Bruno Miller, el recientemente nombrado curador del Museo de Arte. En la terraza, con vista a Diamond Head, empezó a leer el trabajo de Miller, que había conocido a Bob en su primera exposición en Ithaca, donde ya pudo descubrir las "formas escondidas detrás de sus pinceles" y su búsqueda de una condición especial del color "capaz de traducir las formas del espíritu más allá del cual se pudiera llegar a una resonancia mística". "Sin contar la geometría composicional, los matices del color incorporados sobre dimensiones plásticas superpuestas" (que quizás fuera lo que ella no había comprendido) "...como si todo estuviera más atrás, por debajo" ("entonces...", titubeo Janet). "Esto implica las dificultades a las cuales tuvo que enfrentarse, la absoluta incomprensión de sus contemporáneos" (se quedó impactada, sin saber qué pensar, sorprendida por algo que ella, sin embargo, había conocido, y que ahora Miller le descubría). "Formas movibles que apenas pueden descubrirse detrás de unos pinceles que juegan con un acorde matemático donde se transparenta un simbolismo fálico, sólo perceptible para unos cuantos". La ausencia de Bob de la comunidad pictórica del Este de los Estados Unidos, con la cual no se identificaba por su temperamento, más inclinado a la "meditación interna de la plástica", objetivo último del color, que veía como una "búsqueda de Dios, en la mejor tradición del karma metafísico y del *non plus ultra* de la música", representa una pérdida lamentable porque, "al no ser apreciado en la medida de su valía, se vio precisado a buscar nuevos horizontes en las islas hawaianas, y en el primitivismo substancial de sus océanos y sus playas, visible en sus azules". El aparente "fracaso" de aquellas muestras incomprendidas que dio a conocer durante su estancia en Ithaca, sus desacuerdos plásticos con todos los movimientos, incluyendo (paradójicamente) el expresionismo abstracto, especialmente con la brutal violencia de Jackson Pollock, que rechazaba profundamente; sus vínculos con los espacios negros, míticos y alucinados de Clyfford Still y la cualidad mágica de los colores de Mark Rothko, "cuyas relaciones tendrían que investigarse", son innegables y lo llevaron "a búsquedas remotas en la superficie y las profundidades del Pacífico". Por una correspondencia esporádica, sostenida de forma irregular entre ellos, (y un breve encuentro ulterior, sin especificar) Miller estaba consciente de la abundante producción de Bob Harrison "todavía por descubrir y dar a conocer, a modo de una retrospectiva póstuma que permita evaluar de una forma consciente la contribución realizada a la plástica norteamericana", y agregaba que el inesperado suicidio del pintor hacía imprescindible una retrospectiva de toda su obra.

El artículo se le cayó a Janet literalmente de las manos. Como era miembro de la directiva del museo estaba plenamente informada del nombramiento de Bruno Miller, pero no le había prestado la menor atención. Por no darle importancia y por ser algo muy reciente, ni siquiera lo había comentado con Bob, que jamás le había mencionado a Bruno Miller. Sí había compartido con Bob la mayor parte de las ideas que daba a conocer en el artículo, especialmente la violenta reacción que sentía contra Jackson Pollock, y alusiones respecto a Rothko (algo de pasada y sin referirse a su suicidio) y en particular a Still. "Pintura, 1944" era uno de sus cuadros favoritos, que "algún día quisiera emular, pero tendría que ser con mi propia sangre", le había dicho. Aquel comentario la había dejado anonadada, porque no conocía el cuadro de Still, hasta que un día Bob le buscó un grabado y se lo enseñó, y a ella le pareció desgarrador y dramático, la premonición de algo que no sabía y que ahora entendía con una claridad espeluznante. Sobre un fondo negro, como un rayo, se desprendía una paletada primero horizontal y después vertical que caía como una gota de sangre acuchillada. El comentario adquiría sentido y las referencias de Miller iluminaban las circunstancias.

Se puso de pie y caminó hasta el secréter que tenía en la habitación que era el cuarto de los invitados, término eufemístico que se refería a sus hijos, que era donde dormían cuando venían a visitarlos de Pascuas a San Juan. Allí guardaba su correspondencia y recordó una invitación que había recibido días atrás, pero a la que no le había hecho ni gota de caso. Después de la muerte de Bob no tenía ánimo de ir a ninguna parte, mucho menos a una recepción en el museo, donde se había visto con Bob semana tras semana. No estaba segura si la había tirado en el basurero, pero al abrir una de las gavetas se encontró con ella. Efectivamente, se trataba de una recepción que iba a tener lugar, precisamente, esa misma tarde.

Sin pensarlo dos veces, decidió ir. Era imprescindible ponerse en contacto con Miller, que parecía comprender a Bob y a su pintura tanto o más que ella. Quizás, finalmente, saliera de su letargo y puede que su vida adquiriera algún significado, que fuera, efectivamente "una retrospectiva necesaria" que la esperaba al otro lado del tiempo.

Se miró al espejo y le pareció que estaba hecha un adefesio. Y sin embargo, a pesar de todo y no tener encima ni gota de maquillaje, le pareció que no, que a lo mejor estaba equivocada y que sin el maquillaje, que era su careta, se había quitado unos cuantos años de encima. Era como si estuviera ante una Janet que había olvidado, cubierta con un velo pintado que finalmente se descorría.

Junto a la puerta vidriera desde donde se veía Diamond Head, Doris tenía un caballete con un lienzo que nunca había terminado en el cual se veían las laderas de aquel volcán que se había quedado sin lava, cuya erupción estaba pendiente desde hacía siglos, entre dormido y extinguido, en duermevela, como si la lava estuviera a punto de salir por las fisuras longitudinales que recorrían su cuerpo, la piel solidificada pero latente. Todos los días Janet tomaba el pincel en la mano y añadía una pincelada, un detalle imperceptible que en definitiva no agregaba nada. Su preferencia por el color pastel la llevaba a superponer uno sobre el otro, casi como si no pintara. Por esta vez, sin pensarlo dos veces, tomo la paleta y el pincel, y se decidió por un rojo escarlata que en el cráter del extinto volcán parecía una gota de lava.

CAPÍTULO VIII
DESCONOCIDOS A LA MEDIANOCHE

Una recepción a las cinco de la tarde

Se lavó la cara y prácticamente sin una gota de maquillaje, se tiró por encima el *mumu* de flores negras sobre fondo blanco que a Bob le gustaba tanto. De pronto se sentía animada y hasta rejuvenecida. Cuando se miró al espejo por última vez, se quedó sorprendida al ver que no tenía tantas arrugas como creía o como todo el mundo sospechaba. Recelosa, se miró un par de veces, distanciadamente. Era otra. Tocó el timbre del ascensor y la puerta se abrió. El espejo insistió en aquella imagen refrescante y rejuvenecida, como si no fuera la de ella y no la hubiera visto nunca. Toda ella había sido en última instancia una escaramuza con coloretes, cubierta con aquel cromatismo germánico que jamás la había dejado al descubierto, pintarrajeada: la Venus del expresionismo abstracto. No diría que fuera una jovencita, pero no estaba hecha una pasa como había pensado, desde hacía años, y como seguramente todos creían. Se sentía despojada, además, de aquellos manerismos que la distanciaban de los demás, como si fueran parte intrínseca de su propio maquillaje y que utilizaba como un arma defensiva, más o menos. Se dio cuenta entonces que Bob nunca la había visto así, pero ya era demasiado tarde. Cuando llegó a la planta baja estuvo a punto de tocar nuevamente el botón del ascensor para regresar al apartamento, pero sencillamente no lo hizo.

El asedio del olvido la intranquilizaba, porque la memoria tendía a las disolvencias. La propia imagen de Bob empezaba a diluirse, como una acuarela aguachenta que ella hubiera pintado alguna vez (querido pintar alguna vez) cuyos contornos se le perdían: un paisaje que tenía aquel carácter efímero de la luz, donde ella misma se desleía en un bosque de acacias, mucho más Bob, aquella memoria enterrada en el desconocimiento de su incógnita: la esfinge de lo que no había sido. Lo peor del caso era lo que no se dijo, a pesar de aquellas conversaciones interminables donde iban sobre toda la historia del arte, viajando por los más remotos países en los cuales se encontraban como si ellos mismos dieran un paso y entraran en los cuadros de una galería, incluyendo los de su imaginación. Viajaba dentro de los árboles, abriendo sombrillas bajo una lluvia de estrella en la transformación sideral de un alquimista, en un viaje por lo ignoto que era una selva donde todo se ocultaba.

Todo era, sin embargo, una teoría de la evasión, del desencuentro. Tal vez por ello, la perspectiva adicional de un encuentro con Miller, que parecía haber descubierto aristas desconocidas de la pintura de Bob (inclusive para ella, que creía haberlo conocido tanto) la desconcertaba. Trastornada, indecisa, insegura de lo que estaba haciendo, el entusiasmo que sentía por encontrarse con Bruno Miller era parte de una retrospectiva necesaria donde estaba ella misma, desubicada en la memoria del propio Bob, porque no sabía, y esa era otra de las incógnitas: cómo él la hubiera visto si la hubiera pintado. "El retrato de Janet". Y se pensaba modelando para él, evasiva tal vez, como una aparición del más allá, en un sin tiempo indefinido, fantasmagórica, apareciéndosele a su puro albedrío, en el Parque Central como una incógnita de si está viva o muerta, y él con los pinceles en el ático, imaginándoselo, Eben Adams pintándola, un cielo huracanado, borrascoso, un mar impetuoso asolado por la tormenta, puro naufragio en sepia, y un faro al borde del acantilado (particularmente un faro), él subiendo la escalera de caracol, "¡Jennie! ¡Jennie!", el naufragio inminente, la embarcación destrozándose contra los arrecifes, ella corriendo entre los farallones, empapada en agua, el rostro sin una gota de maquillaje, la embarcación destrozándose contra los acantilados, Eben Adams tratando inútilmente de retenerla, mientras aquellas olas descomunales la arrastraban hacia el fondo del mar, perdida en aquel romanticismo trasnochado. Era un maremoto en el cual todo se olvidaba, que quedaba atrás, un rostro que salía de foco, una fotografía mal tomada de un Bob Harrison que ya no estaba allí.

No, nunca se lo perdonaría: no haberlo conocido del todo. Haberse dejado ocultar por su propio ropaje. Peor todavía: que él no la hubiera conocido a ella: "Tenemos todo el tiempo por delante", había pensado también. O acaso, ¿se lo habían dicho? No, no lo sabía, porque las palabras también eran una memoria de lo que no fue. Vivía en un recuerdo efímero que era el resultado de un disparo en la sien, de un hilo de sangre. Quizás entonces el encuentro con Bruno Miller pudiera devolverle aquel hilo de la memoria que no había llegado a componer el tapiz.

A medida que se acercaba al museo su inseguridad aumentaba y después de estacionar estuvo nuevamente a punto de iniciar el regreso, como si tuviera miedo, y sin embargo hacía todo lo contrario de lo que estaba pensando. Se repetía el proyecto de "una retrospectiva necesaria", que la sostenía frente el paisaje en blanco de Dean por donde entraba en una composición surrealista, un pasillo sin paredes al fondo del cual se encontraba el desmayo perdido de un reloj sin tiempo y sin manecillas, que hubiera pintado Dalí, sin romper las paredes de su insomnio y cargado de símbolos: la concha abierta de sí misma, la ostra encerrada que Bob abría y se llevaba a la boca en un orgasmo interrumpido, como si estuvieran cenando en un restaurante. El lugar común, lo sabía, pero lo soñaba. Tenía que salir de sí misma a través de una terapia de la vida que le diera sentido; a menos que ella tomara una pistola y se convirtiera en el espejo de aquel tiro en la sien que Bob se había dado. Caer en el abismo geométrico de los automóviles que se entrecruzaban al pie del *penthouse* o apretar el acelerador en la autopista que bordeaba las rocas de lava y que configuraban el despeñadero. Se sentía congelada en un descenso mortal, como si el automóvil se lanzara hacia el vacío de Hanauma Bay y flotara en el aire como una partícula roja y ensangrentada en el espacio de un cielo azul que también era el fondo del océano.

Cuando entró en el museo la recepción estaba en su apogeo. Necesitaba un martíni seco, áspero, que no le dijera nada, y se fue al bar. Hubo una ronda de conocidos, besos en las mejillas, palabras de ocasión. Nancy Nakamura entre ellos. Nancy, la vecina de Doris, era también un miembro muy activo del Museo de Bellas Artes, aunque no pertenecía a la directiva. El mundo era, ciertamente, un cascarón.

–¿Quién es Bruno Miller?–, le preguntó Janet.

Quizás debió haber dicho "cuál", y sin embargo, "quién" tenía más sentido. Nancy hizo una señal hacia un grupo que, en el patio interior del museo, con un fondo de bugambilias, charlaba animadamente. La tarde era realmente esplendorosa y una brisa deliciosa fluía entre las acequias. El patio estaba todo bordeado por un alero de tejas rojizas manchadas por la humedad y el tiempo. Una fuente en el centro le daba una cierta reminiscencia árabe algo misteriosa. No era la Fuente de los Leones, pero había que conformarse. Casi todas las mujeres del grupo hacia donde había señalado Nancy llevaban *mumus* y los hombres vestían camisas *aloha,* que era la tónica informal de una recepción hawaiana. Bruno Miller estaba de espaldas. Llevaba un collar de flores, que era el sello distintivo de los homenajes y las bienvenidas.

–¿No lo conoces?

–No, últimamente no he asistido a ninguna de las reuniones de la directiva.

–Claro, comprendo que la muerte de Bob te debe haber afectado mucho, siendo ustedes tan amigos. ¡Ha sido algo tan inesperado! ¿Quién se lo podía imaginar?

–¿Cómo está Doris?–, preguntó Janet, porque sabía que eran vecinas.

—Destrozada—, dijo Nancy en el tono que correspondía a pregunta semejante en ocasiones de este tipo, aunque había en ello mayor autenticidad de lo que los convencionalismos requerían. —Está realmente muy afectada, aunque Doris es una mujer muy fuerte. Claro, no es para menos, queriéndose como ellos se querían. Siempre como un par de tortolitos.

Era obvio que mentía, porque ese era su estilo. En el fondo, Nancy Nakamura era una hipócrita como todos los demás. Cada cual a su manera, los japoneses podían llegar a ser tan hipócritas como los americanos, los alemanes o los chinos. Como cualquier hijo de vecino. La hipocresía es una marca de fábrica que iguala a todo el género humano, como la muerte.

—Realmente, no me lo irás a creer—, dijo con un atisbo de sinceridad—. Pero, no sé. Algo le pasa. Le insistí para que viniera, porque yo creo que necesita distraerse.

—¿Vino?

La idea de que Doris hubiera podido asistir a la recepción no le había pasado por la cabeza. Esta posibilidad la molestaba, la irritaba casi, porque lo menos que quería era encontrarse con ella.

—No, por supuesto que no, a pesar del artículo de Bruno Miller que apareció en el periódico. ¿No lo leíste? Le pareció impropio venir a la recepción, demasiado prematuro. Yo le insistí en que lo hiciera, porque se tiene que quitar a Bob de la cabeza. Se lo he dicho varias veces, pero parece que está con ese barrenillo. Bueno, es natural.

Hizo una pausa, pero Janet no dijo nada.

—"Una retrospectiva necesaria"... Yo creo que es una idea estupenda. ¿No te parece?

—Claro, naturalmente.

Decididamente, no estaba para tantas tonterías. Saludos y besitos en la mejilla que no querían decir nada. Todo sin significado. Aunque estaba en el patio, se asfixiaba, y decidió entrar en una de las salas del museo, en penumbra, en silencio y con aire acondicionado.

El ala del sombrero le caía sobre el rostro casi totalmente en sombra, mientras otros rostros de perfil envueltos en gabanes invernales se repetían idénticos unos y otros, con ligeras variantes, la misma persona multiplicada, en espera de algo que se ignoraba, en una cacería nocturna en un hipódromo de la medianoche donde se apostaba. Una figura ensombrecía la siguiente y se superponía, desdoblada, mientras entraba por un corredor donde había una puerta entreabierta que conducía a otra, produciendo un efecto Vermeer sobre los mosaicos en blanco y negro.

—Jack Vettriano, ¿qué le parece?

Janet se volvió.

—No sé que decir. Pienso que...

—Yo soy Bruno... Bruno Miller.

—Y yo soy Janet Leighton.

Se quedó sorprendida, porque nunca lo había imaginado... de ese modo. Un pelo ensortijado, una barba espesa, y unas gafas oscuras en un interior en penumbras... A pesar de todo, tuvo la impresión (y esa fue su primera reacción) de que se parecía a Bob, aunque realmente no podía precisarlo porque tenía el rostro casi todo cubierto por una barba rojiza, o castaño oscuro, puede que negra con destellos rojizos. El corte del pelo era moderadamente largo, un poco ensortijado, y le caía sobre la frente, cubriéndola en parte. Tuvo la sensación de que se trataba de una ficción pictórica indeterminada, de una escuela en que se entremezclaban el naturalismo y el expresionismo, sin límites exactos, con unos labios parecidos a los Bob, pero enigmáticos, tal vez malignos. Y sin embargo, al mismo tiempo, despedía un atractivo hipnótico de un insólito masculino. No sabía. O quizás fuera ella, su percepción de lo no esperado, su propio estado sicológico que había sufrido alguna sacudida. Daba la sensación de que estaba ligeramente enmascarado, como para no dejarse ver, para que no lo reconocieran, aunque todo esto lo hacía con naturalidad. Era, más o menos, de la altura de Bob, aunque claro, no podía precisarlo, pero lo recordaba de tantas veces que habían ido al museo y que, como ahora, se habían detenido ante algún cuadro y ella había tenido que alzar la cabeza, ligeramente, para mirarlo, para mirarlo fijamente, cruzarse con aquellos ojos azules de Bob que siempre la habían desconcertado, obligándola a desviar la mirada, porque le producía un inexplicable desasosiego. Y sin embargo, nunca lo había pensado demasiado, como si simplemente lo sintiera, y era ahora cuando el pensamiento cobraba forma y podía interpretarlo, cuando aquella inquietud adquiría una dimensión frente a los ojos de Bruno Miller a los cuales no podía llegar tras aquellas gafas oscuras que lo protegían no sólo del sol, sino de aquellos que lo miraran. Por un momento, sin embargo, había mirado sin las gafas oscuras, como hacía Bob, que siempre se las quitaba cuando se detenía a ver un cuadro, porque no las necesitaba para ver de cerca, aunque casi nunca usaba gafas de sol. Las de Miller, por el contrario, eran casi negras y sólo se las quitó por un instante, lo suficientemente largo para que Janet viera sus ojos azules. Su desasosiego la obligó a volver la cabeza hacia el cuadro de Vettriano, oyendo en una especie de distancia que "desde hacía tiempo quería conocerla, que desde que llegó a Honolulu no había pensado en otra cosa pero que no se atrevía a llamarla", cosa que realmente no entendía porque no había la menor razón para que no lo hubiera hecho y detrás de las palabras le parecía reconocer una insinuación implícita, que tenía aún menos sentido, como si todo lo que dijera tuviera su pizca de mentira.

–¡Qué tontería!

–Bueno, más bien después del suicido de Bob, prácticamente un par de días después de mi llegada, que me tomó de sorpresa... Como algo que no hubiera podido imaginar...

Todo natural, pero tan superficial que parecía falso.

–Me quedé anonadado. Estaba, realmente, perplejo. No sabía qué decir ni qué hacer, porque anticipaba el encuentro con Bob... Manteníamos un contacto esporádico, muy irregular... Algún encuentro ocasional, inesperado... Cuando lo supe, apenas llegando aquí, me enfermé, tenía escalofríos, la cabeza me daba vueltas, con unos terribles dolores de cabeza y por unas semanas estuve sin ver a nadie... Me fui para la Costa Norte, alejado de todo, pensando en la fatalidad, en lo inesperado... Porque había aceptado esta oferta de trabajo pensando en él. Bueno, no exactamente, pero lo tenía en la cabeza y después de su muerte me he dado cuenta que sí, que era así. Día tras día estuve pensando en su pintura, en lo que significaba, y escribí ese artículo que apareció en el periódico, que me produjo una especie... una especie de exorcismo... como si estuviera pagando una deuda... Saliendo del abismo... Espero contar con *su* apoyo y con *su* ayuda, Janet, porque este proyecto, "una retrospectiva necesaria" es tanto mío como *tuyo* y no lo podré hacer realidad sin que me *ayudes*. Nunca me imaginé que iba pasar una cosa así...

Todo así, abrupto, casi de carretilla, de sopetón.

—Pero, ¿Bob me mencionó en sus cartas?–, le preguntó Janet, que a la verdad no sabía qué decir.

—Claro, naturalmente. Lo suficiente para que yo me diera cuenta...

"¿Cuenta de qué?", pensó ella.

¿Era posible? Pero no fue mucho más explícito en ese momento, porque siguió hablando de la pintura de Bob, de su carácter, de su temperamento y de su estética: un aluvión de palabras que salían a borbotones. Janet se sentía anonada, como si estuviera inundada de preguntas y no supiera por donde empezar, porque aquello era tan inesperado como la muerte de Bob y carecía de sentido.

Debió irse en aquel momento. Se volvió al cuadro de Vettriano sobre aquella cacería a la medianoche, y pensó sencillamente en el hechizo del museo, en una galería de puertas y ventanas por donde se desplazaba la silueta de Bob y al final se acercaba Bruno Miller hacia un primer plano, repitiéndose un encuentro (¿en un bar? ¿en el metro? ¿en un teatro o en un parque?) que quedó pendiente e interrumpido para que sucediera alguna vez.

—No entiendo.

—Ni yo tampoco.

—Pero ustedes se conocieron hace mucho tiempo...

—No, no, al contrario. No nos conocimos.

—Aparentemente, ni yo tampoco.

—Era muy difícil conocer a Bob, que era tan complicado...

A Janet le desconcertó el comentario porque había pensado todo lo contrario... Aunque bueno, pensándolo bien... Las circunstancias parecían probar que estaba equivocada.

–Nos vimos sólo un par de veces, cuando aquella exposición en Cornell que no fue precisamente un éxito... Pero fue suficiente... Nos sentimos como si nos hubiéramos conocido toda la vida, las mismas experiencias, las mismas emociones, el mismo modo de ver el mundo: el hermano que yo nunca había tenido y el que no había tenido él... Más todavía, una simbiosis, el uno en el otro, como si nos desplazáramos para convertirnos en una sola persona que, a la vez, eran dos personas diferentes... Unos monocigóticos.

–¿Monocigóticos?–, preguntó Janet, que nunca había oído palabra semejante.

–Sí, unos hermanos fecundados en la misma cópula... en el mismo momento... inseparables... que se aman y se odian a la vez... Uno igual al otro...Unos hermanos gemelos que no pueden vivir el uno sin el otro, pero que tampoco pueden vivir juntos, porque de hacerlo se destrozarían mutuamente... ¿Entiendes?

–No, realmente no–, balbuceó Janet, algo confundida.

–Bueno... es muy difícil de explicar... No teníamos que vernos ni decirnos nada para entenderlo todo.

Hizo una pausa. Después hubo una especie de transición, como si contara otra historia.

–Fue muy generoso conmigo. Desde que ví sus cuadros me di cuenta de lo mucho que anticipaban. No lo entendieron en ese momento y de hecho no lo han entendido todavía... Un acuerdo tácito, entre los dos... Sin contar que...

–Entonces *conoces* a Doris...

–No, a Doris no. Bueno, la ví de lejos, en el *cocktail party*, pero no me acerqué... Fue algo que Bob me dijo...

–¿Qué cosa...?

Bruno vaciló por un breve instante y caminaron hasta otro cuadro de Vettriano: la mujer sentada al borde de la cama, de perfil, con los senos descubiertos y el hombre, todavía con el sombrero puesto, la miraba como si estuviera enmascarado mientras su sombra se proyectaba contra la pared, ocupando el centro del cuadro y dominándolo y como si fuera la penumbra de un autorretrato. La sexualidad del momento se deslizaba por la superficie de la pared y se presentía un tremor, un aldabonazo. Casi se podía anticipar el gesto de ella bajándole el zíper, descendiendo hacia la erección de él como en una película pornográfica que Janet no había visto nunca. Una corriente eléctrica, una energía fulminante los envolvía. Como si Bob la hubiera recorrido con el pincel de Courbert, excitándola, para después pegarse un tiro en la sien, un *coitus interruptus* que ahora Bruno deslizaba con la punta de la lengua: un par de desconocidos a la medianoche: ella desnudándose, los senos al descubierto, y él bajando el zíper del vestido a todo lo largo de la espalda.

—No sé... No lo recuerdo bien... Una ocurrencia disparatada... Ya tú sabes como era Bob...

No, realmente no lo sabía...

—Que decía cosas así, que uno ni siquiera pudiera imaginarlas... Más o menos... En todo caso... En el tren... Porque había mucha gente y todo el mundo estaba medio borracho... Una locura... Creo que de Ithaca a Nueva York, en el bar, pura casualidad... Se quejaba de Doris, aunque no recuerdo exactamente... Que la estaba pintando... Y sacó una carpeta donde había una pintura que me quería regalar... "La mujer en la ventana", me dijo... "Doris desnuda de pies a cabeza", y me puso la carpeta en la mano... Estaba completamente borracho, posiblemente yo también, y nos veíamos a través del cristal de la ventanilla... Se le ocurrió pensar que él y yo nos parecíamos... Que si yo ocupaba su lugar y el ocupaba el mío... Y en el cristal de la ventanilla los rostros se disolvían... Como si fuéramos... monocigóticos... El hermano que no había tenido nunca pero que había querido tener durante toda su vida.

—¡Qué disparate! Nunca me hizo confesión parecida.

—Bueno, no tenía que confesártelo todo–, le dijo Bruno con cierta intención. —Hay cosas que nunca se saben, pero lo cierto es que después... Bueno, eso no te lo voy a decir ahora... Lo dejaré para más tarde–, agregó, como si fuera Hitchcock.

Janet se sintió turbada, sin saber qué decir, porque además, el rostro de Bruno se reflejaba sobre el suyo en el cristal de uno de los cuadros. Parecía que el martini le estaba haciendo efecto.

—Bueno, es posible, que sí...–, dijo sin estar segura de lo que estaba diciendo.

—En todo caso, apenas nos conocíamos, éramos dos extraños en un tren que se habían emborrachado y él hablaba hasta por los codos, especialmente de Doris... Que si Doris esto, que si Doris lo otro... Que nos parecíamos tanto... Que si yo ocupaba su lugar y me fuera para Ithaca ella ni siquiera iba a darse cuenta, volvió a repetirme, porque ella... Pero no acabó la oración... En ese momento todo se oscureció y no se veía nada, porque entrábamos en un túnel, y el tren sufrió una sacudida... Fue un oscuro total donde... Cuando volvió la luz, ya Bob no estaba allí, pero yo tenía la carpeta en la mano... Cuando la abrí había un lienzo todo pintado de negro que era así como una disolvencia en negro, otro oscuro total, que era "el desnudo de Doris"... aunque, claro, pintado en negro, no se podía precisar porque bien podía ser otra mujer... En la oscuridad todos los gatos son pardos, como dicen los japoneses. Bueno, tal vez lo chinos —y se rió un poco de su ocurrencia.

Hubo una pausa larguísima. Después, como si no hubiera contado nada, comentó refiriéndose al cuadro de Vettriano.

—Te advierto que Vettriano no me convence. Siempre tengo la impresión de que no sabe pintar. De haber estado aquí no hubiera recomendado esta exposición, naturalmente. Pura chatarra. Fuera de contexto.

Janet pensó que no le faltaba razón, y sólo sentía un desasosiego que la recorría de afuera hacia adentro y de adentro hacia fuera, como si aquella mujer que se desnudaba fuera el deseo escondido de ella misma donde repercutían los golpes de Bob tras la puerta de caoba, tomando la pistola de entre el follaje del cuadro para acabar con ella.

—¿Te pasa algo?—, le dijo, volviendo a tutearla en la intimidad de los cuadros.

—No, no me pasa nada.

—Parecía...

—No, no es nada... Por un momento...

—Es, esencialmente, un mirón—, dijo Bruno refiriéndose a Vettriano y cambiando el tono de la conversación—. En definitiva como todos los artistas. O como todos nosotros, como si nos invitaran... a hacernos cómplices. Un *ménage à trois* en el cual él mismo era el tercero que se contempla mientras la acaricia, o se desdobla en el espejo. El hombre detrás de la cortina que todo lo está viendo, y el otro que cuando cierra los ojos ve a los otros para sentir lo que los otros están sintiendo. ¿Lo ves?

—No del todo–, dijo Janet, pero disimulaba. Lo veía claramente, pero no quería confesárselo. Sentía, además, la cadencia, el ritmo, el acoplamiento.

—Un poco complicado para mí.

—Quizás no estés acostumbrada.

—¿Acostumbrada a qué...?

—A ser la otra que tú eres.

Lo acababa de conocer y hablaban como si se hubieran conocido de toda la vida. Bueno, exactamente lo que había pasado con Bob cuando lo conoció, pero absolutamente al revés, el negativo del otro encuentro. Como si Bruno fuera el reverso de Bob, siendo Bob al mismo tiempo. ¿Y ella?

—Un pintor para hombres que sólo piensa en las mujeres.

—Posiblemente demasiado explícito, aunque no me había dado cuenta. Claro, no había pensando en ello.

Era "el efecto Vettriano", que lo envolvía todo con un cariz pecaminoso. Una cita en un hotelucho de mala muerte que alquila las habitaciones por horas.

—En todo caso no nos conocimos–, prosiguió Bruno, de nuevo abruptamente, sin transición. —Después, perdimos el contacto. Él mismo se había distanciado de todo, porque no quería que le pusieran un sello, como habían hecho todos los demás. Era un rebelde, un iconoclasta–, agregó de una manera rotunda, hasta tal punto que sorprendió a Janet.

Bruno parecía violento, irritado.

—Cuando le mencioné a Jackson Pollock, se violentó de tal manera... Que era un bruto, un animal, un pintor de brocha gorda que no sabía ni usar los pinceles... Un forajido... Y sin embargo, mirándolo bien, Bob también podía ser una furia desatada, aunque lo disimulaba, para ocultar al Jackson Pollock que también llevaba dentro.

Janet no lo oía exactamente, porque se dejaba arrastrar por la sustancia de la voz, por donde se deslizaba como una miel áspera, ruda, transgresora, que la agitaba y que no le permitía razonar... Una miel gruesa y ámbar que le corría por la garganta... Un hombre detrás de la barba... Era como si de nuevo recorriera las galerías del museo con Bob y que ahora Bob la arrastrara con otro sonido que era el mismo sonido pero que era el otro sonido de la voz de Bob, quebrándose en pigmentos de color que la zambullían, leche, polen, ritos de una sexualidad ancestral, mariposas que se quebraban, partículas que se desvanecían, desmayos y sacudidas, en una escala... Una continuación de lo que no fue y ahora era... Envuelto en una capa que lo cubría de la cabeza a los pies y debajo de la cual estaba completamente desnudo.

"Bueno, quizás se parecieran, pero eran completamente diferentes –aunque a lo mejor estaba equivocada".

–No quería que lo encasillaran, lo cual tiene sus ventajas y sus inconvenientes. Además, no encajaba, y tenía grandes dudas sobre lo que estaba pintando. Yo traté de animarlo... Que aquello era una obra maestra...–. Hizo una pausa, como si buscara otra dirección, otro camino. –. Suprematismo... Vorticismo... Expresionismo abstracto... Nada le parecía bien...

Hablaba sin precisión, un tanto caóticamente, mezclando el antes y el después, fuera de toda cronología, en una relación hipnótica con Janet. Un *performance* que era una quemadura...

–Después... No nos volvimos a ver hasta que nos encontramos en Houston, mucho, mucho después... En la Capilla Rothko... Cuando la inauguración... Al día siguiente, para ser más exacto. Lo menos que me podía imaginar... Claro, que yo sabía que... Porque tampoco era posible mencionarle a Rothko... "Todo parecido con Mark Rothko es pura coincidencia", me había dicho en Cornell...

Hizo una pausa, pensativo. Como si algo estuviera pensando.

—En el fondo era como si nos hubiéramos puesto de acuerdo... Debí haberme dado cuenta, porque las cosas no pasan por casualidad, como si todo estuviera planificado sobre un tablero cuadriculado y las fichas no se movieran al azar. Como ahora, cuando estamos aquí. Porque, ¿qué otra razón podía tener cuando tomó la decisión de ir a la inauguración de la capilla cuando ni siquiera lo habían invitado? Porque lo habían tirado a mierda, si me permites la franqueza–, dijo, sorprendiéndola con aquella salida. Pero él, como el de Lima. "Y sin embargo, yo sabía que nos íbamos a encontrar. Claro que Rothko no iba a estar allí, porque de él ya sólo quedaban sus cenizas, pero de todos modos había conseguido lo que no pudo conseguir Bob, una comisión para aquel ámbito de meditación cósmica que había creado... Estaba solo en la capilla, desencajado, sin saber que yo lo estaba mirando... Claro que no había comparación, porque Mark —así, en confianza, dijo— era un nombre establecido, reconocido ya internacionalmente, mientras que Bob estaba, prácticamente, empezando. Pero de todos modos había hecho muchas solicitudes, presentado proyectos monumentales que eran rechazados unos tras otros, como le pasó en Cornell... con el Juicio Final en la cabeza, que fue lo que me dijo cuando nos vimos. Precisamente al borde del abismo... El campanario... La puerta de la muerte que no se cerraba nunca, una herida sin cicatrizar... Rocas y paredes de ladrillo... Por eso el éxito de Rothko... No lo reconocí... Encorvado... Como si fuera a sumergirse dentro de sí mismo... La cabeza entre las manos... No, no, no como el pensador de Rodin, más desesperado... En aquel banquillo iluminado por un rayo de luz que venía desde la cúpula de la capilla... Yo creía que le pasaba algo, todo vestido de negro, sepulcral... No lo reconocía... Tenía cosa del holocausto y tal parecía que él formaba parte de aquella instalación... Yo no podía dar un paso... Casi una aparición surrealista... Parte de una muestra... Bueno, expresionista más bien, que se me antojaba teatral, bajo el foco de luz, que me recordó la Alemania nazi, los judíos en los campos de exterminio... Bueno, no sabía que era él, y sin embargo me lo sospechaba... Hasta que levantó la cabeza... Pero todavía no lo había visto y él no sabía que yo estaba allí. Porque no podía ser otro que Bob, como una aparición vagando por el fondo de un túnel... En el más allá de la muerte. ¿Cómo es posible que en aquel momento no me hubiera dado cuenta? Porque para aquella fecha ya Rothko se había pegado un tiro en la sien. Me siento culpable, porque quizás hubiera podido evitarlo... Me sentía morir, porque no quería verlo así, hasta tal punto que era como verme a mí... "¿Bruno?", creo que musitó. "Tienes que hacer algo... Las cosas no pueden quedarse así..." Pero no sabía exactamente lo que quería decir... Estábamos muertos en el vórtice de la capilla, que era la muerte de Rothko y la de todos nosotros.

Janet se sostuvo contra la pared, a punto de desmayarse.

—¿Te pasa algo?

—No, no es nada.

Todo estaba lleno de contradicciones, pero no podía resistir mientras él la subyugaba por "el Estrecho de la Garganta" por donde la navegaba.

—Cuando levantó la cabeza ni él ni yo supimos qué decir... Fue algo así como lo esperado de lo inesperado... Se puso de pie y yo di unos pasos hacia él. Estaba temblando, emocionado, y es posible que se le saltarán las lágrimas —aunque tengo que reconocer que esto es seguramente una exageración. No era para tanto. Nos abrazamos. Yo, que era más fuerte, lo sentía temblar... La sobria oscuridad de la capilla nos deprimía, nos sobrecogía, y a Bob le costaba trabajo respirar... No podía coordinar las palabras... Decidimos salir de aquella mole de ladrillos, que era como un *búnker*. Ya afuera nos sentimos mejor. Nos abrazamos una y otra vez. El verdor del césped, el aire fresco de la primavera, ligeramente cálido, indicando que el verano estaba cerca. La alberca donde se reflejaba el *Obelisco Roto* en homenaje a Martín Luther King.

El propio Bruno había palidecido y creyó sostenerse en la boca de Janet, como si volviera del sueño de la capilla hacia la realidad pedestre de un Vettriano que se desfundaba la portañuela. La había conquistado, con aquel inesperado fajón que no lo parecía, que en realidad parecía todo lo contrario.

—Pero no me hagas caso, porque me he vuelto solemne. Pensarás que me falta un tornillo.

Y siguió contando:

—Mis relaciones con Rothko fueron difíciles de explicar.

—¿Tus relaciones con Rothko?

—Bob no lo sabía, pero tenía que decírselo. No sabía como hacerlo, pero finalmente pudo entenderlo. Claro, primero se enfureció, era un basilisco.

—¿Un basilisco? Me es difícil imaginármelo.

—Lo consideró delito de traición. Se puso de pie y estuvo a punto de irse. Tuve que levantarme, correr tras él y retenerlo.

—No entiendo...

—Ahora me explico. Después de Ithaca me fui para Nueva York sin un centavo en el bolsillo y fue allí donde conocí a Mark Rohtko. No tenía trabajo, pero conseguí una beca para continuar con mis estudios de artes plásticas, mientras que entre una clase y la otra me ganaba la vida como pintor de brocha gorda. En una de esas conocí a Mark, no recuerdo si en un bar, en un *cocktail party* o en una ferretería, porque también estuve de mandadero en una de ellas. Es posible que hasta le llevara unas latas de pintura a su piso en el Village, donde tenía su estudio en lo que había sido una fábrica de caretas por donde deambulaban fantasmas insomnes. De cualquier forma, nos conocimos en alguna parte. A Mark le caí como una onza de oro. Acababa de recibir la comisión para hacer la capilla y era muy campechano. Era un proyecto muy ambicioso y de grandes proporciones y Mark, que por aquellos años ya había pasado de los sesenta, necesitaba ayudantes, aprendices, que trabajaran para él con aquellos lienzos gigantescos que pesaban un quintal y tenía que pintar. En fin, gente joven y fuerte que al mismo tiempo conociera algo de pintura y manejara los pinceles. No me lo dijo, pero lo cierto era que le habían diagnosticado un aneurisma y no podía cargar nada que fuera muy pesado. Yo, realmente, había hecho de todo, y además siempre he estado físicamente en forma, porque no me ha quedado otro remedio. Recuerda que estábamos en la época de Jackson Pollock, y que se había puesto de modo tanto pintar con las manos como con los pies, y como eran los años del "make love" también se pintaba con el culo —dijo con absoluto desparpajo, como si un tercer personaje, mal hablado, se le hubiera metido en la lengua. No era la primera vez que lo hacía–. En fin, que Mark decidió ponerme a su servicio y yo no estaba en condiciones de rechazar su oferta. Para joder, porque Mark con toda su fanfarria funeraria sabía más que la bibijagua, me llamaba "*su* Jackson Pollock". Éramos dos o tres, que nos turnábamos, y algunos de ellos se fueron, pero yo fui de los que más duró en el trabajo. Yo me sentía entusiasmado, como si viviera en un Nueva York del Renacimiento, un discípulo de Miguel Ángel pintando el dedo de un santo sin zapatos en la Capilla Sixtina, y yo creo que Mark también se lo creía, o hacía que como si se lo creyera, porque si en el Renacimiento se hacían esas cosas, ¿por qué no hacerlo en Nueva York en pleno siglo XX? Es decir, lo de los aprendices. En fin, que no sólo le traía las latas de pintura de la ferretería, sino que también las brochas para plasmar la capilla en el lienzo. Claro está que Mark lo dirigía todo: que si una pulgada más acá o más allá, que no, que pulgada y media, o que tal vez un negro que no fuera tan negro, con su poquito de púrpura para darle cierto tonito, que no tanto, que no tan poco, en fin, que así nos pasábamos días y semanas y meses hasta dar con el tono adecuado, la mezcla precisa, y momentos hubo en que estuve a punto de tirar todas aquellas latas de pintura por las paredes, aquellas exigencias irracionales sobre si debía pintar un centímetro más allá o más acá, porque el hombre era un perfeccionista y jodía a más no poder, minucioso hasta la exageración y muy empecinado, que cuando se encabronaba era para dejarlo con la pintura en los cojones, y en especial cuando se bajó con aquello de la clara y la yema de huevo...

"–¿La clara y la yema de huevo?–, me preguntó Bob.

–Bueno, cosa de cocinero, o de alta cocina si se quiere. Se le metió en la cabeza que si se le agregaba un par de huevos a la pintura el tono del negro adquiriría una transparencia...

–¿La clara o la yema?–, preguntó Bob.

–Ambas.

–Pero eso es una locura, Bruno. No tiene sentido. La clara no hace más que blanquear el negro, mientras que la yema es la que le da luminosidad, una especie de halo, que es otra cosa. Eso lo sabían todos los pintores sieneses, desde la Edad Media. La florescencia del negro es la médula del hueso. Más viejo que andar a pie.

–Te advierto que él se tiraba de los pelos y pensaba que era la proporción, así que a veces agregaba hasta tres docenas de huevos.

–¡Qué disparate! Desde que entre en la capilla me di cuenta que ese era el problema, –explicó Bob–, el motivo por el cual no podía alcanzar el plano metafísico. La clara de huevo produce ese efecto, que mezclada con la goma de conejo perjudica el resultado. ¿Entiendes?"

A Janet la cabeza le daba vueltas. Aquello parecía cosa de gastronomía pictórica, un libro de recetas de cocina para pintar una obra maestra.

"–Sí, claro que entiendo y hasta en una ocasión se lo sugerí a Mark, pero no me hizo ni gota de caso, porque era muy testarudo. Cuando se le metía una cosa entre ceja y ceja... Como aquello de pegarse un tiro– dije, para hacerme el gracioso."

Hizo una pausa, como quien mete la pata.

–En fin, que eso explicaba la medular diferencia entre la pintura negra de Mark Rothko y la de Bob Harrison.

–Parece cosa de locos–, observó Janet.

—No te quepa la menor duda, pero por lo menos aquella explicación me permitió hacer las paces con Bob, aunque no sé si lo convencí. Se le había metido en la cabeza que yo lo había traicionado con Rothko y... que yo le había hecho una promesa que no iba a poder cumplir, porque el que estaba con Rothko estaba contra él, que me olvidara del pacto con el Diablo... que estaba condenado al fracaso y que no le importaba... y que lo que yo quería era acostarme con Doris...

—¿Con Doris?—, preguntó Janet muy sorprendida.
—¡Pero si apenas la conocías!

—Precisamente, eso fue lo que le dije. Y me contestó diciéndome: "Pero los monocigótico somos así".

Se le acercó, casi pegándosele (pegándosela), en una transición, como si ahora se desprendiera de un cuadro de Vettriano. La mujer en el bar lo miraba a través del espejo descomponiendo las imágenes de los dos hombres que estaban al otro lado de la barra.

—No le hagas caso, ¿entiendes? Bob era así, un aguafiestas. No tienes que dejarte llevar por él —dijo con tono íntimo, donde el tú se hacía más insinuante, de mutuo acuerdo. "Y sin embargo, era imprescindible para que se llevara a efecto el enchufe, porque sin Bob no iba a ser posible el cortecircuito"

Se le acercó tanto que ella se alejó ligeramente. Era como una quemadura... Capas de color que se superponían una sobre las otras, deslizándose la una en la otra, el rojo en el azul, el verde en el amarillo, pintándola por dentro celularmente... orgánicamente... se entregaba y retrocedía... poseída... ondas de color que la sacudían... eléctricamente... el trueno de la luz... como si la estuvieran pintando con espátulas... en el umbral de todo... una conjunción de la muerte, el dolor, el olvido y la memoria... la muerte de Bob... que estaba allí... presente... al alcance del cuerpo... en aquella garganta que la seducía...

Estaban prácticamente solos, porque la recepción ya había terminado. El museo estaba a punto de cerrar, pero Miller y Janet bien podían seguir conversando en su despacho. Se escabullían, y ella miró de reojo el "Retrato de Jennie", que parecía seguirlos con la mirada.

—En la última carta que me escribió, te mencionaba varias veces: conversaciones y silencios, pausas y murmullos: las visitas al *bungalow* al otro lado de la isla... Como si de pronto yo fuera la única persona con la que él podía comunicarse y no tuviera secretos para mí.

Se le acercaba. Puro bolero.

—Pero, ¿qué te dijo?

—Me hablaba de todo. De tus cuadros: acuarelas llenas de flores, paisajes llenos de olas, noches repletas de luna, playas llenas arenas con conchas desmenuzadas que brillaban en la medianoche. De sus cuadros amontonados uno encima del otro, granos de arena que eran la música de las estrellas, noches estrelladas que pintaba en un solo color y una pistola en el fondo de una gaveta en la consola que se confundía con el follaje. Inventaba palabras, mentira, como si fuera el otro Bob, ebrio, en el tren, que las dictara ("¡Coño, Bob, no seas picúo!").

Le parecía ligeramente cursi. Totalmente cursi. Puro *kirsh*.

—Entonces te lo contaba todo.

—No, no creo, porque siempre falta algo. Algún detalle que no deja ver la huella precisa del asesino.

Se quedaron en silencio, pensativos.

—Debí haber sospechado que aquello era el final. Debí haber comprado un pasaje y haber venido para acá inmediatamente.

—Pero no lo hiciste–, dijo Janet.
Después agregó:
—Ni yo tampoco.
Se le acercó tanto que parecía que sus cuerpos se rozaban. Le fajaba descaradamente, pura baratija:
—Me hablaba de ti, extensamente, como si conociera todos tus recovecos, tu manera de ser y sobre todo, de sentir... ese lugar oculto y secreto... Que ofrecías resistencia...

Ella, decididamente, dio un paso hacia atrás, porque, ¿cómo era posible que Bob hubiera conocido alguna vez ese lugar oculto y secreto que se entregaba aunque nunca se le hubiera entregado y que ahora Bruno Miller, a quien acababa de conocer... ponía al desnudo? ¿Confidencias semejantes con un desconocido, en el caso de que efectivamente fuera un desconocido?

Pero él, por el contrario, no retrocedía, pura conquista en la barra de un bar un viernes a las cinco de la tarde; puro olvido de fin de semana... Lo que nunca había sido. Una baratija que estuviera pintando Vettriano

—Y es por eso que es como si te hubiera conocido desde mucho antes y como si él lo tuviera preparado *todo*... Como cuando me lo propuso en el tren para que me quedara con Doris —le tomó la mano y no dejó que ella la retirara, entre la metafísica y la frotación. —No, no, no entiendo como no pude darme cuenta. Ahora, ahora pienso que... Lo que quería era que me acostara contigo.

Y se quitó las gafas, como si lo hiciera precisamente para que ahondara en el color de su pupila, que intencionadamente ocultaba. Estaba perdida, porque eran los ojos de Bob, creía, insegura en la penumbra. Instintivamente se alejó, temerosa de lo que pudiera pasarle, como si estuviera al borde de un abismo, manejando por una carretera, envueltos ambos en una gasa... que los desnudaba.

Agresivo, se le venía encima. La arrastró hacia el despacho al otro extremo de la galería. Las puertas del museo se habían cerrado y estaban atrapados como si ellos también compusieran una instalación que había quedado fija, indefinida, entre el atardecer y la medianoche. Como si alguien los estuviera pintando dentro del telar de una araña. "Nadie conoce a nadie".

Ella vacilaba. Temblaba, ligeramente. No sabía qué hacer y nuevamente tuvo aquella sensación de correr a la inversa, como una cinta cinematográfica que se enrolla hacia atrás, imágenes que se mueven en dirección contraria al punto al que habían llegado para deshacer lo que habían vivido. Y sin embargo, no era posible y nuevamente se movía hacia adelante como un imán que buscaba el cuerpo de...

—Déjame—, dijo Janet, tratando de deshacerse pero sin oponer una total resistencia. —No debí haber venido.

—¿Y ponerme los mismos obstáculos que le pusiste a él? ¿Encerrarte con un candado tras una puerta de caoba? Olvídate, Janet, porque no voy a permitirlo.

—Debió haber sido el martini que me tomé...

—No, no lo fue. Y tú lo sabes.

La retuvo por la muñeca, ejerciendo presión para que no se le escapara y la atrajo violentamente hacia él, besándola en la boca, metiéndole la lengua con una intensidad desconocida... Los golpes frenéticos sobre la puerta volvían a escucharse, pero ahora era el pulso acelerado, los latidos del corazón que sólo podrían acallarse con el orgasmo... Es posible que lo estuviera soñando... Era, estrictamente, un derrumbe, el desplome de una ciudad, un cataclismo de edificios que eran demolidos, una devastación y un renacimiento de las ruinas, un apocalipsis. Tenía lugar, finalmente, lo que nunca había ocurrido, aquella cópula imaginada que había sido interrumpida... Quiso resistir, pero no pudo, porque todo terminaba y empezaba al mismo tiempo, un conjunto *opositorum* de complementarios que se buscaban para derruirse, una revelación, una erupción más allá de la calma de un cristal transparente, que ahora se quebraba y caía desde lo alto de un rascacielo... No se reconocía... Un graffiti de alas abiertas que era un pájaro pénico que volaba por todo su cuerpo como si fuera un pez navegando dentro de sí misma. ¿Quién era ella y, por extensión, quién era él? No entendía aquella curva de sí misma, el óvulo fetichista de aquel objeto bizarro que era esclavitud y dominio, sujeto y objeto del deseo. Había totalmente rejuvenecido bajo el baño de luz que se desprendía de un "reloj de arena" que Bob había pintado alguna vez, colgado en una de las paredes de la habitación, mientras el tren se adentraba por el túnel y la besaba en la boca de forma tan brutal que el beso se convirtió en una mordida que no le dolía, del placer tan intenso que le producía, mientras un hilo de sangre le corría, levemente, por la comisura de los labios. En el vórtice mismo del orgasmo le pareció reconocer el cuerpo de Bob que la abrazaba y besaba de arriba abajo, que no había conocido nunca, mientras que ella lo conocía y reconocía a su vez a medida que su propia boca lo besaba, y a pesar de que no lo había besado jamás. Precisamente por ello, no podía compararlo con nada ni con nadie.

Era por consiguiente un reconocimiento de lo no conocido, como si lo hubiera conocido siempre, porque aquel cuerpo de Bruno no podía ser otro que el cuerpo de Bob, o viceversa: aquel cuerpo de Bob no podía ser otro que el cuerpo de Bruno.

CAPÍTULO IX

TRES PÁJAROS DE UN TIRO

Casi al mismo tiempo

"¿Bruno Miller?" No tenía la menor idea. Todos los días le echaba un vistazo rápido al periódico, sin ir mucho más allá de los titulares, porque *El Heraldo de Honolulu* no servía para mucho. Cuando le pasó la vista a "Artes y Letras" (que era una sección semanal que aparecía todos los viernes y se reducía al mínimo) se encontró con el ya mencionado artículo de Miller, que anticipaba "una retrospectiva necesaria", un recuento de lo que ya había pasado. Como les había ocurrido a los demás, el subtítulo y el contenido la dejó con un marcado grado de perplejidad, como si su marido la hubiera estado engañando y ella fuera la última en enterarse. De algunas cosas tenía una noción algo remota, como aquello de "una resonancia mística" y hasta lo de la "búsqueda de Dios" y "la memoria tántrika" (que era como si le estuviera hablando en chino), porque alguna vez Bob le había dicho algo de eso, a lo que ella, tenía que confesarlo, no le había hecho mucho caso; pero su batalla con "el expresionismo abstracto" estaba más allá de todo cálculo porque, ¿qué era el "expresionismo abstracto"? Y nada menos una batalla, cuando Bob no era capaz de matar una mosca y hasta es posible, que precisamente por ello, se hubiera suicidado. Bueno, quizás Bob hubiera disertado sobre el tema, no iba a negarlo, pero como se vería asediada por cuestiones más apremiantes, otros imperativos la habían llevado a borrar estas contiendas de la plástica contemporánea. Sabía lo de Jackson Pollock, porque esta fue una de las pocas ocasiones en que Bob tuvo una pictórica perreta, pero desconocía de donde habían salido Still y Rothko. Mucho menos Bruno Miller.

 Hizo una retrospectiva innecesaria hacia su desafortunada estancia en Ithaca y sólo recordaba la persistencia del gris envolviéndolo todo, una neblina pertinaz que ni siquiera dejaba ver los sombríos ladrillos rojos de los edificios. Es verdad que aquella muestra había sido bastante desastrosa y que nadie le había hecho mucho caso, para satisfacción de sus colegas, y hasta es posible que tuviera algo que ver con aquel contrato que no le renovaron, porque ciertamente no le hizo ningún favor. Bob, además, pasó por un estado depresivo que lo condujo a un marasmo gris, casi negro, del que no podía salir, y si en aquel momento se hubiera suicidado no la hubiera sorprendido. Se envolvía en un gabán raído y se ponía unas botas y caminaba por los espacios más desolados, entre árboles que parecía le habían arrancado la vida. Como un espectro sonámbulo se perdía entre pinos que daban la impresión, por lo menos, de estar en Suecia o Finlandia. Volvía pálido y ojeroso y muchas veces no podía conciliar el sueño aunque ella, extenuada, dormía como una piedra. En los días más tenebrosos del invierno todo se oscurecía desde las tres de la tarde. Ella, después de todo, se entretenía con las insidias universitarias, que era también un entrenamiento. No tenía tiempo para prestarle atención a aquellas depresiones y ensimismamientos. Pero Bob se hundía en la soledad de aquel pabellón de nieve, a punto de congelarse en un silencio petrificado. Tuvieron momentos de crisis y más que nunca Bob se encerró en la concha de sí mismo, pasando largas horas sentado ante un lienzo sin pintar —o eso suponía ella. Quizás fue entonces cuando más se distanciaron, hasta el punto de considerar una visita al psiquiatra. Porque más o menos antes... No, no había sido la pasión ni la locura; una relación sin altibajos, sin complicaciones y sin dolores de cabeza, salvo períodos de un letargo sombrío hasta que revivía en el verano y la primavera, pero sin sacudidas: un lago sin oleaje donde una brisa suave rizaba la superficie discretamente. Eran momentos de paz y sosiego donde ninguno de los dos parecía querer ni más ni menos.

 Pero, ¿qué tenía que ver Bruno Miller con todo esto? "¿Bruno?" Sí... No... Estaba segura de no haberlo conocido. Quizás en la inauguración de la exposición se lo habían presentado, pero no recordaba nada de él, un óvalo sin facciones, el hombre invisible, transparente, en el mejor de los casos una página en blanco, una de las obras maestras que había pintado su marido. Y ese "Reloj de arena" que había mencionado en el artículo y decía que era el autorretrato de Bob, ¿de dónde había salido? Eran espacios en blanco de la memoria que no podían explicarse y que ahora se ampliaban hasta convertirse en un inmenso mural, interponiéndose entre ambos como un abismo. No era que no hubiera conocido a Bruno Miller. Peor todavía: era como si nunca hubiera conocido a Bob Harrison.

Nancy Nakamura asomó la cabeza.

–¿Lo has leído?

–Sí, lo acabo de leer.

–¿Y qué te parece?

–Bueno... Un artículo muy bueno.

–No sabía que se conocían.

–No, yo no lo conozco. No lo recuerdo. Y Bob nunca me habló de él.

–Pues tendrás que conocerlo, y precisamente hoy hay una recepción en el museo dándole la bienvenida. ¿No te han invitado?

–Bueno, no sé. Probablemente sí. O a Bob, cuando menos. Como era miembro de la directiva lo invitaban a todo. Hay una correspondencia acumulada, que no me he atrevido a abrir. En todo caso, no iré.

–Yo creo que deberías ir, Doris. Salir de estas cuatro paredes.

–No me hagas reír Nancy–, y señaló a la piscina. –Estas no son cuatro paredes. Además, voy a la universidad casi todos los días.

–Tú me entiendes, Doris. A pesar de todo, el mundo no ha terminado para ti.

Doris, realmente, no había considerado posibilidad semejante. No había pensado nada parecido.

–No voy a ir, Nancy. Sencillamente no tengo ganas.

–Pero piensa en la retrospectiva...

—Si Bruno Miller, o quien sea, prepara una retrospectiva, tendrá que comunicarse conmigo. No le quedará otro remedio.

Nancy decidió no insistir.

—Bueno, te contaré más tarde.

Era evidente que si se planeaba una retrospectiva tendrían que contar con ella, por razones legales y artísticas, a no ser que Bob estuviera vendiendo cuadros a sus espaldas (esto no tenía sentido, o a lo mejor sí) o repartiéndolos entre desconocidos o conocidos que ella no conocía (puede ser). Tendrían que contar con aquel centenar de lienzos metidos en aquella galería aledaña al estudio, al fondo de la casa y al otro lado de la piscina, pintados desde aquella remota etapa en Ithaca, de los que Bob nunca se quiso deshacer y cuyo traslado a Hawai casi los deja sin un centavo, y muchos otros de los que ella no tenía ni idea. En aquel pasadizo no se podía dar un paso y por lo visto allí era donde todavía yacía el cuerpo de Bob, que se volvía tan preciado. Cerrado con llaves que Bob guardaba celosamente, era un territorio impenetrable, una "boca de lobos" que metía miedo y en donde ella no asomaba la cabeza. Y en cuanto a "un reducido grupo de admiradores" al que hacía referencia Miller en su artículo, no tenía ni idea. Ella sólo tenía noticia de Janet Leighton, pero aparentemente había vivido con Bob desconociendo más cosas de las que ella se imaginaba. Una incógnita se superponía sobre la otra.

Desde la muerte de Bob se sentía desconcertada, como si estuviera viviendo hacia atrás, en una retrospectiva innecesaria. Se quería deshacer de la memoria de lo que no recordaba, pero volvía como una persistencia elíptica que llenaba con interrogantes. No tenía sentido y además, no iba con su carácter que había sido decidido, pragmático y hasta agresivo (especialmente después de los descalabros de Cornell), poco dado al ensimismamiento y a pasarse horas cavilando sobre lo que fue o dejó de ser. Todo iba en contra de su temperamento, precisamente en el momento en que llegaba a un bronceado perfecto, o casi perfecto: el bronceado hawaiano con el que había soñado toda su vida, el que se extendía por todos los poros de la piel penetrando bajo aquella crema australiana que se aplicaba con delicia hedonista. Cuando pensaba así detestaba a Bob, que en definitiva la había dejado sola frente a todos los peligros y las malevolencias, apetencias escondidas y hasta confusas, mientras él descansaba en la paz de los sepulcros.

Inmóvil, *cocktail* en mano, contemplaba la puerta vidriera del estudio al que no había vuelto, pensando en aquella mancha en el piso y en aquel hilo de sangre que se desprendía de la pistola, o del otro lado, en el cuadro que había agujerado con la bala que le atravesó el cráneo. Cuadros que, por cierto, no le habían devuelto todavía y que a lo mejor tenía el chino Chan frente a sus narices, porque aquel chino había cargado con ellos como si fueran suyos. Temía entrar en el estudio, porque quizás fuera la caja de Pandora de Bob, y no quería saberlo. Después de todo Bob estaba muerto. "Una retrospectiva necesaria", pensó. El cintillo volvía a su cabeza, prefiriendo la ignorancia. Salvo aquella temporada maníaco-depresiva del último invierno en Ithaca, todo había sido un orden doméstico preciso, un triángulo modélico del marido, la mujer y el amante en feliz convivencia. El episodio de Mason fue meramente accidental, un verdadero error de cálculo, una equivocación de ambas partes y de la geometría corporal donde una cavidad estaba muy cercana de la otra, un verdadero mal paso, un contrasentido que se llevó a efecto en momentos en que se vio asediada por el crimen y el castigo. Por lo demás duró poco.

"Una retrospectiva *innecesaria*", se repitió y se puso de pie, encaminándose hacia el estudio de Bob, como si fuera a lanzarse en la piscina, de cabeza, buceando hacia lo desconocido, pero como la de aquella propiedad no tenía dimensiones olímpicas, más valía que no lo hiciera porque podría desnucarse.

Entonces fue cuando sonó el timbre del teléfono, como si se reconstruyera la escena del crimen. Era Jack. Hablaron un par de banalidades, hasta que llegaron al artículo de Miller.

—Ahora parece que estuviste casada con Van Gogh y que no lo sabías.

—Eso ya me lo dijiste, Jack.

—Parece que ese tipo piensa lo mismo.

—Parece que sí.

—¡Coño! ¡Creo que te sacaste la lotería!

—Las cosas no siempre son como parecen.

—Pero, ¿quién es Bruno Miller...?

—El curador del museo.

—Eso parece cosa de médicos.

—Pues te advierto que se dice así.

—No es eso lo que estoy preguntando.

—Pues no sé quien es, Jack. No lo recuerdo. Bob nunca me habló de él y no recuerdo haberlo conocido.

—Pues si piensa hacer una retrospectiva tendrá que contar contigo. Te llamará de un momento a otro. No te dejes manipular—, le aconsejó.

Tenía su gracia, porque no se podría decir que él no la hubiera manipulado de una posición a la otra. Aunque fuera de mutuo acuerdo entre adultos que conocen las posiciones más convenientes.

—Ahora que Bob se ha hecho famoso después de muerto, por lo visto te ha dejado con una fortuna en la mano.

No es que esperara refinamientos, pero casi desde el primer momento aquella conversación le resultaba desagradable.

—No me había pasado por la cabeza.
—No habrá deuda que no puedas pagar.
—No te referirás a las que tengo contigo.
—No seas tonta. Eso ha sido al contado. Y en todo caso, no se aceptan cheques ni tarjetas de crédito, aunque con el paso del tiempo haya intereses acumulados.

Era tan materialista que todas las transacciones terminaban en lo mismo, un doble sentido tan explícito y brutal que poco dejaba a la imaginación, o era, más exactamente, una imaginación que siempre paraba en lo mismo.

—A mí también me ha agarrado de sorpresa. Me refiero al talento de Bob. Te advierto que la comisión que logré con el First Hawaiian Bank costó su trabajo. Ahora que se hace famoso, bien podrían darme una comisión con intereses acumulados, porque en aquel momento fue pura tacañería. En cuanto a Miller, no te dejes llevar por Janet, que debe andar metida en todo esto y querrá que tires los cuadros por la ventana. Si no te pones en el duro, acabarás regalándole los cuadros al museo.

—No creo que Janet tenga nada que ver en este asunto.

—¿Estás segura? No te olvides que Janet es de la directiva y estaba loca por tu marido.

—Eso es una tontería.

—Estoy seguro que lo de la retrospectiva es cosa de ella. Debe habérselo metido a ese tipo en la cabeza. Es posible que Miller la esté utilizando y que pretenda utilizarte para sacarte el mejor partido. Me imagino la calaña.

—¿Qué quieres decir?

—Querrá tragarse todos los cuadros que sea posible. Con eso de la retrospectiva, lo que quiere es mangonearlos. Ya verás. Ese te llama de un momento al otro. Vas a tener que buscarte un abogado y no sueltes un solo cuadro sin antes consultarlo conmigo–, dijo Jack, atribuyéndose una función que no le correspondía. —Bueno, en última instancia, esto no es cosa mía–, agregó, dándose cuenta y rectificando su posición. —Sin contar que de arte no sé nada.

—Pero de dinero sí–, le dijo ella un poco de sopetón. —Eres un materialista, Jack.

—¿Y tú qué eres?

¿A qué se debía aquella inesperada belicosidad? De pronto se ponían en una actitud combativa, dispuestos a algún tipo de enfrentamiento. Quizás fuera una variante del estado de celo, del ayuno y la abstinencia. No se refería al de él, porque lo dudaba, pero en el caso de ella... Aunque lo que decía era cierto, porque Jack sólo conocía la avaricia, en el bolsillo y en la cama... Quería cogerlo todo, como le viniera en ganas. Aquel pensamiento la sacudió porque aunque siempre lo había sabido, nunca lo había articulado de forma tan explícita. Era un círculo vicioso que iba del coño al bolsillo.

—Es un museo de medio pelo y los cuadros de Bob le vienen de perilla.

Inesperadamente, tuvo una flaqueza fuera de lugar, mucho peor que la violencia.

—Hay momentos en que me siento culpable. Tú no lo entiendes, pero la muerte de Bob me tiene desconcertada.

Lo dijo sin pensar y tan pronto lo dijo le pareció que había dicho una tontería. Jack era bueno para irse con él a la cama, pero no para tenerlo de confidente. Y sin embargo, como no tenía a nadie, ahora menos que nunca, tuvo una debilidad, que trataba de evitar haciéndose agresiva.

—¿Culpable de qué?

—De todo, pero no me hagas caso.

Bob, como confidente, particularmente desde que habían llegado a Hawai, no era gran cosa, pero cuando menos escuchaba dulce y silenciosamente. Cualquier cosa que le dijera no la iba a utilizar después para hacerle daño. Pero Jack era diferente. Además, antes el acoso era de superficie: intrigas universitarias, preocupaciones económicas, cosas de ese cariz que poco tenían que ver con el asedio que sentía en esos momentos y que no podía compartir con nadie. Mucho menos con Jack.

—No me irás a decir que de haberte acostado conmigo. Quítate esas ideas de la cabeza. Cumpliste con Bob y lo hiciste feliz. Te lo he dicho varias veces. Le diste todo lo que quería. E inclusive yo me porté bien con él. Gracias a mí compraste esa casa y tenía el estudio para entretenerse con sus cuadritos, comiendo mierda con Janet Leighton y dándose la buena vida con los pinceles.

—No hables de ese modo.

—¿Cómo que no hable de ese modo? ¡Coño, Doris, es hora de que pases la página! Bob se pegó un tiro porque quiso. Al pan pan y al vino vino. Yo seré un descarado...

―Eres un cínico. Un mujeriego, capaz de acostarse con una tabla de planchar...

―No irás a meter a mi mujer en este asunto... ¿Celos...?

―De pegarle los tarros y no sentirte culpable por ello―, agregó Doris, refiriéndose a la mujer de Jack. ―Arreglada estaría si fuera a tener celos de cualquier mujer que se acueste contigo.

Aquella manera de explayarse no iba con Doris.

―Nunca me habías dicho eso.

―¿Qué cosa?

―Que te sentías culpable cuando me la mamabas―, dijo Jack, llegando al colmo de la ordinariez, aunque ella no reaccionó de inmediato.

―No me sentía culpable.

―Creía que te gustaba. Bueno, estaba seguro que me estabas gozando.

―Pero ahora me siento culpable.

―A ti lo que te hace falta es un buen orgasmo. Bob está muerto y no creo que Mason pueda hacerte ese favor.

Desde que empezaron a acostarse, Sam Mason se mencionaba muy esporádicamente y siempre por razones estrictamente profesionales. La antipatía entre los dos y la lucha por el poder que habían sostenido por años, más allá de razones estrictamente metodológicas, los había llevado a posiciones irreconciliables, y en cuanto a la posición que ella había tenido que adoptar bajo las más penosas circunstancias, físicamente hablando, jamás había habido la más ligera alusión. Pertenecía a una prehistoria de la sexualidad en la que nunca Jack había indagado, como asumiendo la actitud de que allí no había pasado nada, o de que sí pasó lo que pasó ya había pasado. En definitiva, no le importaba. No era que quisiera hacer como el avestruz, pero después de todo Jack se sentía lingüísticamente hablando muy por encima de Mason y no era cuestión que la fuera a celar como si le estuviera pegando los tarros. Allá ella y su marido.

—¿Qué es lo que pretendes?

—Meterla con vaselina, Doris, como debe hacer Mason cuando la mete por el culo.

—No jodas, Jack.

—¡Coño, Doris, no lo tomes como una ofensa personal!

Era una animosidad nueva, que nunca se había explayado de esa manera. La paradoja era que nunca había ocurrido nada semejante mientras Bob estuvo vivo, y lo lógico hubiera sido que ahora ocurriera lo contrario.

—Quería ponerte al día, aunque quizás tú lo sepas mejor que yo, porque Mason y Cold Salmon están entre el pito y el culo. Bueno, después de todo, el periné es un espacio insignificante y cualquiera toma por el mal camino.

Ella no dijo nada ante tanta grosería, pero estuvo a punto de colgar el teléfono.

—Lo siento, no quería ofenderte. De veras. Se me fue la mano. Quizás es que me tienes encabronado con vuelva usted mañana. *Sorry, dear.* La muerte de Bob lo ha dislocado todo, coño. Sólo quería mantenerte informada de que Mason se ha declarado maricón. Bueno, no exactamente, técnicamente hablando, aunque ve tú a saber. Macho maricón, si esto es posible. Lo de Cold Salmon no es nada nuevo, porque eso lo sabe todo el mundo... Se han fajado como dos locas de atar, uno haciendo el papel de macho y el otro en plan de maricón. Todo por un mariconcito que lo mismo da por un lado que recibe por el otro, pasivo y activo de acuerdo con las circunstancias. Un muchacho con sentido del *bisnes*. ¿Entiendes?

No se sorprendió. Era de esperar que Mason pasara de una cosa a la otra. El culo no tiene sexo. No en balde su mujer se había divorciado de él desde hacía unos cuantos años.

Hubo una pausa larguísima. Jack, compungido, se atrevió a preguntar:

—¿Qué te pasa?

Era un puerco, un grosero y un descarado. Jamás se había expresado de modo semejante, ni siquiera en la cama en los momentos de mayor desate. Tenía la boca llena de sapos y culebras, todo el cuerpo más bien, y en ese instante no sabía cómo había podido acostarse con aquel cerdo.

Así y todo, por un momento, no dijo nada. Se quedó pensativa y hubo un prolongado silencio hasta parecer que no estaba al otro extremo de la línea. Jack nunca había tenido la menor idea de lo que estaba bien o mal. En el fondo todo le daba lo mismo, con tal de salirse con la suya. No es que ella fuera mucho mejor, pero pensaba que no llegaba a tanto. Ciertamente, desde la muerte de Bob no había vuelto a acostarse con Jack aunque él se lo había propuesto un par de veces, en el despacho. Pero ella sencillamente no quería. No tenía ganas de acostarse con nadie. Y mucho menos con Jack, aunque ignoraba los motivos. Ahora se daba cuenta.

—¿Entonces...?

—No puede ser. Nada.

—Tan pronto cuelgue te voy a ver para acostarme contigo.

—Ni te lo imagines. Y en esta casa mucho menos.

—¿Cuál es el problema? Bob está muerto y no podrá agarrarnos con la masa en la mano.
—Eres un cínico. Y más todavía.
Se lo decía por segunda vez. ¿Qué se creía?
—En el estudio. En el mismo lugar donde Bob se jodió para siempre.
—¿Cómo te atreves? Si vienes por aquí te pego un tiro.

Abruptamente colgó el teléfono. Dio un paso atrás como si hubiera hubiera apretado el gatillo y soltara la pistola. Inclusive, le pareció escuchar un disparo. ¿Se había vuelto loca? Estaba exactamente en el mismo lugar en que se encontraba cuando Bob se dio el pistoletazo y hasta le pareció escucharlo cuando hablaba con Jack, como no lo había escuchado aquella tarde fatídica. Era casi mediodía y todo resplandecía y estaba lleno de vida, menos la habitación, que tenía las cortinas corridas y estaba en penumbras.

Salió al *lanai*. Un poco más allá estaba la piscina y a la derecha el estudio de Bob: entre los cuadros, en cada uno de ellos, en el color de cada uno de sus pinceles, en la textura de los lienzos que era una piel que nunca había acariciado, un color que nunca había conocido. La pared del fondo, que era un muro de ladrillos, desentonaba un poco a pesar de que las macetas con flores intentaban enmascararlo, y por un momento le pareció un paredón de fusilamiento donde estaba Bob con la venda en los ojos esperando que le pegaran un tiro. Los cerró para no verlo caer acribillado, pero no escuchó el disparo. Tuvo la sensación de que no había apretado el gatillo. De que quizás, si se apresuraba, pudiera evitarlo. Porque Bob, en definitiva, "era el hombre que había querido siempre". Y se culpaba de no haberlo hecho, de no haber abierto la puerta antes del disparo, sintiéndose que ella era, como pensaba el chino Chan, culpable, y que había sido la asesina. Porque existía otra opción: que no había sido un suicidio sino un asesinato.

Pero no abrió la puerta, reclinando la cabeza sobre el cristal y sin entrar en la escena del crimen. Recapacitó, porque aquello no tenía sentido. Debía entrar en razón. Poner todas las cartas sobre la mesa y no dejarse llevar por los delirios orientales de un chino atravesado. Realmente, estaba hecha una histérica y aquella amenaza que le había hecho a Jack, sin contar los insultos que estaban fuera de lugar, era una muestra de las condiciones tan deplorables en que se encontraba. Jamás había discutido con Jack (como tampoco había discutido con Bob, aunque en ambos casos, de haberlo hecho, no hubiera discutido de la misma manera) y desde que empezaron a acostarse periódicamente se acabó aquella fricción académica plagada de reglas gramaticales donde el uso del por y el para se había mezclado con insinuaciones lúbricas que terminaban en una erección. "Seamos justos", se dijo, algo más calmada. Había sido un adulterio perfecto, medido, calisténico, gimnástico y hasta distanciado, sin la menor dosis de intimidad (es decir, de aquella intimidad de los que se aman —y la palabra, la idea, la sorprendió, pero no se detuvo...) como ella y Bob se habían amado alguna vez. Pero entonces sí se detuvo: "como ella y Bob se habían amado alguna vez", y citó mentalmente. casi como si fuera la referencia en un libro. Se sentía desconcertada con aquella muerte (aquel suicidio) que no había sido calculada y que no era lógico que la hubiera afectado de aquel modo, no importa "lo mucho que lo había amado".

La vida la había tratado mal y todo le había costado mucho trabajo. No había sido una jovencita consentida como Janet Leighton, porque venía de una familia muy de medio pelo, con muchos hermanos que habían sido unos muertos de hambre. Sólo ella, con grandes sacrificios y quemándose las pestañas, había logrado obtener un título que la acreditaba profesionalmente y su matrimonio con Bob no le había traído ningún beneficio económico, salvo sentirse con cierta clase casándose con un pintor que tenía una carrera universitaria. La lógica de la relación que había sostenido con Jack también se había roto, como si la presencia de Bob hubiera sido necesaria para que la misma tuviera sentido. Muerto Bob perdía a Jack, aunque no sabía por qué, porque en realidad lo necesitaba. No sólo por aquello del orgasmo, aunque quizás eso tuviera que ver. Lo necesitaba y estaba a punto de perderlo, porque Jack de terapia sólo conocía la física y la que se administraba por un solo lugar.

No, aquello no tenía la menor lógica. Mucho menos aquella discusión acalorada que ella había sellado con una amenaza inaudita, como si hubiera sido otra. El propio Jack nunca se había alterado por nada (aunque no tenía razones para hacerlo) y en todo momento la había aconsejado bien, particularmente en aquel largo proceso que la había llevado a una posición permanente en la cátedra. Le parecía que había sido injusta. Porque en esto nunca había podido contar con Bob, que vivía en las nubes. De ahí que en realidad una cosa se complementaba con la otra, una trilogía del acoplamiento perfecto, y Bob equilibraba la rudeza de Jack, con el cual no había tenido que convivir día tras día; noche tras noche, para ser exacta. Porque una vez a la semana estaba bien, y punto. Mientras que Bob era un hombre de andar por casa, en zapatillas, silenciosamente, que no molestaba a nadie y que nunca decía (había dicho) una palabra más alta que la otra; inclusive bueno para aburrirse, de una inofensiva transparencia: una especie de tedio placentero que era algo así como ver llover tras la ventana en una tarde de invierno. Muchas veces habían sido silenciosamente felices.

Es verdad que Jack no tenía la menor delicadeza. Rudo, iba al grano. Inclusive en la cama buscaba la posición más acomodaticia, que ella lo jineteara porque era el camino del menor esfuerzo, la polla en posición de apunten fuego, que era, según decía, la preferida por Kennedy, y por tanto la especialidad de Marilyn Monroe; como lo cansaba menos podía después irse a *surfear*, engullirse de paso a alguna alumna y hasta hacerle un favor a su mujer si era necesario. ¿Celos? No tenía el menor sentido porque no se amaban, limitándose todo a un deseo que llegaba a su objetivo. Nada de esto la había molestado, porque entre ellos dos no había ninguna declaración firmada, ningún contrato: puro trabajo voluntario. Estricta frotación. Pero lo cierto es que nunca se había desplayado con la desfachatez chancletera de aquella tarde. Ni ella tampoco. Jamás se había bajado con aquel estercolero verbal que le había espetado desde el otro lado de la línea telefónica. No, no, ciertamente nunca.

Ella, por su parte... Decididamente había llegado demasiado lejos, completamente fuera de lo que era, según asumían los dos. Tendría que pedirle disculpas, aunque quizás él también debería dárselas. Después de todo, sus consejos eran racionales y sus advertencias la ponían sobre aviso respecto a las intenciones de la camarilla universitaria. Tenía que reconocer que Jack, en cuestiones de dinero siempre la había aconsejado bien y que gracias a él había podido comprar aquella casa que era la envidia de casi todos sus colegas. Prácticamente no era una buena idea arriesgar una relación que había sido decididamente productiva y en la que Jack nunca había ganado nada... Bueno...

Iba y volvía sobre lo mismo, pero pensar así la tranquilizaba. Era como volver a ser la misma de siempre, capaz de un cálculo frío y matemático. Y es posible que Jack estuviera haciendo otro tanto. Tendrían que reconciliarse y la muerte de Bob no significaba necesariamente que cambiaran las cosas. Después de todo él propio Jack se bajó con la referencia al orgasmo, lo cual quería decir que él también quería volver a acostarse con ella, romper con aquel luto que Bob les había impuesto y que no le asentaba en lo más mínimo. No obstante ello... Un culo es un culo, unas tetas son unas tetas, y todos los culos y las tetas se parecen, cuando menos en cuanto a sus funciones, sirven estrictamente para lo mismo, aunque unos sirven mejor que otros, de acuerdo con el género; porque, realmente, no todas, todos, son exactamente iguales... y lo cierto era que Jack no era particularmente quisquilloso sobre el particular, lo cual quería decir que, por otra parte le daba lo mismo una como la otra, y ella se había puesto realmente pesada. Tenía que reconsiderar todo esto y quizás el daño no fuera irreparable. En fin, sería una "retrospectiva necesaria". Estaba, definitivamente, a punto de llamarlo. No obstante lo dicho, concluyó haciendo todo lo contrario.

"Aquello no tenía solución posible", se dijo. "En todo caso, habían terminado de una vez por todas. Decididamente, con Jack Wayne no volvería acostarse. Aquella conversación le había puesto la tapa al pomo y no aguantaba ni una más."

Finalmente era una mujer libre, y aquel disparo había matado tres pájaros de un tiro.

CAPÍTULO X

LA BURLA DEL DIABLO

A renglón seguido

En eso sonó el timbre de la puerta. ¿Quién podía ser? La mañana le había resultado particularmente agitada y la conversación con Jack la tenía extenuada. Necesitaba relajarse. Lo único que faltaba es que ahora viniera a verla el chino Chan, con su cúmulo de impertinentes sospechas. Pero no fue así. El que tocaba a la puerta era Gordon Wright, que jodía de modo parecido.

–Espero no haber llegado en un mal momento–, le dijo.

Realmente, peor no podía ser

–No, no, naturalmente...

–¿Interrumpo...?

—No, de ninguna manera. Precisamente, no estaba haciendo nada,

—En todo caso...

—Pase, pase por favor...

Lo condujo hacia el patio junto a la piscina. Se sentaron junto a la mesita donde Doris había dejado *El Heraldo de Honolulu* doblado en la página en la cual aparecía el artículo de Miller.

—¿Qué le parece la noticia?

Ella vaciló por un momento.

—Un artículo excelente.

—Nadie conoce a nadie —comentó Gordon sin ton ni son.

Sonreía con mala intención. Ni siquiera era mediodía, pero necesitaba un *martini*, pensó Doris, o cualquier cosa por el estilo.

—Un artículo estupendo, como usted dice—, dijo Gordon tomando *El Heraldo de Honolulu* en la mano. —Ciertamente, un crítico de arte de primera. Ha evaluado la obra de Bob, que en paz descanse, con una precisión que le abrirá las puertas del Paraíso. Lo cual me pone en una disyuntiva entre felicitarla y acompañarla en su sentimiento.

Decididamente, necesitaba un *martini*.

—Necesito un *martini*. ¿Quiere que le prepare uno?

—Para acompañarla.

Doris se alejó por un momento y Gordon se quedó mirando la puerta vidriera que conducía a la escena del crimen. Doris regresó con sendos *martinis*.

—Posiblemente se estará preguntando cual es el motivo de mi visita, pero supongo que se haya enterado, aunque claro, es posible que no sepa nada. Tendré que ponerla al día, aunque temo cometer una imprudencia. El chino Chan...

—¿El chino Chan...?

—Quiere saber hasta donde el jején puso el huevo. Tengo entendido que no ha dejado que quemen a su marido.

—Que lo incineren...

—Sí, sí, teniendo en cuenta que era protestante.

—¿Y eso que tiene que ver?

—Ha ido de un despacho al otro, metiendo la cuchareta en todo. A Dean Leighton le hizo pasar un verdadero mal rato, según fuentes fidedignas, convirtiéndolo en el sospechoso número uno. Chan quiere saberlo... todo. Supongo que Jack Wayne la haya puesto al tanto...–, dijo con cierta reticencia.

—No, no me ha dicho nada.

—Las lecturas policíacas le han hecho mucho daño, como a don Quijote las de caballerías. ¡Ya se podrá imaginar! Se ha empeñado en que no se trata de un suicidio y sospecha de todo el mundo, con ese lío de la pistola. De ahí que ande detrás del motivo, la teoría de la causa y el efecto (algo trasnochada, por cierto) lo cual lo lleva de cabeza al chisme solariego. Que si fulano le dijo esto y que si mengano le dijo lo otro y que de acuerdo con lo que dijo el uno se llega a lo contrario de lo que afirmó el otro, y que por consiguiente la motivación de cada cual abre la puerta a un centenar de posibilidades a las que hay que oponer las de su contrario, sacando a relucir los trapos sucios de todo el mundo.

—¿Pero le ha dicho eso?

—Naturalmente, porque además, nos conocemos desde hace siglos. De nuestros viajes a Hong Kong. Y a Macao, porque chapurrea el portugués. Habrá podido notar como se viste, siguiendo la moda de Charlie Chan. Aunque naturalmente, no se atreve a ponerse el hongo así como así, y jamás lo hace cuando hay un cadáver de cuerpo presente. Colecciona bombines de todo tipo. A instancias de él, en mi primer viaje a Hong Kong me compré uno, que me puse un par de veces, hace muchos años, cuando usted ni soñaba venir por aquí, poco antes de lo de Pearl Harbor. En aquel tiempo, Honolulu era muy chino y el barrio chino era otra cosa, pero después la ciudad se llenó de japoneses, más ahora y a pesar de Pearl Harbor. O precisamente por Pearl Harbor. Se comía muy bien y el pato a la Cantón era para chuparse los dedos. Verdaderamente auténtico. Y también habrá podido observar como me visto, que de vez en cuando saco mi traje blanco de dril y me voy por el barrio chino a comer arroz con palitos, porque a la ocasión la pintan calva. En Hong Kong teníamos el mismo sastre.

Efectivamente, estaba vestido como el chino Chan, aunque el saco le quedaba ancho y le caía de los hombros, cosa frecuente en Gordon Wright, que siempre daba la impresión de descuido entremezclado con cierto grado de suciedad.

—Eran otros tiempos, naturalmente, cuando se viajaba por barco, y cuando uno se iba siempre nos ponían *leis* de flores, que uno tiraba en el mar, mientras las hawaianas nos despedían o nos daban la bienvenida bailando el hula-hula en el muelle. Daba gusto. Chan y yo nos hicimos grandes amigos y pasábamos horas sin dirigirnos la palabra (no porque estuviéramos enemistados, naturalmente, todo lo contrario) sencillamente mirando el océano. A él le encantaba. Todo muy oriental, verdaderamente. "El silencio es oro", me decía y se sonreía enigmáticamente, como hacen los chinos. Y lo mismo cuando tomábamos el té. Podía pasarse horas y horas delante de una taza de té sin decir esta boca es mía. De ahí aprendí los ejercicios de concentración, que practico todos los días. O empezar a hablar como un loro. Él era otro en Hong Kong, porque le encantaban las multitudes. Y además, como su padre tenía mucho dinero y era un hombre de empresa, con un almacén en el barrio chino donde se vendía de todo y se vende todavía, estaba encargado de establecer contactos comerciales, cerrar tratos, y comprar chucherías por todo Hong Kong, cuyas callejuelas se conocía al dedillo, sin contar bares y prostíbulos. Muy mujeriego en su juventud, no se lo puede imaginar, aunque ahora es un solterón empedernido.

Hizo una pausa y tomó un trago.

—Otra persona, pero eso fue hace mucho tiempo, antes que pasara los exámenes de policía. Cuando quería ser pintor, por cierto, y hasta tenía cierta destreza con los pinceles. Taciturno y divertido al mismo tiempo, con altibajos temperamentales, le advierto. Le entusiasmaba estar entre tanta gente y hablaba con todo el mundo, porque en chino tiene una facilidad de palabra que da gusto. Claro, el chino es su lengua materna. Y cuando le da por reírse, así, por cualquier cosa, un ingenuo total, risitas y carcajadas. Su padre controlaba el negocio de las galleticas de la fortuna en todo Honolulu, esas que dan en los restaurantes chinos al final de la cena, con un papelito con mensajitos que a veces se las traen, que lo dejan pensando a uno, que siempre son una sorpresa, muy enigmáticos y que a uno le hace pensar que se traerán entre manos, si quieren decir esto o aquello, y si sabrán lo que uno está pensando. Al principio, cuando su padre empezó el negocio, el propio Chan los escribía, inclusive en chino y con tinta china. Además su facilidad para hablar idiomas es extraordinaria. Orientales, quiero decir, porque detesta las lenguas romances. Del español sólo conoce unas cuentas malas palabras que aprendió en Tijuana, ya se puede imaginar, y lo que hace con el francés es un crimen. Sólo se maneja mejor en alemán, que es más totalitario, como todos sabemos. En todo caso, con el chino (mejor dicho, con los múltiples dialectos chinos) no hay quien le ponga una palabra por delante. Sin contar el japonés y el coreano. No solo los habla, sino que los lee y principalmente los escribe, aunque a veces me ha confesado no entiende lo que escribe. Ni decirle como pronuncia el sánscrito, aunque en mi opinión no entiende lo que dice, como si hablara al dictado. En todo esto hay su poquito de Mircea Eliade, por supuesto, con sus teorías del lenguaje y el origen del mundo, la trasmigración de las almas, ese quítate tú para ponerme yo que es el principio de la inmortalidad del cangrejo.

Todo lo decía con cierto tono de burla, un choteíto socarrón que se traía algo entre manos, con aquellas teorías que no parecían tener pies ni cabeza y que sin embargo... Porque, ¿a qué venía lo de la trasmigración de las almas y la inmortalidad del cangrejo? Quizás había que sospechar lo peor, porque Gordon Wright también era un hijo de puta.

—En todo caso, es un lingüista de primera y de ahí viene su pasión por la pintura, que es todo y lo mismo. Pero el caso de Bob lo tiene trastocado y lo ha tomado muy en serio, me temo. El pobre, no piensa en otra cosa, como si estuviera alucinado. Como usted sabe, los orientales ponen lo que escriben en cuadritos y los colocan por las paredes y uno piensa sabe Dios lo que quieren decir. Porque pueden ir del aforismo al insulto. En los restaurantes, aquí en Honolulu eso es muy corriente, y hasta es posible que nos estén mandando a casa del carajo, con perdón, pero a los americanos les da lo mismo, porque no entienden y un insulto que no se entiende... pues... como si fuéramos sordos.

Hizo otra pausa, para tomar aliento y de paso meterse otro sorbito del *martini*.

—¿Era eso lo que me quería decir? —le preguntó Doris, tratando de encauzar aquel circunloquio que daba más vueltas de lo acostumbrado.

—No, no, naturalmente. En todo caso, escribiendo los aforismos de Confucio en las galleticas de la fortuna adquirió una sabiduría enciclopédica (oriental, naturalmente) envidiable, un verdadero niño prodigio, y llegó un momento en que empezó a inventar sus propios aforismos, que hacía pasar como de Confucio, y no sólo eso, llegó a escribirlos, originales y apócrifos (con aquella destreza que tenía con la pluma y la tinta china) en idiomas diferentes, en coreano y japonés, para ponerle los ejemplos más notorios, que metía en las galleticas destinadas a los restaurantes chinos. Algunos los escribió en un idioma que se había inventado y que sólo él entendía, afortunadamente. Como se podrá imaginar esto dio lugar a un tremendo escándalo, hasta que un día su padre descubrió lo que estaba haciendo y se puso hecho una fiera. Estaba yendo contra siglos de tradición, porque ¿cómo aquel chinito de tan pocos metros de estatura se atrevía a enmendarle la plana a Confucio? ¿Y quién le había autorizado a trasmitir el legado cultural chino a los japoneses, que eran acérrimos enemigos de los chinos, y a los coreanos, que no llegaban a ser la chancleta de un chino de Cantón? Bueno, ya usted sabe como son los chinos en eso. Nada, que no dejó que escribiera uno más. Un verdadero rebelde con pintas de revolucionario, que el día menos pensado se podría unir a las guerrillas de Mao. No para tanto, naturalmente, porque a Chan le gustaba la buena vida y no era realmente un filósofo sino un hedonista, como me han asegurado algunas hetairas del barrio chino. En fin, que aquel chinito (ese mismo que usted ve ahora, tan circunspecto) era la pata del diablo y un dolor de cabeza de la dinastía Chan de la Calle King. Como el viejo Chan estaba podrido en dinero, decidieron desterrarlo a Hong Kong para que se explayara e hiciera lo que le diera la gana.

Narraba estas incidencias con entusiasmo, casi con euforia, y en realidad parecía otra persona. Doris estaba entre fascinada e hipnotizada con estas invenciones, que la habían tranquilizado y que no sólo le hacía ver un chino Chan diferente, sino un Gordon Wright de otra naturaleza, aunque quizás esto no iba a durar por mucho tiempo. Se había dejado llevar por lo que estaba contando y se sentía entretenida, como si Gordon estuviera inventando aquella historia y aquel personaje que asomaba la cabeza como un muñequito chino saltando de una cajita y sacándose el pito.

—Sí, sí, veo que usted se asombra, que no se lo puede imaginar, porque es un detective que toma los casos muy en serio y con usted seguramente habrá sido peor, dada la seriedad del caso. Me imagino que ni una sonrisita. Además, todo esto en chino, porque en inglés es otra persona. Parco a más no poder. Pero, además, un filósofo, que sabe más que Confucio y mucho menos que Mao, naturalmente. En Hong Kong la pasaba a las mil maravillas y como tenía mucha chispa y era muy carismático, no había china que no se enamorara de él y no había china de la que él no se enamorara. ¡Un romántico empedernido! Cuando le cantaba aquella milonga, "En un bosque/ de la China/ una china se perdió/ como yo era un perdido/ nos encontramos los dos", no había chinita que no le diera un beso. Se lo daban todo y como tenía la plata que le mandaba el viejo Chan para que no se pusiera a joder en Honolulu, eso incitaba a que le cayeran atrás. En uno de esos viajes me lo volví a encontrar, en la época en que se dedicaba a la pintura.

–¿A la pintura?–, preguntó Doris dando un ligero salto y con los ojos bien abiertos. A pesar de lo entretenido, la narración de Chan la estaba dejando medio dormida, porque la tensión de los últimos días iba gradualmente desapareciendo, transportándola a unas correrías por Hong Kong que no tenían el menor sentido.

–Bueno, no exactamente. Como ya le he indicado, había aprendido a escribir en chino, en japonés, en coreano y en un buen número de idiomas orientales, con una destreza inaudita, y con plumas y pinceles de diversos colores dibujaba unas cuantas letras sobre papeles, cartulinas y pergaminos, a los que después les buscaba el marco más apropiado, con la colaboración de unas cuantas chinitas (algunas de ellas menores de edad) que colaboraban con él, haciendo esto y posiblemente aquello, porque algo ligeritas de ropa él las trataba con inmenso cariño. Cuando me vio llegar a aquella galería de carteles chinos (y digo chinos para simplificar) después de varios años sin verme, dio saltos de alegría y me abrazó no sé cuántas veces, pues es un chino muy emotivo, inclusive besándome una y otra vez. Esto me desconcertó, porque no era ninguna costumbre china, y si no hubiera sido por las chinitas que lo rodeaban bien hubiera podido pensar que era una mariconería, acentuada por aquel kimono rojo (bueno, kimono no, porque era chino), con un centenar de dragones que llevaba encima. Me hizo recorrer aquella galería de letras diciéndome que aquel negocio de cartelitos le daba muy buenos ingresos, pues se vendían muy bien. Algunos de ellos encerraban los pensamientos más profundos de la filosofía oriental, aunque otros (que también se vendían) decían vulgaridades y mentiras, posiblemente inventadas ("el mamey es la esperanza del mundo", "el aguacate es un arma de doble filo") y otros, sencillamente, los más artísticos y elaborados, no decían nada; pero los compradores (muchos de ellos turistas americanos) no entendían nada. Los compraban si les gustaban y se creían lo que él decía que decían. No dejaba de sentirse culpable ante aquella profanación, pero lo hacía en parte para torturarse, porque la conciencia de la culpa ante el pecado cometido, representaba para él un éxtasis místico, y cada vez que lo hacía recordaba la figura de su padre, sus gritos y su furia, por haber profanado las tradiciones más sagradas de la filosofía china tratando de emular a Confucio. Nada, un popurrí que iba de la metafísica y la teoría del caos a los pinceles, aunque yo creo que era esto último lo que más le entusiasmaba. No era un pintor, naturalmente, pero se dejaba llevar por las letras, como si también estuviera haciendo su poco de literatura. A mí, debo confesarle, me parecía una locura, particularmente conociendo a Chan como creía conocerlo y viendo en él a un hedonista torturado. Y un pintor fracasado, de postalitas chinas. Era innegable que tenía síntomas de locura, lo cual podría explicar su conducta ante la muerte de su marido.

Gordon hizo una pausa, quizás para que Doris asimilara lo que estaba diciendo, aunque siempre es muy difícil racionalizar los disparates.

—Le dije que me iba al día siguiente y que aquello había sido una sorpresa inesperada, sin darme cuenta de que todas las sorpresas son así, pero me sentía algo desconcertado. Cuando se enteró que me estaba alojando en el barco, se tiró físicamente de los pelos, diciéndome que no, que no podía ser, insistiendo en que me quedara con él, que no me faltaría nada, porque tenía pantuflas de sobra, kimonos chinos y calzoncillos, además de lo mucho que tenía que contarme sin contar lo mucho que él quería que le contara. Tomándome de la mano me arrastró hacia el fondo de un pasillo que conducía a un callejón, preguntándome si quería llevarme alguna de aquellas chinitas porque en su casa sólo tenía un par de viejas chinas que le cocinaban, le limpiaban la casa y le planchaban la ropa, pero en todo caso si me apetecía después las podría mandar a buscar. Por unos pasadizos me llevó por unas callejuelas, volviéndose de vez en cuando para abrazarme. Al parecer era muy popular, porque no daba dos pasos sin encontrarse con alguien, que a veces se inclinaban respetuosamente, y otras lo abrazaban sin la mayor ceremonia, o se daban manotazos afectuosos. Al poco rato llegamos ante un paredón que tenía una puerta bastante estrecha pintada de rojo y con un farol. Se sacó una llave gigantesca de un bolsillo y la abrió, dando a un patio hermosísimo con una vegetación esplendorosa y varias fuentes, algunos budas y muchos perros chinos de cerámica, muy feos, realmente, porque eran perros guardianes que daban suerte y espantaban hasta a su madre. Dio un par de palmadas y aparecieron las tres viejas chinas que me había prometido, y les dijo en un chino estupendo (que yo pude entender) que prepararan la comida, volviéndose hacia mí y preguntándome si yo prefería té o un poco de opio, pero que este era mejor para después de la cena para echar un sueñito, porque ayudaba a la digestión. Insistió en que estaba contento y feliz y que mucho le había agradecido a su padre que lo hubiera enseñado a escribir aquellos mensajitos de la suerte para las galleticas chinas, porque toda su sabiduría, su arte y su conocimiento del mundo provenía de allí, así como sus pensamientos metafísicos entre el bien y el mal, que había explorado a partir de Confucio, pero que después había elaborado mentalmente en un tratado de ética sobre la justicia en el mundo, la culpa y el perdón, el crimen y el castigo, que era el gran proyecto de su vida y que algún día tendría que escribir, pero al que sólo iba a poder llegar mediante el conocimiento directo de la experiencia humana. Para ello tendría que ponerse en contacto con criminales, y era por ello que le había escrito a su padre para que lo perdonara y le buscara un puesto en el departamento de Policía de Honolulu. Tenía un negocio próspero en Hong Kong, y era muy querido, particularmente por las chinas, pero añoraba a su familia, y en especial el Barrio Chino donde había nacido, ya que sus antepasados fueron unos de los pocos sobrevivientes de la peste bubónica del 1900. Al decir esto se le saltaban las lágrimas. La riqueza de su familia fue el producto de aquellas cenizas, de la que salieron los mejores lavanderos, panaderos y sastres de Honolulu. Era descendiente de los *pakes* más honorables de la ciudad, y si bien había sido una cabeza loca, ahora tenía definitivos propósitos de enmienda y lo único que quería era reintegrarse al seno familiar, darse un chapuzón en Waikikí, entrar en el Departamento de Policía y poner en práctica su filosofía del crimen y el castigo, como se veía en las películas.

—¿Entonces...?—, preguntó Doris, fascinada por aquella historia.

—Yo estaba realmente sorprendido, porque eso era lo menos que podía imaginarme. Chan se puso de pie y se fue a un armario, regresando con una cajita de laca. Estaba cerrada con llave y sacó una que tenía en el bolsillo. La abrió y me entregó un sobre sellado y unas palabras en chino, que no pude entender, pero que estaban dirigidas a su padre. Le dije que sí, que como no, que sería el portador de la carta, que pondría en manos de su padre, pero que era imprescindible que me fuera, porque de lo contrario perdería el barco y entonces no podría llevarle nada. Trató de retenerme con infinidad de argumentos, con lágrimas en los ojos, abrazándome y estrujándome la ropa, hasta que finalmente se convenció de que la separación era inevitable. Ya en la puerta, convencido de que nada podía hacer para retenerme, cogió un cuadro de la pared y me lo dio, con una letras chinas que me parecen tienen algo de sánscrito, con un mensaje indescifrable o inventado, que posiblemente usted haya visto en mi despacho, pero que hasta hoy día no sé lo que quiere decir.

Tanto Gordon como Doris bebieron en silencio. Los *martinis* estaban llegando a su fin.

—Al año siguiente regresó a Honolulu e ingresó en el cuerpo de policía. No se puso en contacto conmigo, hasta que un día nos encontramos casualmente en una agencia de viajes del barrio chino, porque los dos estábamos haciendo las reservas para un viaje a Hong Kong. La idea le pareció estupenda y se mostró entusiasmado, como si todo aquel episodio que acabo de contarle no hubiera ocurrido jamás. Era el mismo de la primera vez, muy parlanchín. Una noche desapareció del hotel y estuvo a punto de perder el barco que nos traía de regreso, porque se había metido en los fumaderos de opio. Temí que volviera a las andadas, pero no fue así. Esto se lo digo contando con su mayor discreción, naturalmente. Que no salga de estas cuatro paredes. Muy mujeriego, por cierto, pero sólo se animaba con las prostitutas auténticamente chinas, porque Chan es muy racista. Chino de pies a cabeza.

Hizo una pausa muy breve, anticipando una transición.

—Tiene sus cosas, como todo el mundo, y odia a los japoneses, pero mucho más a los americanos, y a las americanas, principalmente si son rubias, porque no las resiste y no es como los negros, que se vuelven locos con las rubias aunque estén teñidas hasta por donde no se puede ver. Quizás por eso la tiene cogida con usted, que es tan blanca, tan americana. Yo no le caigo mal, pero soy la excepción, y la excepción confirma la regla. Y lo quiere saber todo, para poder vengarse.

—¿Vengarse de quién?

—De algo que le ha pasado o le tendrá que pasar. Pero no le haga mucho caso. En fin, que el programa ese *Hawai Cinco Cero* fue un golpe brutal. Lo irritó de tal modo que un día le tiró una pantufla roja con un dragón al televisor, pero como las pantuflas chinas son blandas (no como una chancleta solariega) pues no lo rompió. Fue muy duro para él aceptar que tuviera tanto éxito un programa de crimen y castigo con un *haole* haciendo de detective, resolviendo todos los asesinatos y poniendo en ridículo a los chinos, con ese sombrero descomunal que es una burla a su profesión. Todo esto se lo digo entre usted y yo, confiando en que nunca sepa que he venido a comentarle, pero después de todo usted es mi colega, y debo ponerla sobre aviso respecto a esas sospechas que tiene de que Bob no se pegó un tiro en la sien sino que se lo pegaron. Está acosando a todo el mundo, incluyendo a Dean Leighton, por aquello de que la pistola era de él, pero, ¿qué motivo podría tener Dean para matar a Bob? A menos que...", e hizo una pausa intencional. "Y a Janet Leighton, que lo adoraba, como lo sabe todo el mundo, incluyendo Dean, y que es un alma de Dios, ¿qué motivo iba a tener para mandarlo al otro mundo? ¡Qué disparate! Se lo he dicho mil veces, en memoria de los viajes a Hong Kong, que se lo quite de la cabeza porque eso va a ser el final de su carrera. Se ha puesto a indagar motivaciones, y como obviamente yo no tengo ninguna, soy uno de los pocos que no está bajo sospecha. Porque, ¿qué puedo ganar yo con los cuadros de Bob ahora que Bob se ha convertido en una pérdida irreparable para la plástica norteamericana? Hasta me imagino que ese recién aparecido, Bruno Miller, pueda pasar a convertirse en uno de los sospechosos más notorios, porque sus motivos tiene. El número uno, seguramente. Como aquí en Hawai no matan a mucha gente, la muerte de Bob le ha venido como anillo al dedo.

Hizo una pausa para tomar aliento y terminar con su *martíni*.

—Pero aquí no acaba la cosa—, repitió, como si este fuera el bocadillo que diera paso al siguiente—, porque de tanto meter las narices ha sacado a relucir lo de Sam Mason, que tiene un olor muy desagradable ¿No se lo ha contado Jack Wayne?—, preguntó con mucha mala leche.

—No. No hablo con Jack desde hace varios días.

—¿La trifulca con Cold Salmon?

—Primera noticia.

—Como usted sabe, las cosas no son como parecen. Bueno, ya se venía sospechando de Mason. Las entradas y salidas, pero desde un tiempo para acá las sayas se convirtieron en pantalones. Metafóricamente, porque hoy las chicas usan tanto una cosa como la otra, y los chicos lo mismo tienen el pelo largo que el pelo corto; pero detrás de las apariencias, naturalmente, una cosa no es igual que la otra, aunque sea difícil saberlo, ¿no le parece? Las ambivalencias del ser y el estar, el por y el para y principalmente el subjuntivo, como siempre ha dicho Mason, como bien sabe usted, con una metodología tan diferente a la de Jack Wayne, que sigue las reglas gramaticales, ¿no es cierto? En todo caso, ese chico rubio, una monada, le advierto, salía de un despacho y se metía en el otro, un jovencito con un dominio absoluto de la lengua, que lo mismo hacia de sujeto que de predicado, un chiquillo que lo mismo conjugaba los verbos en pasiva que en activa, muy transitivo, ¿comprende usted? ¡El pobre Cold Salmon!

La historia de Mason la tenía sin cuidado, pero le molestaban las insinuaciones, como si lo supiera todo. Respecto a Mason, tarado hasta la médula de los huesos, el asunto era de esperar porque en el fondo lo mismo le daba una cosa como la otra. Gordon se puso de pie.

—Por otra parte, hoy es la recepción en que le dan la bienvenida a Bruno Miller en el museo. ¿No quiere hacerme el honor de acompañarle?

—No, no pienso ir. Gracias.

—Y en cuanto a mi buen amigo el chino Chan, no le haga caso, pero es bueno estar sobre aviso. Sólo he querido mantenerla al tanto de la lengua que tiene. No lo hace por malo, pero está todo traumatizado, y el que usted sea rubia no la favorece. Que todo quede entre usted y yo, y espero que no se entere de que he estado por aquí.

El timbre de la puerta sonó nuevamente.

¿Quién podría ser?

Doris se sintió indecisa, pero el timbre sonaba con insistencia. No le quedaba más remedio que abrir.

Era el chino Chan. Por un momento se sintió confundida, sin saber qué hacer con Gordon, que estaba a pocos pasos. Pensó decirle al detective que esperara y sacar a Gordon por la puerta que daba al traspatio, pero le pareció ridículo. Además, ¿qué iba a pensar? Chan se hubiera dado cuenta de todo, porque por algo era detective. Además, era demasiado tarde, porque ya había entrado en la sala, como para evitar que le tiraran la puerta en las narices y como si fuera un vendedor o un Testigo de Jehová que ponía un pie dentro de la casa tan pronto le entreabrían la puerta, mientras que Gordon Wright estaba a sus espaldas, a punto de salir. Turbada, Doris dijo, a modo de presentación:

—¿Se conocen ustedes?

Ambos hicieron una ligera inclinación de cabeza.

Era evidente que tenían el mismo sastre, porque el corte, el color, la tela y lo mal que la ropa les quedaba, como si estuvieran llevando una talla mayor que la que les correspondía, parecían indicar una misma procedencia.

—Sí, naturalmente—, dijo Gordon

—Sí, naturalmente—, dijo el chino.

Tan pronto salió Gordon, pasaron al *lanai*.

—Siéntese, por favor. ¿Quiere que le prepare un *cocktail*?

—No, gracias.

—Pues yo me voy a preparar uno, pues lo necesito.

Doris regresó unos minutos más tarde. Ya había bebido la mitad. Chan seguía de pie.

—Pero, siéntese, por favor. ¿En qué puedo servirle?

Chan se sentó.

—Seré breve. Vengo a pedirle disculpas.

—¿Disculpas por qué?

—Por mi impertinencia.

—¡Qué exageración! Usted sólo ha cumplido con sus obligaciones.

—No, no, he sido un impertinente creyéndola culpable por la muerte de su marido. Lo siento. He tenido que sufrir un par de bien merecidos raspapolvos y poco más me ponen de patitas en la calle. Me han quitado el caso, que por otra parte ha sido cerrado, y me han trasladado para el distrito de Kailua, que es algo así como mandarme a freír espárragos que, como todos sabemos, no se fríen.

—¿Cerrado?

—Definitivamente cerrado, como indica este documento.

Le extendió un papel timbrado. Doris leyó a saltos: "El examen en su hábito externo presenta en la sutura coronal, no muy lejos de la apófisis zigomática a la derecha del occipital, un agujero circular, que indica la penetración de una bala que le produjo una hemorragia masiva, saliendo la bala por la región occipital izquierda, atravesando un cuadro del occiso al otro lado de la habitación en concordancia con la dirección del disparo. Luego de examinado el corazón y la región escapular izquierda, así como los demás órganos tóraco-abdominales y determinándose que no presentaron signos de violencia, se tomó anotación precisa de la posición del cadáver, de la mano y del dedo en concordancia con el gatillo, llegándose a la conclusión de que el muerto se había pegado un tiro, tras proceder al peritaje de todo lo ocupado en el lugar de los hechos. Al llevar a cabo el levantamiento de las impresiones dactilares y su correspondiente cotejo, se pudo determinar sin la sombra de una duda, que las mismas pertenecen al difunto y que no hubo huella alguna de persona ajena en la habitación, salvo la de la esposa del muerto, en la puerta conducente al exterior de la habitación cuando la abrió y descubrió el cadáver, infiriéndose, tras completarse las pesquisas del caso, y por no haber indicación de lo contrario, que el difunto se había suicidado". (Firmado, Gerardo Fernández, Forense)"

—En cualquier momento (tuvo la tentación de decir "quemar a su marido", pero se contuvo) puede incinerar a su esposo—, concluyó Chan.

Se puso de pie. Doris hizo otro tanto.

—Con su permiso.

Todo lo había dicho con gran solemnidad, pero de todas formas, ya en el dintel de la puerta, hizo como Colombo y le preguntó:

—¿Ha leído *Los miserables...*?

No se inclinó, sino que torció la cabeza de forma imperceptible, como si fuera el inspector Javert.

Después que la puerta se cerró, sintió como si se hubiera quitado un gran peso de encima. Ciertamente la narrativa de Gordon, que era ojos y oídos del mundo, le había producido unos minutos de esparcimiento. Sin contar la novedad con los pinceles, que era lo último que le quedaba por escuchar. Un pintor frustrado que con su caligrafía china no sabía si era abstracto o figurativo

Aquel encuentro inesperado, cuando uno salía y el otro llegaba, pensándolo bien, era hasta cómico y no parecía del todo casual, pero esas cosas pasan y mejor que no le hiciera coco al asunto. Después de todo, Gordon era un lleva y trae departamental, improductivo, que se metía en todo y no hacía nada, viendo los toros desde la barrera, tan inservible como Chan con aquellas fantasías detectivescas. Donde uno hacía de Peter Lorre y el otro de aquel gordo, ¿cómo se llamaba? ¿Sydney

Greenstand? ¿Robert Morley? La propia salida de Chan, con aquello del Inspector Javert que lo emparentaba con Victor Hugo, y que había dejado caer como una posdata parecía la burla del Diablo.

CAPÍTULO XI

HEDDA GABLER

Pasado un instante

Había sido un día muy difícil. Se sirvió el resto de la bebida que quedaba y caminó hacia el *lanai*. No es que estuviera medio borracha, pero decididamente, sólo había amado a Bob. Cuando se casaron no lo pensó mucho, pero estaban enamorados. Todo fue bastante rápido y no había tiempo que perder porque, además, ella tenía objetivos profesionales muy precisos. Ni el amor ni el sexo, o ambas cosas al mismo tiempo, juntas o separadas, tenían prioridad. Bob estaba bien y se querían. Así que lo lógico fue que se casaran. En Ithaca nunca lo engañó y si lo había hecho en Hawai había sido por la ley de la necesidad, más que otra cosa. Por resolver, como dicen en otras partes. Ahora, con la posición estable que había obtenido y con los cuadros que Bob le había dejado, convertido en un pintor famoso de la noche a la mañana, se libraba de todos los penes habidos y por haber y, sencillamente, podía hacer lo que le diera la gana. Era, finalmente, libre. Y sin embargo, era la ausencia de Bob, o su presencia, lo que caía sobre ella como un peso monumental que la abrumaba, una verdadera lápida sepulcral, como si en realidad hubiera cometido un crimen y no supiera como deshacerse del cadáver. Como pensaba Chan a la Dostoyevsky: Crimen y castigo. Una y otra vez volvía a la escena del crimen.

Se dejó caer en la silla de extensión y echó la cabeza hacia atrás. En medio de un silencio que se deslizaba sobre la superficie de los objetos, cerró los ojos y empezó a escuchar una distancia de sonido, entrando remotamente como las notas imperceptibles de una sinfonía de Beethoven en sus acordes melódicos más bajos, que se deshacían del silencio. "Quiero pintar la música", le había dicho alguna vez, como si estuviera pintando mientras oía la *Sinfonía fantástica* de Berlioz que en los últimos tiempos se le había metido en la cabeza. Claro, tenía sus temporadas, y unas veces era Bach, Mozart, Beethoven (menos mal), inclusive Chopin, dependiendo del ánimo o del estado del tiempo. Peor era cuando le daba por la música dodecofónica que escuchaba como si fuera sordo y por momentos estuvo a punto de volverse loca. Muchas veces, cuando regresaba de las algarabías e intrigas universitaria toda la casa estaba inundada de flautas y oboes que no se ponían de acuerdo, que para ella era un pleito de perros pero que él definía como sinfonía entrópica donde cada nota iba por su cuenta y riesgo; malhumoradas, violentas, enemistadas las unas con las otras, "que es lo que quiero pintar", le había dicho alguna vez, completamente fuera de su carácter, de su pacífica manera de ser, mientras el lienzo aparecía lleno de rayas y garabatos, huecos inclusive, como si lo hubiera pintado con puñales. "Quiero pintar la música", repetía cuando en medio de la desesperación ella le pedía que bajara el volumen. No tenía pies ni cabeza, efectivamente. Gracias a Dios había largas temporadas de silencio y en los momentos de mayor depresión (las pinturas negras de Ithaca) se podía escuchar el vuelo de una mosca, lo cual no dejaba de preocuparla.

Empezaba a oscurecer, muy ligeramente, y el sol ya se iba ocultando por el lado opuesto de la casa, por lo cual una cierta penumbra se extendía por el traspatio, y el agua de la piscina había dejado de centellear bajo el sol, dándole paso a la quietud del atardecer. Al otro lado estaba la puerta vidriera del estudio de Bob y su presencia se dejaba sentir. No sabía como iba a liberarse de aquella memoria de lo que no había sido. Nuevamente se sentía violenta. Esta vez no era contra Jack sino contra Bob, parapetado detrás de la cortina del estudio. Casi como si la estuviera pintando al lado opuesto de la casa, mirón de la eternidad. Eternamente masturbándose sin salir al patio con la furia de un semental para acabar con ella de una vez, que era lo que realmente siempre había deseado. Tal vez lo que había soñado en un sueño tan profundo que ni siquiera recordaba: algún hombre lobo con barbas que no podía ser Bob, tan lampiño. Que la castigara, la acusara de adulterio y la abofeteara, y la traspasara con el pene como no la habían traspasado nunca. El resto había sido un engaño, suplantaciones, porque Bob había sido el único hombre que había amado siempre, y ahora que no estaba lo amaba más todavía. Y aquellas torcidas parábolas de Gordon sobre el tema de "nadie conoce a nadie" habían acrecentado su intranquilidad porque, en definitiva, ¿qué había querido decir? ¿Que había estado casada con un cadáver que no había conocido nunca? ¿Que Bob no era el pintor que había creído conocer y que detrás de aquella paleta incolora, monocromática, estéril, se encontraba toda una obra desatada y volcánica? Los dos extremos del péndulo se movían ante sí, yendo y viniendo rítmicamente pero sin definir su identidad.

Tal vez debía vender aquella casa, abandonarlo todo. Tan irritada estaba que estuvo a punto de reconsiderar lo que le había dicho Jack: "En el estudio. En el mismo lugar donde se pegó un tiro", quizás para ofender al propio Bob, ahora que sí lo sabía todo, para encabronarlo en el más allá. Quizás pudiera deshacerse de Jack, pero de Bob era imposible. Pero era mejor matar dos pájaros de un tiro, aunque no supiera como hacerlo.

Debía haberse emborrachado y seguramente al día siguiente no se acordaría de nada. Menos mal. No conforme con los martinis que se había tomado, sentía la necesidad de fumarse un cigarrillo, como hacían las estrellas del cine negro en Hollywood en los cuarenta y los cincuenta. Desde hacía años había dejado de fumar. Con la ayuda de Bob había abandonado aquel vicio, porque él, que era tan antiséptico, nunca había fumado y llegó a convencerla del peligro que esto podía representar para su organismo. Desde que llegaron a Hawai descartó el cigarrillo, por temor a un cáncer en el pulmón, pero como empezó a ir a la playa y se había empeñado en aquel bronceado perfecto, había substituido el peligro de los cigarrillos por el de los rayos del sol, así que había quedado más o menos en la misma.

Abrió la puerta vidriera y tambaleándose ligeramente entró en el estudio, casi totalmente a oscuras. No se veía nada y la mancha de sangre no podía distinguirse sobre la alfombra. Descorrió las cortinas de un extremo al otro. De pronto, se había hecho de noche y una luna llena, atravesando los cristales de la puerta vidriera, lo iluminó todo en blanco y negro, destacando la mancha de sangre, casi negra, sobre la alfombra. La habitación tenía una textura más bien fotográfica, con el contraste de aquellos dos colores básicos del todo y la nada, puro *film noir*. La silueta de Doris quedó iluminada en negro, sin que se pudieran distinguir las facciones, como una estatua en medio de la habitación, ubicada con exactitud junto a la pistola, como si esta estuviera todavía en el piso, la mano entreabierta y los dedos rígidos, después que había apretado el gatillo. Fue, simplemente, un fogonazo de la cámara que dejó ver el cadáver por un instante, porque no estaba allí. Necesitaba, decididamente, un cigarrillo, que Bob debía tenerle escondido en la gaveta del buró, como si lo tuviera preparado para dárselo en ese momento. Efectivamente, cuando la abrió estaban allí, esperándola, dispuestos por Bob, que aguardaba el momento de volverla a ver desde su propia omnipresencia. No sólo eso, sino también su encendedor, que desde hacía mucho tiempo no había podido encontrar por ninguna parte y que ahora le devolvía. Alargó la mano, tomó la cajetilla y después, ya con el cigarrillo en la boca, cogió el encendedor y lo prendió. Sólo faltaba que él se lo quitara de la mano y se lo encendiera, como hacían Humphry Bogart y Dana Andrews. Fue entonces cuando notó, en aquella semioscuridad con efecto de luces, un sobre en el fondo de la gaveta. Debajo del mismo estaban las dos llaves que conducían a "la galería", que Bob guardaba celosamente, y que ni siquiera el chino Chan había podido descubrir en sus impertinentes inspecciones.

Cuando encendió la lámpara que estaba sobre el buró, toda la habitación recuperó la naturalidad de los colores: un caballete con un lienzo a medio terminar, las paredes donde se acumulaban un lienzo sobre el otro, otros enrollados por todas partes. De las paredes colgaban multitud de cuadros, todos produciendo un efecto monocromático que en su conjunto configuraban espacios irregulares, mayormente formados por cuadrados y rectángulos que recordaban los muestrarios de pintura en los almacenes, pero más desordenados y dramáticos. La impresión era la de un gran mural de arte abstracto que se multiplicaba geométricamente por las paredes de la habitación, salvo en el caso de la inmensa puerta vidriera que daba al patio y parecía una muestra de suprarrealismo, donde se veía la piscina, la geometría de algunos muebles pintados de blanco, una cerca al fondo con unos arbustos verdes y la luz de la luna produciendo una iluminación bien diferente: una ventana pintada por Richard Estes, como si también fuera una naturaleza muerta vista a través de un cristal. En un rincón, el tocadiscos del cual Bob no había querido deshacerse y que tenía desde Ithaca, un vejestorio, con la colección de discos de Bob, no muy extensa pero que había querido conservar como una reliquia. En la habitación, sólo Doris rompía la composición lineal de formas planas, introduciendo un detalle figurativo (pero que no era de verdad) que parecía fuera de lugar, como si ella misma resultara una intrusa. Y sin embargo, no lo era: formaba parte del conjunto, como si fuera un maniquí dentro de una instalación minimalista que Bob hubiera preparado y donde él era el pintor y también el cadáver.

En el piso estaba la carátula de la *Sinfonía Fantástica* de Berlioz que como un barrenillo se le había metido en la cabeza últimamente, oyéndola una y otra vez, como si la estuviera pintando. "Quiero pintar la música". Entonces, ¿por qué no se ponía a componer una partitura? Pero no, no era eso lo que quería decir. La idea fija se reiteraba y Doris la había escuchado incesante en aquella búsqueda del bronceado hawaiano en que se había empeñado desde su llegada a Hawai, desnuda sobre la toalla blanca que extendía al lado de la piscina. La distante melodía que atravesaba los cristales se le había deslizado alguna vez sobre su piel como una caricia imperceptible de la que ella no había estado consciente, pero que ahora recordaba con un nuevo significado, un acorde que se le había escapado, una imagen melódica que realmente no había escuchado nunca, el arpegio distante de un amor desesperado destinado a quien no lo escuchaba. En el tocadiscos estaba colocado el disco, como un cosmos negro que quizás fuera lo último que había oído, coordinado con el pistoletazo en un acorde que era la música de fondo de un *film noir* de otra textura. En la inmovilidad cósmica del silencio, la memoria le devolvía la paleta que se deslizaba suavemente, como un aire lánguido, por la curva de su cuerpo, escuchando lo no escuchado de aquella idea fija que había sido ella, la sonata de un sueño melancólico. Y sin embargo (ahora podía reconocerlo) el *allegro* no dejaba de tener ya las resonancias de la desesperación, la explosión de la furia y de los celos, el reconocimiento de la traición, la esperanza y la desesperanza, el miedo y la sombría premonición de una tormenta que se avecinaba. En el opio del insomnio, la idea fija se desfiguraba en un sueño del expresionismo abstracto que caía en un cono de luz transformado en cono de sombra, la cámara del veneno que ella destilaba gota a gota, la danza de las furias, un franco tirador con un rifle, la cabeza decapitada al borde del abismo.

Tenía ya el sobre en la mano, cerrado todavía, y había dejado sobre la mesa del buró el cigarrillo en un cenicero junto a la copa, donde quedaba un ligero residuo de la bebida que había estado tomando. El sobre estaba dirigido, en letras rojas, escuetamente, "Para Janet Leighton". Tuvo un movimiento de rechazo y, rápidamente, lo dejó sobre la mesa, como si el sobre la hubiera mordido, más exactamente, como si le hubiera pinchado la mano con una aguja. O una trampa con el queso para el ratón y ella hubiera metido la mano. Colocado de forma diagonal, hacía juego con la copa, el encendedor y el cigarrillo que se iba volviendo cenizas, con el nombre del destinatario vuelto hacia ella, para que lo viera claramente. Otra naturaleza muerta, ahora a modo de collage, hecha con desperdicios. Todo muy calculado. Se quedó inmóvil sin saber qué hacer, completamente rígida, como si Bob la estuviera observando, en una especie de nueva relación que sostenía con ella después de muerto. Casi podía sentir la respiración de él a sus espaldas, llenando la habitación con un devenir del oxígeno de los muertos, petrificada en una tira cómica, congelada en un pedazo de papel.

No supo cuanto tiempo estuvo así, de pie, sin hacer nada, observando el nombre de Janet Leighton, viendo casi la mano de Bob escribiendo "Para Janet Leighton". Junto al buró había una butaca que tenía unos libros sobre el asiento, donde Bob, en algunas noches de insomnio, cuando no estaba pintando, se ponía a leer. Cuidadosamente, colocó los libros en la mesa del buró, sobre otros que ya estaban allí, haciendo juego, y se sentó en la butaca. Tomó el sobre en la mano pausadamente y le dio vueltas, observando que aunque estaba cerrado, no estaba sin embargo sellado. Es decir, que aunque estaba dirigido a un destinatario específico, Bob meticulosamente había introducido la presilla en la apertura circular de la solapa del sobre, doblándola después para que no se abriera, pero con la específica intención de no sellarlo. Pensó detenidamente en esta operación de Bob y nuevamente vio sus manos, sus dedos largos y finos, suaves, (una mano que no era agresiva, un puño que no era violento) cerrando el sobre pero al mismo tiempo dejándolo discretamente sin sellar, como si al hacerlo lo pusiera deliberadamente en manos de una persona que no era Janet Leighton pero que, indiscretamente, podría enterarse de su contenido. Quizás todo esto fueran elucubraciones suyas que, naturalmente, nunca podría verificar. ¿Y quién iba a ser, sino ella, el destinatario adicional, o quizás, aquel al cual en realidad estaba dirigido? Tenía la certidumbre de que él la estaba mirando y casi podía palparlo, con una intensidad y una cercanía que no había conocido antes, a punto de que le abriera la boca y le metiera la lengua en un beso total de carne y hueso, en el cual también la mordía.

    Dentro del sobre había una libreta, de esas que compran los estudiantes para tomar notas en las clases, o escribir composiciones. Al frente no decía nada, pero en la primera página estaba escrita una sola palabra, "Diario", entre comillas. Era el diario de Bob, del que ella no tenía la menor noticia, porque jamás se lo había mencionado ¿Cómo era posible que Bob estuviera escribiendo un diario para Janet Leighton? Y por qué, si iba a suicidarse, ¿lo había dejado allí para que ella lo viera, como si quisiera ofenderla? Naturalmente, era posible que se le hubiera olvidado, que la decisión de suicidarse le hubiera sorprendido, un acto irracional que le vino de pronto y lo llevó a cortar aquel cordón umbilical que era la vida, porque no había modo de tener la menor idea de las circunstancias; pero al mismo tiempo se le ocurrió pensar, pura hipótesis, naturalmente, que aquella gaveta había sido el lugar idóneo donde Bob había "escondido" la pistola y que, por tanto, había sido una muerte premeditada de quien no sabe nada y lo sabe todo. Para ella la conclusión era evidente: Bob había decidido, antes de morir, establecer un diálogo (ofensivo, naturalmente) para que ella supiera que era una intrusa en el coloquio que sostenía con Janet, a la que pasaba a contárselo todo. También era posible que estuviera construyendo los celos que ella nunca había conocido. Pero, por otra parte, como bien hubiera podido pensar Chan, ¿acaso no era un Diario inconcluso que quedó interrumpido en el momento en que "alguien" cometía el crimen?

"¡Ni que fuera Henry James dándole la vuelta a la tuerca!", pensó ante tantas cavilaciones. No conforme con los insultos que había recibido de Jack por la mañana, ahora Bob, al filo de la medianoche, después de muerto, se venía con esas y ni siquiera iba a tener la oportunidad de refutarlo, privilegio que se tomaban los muertos. Claro que la ofendía de otra manera, de modo más sutil, pero nunca hubiera esperado tal cosa. De Bob, mucho menos. Aquello era un ejercicio de paciencia que le producía una desazón interna llena de interrogantes. Todo parecía estar sujeto a una complicidad subyacente que iba más allá de la racionalización de la conducta, por muchas vueltas que le diera; una contradicción entre la causa y el efecto. Bien hubiera podido insultarla cuando estaba vivo y dejarse de aquellos recovecos por donde parecía escabullirse. Pero ahora se daba cuenta de que siempre había sido así, simulando una simplicidad que no tenía, escamoteándole la verdad y el insulto, como si se hubiera muerto para sancionarla, haciéndola caer en una ratonera. Todo planificado, incluyendo aquel concierto de Berlioz que era ahora su sinfonía fantástica.

No obstante el ultraje, tenía que hacer la exploración por aquel viaje de la anotación cotidiana, aquel texto que la llevaría a rendirse ante la evidencia, cualquiera que fuera. Para colmos, se encontraba con la singularidad de un diario sin fechas, que Bob había eliminado, en ocasiones tachado, como si lo hiciera a propósito, porque el único punto de apoyo era el hoy y el ayer de un tiempo indefinido. Poco aficionada al análisis literario, aquello era una zambullida en la teoría del caos de la que había tenido noticias en algunos cursos para el doctorado.

Pero quizás lo estuviera tomando de forma demasiado personal, porque en gran parte era un diario plástico, una conversación sobre el quehacer de la pintura que es indiscutible que Janet había escuchado con mayor atención que ella. Vorticismo. Minimalismo. Y otras teorías más complicadas: anamorfismo (principalmente) donde los rostros no podían reconocerse; abstracción lírica, una fantasía del subconsciente; términos por el estilo, que a veces subrayaba y otras tachaba sin hacerlo completamente ilegible, como si cambiara el punto de vista. Un manifiesto como en su tiempo hicieron los pintores surrealistas. Era, por consiguiente, parcialmente injusta, dejándose llevar por unos celos que jamás había sentido en la "época" de carne y hueso. Quizás aquel desplazamiento había sido el resultado de su propia indiferencia pictórica que había congelado su existencia con Bob.

Después de todo Janet Leigthton estaba mejor informada que ella, con aquellos puntos comunes con su marido que nada tenían que ver con reglas gramaticales, verbos irregulares y arbitrariedades del subjuntivo.

En las exposiciones más racionales, caía en extensas digresiones sobre la historia del arte, o hacía largos y concienzudos recorridos sobre técnicas y movimientos pictóricos, muy sensatos, de acuerdo con la lógica abstracta y armónica que tan bien iba con su temperamento. "Hay que buscar un arte abstracto que sea absolutamente legible, pero que no pierda el sentido arquitectónico dentro de la luz, la sombra y la composición y donde el objetivo último sea la eliminación, no ya de las personas, sino de los objetos mismos, que representan una barrera para llegar a Dios". "Sólo el revés nos da el verdadero tiempo de las cosas". Y de pronto, más de una vez: "Todo parecido con Mark Rothko es pura coincidencia". Ficción y nada más que ficción.

No faltaban extensos comentarios sobre los diferentes movimientos pictóricos, pero llenos de contradicciones. El surrealismo lo enardecía y sin embargo volvía al análisis del subconsciente una y otra vez. "Y el objeto que no se espera, el que se encuentra de casualidad, acaba por ser la esencia de todas las cosas, el object trouvé, como dicen los franceses". Y seguía después disertando sobre el "espacio negativo", ese que existe entre lo concreto, que era lo que quería pintar, porque allí era donde estaba la metafísica, el cosmos y el caos. E inesperadamente, sin venir a cuento, como si otro lo estuviera escribiendo: "Miraba el misterio del coño con una concentración absoluta, como si fuera el 'muchacho jodedor' de Fischl antes de hacerse la paja", escrito con una letra diferente, como si lo hubiera escrito otra persona.

Todo esto, naturalmente, muy interesante, formando páginas y páginas (mayormente transparentes, "normales") que eliminaban las sacudidas volcánicas, incluyendo la memoria de las mismas. Hasta que se perdía en la locura de la locura. "El pintura es la eliminación del color, como la poesía es la eliminación de las palabras". "No entres dócilmente en la noche callada. Odia, odia feroz el fin de la jornada". "Artísticamente sólo podemos existir cuando no estamos, y pictóricamente logramos lo que somos cuando eliminamos el color", lo cual a ella le parecía absolutamente carente de sentido. La idea de que una V pudiera ser una mujer patas arriba con las piernas abiertas "cuyo vórtice inferior era el diamante donde centelleaba el clítoris", le parecía una interpretación crítica pedestre y una realidad pictórica pornográfica (abstraccionismo pornográfico, como lo llamaba él), que sólo podía superarse eliminando la V, que era obviamente la más indecente de las letras, aunque fuera la V de una virgen. O precisamente por ello. Estas salidas ocurrentes rompían la monotonía de muchas páginas, que escritas con un bolígrafo en tinta negra apuntaban a un Bob tradicional que invitaba al sueño. Pero de pronto, tras "un ser se apodera de nosotros para confundirnos y negarnos la explicación", como escribió multitud de veces cual si fuera una marca de fábrica, surgía una voz irracional que no anticipaba nada bueno, y que sacaba el diario de su marasmo.

Era, decididamente, un diario muy mal escrito, bastante desordenado, que de pronto pasaba a una caligrafía irregular, nerviosa: diría que otra, que no era la de Bob, y que además había escrito con bolígrafos de colores diferentes (lógico, después de todo, tratándose de un pintor), pero en cuya coloración no podía descubrirse ningún sentido. Iba y venía en una caligrafía monstruosa, interrumpida por diseños surrealistas que eran como bosquejos de algún proyecto pictórico donde descendía a un abismo que nada tenía que ver con sus lienzos planos. Formas circulares de una caligrafía que daba vueltas sobre el papel, cubrían páginas y páginas que simulaban olas de una escritura que parecía no decir nada, pero que en la diversidad de los espacios y los trazados insinuaban movimiento y profundidad, convirtiéndolos en los trazos finales en un arte figurativo, un cuerpo de mujer fragmentado y acuchillado que ondulaba en la sexualidad de la línea, sugiriendo floraciones ováricas que se llenaban de ritmos espasmódicos. Por tanto no era un diario escrito solamente, sino un diario pintado que iba más allá del lenguaje, como si descendiera hacia adentro y se metiera en el sueño, en la irrealidad de un laberinto. No leía solamente, sino que saltaba las páginas como quien se entretiene viendo un libro de arte y se pone a mirar las ilustraciones en lugar de leer el texto. Además, no tenía nada que ver con el Bob que ella había conocido, geométrico, monocromático, que ahora se le desnudaba con un subconsciente agitado lleno de vulvas y penes: el libro de apuntes que no pintó, creía ella, porque ahora se veía rodeada de lienzos enrollados por todas partes cuyos contenidos ignoraba.

Era una charada: una liebre en el tope de una pirámide, huyendo, sobre un esquema triangular de líneas horizontales; un hombre con las alas abiertas, un muñeco colgado de una cuerda tendida con sacos y calzoncillos puestos a secar bajo la lluvia; un trapecista con el culo abierto caminando por la cuerda floja de un circo; Júpiter, Neptuno y Plutón colgando sus pendejos, cojones y penes desde el techo de un galería en las afueras de

Roma; unos garabatos que se desprendían de los renglones y que empezaban a componer imágenes de donde emergía un Bob desconocido que no había entrado jamás en las epífisis de sus deseos, el embrión del instinto, la médula roja de su lujuria que caía en el vacío de su bronceado hawaiano. Una tela de araña que radiaba desde el centro como astas de molino signos manipulados para esconder el significado; caminos como trincheras que no llegaban a ninguna parte; una tensión en los colores, un ahogo, una asfixia, diagramas arácnidos, el fantasmagórico edificio de puertas y ventanas clausuradas donde estaba él, como si estuviera metido en el sarcófago de una tumba que conservaba la memoria de un pasado que nadie podía recordar; anzuelos, faros, algas espectaculares; una violencia que se desprendía de palabras que se convertían en diseños, diseños en sonidos, sonidos en el aullido de los lobos, tensos dibujos en que las letras luchaban como animales salvajes; vuelos por el desierto viajando hacia destinos misteriosos, colores que se desmayaban en la nicotina de las cigarrillos, efectos en ocre que ocultaban la desesperación; un aislamiento desolado, una desesperada alineación, un catálogo de las dislocaciones incinerado en una cámara de gas; una meditación laberíntica que se escondía tras una puerta entreabierta en un pasillo donde podía escucharse la respiración entrecortada del orgasmo.

De forma inesperada, inclusive dentro de un mismo párrafo, abruptamente, cambiaba de dirección hacia una metafísica del cosmos, un parto lúdico, como llamaba a "las esferas de Kandinsky", una exploración geométrica que lo llevaba a la desesperación. "Cuchillo en mano no sabía qué hacer, porque los pinceles, los colores, la música de las letras, los sonidos del magenta se me incrustaron en la sien, como si estuviera loco y tuviera que salir corriendo hacia el cráter del Maunakea y fuera a lanzarme al mismo en plena erupción... Doris estaba ajena a todo esto, profundamente dormida y la atisbé desde el dintel de la puerta... No me atreví a despertarla, porque temía que fuera ella la que me devorara. Tenía el cuchillo en la mano, empapado en sangre, y las gotas de sangre fueron cayendo sobre los mosaicos blancos de la cocina... y al llegar al *lanai*, como los ladrillos eran rojos, las gotas se convirtieron en manchas negras... Fue entonces cuando noté la metamorfosis del pene que era el arma criminal con la cual había cometido el crimen, que tenía erecto y sangriento... Todo eso lo pinté primero, y pensé que era una obra maestra... Lo cubrí después de rojo y todo quedó tinto en sangre, para que nadie lo descubriera... Era el crimen perfecto." Unas figuras borrosas, idénticas unas a otras, se abrazaban hasta comprimirse y se enterraban dagas que recordaba de otros sueños. Después, páginas en blanco y la palabra "Houston", como si fuera a contarnos algo y no contara nada.

No, aquello no tenía el menor sentido... Creía que se estaba volviendo loca leyendo las páginas de aquel diario sin fechas, sin horas, sin días de la semana, sin tiempo, que no era precisamente Bob, porque era un desconocido, un atormentado, que lo había reemplazado después de muerto: un autorretrato desdoblado. Como si él se hubiera querido eliminar y superponer al Bob que siempre había conocido, al que había amado idílicamente. En el fondo no era más que un criminal. El criminal de sí mismo, que no se atrevió a acuchillarla cuando "el otro Bob" detuvo el cuchillo en el aire. Nada tenía explicación, sencillamente. Si aquel era Bob, ¿quién era el otro? Además, se contradecía, porque los caminos que tomaba el diario se distanciaban de la condición monocromática de la nada, para inclinarse hacia los torcidos recovecos del subconsciente, metamorfosis lúbrica de una sexualidad irracional e irreverente reprimida por la pulcritud de un color que quería congelarse. Es por ello que la habitación se fue impregnando de una sexualidad de colores que Bob desleía sobre su piel, como una miel dulce que la cubría en busca de un bronceado de eros que él le había escatimado, aquella crema bronceadora que se le deslizaba por dentro y que iba llenando el estudio de una fantasía de colores que se entremezclaban y que se venían, eyaculando espacios.

Apenas podía entender... la irregularidad del diario, que iba y venía de un modo inconexo... dominado por los puntos suspensivos... la llevaba de la mano hacia la arbitrariedad de un pensamiento... modo de decir las cosas a través de elipsis que la lanzaban al vacío. "Cualquier parecido con Mark Rothko es pura coincidencia". Acostumbrada a corregir composiciones de alumnos realmente malos, estuvo a punto de buscar un lápiz rojo para enmendarle la plana, pero no faltaban páginas en que Bob había saltado de un color a otro, como si estuviera corrigiéndose a sí mismo. Las transiciones eran abruptas, como de mal teatro, situaciones fuera de serie que interrumpían la lógica de un discurso crítico más bien metódico. En estos casos, era como si escribiera para contradecir lo que había escrito y para que no lo entendiesen, para que nadie supiera de él, como si cubriera las palabras con una capa de pintura sobre otra capa de pintura. Doris pasaba las páginas un poco a saltos, como buscando nuevas sorpresas y al mismo tiempo temerosa de que la sorpresa resultara una amenaza precisamente dirigida hacia ella, aterrada de que pasara algo en la mente distorsionada de un diario que perdía el camino hacia donde se dirigía y que se materializara en un pistoletazo. La doble opción de un suicidio o de un asesinato, porque ahora era ella la que pensaba que el caso no se había cerrado todavía. Su propia lectura anticipaba lo peor, como si saltara renglones, oraciones y hasta páginas para saber lo que iba a pasar, acrecentando la condición caótica de aquel diario irregular lleno de diagonales que se entrecruzaban. Al mismo tiempo, tenía que dar marcha atrás para entender lo que no había entendido, perdiendo nuevamente el hilo y comprendiendo únicamente una porción mínima de lo que leía porque él se le ocultaba para que no supiera lo que le estaba diciendo, segura de que era el destinatario de aquel jeroglífico que no se podía descifrar.

Era un diario discontinuo, fragmentado... Había suprimido el tiempo, años, meses, semanas, días, horas, minutos, segundos, toda traza de continuidad: un mensaje cifrado que no acababa de entender, obsesionada a su vez por aquel cuerpo, materia de carne y hueso, ella, los pezones, el pubis, la lengua... Pero en otros momentos, las referencias se volvían directas, específicas, preferiblemente él como mirón, atisbando el cuerpo de Doris desnudo en la piscina buscando aquel bronceado perfecto, la idea fija de una sinfonía fantástica, lánguida, violenta, una nota aguda, erecta, punzante, que penetra en la vagina, aquel bronceado hawaiano de sol que se deslizaba por su piel, lamiéndola, caliente, calentándola desnuda al borde de la piscina mientras él la miraba desde el despacho y la pintaba sobre el lienzo que tenía junto a la ventana entornada, haciendo ella de modelo desnuda que bronceaba un pubis angelical, abierto y cerrado y al mismo tiempo dulce, lleno de miel, misterioso, ubicado en el espacio del cosmos donde la lengua indagaba la verdad de la vida, oscuro de luz que se derretía en una noche de caramelo; él tras los cristales, haciendo un experimento del color, entremezclando las gotas de semen con el terracota de la piel, en busca de la precisión, pidiendo prestado el perfume de la creación para compartir el milagro de la realización última, un impulso vital que era arte y semen, luz y ceniza.

Todo esto a espaldas de Doris, sin saber de él, desconocido, cubierto monocromáticamente por una capa incolora que era la música soterrada de su espíritu. Un gris incinerado inconformista, contestatario. "Y sin embargo, la secreción pegajosa me empapaba con una pestilencia de estercolero. ¿Qué color hay para poder llegar a la pintura de lo que es estrictamente orgánico? ¿O a la eliminación y purificación de lo que era estrictamente orgánico? ¿Cuál es el verdadero color del semen? Me sumergía entonces en el olor de la pintura, quería esencialmente ingerirla, succionar el azul, el rojo, el amarillo, y puse la boca sobre el lienzo para mamármelo... y en un punto era ella, que se estaba quedando desnuda en un color... o tal vez en una geometría... Era el desnudo de Doris, la lluvia de Danae que era semen de oro... Nunca, nunca lo sabría."

Anotaciones de otros autores aparecían aquí y allá, sin ton ni son, componiendo una entropía del desparpajo, de la desolación, pero sin señalar las fuentes, como para que otros las buscaran y se rompieran el culo contra una pared. "El corazón del hombre es el lugar donde mora el diablo". "La casa de Dios y la puerta del cielo". "El coño era la escalera de Jacob, y el escenario del Juicio Final que se avecinaba", y otros disparates por el estilo. Un creador y un crítico que se desdoblaban, superimponiéndose, disolviéndose el uno en el otro en un mismo espacio.

Esta lectura la fue llevando de una frustración a la otra, particularmente por las "ilustraciones" que interceptaban la narrativa, a veces a modo de un comic surrealista (movimiento hacia el cual había mantenido una posición negativa, si recordaba bien, por tratarse de una indagación del subconsciente que nada tenía que ver con la pintura), imágenes que se duplicaban con exactitud, una figura que se repetía en la otra, y una palabra, "monocigóticos", que la golpeaba espasmódicamente como en un recuerdo vivencial de un sueño, un hilo de sangre que le corría por la comisura de los labios, la memoria de un sueño que volvía dentro de un insomnio recurrente, duplicándose. Era como si el subconsciente se estuviera pintando a sí mismo, acompañado de una composición de caretas (toda una página), incluyendo un collage bretoniano de Spencer Tracy haciendo del Dr. Jekyll y Mr. Hyde, con un globo tipo *comic* saliendo de la lengua de Hyde: "¡Coño, Jekyll, no jodas más!", como si El Tiznado fuera un escupitajo que hablaba por la boca de él, en la reiteración monocigótica de dos iguales que se apuñaleaban. La palabra "¡comemierda, comemierda!", escrita cientos de veces, interrumpiendo todo discurso racional. Y después otro, con un pene parado introduciéndose en una vulva peluda: vuelto hacia nosotros, Hyde dice: "¡Ese gilipollas no me deja venir en paz!" Seguido, en otro tono: "Colores primarios... eliminar lo superficial, lo inútil, la frivolidad de las cosas... una geometría contrastante sin principio ni fin... un espacio en el lienzo (deja aquí una página en blanco) que no era suficiente... eliminar todos los espacios tridimensionales, porque la tridimensionalidad rompe con la composición esencial de las cosas... sólo debía dejarse llevar por la línea (garabatos, líneas, tragárselas), que daba el contorno, de ahí que todo lo que no fuera así quedaría desposeído de una sustancia primaria, última, y que quizás tendría que llevar al quehacer cotidiano... (una mujer con un delantal, el culo y las tetas al aire, la cabeza vuelta hacia nosotros, pintarrajeada, sonrisita, con mucha intención, friendo huevos [cojones, exactamente, obvia influencia de Dalí] en una sartén), una conducta diferente... eliminar los cincos sentidos... (dibujos ilustrativos: lengua, ojos, oído, nariz –sólo cuatro) el tacto... la función de los dedos sobre la piel... la lengua sobre los pezones... la indagación en el clítoris para llegar al color... el acto supremo del descubrimiento... la sensualidad convertida en geometría... las emociones, sobre todo las emociones... el vuelo de los ictiosaurios... ella convertida en murciélago emplumado con las alas abiertas e infinidad de moscas revoloteando en torno a la cúpula encendida de un faro cópula, descomponer la psiquis para dejar el color... la anemia de la luz... anular el corazón... el cuerpo... la carne misma... (composiciones figurativas cubiertas de cruces, emborronadas) distanciarse aunque esto le doliera... porque sólo reduciéndola al ámbito abstracto del color dejaría de verla, quitándole la sustancia de carne, el sabor mismo de la piel... (boceto de Doris, con la cabeza hacia atrás, con un pene-cuchillo-pescado atravesándole la garganta, puro Dalí), encelado, encabritado, encabronado, toda materia que pudiera herirlo... y era mejor no saber nada, ignorarlo todo en la composición, que es pura... todo lo figurativo se compone de saliva (no podía pintarla, por antiplástica), sobre todo de saliva... aquella secreción que lo empañaba... de ahí que tendría que abstraer el color... sólo verla en el color..., en una composición de azules, rojos y amarillos, que era la desnudez en toda su frialdad... pero estaba muerta... muerto él más exactamente... blanco, sobretodo blanco... blanco sobre blanco... y tomaba el pincel en la mano y me salía yo... blanco como la pared... estaba seguro que me entendería... "A cada instante otro ser se apodera de nosotros..." Me cubría con una capa carmesí para que nadie supiera lo que estaba debajo... El cuerpo se dibujaba debajo de la sábana, marcando la punta de los pezones de unos senos turgentes y la erección de un pene descomunal, envuelto en gasa, pero al descorrer la sábana ya no había nada (todo esto ilustrado con una sucesión de bosquejos que anticipaban un mural que posiblemente nunca pintó, y el hombre envuelto en una gasa que se iba deshaciendo mientras caía en el abismo)" Y después imágenes de locura, más exactamente de un loco que era él, no pensando como el pensador de Rodín, sino tirándose de los pelos y corriendo por toda la casa, fácilmente reconocible, clamando por Doris ("¨¡Doris! ¡Doris!") como si estuviera dentro de una pesadilla, mientras ella corría por un pasillo y él la seguía con la pistola con la cual debió suicidarse, los dedos engarrotados (una mano con los dedos torcidos, exactamente como cuando se tiene el dedo en el gatillo), él pintándose a sí mismo antes de pegarse el tiro en la sien, en bosquejos de un retrato que iba a vivir, el cuerpo sobre el piso, ya anticipado, pero no terminado, un cuadro que sólo la vida puede terminar...

En este punto, el lenguaje del diario desaparecía convirtiéndose en una absoluta disonancia verbal, descomposición de letras y alaridos, inarticulación de palabras que no se completaban o que se completaban con sílabas que no se correspondían, fragmentación de los huesos, decapitación de la nuca, quizás ya en el momento mismo del disparo, que iba a ser el punto final del diario de un suicida, órganos del cuerpo que explotaban, lanzándose contra la pared y configurando un cosmos... Apocalipsis... Todo esto estaba ilustrado en forma de bosquejo, el mural del imposible: el autorretrato de su muerte.

Se sentía temerosa y sobrecogida, lánguida y excitada, en espera de que algo se abriera, ella misma tal vez, como una granada: la soledad se cernía a su alrededor como si pudiera tocarla y si fuera a tocarla, en una caricia que trascendía cualquier limitación, casi cubriéndola (sexualmente) como en una película de terror envuelta en una pasión pornográfica. De aquellas páginas entreabiertas se desprendía una humedad que la iba rodeando, explorándola, grabándola en las cuevas de un paleolítico interior, florecimiento que la desazonaba, bejuco que la trepaba, inscripción que la tatuaba en un prisma fantástico donde se descomponían los colores, una obra maestra que Bob estaba pintando en otra dimensión, por las galerías del museo, una trampa que le erizaba la piel, *Love With a Proper Stranger,* y le pareció escuchar la melosa melodía de aquel bolero americano, amor con un desconocido, con una desconocida, descendiendo suavemente como si le estuviera pasando la lengua desde el cuello al pubis. No entendía nada, porque también era un manifiesto pictórico y no podía percibir todo el contexto de voces que la abrían.

Cayó entonces sobre la alfombra, abrazada al cuerpo de Bob yacente, la silueta que había dibujado el celuloide de una anatomía del crimen que la desnudaba, dejando al descubierto todo su cuerpo y creando una composición táctil del color donde un cuerpo se visualizaba en la penetración del otro. El color (el color en sí mismo), que era el semen de Bob, se esparcía por toda la habitación mientras la copulaba totalmente, sin las limitaciones fisiológicas y fálicas del ser humano, en un orgasmo inagotable, mientras se escuchaba un disparo que lo eyaculaba.

No recordaba cuánto tiempo había pasado y era posible que se hubiera quedado dormida. A través de la puerta vidriera la habitación empezó a inundarse con la luz del amanecer. Doris, que estaba desnuda, se incorporó apoyándose en la butaca. Miró alrededor y todo parecía absolutamente normal. Sobre el buró estaba el diario, abierto en la última página. Al lado la fosforera, las cenizas del cigarrillo y las llaves de la galería. Era obvio que el diario no estaba allí para que Janet Leighton lo leyera, e inclusive en el supuesto caso de que esta hubiera sido la intención de Bob, no iba a permitir que esto ocurriera. El diario era suyo, porque no era ni tan siquiera el diario de Bob. Y no lo iba a compartir con nadie.

Con el "Diario" en la mano salió del estudio. Era, efectivamente, de día. Junto a la barbacoa en un ángulo del patio, había una lata de queroseno. Doris buscó un recipiente metálico, lo puso en el piso y metió el "Diario", que roció con queroseno. Encendió un fósforo y lo dejo arder, cubriendo el recipiente con la tapa, para que el cuerpo no esparciera las cenizas. Después lo reintegró al sobre, que quedó sellado, pero que no era para Janet. Era el cuerpo de Bob convertido en lo que siempre hemos sido. En toda su vida lo único que había querido era que Bob fuera feliz.

CAPÍTULO XII

NADIE CONOCE A NADIE

Dos días más tarde

A petición de Bruno, Janet llamó a Doris para tener una reunión a propósito de aquella "retrospectiva necesaria". La conversación, en contra de lo que se había imaginado (en realidad, en contra de lo que las dos se habían imaginado), fluyó de forma natural, sin matices dudosos, sin reticencias de ningún tipo. Eran otras, sobre todo Janet, que se disculpó por no haber pasado a darle el pésame, diciéndole que ella misma se había sentido tan afectada por la muerte de Bob que no había tenido fuerzas para hacerlo. Bien sabía lo mucho que había significado su amistad. Pero el encuentro con Bruno Miller, cuyo artículo seguramente había leído, le había dado algo que creía perdido. En este sentido no fue específica, pero se sobrentendía que dar a conocer el trabajo de Bob era una actividad reconfortante y útil que la animaba y que Bob bien se merecía, como si "no lo *hubiéramos* perdido del todo", utilizando intencionalmente la primera persona del plural. La admiración que sentía Miller por la obra de Bob era auténtica, le dijo. Había quedado profundamente impresionada en la recepción en la cual lo había conocido, y estaba segura que ella (Doris) iba a estar de acuerdo cuando lo conociera, si es que no lo había conocido en Ithaca. Hubo una pausa. "No, no lo conocí. O por lo menos no recuerdo haberlo conocido". Es por eso que Bruno Miller le había pedido que concertara una entrevista para hablar sobre el proyecto. Inmediatamente Doris mostró su entusiasmo. La autenticidad del mismo, debemos reconocer, puede que fuera dudosa, pero de todos modos en la conversación telefónica no se puso en evidencia. Aquella conducta civil, que daba gusto oír, de unas buenas formas francamente envidiables, era como un bronceado hawaiano que desaparece en un par de días. Doris le propuso que pasaran a verla al día siguiente y que eso, precisamente, la ayudaría a enfrentarse con el estudio de Bob, al que solamente se había atrevido a volver una sola vez. Quizás, precisamente, eso fuera lo que necesitaba, alguien con quien compartir "aquella caja de Pandora" (lo pensó, pero no se atrevió a decirlo). No fue mucho más lejos porque no acostumbraba a hacer explícitos sus estados emocionales. Porque la primera regla de conducta (como su abuelita le había advertido muchos años atrás) era no hacer ver lo que pasaba por dentro. Después de todo, Janet había sido entrenada en una escuela parecida.

De las transformaciones de su mujer, algo le pareció notar también Dean Leighton cuando en el desayuno la miró sencillamente de reojo, casi sin levantar los ojos del periódico matutino que formaba parte integral de aquel diálogo del silencio que sostenían. Mientras Janet le servía lo que quedaba de café en la cafetera (cosa que generalmente no hacía) le mencionó, de pasada, que por la tarde iría a casa de Doris. Dean no se inmutó por fuera, aunque se había paralizado por dentro. Ella le aclaró que había conocido a Bruno Miller, el nuevo director del Museo de Arte, y este quería preparar una exhibición póstuma de la obra de Bob, por lo cual le había pedido que concertara una entrevista con Doris. Dean no dijo ni pío, siguiendo su inveterada costumbre, y agregándole un poco de crema, más de lo acostumbrado, tomó el café que Janet le había servido antes de irse para la cocina. La total naturalidad de Janet le parecía rara, hasta ligeramente sospechosa, pero no tenía la menor idea de lo que estaría pasando. Paradójicamente, esta naturalidad le producía una especie de desasosiego. Por primera vez en la vida su conducta lo intranquilizaba, pero trató de quitarse la idea de la cabeza.

Como acordado, Bruno la vino a buscar y fueron juntos a ver a Doris. Cuando se vieron, Doris y Janet actuaron con una naturalidad absolutamente artificial, como si hubieran sido grandes amigas toda la vida y como si a Bruno lo conociera desde siempre. Hacía un día esplendoroso, lo cual no es mucho decir porque en Hawai casi todos los días son así y no hay mejor modo de describirlos. Cuando lo vio, ella no pudo evitar recordar a Bob, a pesar de las gafas oscuras; el pelo rizado, más bien largo, que le caía sobre la frente; y en particular aquella barba tan poblada que le cubría gran parte de la cara, como si ocultara algo y que al mismo tiempo lo hacía llamativo, en contraste con Bob, que siempre había estado recubierto con aquel color monocromático que lo había caracterizado y que, a su modo, ocultaría algún otro Bob que llevaba dentro. A pesar de las diferencias, porque más disímiles no podían ser, "sentía" un parecido, quizás en la boca perfectamente delineada (a pesar de la barba), con aquel descuidado encanto (decididamente "trabajado"), que despedía toda su persona, y aquel bronceado perfecto que apenas se dejaba ver, tan en contraste con la piel blanca, casi transparente, de Bob.

Quizás fuera un halo de candor (falso, seductor) que emanaba de su persona, e inclusive es posible que eso fuera la atracción que sintió por Bob cuando se conocieron, pero en Bob había sido más auténtico, sin doble intención, mientras que en Bruno resultaba sospechosamente intencional, entre la ingenuidad y la picardía, y claro, mucho más carismático que en su marido, inclusive una "química" que iba con ella. Ligeramente despeinado, tenía un aspecto moderno, de última hora, muy trabajado, que hacía pasar por natural, un "collage" detrás del cual había una galería de modelos que anunciaban ropas de hombre, corbatas, sacos, camisas, pantalones y en particular calzoncillos. Todo esto la turbó ligeramente, pero logró disimularlo sin que le vinieran los colores a la cara, que era de tan mal gusto.

Como siempre explicaba, las gafas oscuras lo protegían de las inclemencias del sol (que ese día estaba en pleno apogeo) porque no quería quedarse ciego y seguía instrucciones estrictas de su oftalmólogo, y no las llevaba por hacerse el interesante. Las condiciones precarias de la retina hacían que tuviera que usarlas, hasta tal punto que cuando le ofrecieron aquella posición en Honolulu, consideró no aceptarla, precisamente por aquella claridad exuberante que despedía todo aquel paisaje espectacular. Eran unas gafas particularmente oscuras que ocultaban el color de sus pupilas, y acrecentaban el interés que despedía su persona, como si uno estuviera en la expectativa de que se las quitara para, finalmente, poder verlo. Esto lo hacía algunas veces, como hemos visto, en lo que podría llamarse un juego de gafas, donde se ponía otras más claras, pero veladas, que todavía no dejaban ver diafanamente el color de sus pupilas, indefinidamente verdeazuladas. Todo esto lo volvía enigmático y atractivo, todo lo contrario de lo que había sido Bob. Además, parecía tener un bronceado perfecto, intenso, que Doris bien pudiera envidiarle. De curador de un museo de arte, parecía tener poco, salvo de arte moderno tal vez, porque tenía una postmodernidad de última hora. Ahora, bajo el efecto de la luz solar, Janet sintió un extraño resquemor, como si aquel Bruno, tan distanciado de lo que había sido Bob, la alejara, a pesar del atractivo que despedía su persona, "más a tono con Doris", pensó, sin poder definir exactamente las razones por las cuales lo había pensado. Tal vez ella, realmente, se sentía más a tono con "lo que no fue" que con "lo que había sido".

Doris los recibió afablemente y los condujo al *lanai*. Al contrario de Janet (contrastando con ella) estaba vestida de saya y blusa, porque no sentía ninguna preferencia por los *mumus*. Su aspecto era profesional, con una blusa blanca de mangas largas que le quedaba muy bien y que en su propia sencillez no hacía otra cosa que acentuar su atractivo. Presumía de su cuerpo, que se marcaba, sin exageración, bajo la saya, de corte estrecho y que le quedaba exactamente por debajo de las rodillas; y en particular de sus piernas, largas y bien formadas. Más discreta y correcta no podía estar, y sin embargo, despedía una sexualidad agresiva. Bruno lo sintió de inmediato (porque no estaba ciego), pero no lo hizo evidente.

Doris no quería dejar entrever ningún resquemor en sus relaciones con Janet, y sin embargo, se sentía titubeante ante aquella Janet sin maquillaje que no había visto nunca, mucho más joven de lo que "antes" había sido. O de lo que era. No logró disimularlo del todo. Era como si, de pronto, "se hubiera dado cuenta". La sospecha de que Bob la conociera a ras de piel dejaba un pequeño resquemor que interceptaba sus buenas intenciones. No, no es que tuviera celos porque nunca había celado a Bob y no tenía el menor sentido que ahora, después de muerto, sintiera una pasión (¿una pasión?) que desconocía. ("¿Acaso era posible?"). La metamorfosis de Janet no le pasó inadvertida y se lo dijo espontáneamente, sin trastienda. Ella misma había estado sujeta a un cambio, aunque por otras razones "académicas". La indefensa pecosilla que había llegado a Hawai seis años atrás se había vuelto una mujer decidida (no era para menos), a pesar de la sacudida emocional experimentada por el suicidio de su marido.

Bruno vestía de manera informal, con una camisa *aloha*, discreta, de colores pálidos, y un pantalón inmaculadamente blanco. Aunque posiblemente tendría la misma edad de Bob si estuviera vivo, lucía muy joven, como si el tiempo se hubiera detenido y tuviera la de Bob cuando ellos, Bruno y Bob, "se conocieron" en Ithaca. Janet les ofreció café, pero Bruno le dijo que, a pesar de la hora del día, prefería una ginebra con soda, si es que tenía, que era la bebida preferida de Bob.

—¿No es cierto?

Doris, en realidad, pensaba que no. De hecho, no creía que Bob tuviera una bebida preferida. Miró a Janet, que tampoco tenía una idea exacta sobre el asunto. Se encogió de hombros, como comúnmente se dice.

—Bueno, a menos eso fue lo que pidió en el tren cuando nos conocimos.

Janet prefirió el café.

—La verdad, me gusta pasarla bien. Soy un hedonista, pero no tengo malas intenciones–, dijo Bruno cuando Doris le dio el vaso con el trago de ginebra, dándole al encuentro un carácter decididamente fuera de lugar.

Era evidente que había una pizca de malicia. Además, el curador de un museo, acabado de conocer, no se comporta de esa manera.

—Todo lo contrario. Solamente me gusta divertirme, pasar el rato. ¿No era así Bob?

Janet y Doris se miraron, como buscando la respuesta.

—No conmigo, naturalmente. Yo no diría tal cosa–, dijo Janet, que se sentía algo confundida.

—Ni yo tampoco.

Doris estaba ligeramente sorprendida, porque después de todo, todo parecía indicar que Bruno y Bob se habían visto solamente un par de veces, como decía en el artículo. Es por eso que aquella intimidad del conocimiento no funcionaba bien, como si algo no acoplara en el engranaje.

— Sólo nos vimos un par de veces, en Ithaca, pero fue suficiente. Después, en el tren, de Ithaca a Nueva York, donde nos pusimos de acuerdo–, sin aclarar en qué había consistido el mismo. —O cuando estábamos de regreso–, repitió, vacilante, quedándose un poco meditativo, como si estuviera reconstruyendo el encuentro, más bien para sí mismo.... casi como si lo estuviera inventado. —Yo me quedé impresionado con sus cuadros. Desde el primer momento me di cuenta, y estoy seguro de no haberme equivocado, que Bob era un pintor extraordinario. No era sólo lo que estaba viendo, sino lo que presentía por debajo del lienzo, que me aseguraba que estaba en lo cierto. Me quedé por largo tiempo mirando cada uno de sus cuadros en la galería, y él lo noto, como si detrás de cada pincelada intuyera un mundo que permanecía escondido. En particular uno, "Corona solar", que no se me quita de la cabeza y que quisiera volver a ver. ¿Lo tienes por alguna parte?–, le preguntó a Doris.

–No, no lo he visto. Desplazaba los cuadros y los colocaba a veces uno encima del otro, superponiéndolos y como si quisiera ocultarlos. A veces los colgaba en la sala, en el comedor, por toda la casa, los quitaba y ponía otro en su lugar, y pasaba horas mirándolos, según me decía, porque yo no tenía tiempo para tanto. Como si jugara entre una colección permanente y una muestra temporal. Además tiene centenares de cuadros, creo yo, en la galería, ese *búnker* secreto que mandó a construir al otro lado de la piscina–. Sin darse cuenta, lo había dicho en presente de indicativo.

–Cuando todos se habían ido quedaba yo, que estaba como hipnotizado. Estaba seguro que me encontraba frente a una obra maestra. Y es por eso que estoy aquí.

Bruno guardó silencio y se quedó pensando. Podía oírse el vuelo de una mosca. Había cambiado completamente y toda la frescura hedonista que despedía su persona se había ensombrecido; como si Bob hubiera desleído el espacio entre las cosas, envolviéndolas en la niebla de Ithaca... Era una técnica que consistía en que al superponer un cuadro encima del otro se creaba una nueva imagen, una composición inesperada que daba una tercera dimensión... Por momentos vacilaba, entrecortando un discurso que se desdoblaba, sin definirse si la contradicción era aparente o real. Parecía que, a pesar de su elocuencia, le faltaban las palabras.

–De ahí esta obsesión... La de la "retrospectiva"... Que no es sólo dar marcha atrás a una cronología... Es un regreso pictórico al momento que quedó pendiente, o que quedó perdido... Que Bob no llegó a dejar que se conociera, que todavía permanece escondido en el enigma secreto de... "una caja de Pandora", tal vez... yo no sé... de un Bob detrás de los pinceles, oculto... como si mi misión... bueno, la misión de ustedes... la de todos nosotros... fuera recuperar... un tiempo perdido... de Bob... mío... de ustedes dos... nuestro... Pero, especialmente, de Bob... Un pacto fatal que era un callejón sin salida que el propio Bob había planificado.

Hubo un silencio. Hablaba con intensidad, con emoción, y ponía en cada palabra y en todos los conceptos la autenticidad de un creyente. La boca, además, era una garganta hipnótica que las adormecía en una conjura de los labios. A Janet no le costaba trabajo entenderlo, porque ella había experimentado ya algo parecido, pero ahora que lo oía de nuevo, estaba más claro para ella. Sin embargo quería dejarse llevar, porque después de todo había vivido "lo que no fue", y algo le decía que Bruno estaba "bajo sospecha", como si ella fuera Joan Fontaine al borde del precipicio. A punto de dar un mal paso. O que ya había dado. Estaba dispuesta a ofrecer resistencia, como si hubiera en ella "la sombra de una duda", aunque desconocía específicamente la causa. "No volverá a repetirse", pensó, "por mucho que quiera que se repita." No, nunca podría ser lo mismo. Un encuentro casual, con un desconocido, una noche de sábado, que era inútil volver a repetir. La fantasía erótica de Bob, que estaba muerto. Retrocedía, porque en aquel punto poco importaba una cosa como la otra, acostumbrada como siempre al retroceso, y por momentos buscaba el áncora de salvación de un paisaje plano, acomodaticio, de un solo color pintado por un pintor que no tuviera que pintar nada. Bob estaba muerto. Definitivamente, estaba decidida a que lo que pasó no volviera a repetirse. Le producía un escozor, una inquietud, que la acercaba a su marido y le daba seguridad: la imposibilidad del terremoto. Después de todo, el mutismo de Dean tenía su conveniencia, como si fuera una roca más allá de cualquier cataclismo.

–No, no sé si me explico, porque yo mismo... Darlo a conocer también, para que surja Bob en todo lo que vale... "El otro Bob", porque había más de uno, estoy seguro. Más allá de su sentido monocromático de la pintura.

("Estaba hablando mierda")

Hubo otra larga pausa.

Para Doris era otra cosa, porque si bien recordaba, la voz de Bob nunca la había escuchado (de esa forma, quería decir) y había permanecido petrificada y estéril, frígida e inconmovible, frente a los mismos cuadros que habían llevado al rapto de Bruno.

–Lamentablemente, yo solo lo entendí. Los críticos no se dieron cuenta. Estaba desolado... solo... profundamente solo–, vaciló, porque inventaba y temía que el argumento se le fuera de la mano, ofreciera contradicciones, y no quería acrecentar el tono del melodrama... Con un poco de inquietud era suficiente... –Como si no tuviera fe en sí mismo.

Por un momento, la miró con persistencia

–Nunca lo olvidaré...

–¿Más café?–, le preguntó Doris a Janet, por decir algo.

Tuvo la impresión de que aquella mosquita muerta puteaba de nuevo. Pero no, no le importaba, porque ahora era diferente. Después de todo, había sido Bob y no Bruno... Y Bob estaba muerto.

–No, gracias–, le dijo Janet. –Pero si me disculpan...

Se levantó en dirección al baño. A pesar de lo que aparentaba, estaba perdiendo la seguridad, quizás por la seguridad de Doris, que siempre había envidiado. Sí, porque en el fondo esta era la palabra. Todo aquel exabrupto contra ella, la noche del suicidio, no era sólo por Bob sino por aquel aplomo de Doris que lo tenía todo, a Bob y a Jack Wayne, mientras ella no tenía nada. A Dean Leighton, naturalmente. El encuentro con Doris creaba un desequilibrio, como si el encuentro con Bruno no pasara de un efecto Vettriano de si te he visto no me acuerdo. Después de todo no era Bob. Simplemente le había quitado un peso de encima. Precisamente, el de su marido. Buscó en el fondo de la bolsa y encontró el creyón de labios. Tenía la necesidad de pintarse, de pintarrajearse de nuevo. Afortunadamente era un color pálido que apenas podía notarse.

–No creo que fuera mucha gente a la exposición... De hecho, creo que no nos conocimos–, dijo, fijando la mirada en Doris, como quien pide una explicación.

En caso de que lo hubiera visto en Ithaca, no podía recordarlo ni remotamente, porque en aquel tiempo Bruno no llevaba barba, ni gafas de sol, y no tenía un bronceado perfecto.

–No nos conocimos–, dijo Doris en un tono neutro, con el propósito de no traslucir la menor reacción a sus palabras.

—Había un frío infernal, si es posible decir tal cosa del frío. Era para no poner un pie en la calle. Como para pegarse un tiro.

Obviamente, había cometido una imprudencia.

—Fui a la apertura, acompañando a Bob, como es natural–, explicó Doris pasándolo por alto y poniéndose a la defensiva, pero después cambió el tono. –Pero no volví, aunque quizás debiera haberlo hecho. Fue una experiencia muy negativa... para los dos...

Janet regresó, pero ninguno de los dos notó el cambio. Se unió a la conversación. El tono era íntimo. Hablaban como si se conocieran desde hacía mucho tiempo, y a pesar de la naturalidad, los tres sentían que en aquella confianza mutua había algo que no era natural. Lo normal hubiera sido la desconfianza y la eliminación de todo atisbo de confidencia.

—Fue lamentable que no le dieran aquella comisión en la que había depositado todas sus esperanzas y que era un proyecto fabuloso... Una capilla que fuera, como decía él, la capilla de todos los muertos ¿Te acuerdas?

Doris trató de recordar.

—No me acuerdo de nada.

("¿Cómo era posible que no lo recordara cuándo había significado tanto para el? No en balde...")

—Un fracaso que lo dejó anonadado.

—Es posible que me dijera algo, pero no te puedes imaginar las preocupaciones que tenía encima—dijo, como si se justificara. —Después de todo, yo tampoco estaba teniendo mucho éxito, porque no me renovaron el contrato.

—En todo caso, temí que se fuera a suicidar—dijo Bob sin dar marcha atrás, pisando un terreno peligroso, dadas las circunstancias. —No quise dejarlo solo y estuvimos juntos hasta bien pasada la medianoche. Inclusive, y no sé si debo decirlo, y en particular decírselo a Doris, le propuse irnos a ver una *striper*...

("Todo lo inventaba. Era, genéticamente, un mentiroso que se creaba mintiéndose a sí mismo. El muy cabrón... Pero quizás ahora las cosas fueran diferentes. Al revés").

—Pero no quiso. Claro, ahora me doy cuenta—, dijo, con tono ligero, mirando a Doris con intención y queriendo dar su propia explicación. —Pero yo estaba totalmente solo.

Y agregó con obvia insinuación, con una intimidad que era una provocación —Él te tenía a ti.

Doris hizo como si no lo hubiera escuchado.

—En Ithaca, el porcentaje de suicidios es muy alto... El frío, los días oscuros, la niebla... En aquel momento parecía un suicida... Y sin embargo, aquí en Hawai, con estos días maravilloso, matarse no tiene sentido.

Janet iba a contradecirlo, pero no se atrevió, porque hubiera tenido que hablar de aquella noche en el *bungalow,* la de los corceles incendiados que habían tratado de quebrar la puerta de caoba. De todos modos, si Doris era culpable ella también lo era por no haber hecho nada. Sin contar aquel color terracota de la camisa, que ahora parecía tener sentido.

—Ahora sí, pero en aquel momento no se me ocurrió pensarlo —explicó Doris. —Bueno, tal vez fuera porque a mí no se me meten esas cosas en la cabeza.

—Aquel color terracota me daba mala espina—, dijo Janet. —Debí hacer algo.

—Todos debimos hacer algo, pero no lo hicimos.

("Sí, bien pudieran haber hecho algo, pero no hicieron nada")

A Janet se le ocurrieron otras opciones, pero no dijo ninguna. No se atrevió a mirar a Doris. Era demasiado tarde. El verdadero culpable nunca paga su culpa hasta que confiesa el crimen.

—Aquella capilla la tenía metida en la cabeza. Lo que proponía era un viaje cósmico. Una aventura espacial que rompiera todas las fronteras. Un principio de lo negativo que fuera la nave de Dios y la escalera de Jacob, el terror de reconocerse en la casa de Dios y en las puertas del cielo. Pero lejos de darle tranquilidad, la idea lo aterraba. ¿No te lo dijo?

("¿Pero era posible que se lo creyeran? No en balde Doris nunca le había prestado atención. No sabía si exageraba. Probablemente sí, pero había sido lo acordado y había que respetar el pacto.")

—Estoy segura que no me dijo nada. No de esa manera. No con esa elocuencia, porque lo hubiera recordado.

—Agonizaba, y el fracaso, el rechazo del proyecto, lo llevaba a los abismos de la depresión.

—Sí, sí, eso lo recuerdo, porque fueron momentos muy negros para nosotros en los cuales se sumergía en aquellas pinturas negras que yo detestaba, pero a la vez no tenía tiempo... me era imposible hundirme con él...

("La muy cabrona...")

—"La puerta del Cielo es la puerta del Infierno", me dijo.

—...aunque es posible que me estuviera hundiendo de otra manera sin que él se diera cuenta.

—Parecía vivir en una caja de tortura.

("Funcionaba. Caían en la trampa.")

¿O era que se había dado cuenta? Bueno, ella, en realidad, tenía que reconocerlo, no lo había visto en esos términos, quizás sencillamente porque no creía en lo que Bob estaba pintando. Por su indiferencia, si se quería llamar así, por su egoísmo universitario, por su carrera y porque, sencillamente, tenían que comer.

–Años más tarde, cuando nos vimos en Houston cuando la inauguración de la Capilla Rothko….

–¿En Houston…?–, preguntó Doris algo desconcertada…

–¿No te lo dijo?

–No, no me dijo nada.

–Yo creía que tú lo sabías, porque ya se habían mudado para Honolulo. Bueno, fue casi de casualidad, porque no nos habíamos vuelto a ver.

Doris recordó aquellas páginas en blanco del diario donde no había escrito nada.

–¿Tú lo sabías?–, le preguntó Doris a Janet, casi agresivamente.

–No, no sabía nada tampoco.

–Fue en 1974, cuando la inauguraron…

–Nunca me mencionó Houston. Bueno, no lo recuerdo. Debió haber sido cuando se dio aquel viaje… aquel semestre en que yo tenía tantos enredos en la universidad… presiones… programas que querían implementarse… Evaluaciones…

Y no pudo evitar pensar en Jack Wayne. Lo recordaba claramente,

("Pensaba que era un gilipollas… Un cabrón que se dejaba pegar los cuernos y se quedaba como si no los llevara").

–No, no tenía tiempo para las depresiones de Bob… Tenía que salir de aquí, creo que me dijo… La luz lo cegaba, no lo dejaba ver. Y el aire no lo dejaba respirar… Pero no mencionó Houston para nada. ¿Te lo dijo a ti?–, preguntó volviéndose hacia Janet.

—Bueno, no sé— contestó con cierto nerviosismo. —Tal vez fue antes de que le diera por el terracota. Yo estuve sin verlo, no sé por qué motivo, creo que fuimos a la graduación de nuestro hijo. Pero a la verdad, no recuerdo Houston...

—Fue... estrictamente casual... —prosiguió Bruno. —Y sin embargo... En el fondo... Sospechaba que íbamos a vernos... Dos hermanos siameses que habían sido separados por la cuchilla del cirujano y que se volvían a ver.

("¡Coño! ¡Se te fue la mano otra vez!")

Janet y Doris se miraron algo sorprendidas, como si a Bruno se le hubiera ido la mano. Bruno notó el desconcierto.

—No, no. Es cierto. Bob y yo nacimos el uno para el otro, pero no del modo que pueden verlo ustedes, o del modo que ustedes se sentían con respecto a él, o que se sienten para conmigo. Algo así como una metafísica de lo inexplicable, como si no fuéramos de carne y hueso y al mismo tiempo fuéramos de carne y hueso. Aunque no nos hubiéramos conocido, aunque no nos hubiéramos visto nunca. Uña y carne, ¿no se dice así?

Se quedó pensativo nuevamente.

—En todo caso... Nos vimos en Houston, casualmente... Aunque bien es cierto que pensé que a lo mejor lo veía, porque tratándose de Mark Rothko, que le había quitado la comisión... O precisamente por ello. Eso era lo que pensaba él... Cosa de telepatía... Me lo encontré en la capilla y por un momento nos miramos y creo que no pudo reconocerme, porque estaba en estado de trance, casi, muy pálido, todo vestido de negro, de pies a cabeza, como si quisiera hacer juego con los cuadros, perderse en ellos, como si un tentáculo lo atrajera hacia el fondo más oscuro de aquellos impenetrables rectángulos de Rothko y lo estuviera estrangulando...

("Sobreactuaba... Tenía que bajar el tono... El gesto, pero sobre todo las palabras")

—A mí, realmente, no me daba tan fuerte, las cosas no las tomo tan a pecho y, a la verdad, no me sentía conmovido aunque no dejó de impresionarme. Entiendo las catacumbas, pero no he nacido para ellas, como ustedes saben (dijo con alguna intención), como decía Mr Hyde cuando salía del laboratorio. No se movió, pero me lo dijo todo con la mirada... "Me lo ha robado... Se me adelantó... Ahora no tengo que pintar nada..." Y me extendió el catálogo, porque no podía leerlo: la voz se le estrangulaba y se le saltaban las lágrimas, como si estuviera leyendo su epitafio, lo cual, pensando en el contenido, no deja de ser cómico, explicando la composición de la pintura donde Rothko había mezclado "polvos secos disueltos en una goma de piel de conejo hervida a fuego lento por ocho horas, con resinas de caoba a los que se le agregaba un huevo (la yema y la clara) con su pizca de sal". Decía así, textualmente.

—¿Huevos?

—Sí, huevos—, contestó Bruno a punto de echar una carcajada. —Huevos frescos.

—Yo creía volverme loca, Bruno. Cuando le dio por los huevos frescos Bob casi nos lleva a la ruina. Claro, como Bob no usaba la clara de huevo teníamos merengue en el desayuno, el almuerzo y la comida.

("¡Al fin lo confesaba! ¡Hacía declaraciones!")

No les quedó más remedio que echarse a reír.

—Pero para Bob eso no tenía ninguna gracia... Ese mejunje pictórico era suyo, pero Rothko se había bajado con algo parecido y no le cabía la menor duda que le había robado la receta... Consideró ponerle una demanda... Aunque claro, las proporciones eran diferentes... Esto, claro no podía comprobarlo... Yo traté de disuadirlo y le expliqué que eso les pasaba a los científicos con mucha frecuencia... Sin contar que en última instancia no era nada nuevo... No era el único caso... Porque los pintores siempre han usado los huevos...

Hubo un cierto desconcierto. Hasta Doris se turbó un poco, pero logró disimularlo.

—Todo iba a ser una pérdida de tiempo...–, prosiguió Bruno- – Tartamudeaba... Estaba a punto de desplomarse... Después se calmó, nos abrazamos, y nos fuimos a tomar unas cervezas.

"La historia", pensó Janet, "no había sido exactamente la misma".

("La verdad en una sarta de mentiras")

Se puso de pie. Caminó hacia el borde de la piscina y miró al muro de ladrillos donde Bob había escondido aquellos cuadros que ni Janet ni Doris habían visto nunca. Si Chan hubiera estado allí en ese momento y hubiera sido testigo de aquel encuentro, no le habría quedado la menor duda de que Bruno Miller era el asesino y que había venido a Hawai para meterle mano a los cuadros y, de paso, a Doris Harrison. *Indemnización por partida doble*, se llamaba la película. Bueno, quizás estuviera en lo cierto.

—Sabe Dios cuántas cosas hay allí escondidas. Tendremos que descifrarlo. No quedará otro remedio. ¿No les parece?–, dijo volviéndose a las dos mujeres. —Entre los tres, naturalmente.

Doris, decididamente, no se había imaginado que Bruno Miller se fuera a expresar de ese modo... tan lleno de contradicciones... de forma tan... iconoclasta... desquiciada y apasionada... que interrumpía con expresiones que llegaban a lo impropio... fuera de lugar... fuera del protocolo... de todo protocolo... un experto conocedor de las artes plásticas que radiografiando pinceladas era capaz de reconocer cualquier plagio... cuya conducta iba más allá de las esperadas negociaciones sobre los planes para llevar a efecto una exposición... concebido de forma muy diferente a como había pensado... particularmente cuando a la larga todo acabaría traduciéndose en valores monetarios que iban mucho más acá del amor al arte... Rompía con las características que atribuía a un hombre en esa posición, un director de un museo de artes plásticas que actuara de esa forma tan libre de convencionalismos profesionales y que simplemente iniciara un *flirt* en un primer encuentro que debía ser más protocolario, tan distante de lo que había sido Bob, arquetipo de la timidez y la falta de trastienda. Quizás tuviera un toque de los sesenta, de la informalidad del "hacer el amor, no la guerra", que había caracterizado toda una generación... Pero con moderación, sin la colita de caballo que envejecía tanto. Aunque la barba, espesa pero bien rasurada... Calculada casi... Con aquella camisa *aloha* impecablemente planchada que despedía una atildada mesura. Daba seguridad al que lo escuchaba, una confianza en su persona que desvanecía cualquier suspicacia inicial, conquistando al que le prestara atención, volviéndolo más seductor y peligroso por despedir una inocencia (falsa pero trabajada) incapaz de hacerle daño a nadie... como era el caso de Bob, pero de otra manera.

Al fondo relumbraba la piscina. Bruno miraba hacia el estudio de Bob, de espaldas a las dos mujeres, como si estuvieran mirándose mutuamente (él y Bob) y un cuerpo reflejara el otro. La piscina centelleaba, como si el agua estuviera quemándose, acuchillada por clavos y alfileres que flotaban en la superficie, en una descomposición paranoica de los deseos. Aquello era una zambullida en la irracionalidad de la lujuria. La mirada de él y la de Bob, atisbando detrás de la cortina, configuraban un pacto metafísico donde obviamente alguien estaba de más. Había una perversión mutua, un contenido diabólico tal vez, pero cuando se volvió hacia las dos mujeres sólo se transparentaba aquel ángel seductor y delicioso que había en él. Mr. Hyde entre Lana Turner e Ingrid Bergman. Dr Jeckyll, más exactamente.

("¿No había sido esto lo acordado?")

–Entonces, ¿estamos de acuerdo?–, les preguntó.

–¿En qué cosa?–, preguntó Doris.

–En la retrospectiva.

–Sí, naturalmente – contestó Doris.

Doris tuvo un momento de lucidez, aunque no llegó a comentarlo. La lógica de Jack Wayne le vino a la cabeza y lo mejor andaba en lo cierto. Se puso de pie.

– Quizás haya hablado más de la cuenta. No tengo experiencia en esto–, agregó entre la malicia y la inocencia. Por supuesto, se firmarán contratos–, dijo Bruno como si adivinara. –De esos trámites se encargarán mi secretaria, los abogados, los contadores, que para eso se les paga. Ese papeleo no se puede pasar por alto, naturalmente.

–Esto no tiene sentido.

–¿No es lo que los franceses llaman un *ménage à trois?*

Janet nunca había sobresalido en matemáticas, pero aquello le daba mala espina. Pensó por un momento en

Bob y pensaba que había dado un mal paso. ¿Cómo era posible *un ménage à trois* si Bob estaba entre ellos? Las matemáticas descomponían la ecuación, complicaba la incógnita.... Y Bruno Miller... Bueno, que ya no era de confiar... Como si lo que no fue y había sido hubiera sido *un ménage à trois* que no podía repetirse. Obviamente, alguien estaba de más y no estaban sacando bien la cuenta. Con Dean no pasaban estas cosas, porque sabía perfectamente que dos y dos son cuatro. De un momento a otro sería inevitable que alguien apretara el gatillo, pero ya el gatillo lo habían apretado y quizás el tiro había salido por la culata.

Caminaron hacia el estudio de Bob. Doris abrió la puerta de cristal y descorrió las cortinas. El intenso resplandor solar aclaró el contorno de todas las cosas. Apuntando a la alfombra, dijo:

—Aquí fue donde cayó cuando se suicidó. Fue, verdaderamente, terrible—, y dando un paso hacia atrás estuvo a punto de desmayarse, pero Bruno la sostuvo, como si él también estuviera conmovido y como si en realidad Doris lo hubiera amado. Los tres estaban bastante sobrecogidos.

—Quedó una mancha de sangre, que ya no se ve, porque tan pronto se cerró el caso hace unos días mandé a limpiar la alfombra. Faltan dos cuadros, uno grande, que ya había terminado, que quedó salpicado de sangre. Y otro, en aquella pared, adonde fue a parar la bala, que le dejó un agujero. "El agujero", como dio en llamarlo el detective Chan que estuvo al frente de las investigaciones. Se había empeñado en que se trataba de un homicidio.

—¿Un homicidio?—, preguntó Bruno.

("Entonces, quizás, ciertamente, existía la opción de que lo hubiera querido").

—Lo que tú oyes–, dijo Doris.

—¿Y quién fue el asesino?–, preguntó Bruno nuevamente.

—Posiblemente yo–, contestó Doris.

La pausa fue más larga de la cuenta.

—Y esta es la llave que da a la galería–, dijo Doris, entregándole la llave a Bruno Miller.

—Yo creía que todo había terminado.–, dijo Janet, muy emocionada, contemplando los cuadros que tenía a su alrededor–. Es como si todavía estuviera con nosotros.

—Con Bruno–, dijo Doris.

—Sí, conmigo. Como nos habíamos prometido.

Al despedirse, Doris y Janet se abrazaron y se dieron un beso en las mejillas, en ambas, como hacen los franceses, aunque ellas dos eran americanas. Bruno se quedó esperando el suyo, con una sonrisa.

Cuando se fueron, Doris se quedó pensativa. Era como si se hubiera quitado otro peso de encima. Estaba oscureciendo. Fue a la alcoba y se desnudó completamente. Se miró en el espejo. Atardecía, pero todavía llegaban a la habitación unos rayos de sol. Pensó que, finalmente, tenía un bronceado perfecto, aunque claro, posiblemente todo era un efecto de la hora, porque las cosas iban perdiendo sus contornos más precisos y la luz casi la acariciaba. Sonrió ligeramente, porque sentía que una especie de narcisismo la recorría. Le parecía que estaba más bella que antes y que Bob la estaba pintado como nunca la había pintado. ¡Qué estúpida había sido! Apagó todas las luces de la casa y quedó por un momento en un oscuro total. Salió al *lanai* y encendió las luces de la piscina, porque ya era de noche, creándose un efecto en azul. Se sentía como Marylin Monroe. Bob, como si fuera un *vouyerista* de la eternidad, la miraba por entre las cortinas. En la distancia se escuchaban los acordes de la *Sinfonía fantástica*.

Estuvo nadando por un tiempo indefinido. Se sumergía en el agua y sentía que nadaba como un pez submarino, transparente e iluminado, deslizándose por las rocas ocultas de una cueva de agua que no terminaba nunca, todo traslúcido, envuelta en una infinidad de peces que se movían alrededor al ritmo de las gotas de agua, tal vez un protozoario del cosmos, un útero abierto y fantasmagórico que flotaba en un mar de peces.

Después de un rato le pareció que el agua estaba muy fría y salió. En una de las butacas estaba la bata blanca de felpa y se la puso. Como tenía el pelo mojado, se lo envolvió con una toalla, en aquella escena recurrente que tanto le gustaba a Chan porque le recordaba a Lana Turner en *El cartero siempre llama dos veces*. Miró al estudio y caminó hacia él. Recordó que había dejado los cigarrillos en la gaveta donde había estado el diario, con el encendedor. Abrió la gaveta y tomo un cigarrillo. Lo encendió como si la cámara la estuviera filmando en una película, aspiró y después exhaló el humo, siguiendo el misterio de las espirales de humo que se desintegraban. Se volvió hacia la ventana y dejó caer la cabeza hacia atrás, cerrando los ojos y pensando en Bob y pensando en Bruno, que tanto se le parecía detrás de aquella barba que lo encubría. Entonces sintió *su* aliento. La bata de felpa y la toalla que envolvía sus cabellos cayeron al piso y sus manos se deslizaron por sus pechos y bajaron a lo largo del cuerpo, como reconociendo la textura del lienzo. Tenía los ojos cerrados y se volvió lentamente, sin abrirlos, como si no quisiera saber si era Bob o si era Bruno, o los dos al mismo tiempo, en aquel sospechoso *ménage à trois* que había cuestionado Janet. Él la besó, pero esta vez no era un beso en la mejilla. Mientras lo hacía pudo reconocerlo, creyendo que era Bob, pero la barba de Bruno lo delataba. Uno no es otro, estaba segura, como la gota de sangre que es de uno y de más nadie, el cromosoma en el interior del núcleo, ese ADN que nos identifica, la información genética que nos vuelve el criminal que comete el crimen. Y sin embargo, más allá de toda prueba forense, es posible que fuera el otro, o los dos al mismo tiempo. De acuerdo con la barba, era Bruno, que no había perdido el tiempo usando la llave de la galería, como si entrara por la puerta secreta de todos sus cuadros. Como si supiera el camino. Como si todas las llaves fueran suyas. Fue como un disparo. Nadie conoce a nadie. Cuando cerró los ojos ya estaba adentro. Formaban dos cadenas enroscadas en doble hélice, dos hebras entrelazadas de glúcidos fosforescentes.

CAPITULO XIII

UNA RETROSPECTIVA NECESARIA

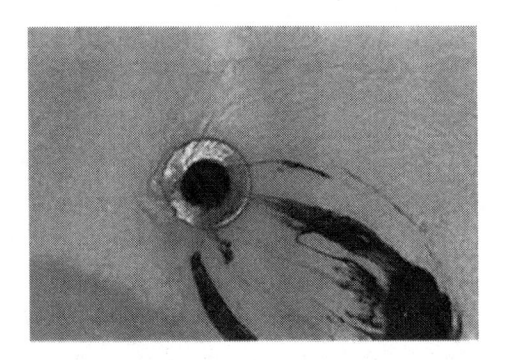

Nueve meses más tarde

I

La redacción del catálogo no le resultó tan fácil como había calculado, y se complicaba con textos que no sabía de donde le salían. *Sacó la llave del bolsillo, abriendo la puerta, y un fuerte oleaje los empapó, subiendo por una escalera en espiral, cogidos de la mano, la espalda contra la pared externa del faro, que estaba bordeada por una escalerilla sin barandal, por lo cual parecía que se iban a caer en el abismo de un momento a otro, ascendiendo en torno al faro descomunal que terminaba en aquel foco de luz que era el cerebro del pene, su meollo y su sustancia hacia donde subían.* Sin duda la estaba soñando, como si fuera una composición surrealista que Bob le imponía desde alguna parte. *"El faro" cubría toda una pared de "la sinfonía del coño", como la llamaba Bruno en sus acojonamientos críticos, que en el catálogo llamó, más discretamente, "subconsciente de eros".* A veces no podía concentrarse, y la actitud de Janet que había decidido no entrar en el juego, le irritaba lo que escribía y borraba después, como si estuviera jodiendo y se negara a cualquier tipo de relajito. Así no iba a llegar a ninguna parte y algunos cuadros demostraban lo contrario, como si Bruno los estuviera pintando mientras los metía en el catálogo. *Las nubes fluían vertiginosamente arrastrándola en un panal de abejas que fabricaban miel y le producían aquel escozor que anticipaba el objetivo del deseo. El rostro de él desaparecía en un espacio que era un cielo de nubes, viéndose tan solo la silueta por donde ella caía en un abismo.* Las fronteras entre plástica y literatura se interferían la una contra la otra y el catálogo se le enrevesaba y lo encabronaba, mostrándose irascible. A Doris no dejaba de causarle gracias, porque después de todo la propuesta había sido de Bruno. ¿No era aquello una retrospectiva necesaria? *Penetraba (la penetraba) a través de su garganta donde la imagen de un hombre con la cabeza llena de nubes volvía a repetirse.* Nada, que por ese camino no iba a poder redactar aquel catálogo de mierda, aunque después de todo era el precio que había que pagar.

Ciertamente a veces le resultaba muy difícil, porque las palabras se le trababan entre los pinceles y la pluma ofrecía resistencia. Pero un pacto es un pacto y en eso habían estado de acuerdo. En todo caso, se escribe poniendo una palabra detrás de la otra. Habían corrido el riego y era demasiado tarde para dar marcha atrás. Especialmente para él.

Bruno A. Miller (la A era una A intermedia, por Anthony) tomaba las cosas más en serio de lo que pudiera parecer. La preparación de "la retrospectiva necesaria" resultó francamente agotadora, acompañada de aquel catálogo monumental, "Cuadros en una Galería", que empezaba con una sarta de disparates. Para llevarla a efecto hubo que desentrañar el laberinto pictórico oculto en el pasadizo al fondo del patio, entrar en el mismo como penetrando en una cavidad subterránea y paleolítica. Cuando Bruno se encontró con "corona solar" entre los lienzos arrinconados en ella, revivió intensamente aquel encuentro en Ithaca donde se había exhibido por primera vez, en el cual el propio Bob aparecía en un eclipse de sol, rodeado de aquella aureola metafísica que era "como la corona Dios" (Y tomó nota, para que no se le olvidara). Entre los tres no faltaron referencias que tenían algún sentido.

De todas formas tenía que escribir aquel catálogo que era para él, a la larga, un desprendimiento en el vacío. "Es evidente que "Corona solar" guarda relación con "Locura Lunar", la obra maestra de Andrew Wyeth, cuyo valor aproximado es de tres millones de dólares, que desapareció misteriosamente en las Filipinas durante un período de inestabilidad política. Después, tras hacerse una copia que era el plagio perfecto y que trataron de vender por un millón de dólares..." Cuando Chan leyó esto en el catálogo, un escalofrío le recorrió la espina dorsal de arriba abajo, porque bien pudiera ser que Bruno Miller fuera el "verdadero" detective y estuviera precisamente sobre la pista, y que estaba ahí para vigilarlo a él. Esto era posible: un jodido trasvesti que hacía todos los papeles. (¿Bruno? Aquel nombre le sonaba, pero no podía precisar donde lo había oído o lo había visto).

"Yo miraba "corona solar" y él me miraba a mí mirando el cuadro–, pensó en otro tono, como quien se va en un paisaje y Caronte lo llevara a la otra orilla. –Cuando me vio estoy seguro que este proyecto le vino a la cabeza. Me estaba tendiendo una trampa y yo no me daba cuenta. Me miraba como si estuviera muerto y, sin embargo... –Estamos buscando a un desconocido–, agregaba tomando notas entre un cuadro y el otro. –*El extraño caso del Dr. Jekyll y Mr. Hyde*, como aquel que dice. Un cadáver que ha desaparecido..."

II

Hizo una pausa.

–En definitiva... Claro que si encontramos el *Diario* eso podría ayudarnos, porque sus propias palabras lo explicarían todo.

–¿Qué *Diario*?

–El de Bob.

–Yo no recuerdo ningún *Diario*.

–Bueno, que tú no lo recuerdes o que no sepas de él no quiere decir que no hubiera algún *Diario*.

Y agregó:

–Hay un *Diario*. De eso no te quepa la mejor duda.

Con la seguridad de saber lo que estaba diciendo, se dirigió a la mesita que estaba al lado del butacón y abrió la gaveta, introdujo la mano buscándolo, pero no estaba allí. Eso lo encoñó de una manera brutal, con palabrotas y groserías.

–¿Cómo pueden decir que no está? ¿Dónde lo metieron?

Janet y Doris se miraron sorprendidas. Janet mucho más que Doris.

—¿Te has vuelto loco? ¿Cómo íbamos a saberlo?

—¿Y cómo lo sabes tú?

Estuvo a punto de cometer un error, caer en una trampa.

—Porque sí, porque estoy seguro. Me lo dice el sentido común. Lo metió en ese cajón y alguien lo traspapeló, quizás sin darse cuenta de la importancia que tenía.

("¿Y cómo iba a saber él, exactamente, donde había estado"?, pensó Janet)

—¿Y el encendedor?–, preguntó metiendo la mano hacia el fondo de la gaveta.

—¿Qué encendedor?

—El tuyo.

—Pero, ¿cómo era posible que supieras dónde estaba?

—Porque me lo dijo. Que quería que dejaras de fumar, porque te iba a costar la vida, y que te había escondido el encendedor en la mesita que estaba junto a la butaca. Yo sé más cosas de Bob de lo que ustedes dos se imaginan. No tenía secretos para mí. Por lo menos... que yo supiera...

Bruno tenía momentos de total desequilibrio mental que ninguna de las dos acaban de entender. *Cuando descubrieron "El beso", que había ubicado entre los cuadros del "subconsciente pictórico", se veía a sí mismo en aquel subconsciente de imágenes superpuestas, como si se perdiera en los bajos fondo que lo inventaban todo.*

—A mí eso me parece bien. No se te ocurra tirarlo al basurero.

—No, no, no está mal, aunque no dice nada—expresó Janet.

Janet se bajaba siempre con algo negativo, que encojonaba a Bob y lo calentaba, como si quisiera meteler mano, pero ella no sentía la menor ganas.

—No te preocupes, porque los críticos se encargarán de que diga algo.

—*Ellos sólo existían en la medida de un pincel imaginario que los imaginaba, como si no hubieran existido nunca, como si no hubieran vivido antes.*

A Janet el texto le pareció excelente y que había que incluirlo en el catálogo, a la fuerza, como fuera. Bruno se inspiraba, aunque a veces no tenían sentido la cosas que se le ocurrían.

—Explica lo que estamos haciendo

—Sólo tenemos que buscar un cuadro que no se ha pintado todavía.

—Tiene que estar en alguna parte.

—Es un texto de primera.

—Que no sirve absolutamente para nada, porque ningún cuadro se le parece.

—*Un sueño del subconsciente va con todo*—señaló Bruno. —Lo cierto es que podemos decir lo que nos dé la gana.

El constante cinismo de Bruno llegó a irritar a Janet de tal modo que pensó, sin embargo, que tenía razón, que daba lo mismo decir una cosa como la otra.

—Exactamente, esas es la idea. No hay pérdida. Todo lo que decimos tiene sentido.

III

Cuando entraron en el laberinto de la galería lograron calmarse. *Era un descenso prehistórico a las Cuevas de Altamira, poblada de toros bravos en celo dispuestos a llevárselo todo de encuentro en una corrida lujuriosa y brutal. No se veía nada, y entraban en la galería con antorchas encendidas, para copular en las paredes. Es posible que todo fuera (o hubiera sido) un sueño del subconsciente, una trastada de la imaginación.* Un buen número de cuadros (no todos) aparecían con una cifra al dorso, apenas visible, que había dado lugar a un complejo y hasta tedioso proceso de catalogación, que Janet llevaba a efecto minuciosamente en el estudio, junto a la mesita donde Doris había encontrado aquel *Diario* que cayó en manos de Hedda Gabler. Imposibilitada de cotejar los cuadros con lo que supuestamente estaba anotado en el diario desaparecido, algunas acotaciones muy confusas que aparecieron en una libretita que decía "inventario", parecían corresponder a ciertos y determinados cuadros; pero la mayor parte de las veces había que desarrollar hipótesis, que en algunas ocasiones eran francamente contradictorias (o descabelladas), sin que ello permitiera poder estar completamente seguro del engranaje. Algunas notas, precariamente escritas en el dorso del cuadro, ayudaban. No todos estaban numéricamente identificados y muchos de los números no tenían su referencia en el "inventario" y otras veces decía "ver *Diario*", por lo cual era una labor frecuentemente infructuosa debido al total desacuerdo entre una cosa y la otra, que sólo logró superarse en la mayoría de los casos gracias a la dedicación de Janet, que era la más paciente y sistemática, y la única que podía enfrentarse al maltrecho "inventario", con una numeración donde se daban grandes saltos. Pero algo era algo.

Muchas veces tenían que seguir pistas muy dudosas, elaborar verdades que terminaban en interpretaciones más o menos subjetivas de esto y aquello. Su "Homenaje a Dalí N. 3", al que hacía referencia en un papelito, no pudo encontrarse por ninguna parte. Su "Mujer llorando Nro. 11", gigantesca, deforme, pintarrajeada, aparecía arrinconada como un fantoche, las diferentes partes del cuerpo cosidas de una forma burda y chabacana, como si un cirujano hubiera hecho la operación con el firme propósito de dejar ver las cicatrices.

—Debo ser yo—, afirmaba Janet. "Pero, ¿dónde estaban las otras?"

La información resultaba incompleta. De ahí que aquellos cuadros seleccionados para la muestra pictórica tuvieran que aparecer "sin título" porque Bob no le había dado ninguno, reconociéndose gracias a un número asignado en el lienzo, que en el fondo carecían de significado. Además, en algunas anotaciones al margen se insistía a que se viera el *Diario*, que indicaba la existencia de un texto correlacionado con los cuadros; pero como había desaparecido sin dejar trazas, no era posible clarificar nada. La búsqueda de este *Diario* se volvió una obsesión de Janet porque pensaba que allí estaba la única posibilidad de saber quién era Bob.

—¿Lo has visto?—, le preguntó a Doris.

—No, no lo he visto. Ni siquiera sabía que Bob estuviera escribiéndolo.

—Es raro, porque si tenía estas anotaciones en el inventario de sus cuadros, es lógico que el *Diario* estuviera por alguna parte con referencias que pudieran ser significativas. Es una lástima, porque se aclararían muchas cosas.

—O las confundiría—, comentó Doris.

Doris no se atrevió a decirles la verdad, porque era su secreto, entre los otros que tenía. Pero la pregunta (—¿Dónde estará el *Diario?,* según Janet, o —¿dónde está el jodidísimo y cabrón *Diario?*–, en términos de Bruno), quedaba sin responder. –*Fuck!. Shit!.* ¡Mierda! ¡Coño!

–Recuerda, Doris, porque en algún momento debe habértelo dicho.

–Lo he buscado por todos los rincones de la casa y no he podido encontrar nada. Quizás Chan sepa algo, o se lo haya llevado. Es la única opción. Recuerda que Chan no quería deshacerse de ese cuadro, el que tiene el círculo por donde pasó la bala, y se lo llevó como si fuera suyo...

("Era una cabrona, porque tuvo que haberlo visto")

Janet se interrogaba mentalmente, tratando de recordar alguna conversación en la cual Bob se lo hubiera mencionado; pero no, nada. Estaba completamente en blanco. ("Si el *Diario* parecía ser la clave, entonces, coño, ¿dónde lo había metido? ¿Qué había hecho con él? ¡Tengo la constancia de que estaba aquí! ¿Y quién podía haberlo encontrado sino Doris? ¡Di! ¡Contesta!": "¡El chino Chan! ¡El chino Chan!" "¡Mentía! ¡Sabía que mentía!") No confiaba en ella. Era posible que estuviera mintiendo y que lo de Chan fuera una coartada.

–("En el coño de su madre", pensó Bruno, dando un jodido puñetazo. "La vas a pagar todas juntas. ¿Pero qué podía si Doris había hecho de las suyas?")

Esto dio lugar a una búsqueda constante entre aquellos lienzos que se acumulaban unos sobre otros, mientras que Bruno hacía su papel, como si fuera pura ficción y cada cual estuviera haciendo el suyo. Con *Diario* o sin *Diario* aquel catálogo tenía que prepararse de todos modos. Se empeñaba en descubrir sombras, luces, matices; en la búsqueda de lo que había por debajo de ellos, el antes que se ocultaba. Los sacaba al patio bajo aquellos devastadores rayos de sol y hasta se quitaba las gafas oscuras para desentrañarlos, arriesgando una inminente ceguera. La luz devolvía reflejos tornasolados, particularmente en los azules, ondulaciones que invitaban a tocarlos, como si jugaran y conjugaran con la luz, y casi podía percibir el desnudo de Doris en la piscina. "Una mujer que aparece por todas partes", repetía. Pero, ¿cómo podía saber Doris que fuera, exactamente, ella? Ignoraba cuando la había pintado, engañada por el monocromatismo uniformemente tedioso de la mayor parte de los cuadros que había en el estudio, el velo pintado, enigma de su persona, que navegaba hacia el interior; ni sabía tampoco si estaba en los cajones de aquellos armarios de donde salían las partes desmembradas de su cuerpo que él se había llevado a la boca noche tras noche en una lujuria de insomnios. "Una sinfonía fantástica", pensaba otras veces. "La mujer en la ventana", "La puta del final". "Psycho".

V

Lentamente fueron surgiendo sombras y claridades en las que se perfilaban imágenes subyacentes, desnudos que se entregaban y deslizaban en un oleaje de aceite transparente. La calidad monocromática se enriquecía bajo el efecto de la luz, una obvia consistencia impresionista, pero más a fondo, como si la luz surgiera desde dentro y no desde afuera, con el transcurso del día, como la buscaban Monet y Renoir.
—Turner, especialmente Turner.
Bruno acabó inspirándose de tal modo que gradualmente llegaron a ver lo que no habían visto antes, ni siquiera Janet, y que ahora se traslucía claramente en la plástica verbal de Bruno. Lo que ni siquiera estaba allí. La propia invención del catálogo lo entusiasmaba. "Con el

uso de un solo color Bob había sido capaz de dar la multitud de colores y de imágenes que flotaban en una ola, en el caso del azul, con obvias connotaciones eróticas". A medida que hablaba pensaba las ideas, que surgían espontáneamente, a borbotones, como si el propio Bob se las estuviera dictando. Las escribía apasionadamente, llegando a convencerse de lo que estaba diciendo y que en un principio le parecía falso. El mismo se creía mientras las escribía, construyéndose y construyendo la pintura de Bob –como le había prometido; pero como era un escéptico que no creía en nada ni en nadie, después se burlaba y se descaracterizaba (lo descaracterizaba) sin poderse descubrir, en realidad, la verdad de lo que estaba diciendo. Las palabras lo arrastraban hacia un abismo donde una gasa que se esparcía al viento lo llevaría a un despeñadero y solamente iba a quedar la nada. Tal parecía que se desdoblara, como quien interpreta un papel en escena y va de una transición a la otra, de una tentación a la que le sigue, negando el personaje lo que había dicho antes, para perdernos en un laberinto de contradicciones.

Tomaba notas e iba redactando el texto, satisfecho de sus logros, de aquellas invenciones que eran los logros de Bob. Construía las imágenes del análisis crítico, sacando de donde no había, como pasaba siempre con el catálogo de todas las exposiciones, y afirmaba que "en el período azul el pincel de Bob *surfeaba*, por lo cual el lienzo se iba impregnando de desnudos marítimos que se movían al conjuro de las olas, rodeado de peces, en un devenir rítmico que se proyectaba de un cuadro al otro como una ola que se construye dentro de su propia espuma. La sexualidad implícita..." Lo releyó y le salía como si fuera Picasso. El catálogo se elaboraba día a día como si estuviera concebido a dos voces. Y sin embargo, tal parecía que hacía trampas, aunque cumpliendo las promesas de aquel pacto fatal, como si fuera a caer en el despeñadero de una pesadilla recurrente. Después tachaba lo que había escrito, para escribirlo otra vez de otra manera.

("Un disparate").

No obstante ello, se empeñaba en la indagación, descubriendo sombras, incógnitas, que sometía a rayos ultravioletas, dejando al desnudo super imposiciones plásticas gracias a un desarrollo tecnológico que hacía visible lo que había detrás de la superficie.

Hacía su papel. Se duplicaba. Perdía la conciencia de su identidad y creía por momentos que se volvía loco. Hubo un momento en el cual toda ubicación era imposible, como hermanos monocigóticos que se pisotaban en el útero. ¿Quién escribía a quién?

Justo es decir que con el verde Bob había sido menos radical, porque se había permitido libertades de contrastes que abrían la puerta a un boscaje de insinuaciones que serpenteaban con una sensualidad tropical y un misterio púbico. "Un Rousseau post-moderno", afirmaría un poco a la fuerza. De esta forma Bruno, en el catálogo, apuntaría hacia el erotismo de las imágenes, observando posibilidades copulantes en el manejo de los colores, una "masturbación en verde, que era procreativa". En "Nudos" era obvio: "aquella mujer submarina envuelta en algas con una soga de nudos (que era "la memoria de la creación del mundo y la perdición de los hombres"), sin contar el caso de "la navaja", casi figurativo, una alegoría estrictamente castrativa, motivo que se repite en toda su obra pictórica". Esta imagen sorprendía y los más incrédulos sonreían hasta que, acercándose, se daban cuenta de que no habían visto lo que ahora claramente se veía: el cuchillo, las gotas de sangre sobre la arena (es decir, el lienzo beige con manchas color magenta), "aquella coloración única de Bob Harrison que anticipaba una brutal erupción de sangre, fuego y lava"—agregaba con un tono un poco grandilocuente, y con sentido del espectáculo.

Doris llegó a verse desnuda entre verdes y azules, y más concretamente, tostándose bajo el sol junto a la piscina, bronceándose el clítoris, que a veces pintaba en un primer plano donde lo anatómico desaparecía y se volvía totalmente abstracto. Además, lo ilustraría en el catálogo con tomas parciales que reafirmarían sus puntos de vista (no hasta tales extremos, naturalmente). Era el "origen del mundo". "La *indiferencia de la percepción,* conduce a la ceguera de los sentidos: el tacto no oye hasta que no siente la piel en la yema de los dedos, el paladar ignora el gusto cuando la lengua no se desliza descubriendo el secreto de los poros, el olfato desconoce el perfume cuando padece de la ceguera del olor, y el oído no escucha la música a menos que perciba el silencio", había escrito Bruno en una primera versión del catálogo, que después eliminó porque la voz de Bob le decían que aquello no era más que una sarta de disparates. ("Pero, ¿qué quería?") (¿Quién quería?) Era como si hubiera perdido la memoria y otro ser se apoderaba de él para que dijera lo que no se dijo.

Todo esto los llevó a interminables indagaciones en los farallones de la galería, junto al abismo, que se abría como una puerta cerrada con un candado y una cadena, como el closet de Janet, donde estaba aquel autorretrato que era, más específicamente, el autorretrato de una sexualidad sepultada que se desencadenó aquella tarde en el museo. Y sin embargo, ¿no había sido una farsa?

¿Acaso aquel no había sido el orgasmo de Doris, en el fondo mismo del coño, aquel cuadro que había pintado Bob y que le había entregado a Bruno cuando el tren penetraba en el túnel? ¿O era "La ducha del coño"?: Janet Leight bajo el chorro de sangre mientras aquel paranoico la apuñaleaba en el fondo del subconsciente. ¿"La sangre en el caño"? En todo caso, el gabinete adyacente, el *búnker* de la plástica harrinsoniana, conducía al laberinto de lo ignoto, en una indagación de ellos mismos (del cuerpo) en los lienzos, que sólo había vivido en las entrañas pictóricas de su cerebro. Como la oscuridad era impenetrable, no se veía nada, y en última instancia nada podía pintarse. Entraban en el *búnker* escasamente iluminado donde imágenes más concretas reproducían fragmentos del alero, la piscina y el patio de la casa, desde ángulos fantásticos, interceptados por juegos de tijeras y cuchillos. Eran "imágenes reflectantes" (decía el catálogo) que ondulaban sobre "una superficie del agua donde podía descubrirse un cuerpo femenino repetido que volvía una y otra vez; un mundo de reflejos por donde se caminaba de forma invertida, como si se atravesara el espejo de la muerte en el sueño de Orfeo" (Bruno, Bob; Bob, Bruno) "en cópulas fantásticas por caminos torcidos que parecían naturales y no lo eran: sólo el reflejo nos dirá la verdad. Quizás este predominio de lo obvio del subconsciente, llevaría al pintor a indagaciones más profundas (las del fondo del mar) en una nueva búsqueda monocromática que lo alejaría para siempre de la influencia daliniana (el "homenaje a Dalí", de naturaleza ambivalente) para buscar la autenticidad en el monocromatismo, aunque esto no pasa de ser una hipótesis crítica". Las anotaciones que aparecían con alguna frecuencia y que decían "ver *Diario*" reiteraban la importancia de un texto que no aparecía por ninguna parte. "La eyaculación fue el pistoletazo, el suicidio". Nada de lo que decía tenía el menor sentido, pero acabarían afirmando todo lo contrario.

En realidad, Janet hubiera preferido no haber conocido aquella "paranoia pictórica" (en palabras ulteriores que aparecían en el catálogo): aquel Bob desconocido que se reconstruía pictóricamente en un mural a donde no llegaba la luz, laberíntico y escondido, como un toro enfurecido que no anticipaba. Aquella mezcla de emociones incrementaba su desasosiego, y empezó a maquillarse nuevamente, inclusive en el espejo negro del *búnker*. Gradualmente volvió a pintarrajearse, recorriendo un camino a la inversa, como si quisiera volver a ser lo que no había sido. Porque, ¿qué tenía que ver Bob con aquella "Máscara", salida de un espacio recóndito, donde el pintor había trabajado con una paja espesa repintada, con unos ojos de cuencas negras y círculos pajizos alrededor, y una boca desfigurada, adornada con pelos de yegua (según afirmaba el catálogo) que le habían servido como añadidos que configuraban la "plástica orgánica" de un fantasma? ¿No lo había conocido? Sólo lo había oído, aquel caballo desbocado que había dado aquellas patadas atronadoras contra la puerta de caoba ensangrentada y que finalmente irrumpió al final de la galería, un movimiento bi-polar (en "Péndulo") que iba de Bob a Bruno, de Bruno a Bob, aquella contradicción de los testículos.

Entonces, no había sido él, porque vivía dentro de una ley de las transferencias. Nunca había compartido el alma gemela que la había sacado del mutismo de Dean para convivir en un limbo de eros. Y ella, Janet, por otra parte, tampoco había sido hasta el día en que Bob la había recorrido con el cuerpo de Bruno, como si ella viviera no sólo su orgasmo, sino el orgasmo de Doris. Esa transferencia del deseo la sacudía ante el desmembramiento corporal de Doris, la obsesión (celos) al tener constancia que el pincel de Bob la había recorrido de mil formas y maneras (celos), toda clase de posiciones (celos), más allá de la sinfonía monocorde de colores planos que ya Doris sospechaba eran otra cosa desde que leyó las páginas del diario. Sólo "lo que no fue" podía sacarla de aquel atolladero. Es decir, Dean Leighton, que era la seguridad y la sostenía en un vacío al borde del abismo. Se veía a sí misma en el sueño de los acantilados. Bruno, por su parte, se irritaba porque aquel *ménage à trois* se le iba por la alcantarilla. Janet ofrecía resistencia y se pintarrajeaba para que no pudiera reconocerla. Aquella indagación en el *bunker,* había funcionado como un jarro de agua fría. *La llave se le desprendió de la mano, yendo a parar en la fosa de una vulva que la succionaba, muy parecida a aquella apoteosis del Infierno que había pintado El Greco. La naturaleza atemporal de esta galería no imaginada estaba formada por una serie de imágenes que escapaban a todas las regulaciones de la lógica y descubrían facetas inusitadas de la pintura de Bob. Él las había descartado siempre, porque contenían una consistencia surrealista ("la aversión al subconsciente daliniano que había en su pintura lo llevaron a subestimar su propia originalidad, aunque en el fondo no hacía más que contradecirse", escribió Bruno en el catálogo) que apuntaban al conocimiento de pasiones subconscientes que siempre había querido mantener ocultas y que ahora él, con la llave maestra, había puesto al desnudo.* El acantilado no era más que un corte transversal en el lienzo, una línea inclinada verticalmente, que dividía el cuadro en un gris negro de un lado, la roca volcánica, y del otro un gris azul cobalto, mientras ella descendía hacia las catacumbas submarinas.

Un mural gigantesco aparecía en la oscuridad última del coño donde estaban todas las respuestas: el múltiple orgasmo, el orgasmo perfecto, un orgasmo en el cosmos: aquellos orgasmos metafísicos, aquel estruendo de corceles en los cuernos de los rinocerontes que la traspasaban, en embarcaciones de desnudos transoceánicos, clavos de una sexualidad cósmica, en una constante metamorfosis, hecatombe de eros y erecciones que no conocían la flacidez, fantasmas de desnudos envueltos en moléculas electrónicas y cibernéticas que no se detenían jamás, jadeos noctámbulos, transferencias fornicantes de su cuerpo pintado una y otra vez, su cabeza de Medusa vuelta Venus de la medianoche girando en la orgía de Dios y en el subconsciente de Janet.

Era la anatomía de una exposición: una muestra de órganos esparcidos por el piso y las paredes. Un centenar de bosquejos reiteraban un cuerpo desmembrado en toda una galería de composiciones mutiladas, verdadera "masacre", que estaban esparcidas en buen número de carpetas, sujetas a metamorfosis de sueños de Venus, masturbaciones de Orfeo, cópulas de Narciso, orgías de Tarquino, encabritamientos de Tauro, velos de Salomé, castraciones de Olofe, lluvias de Danea y festivales de Zeus que se descomponían y volvían a componerse. *Entre una cosa y la otra aquel triángulo del deseo iba camino de irse de cabeza al jodido abismo. En un giro alrededor de aquel peligroso alpinismo en torno al faro, el jugo balsámico que precedía al orgasmo descendió gradualmente de la cúpula de semen, la bóveda mítica del hongo, deslizándose peligrosamente y humedeciendo las paredes. Mientras más trataban de sostenerse en las ve-*

nas del falo, más riesgoso parecía el ascenso. El tremor podía anticipar el magma pastoso, espeso y viscoso de una explosión que acabaría lanzando al exterior aquel líquido que se había formado en el interior testicular de la Tierra, la roca eruptiva de la psiquis, principio y fin del universo. El espasmo de una violenta eyaculación volcánica, que hacía erupción por una incisión que había en el extremo del foco de luz, provocó el movimiento espasmódico de un terremoto, manifestado por un desliz de miel. La agitación en las paredes del faro haría inevitable que cayeran al abismo. Indeciso, no sabía si dejarlo o mandarlo al coño. Si nadie iba a entenderlo, salvo ellos dos, ellos tres o ellos cuatro, ¿qué importaba que lo quitara o lo dejara? Si no lo entendían, les parecería más interesante, y como la obra de Bob la había vuelto medio surrealista, no estaba de más. Era un lenguaje cifrado. ¿No era eso lo que Él quería?

VI

La retrospectiva vino con el catálogo correspondiente y una monumental exposición, nueve meses después, como si fuera un parto, que dejó a Bruno Miller (¿?), el padre y la madre de la criatura, totalmente exhausto. A pesar de otras alternativas, azul, beige y terracota, el negro se impuso. Tras considerar todas las geometrías posibles (triángulo, rectángulo, cuadrado, polígono, hexágono, pentágono y las restantes opciones geométricas del infinito, incluyendo el punto), como era de esperarse, Bruno (¿?) se decidió por el círculo, en un contexto de arena. De ahí que la bóveda de la exposición tuviera la transparencia opaca del sepia, de un color que perdía su color, que era esencial para "comprender la filosofía plástica", decía el catálogo: pintar era la pátina del olvido. "El negro se le imponía como el color de todos los colores, con un contenido de presencia y ausencia, eliminación de todas las ilusiones para sumergirse en la desilusión total de la niebla profunda de Ithaca, en que se perdía, no en el paisaje sino dentro del paisaje en la culminación de un abstraccionismo abstracto que era el todo, hasta que se abría en el absoluto del azul en una composición efímera de agua y aire". La idea le parecía estupenda, la escribió en el catálogo y por razones que ignoro la puso entre comillas. Quizás para evitar el compromiso.

La exposición se abría con aquel cuadro de textura arenosa, de proporciones considerables, antesala del suicidio (del crimen), manchado con gotas de sangre, que se enriquecía con un diseño póstumo, "un toque mironiano de quien se burla de la vida con algo de un kandinskianismo cósmico y macabro a la vez", que rompía con todos los convencionalismos. Porque Bruno (¿?) había decidido poner en el catálogo la maestría de su propio proceso creador, creando y descreando, como había (le habían) prometido. Bob había dejado sus "huellas en la arena", que así lo llamaba en su complicado "catálogo de catalogación", oculto en uno de los cajones del escritorio y que "confirmaría con sangre". Era "la quitaesencia de todos los autorretratos", ya que el análisis químico indicaba que Harrison había llevado a cabo otro experimento pictórico inusitado, demostrándose que la coloración magenta de la firma había sido lograda mediante una combinación del azul, el amarillo y el cian, mezclados con gotas de su propia sangre (una pigmentación única), del que también dejaban constancia la paleta y los pinceles (expuestos a la derecha) y que bien podían anticipar su muerte, ocurrida según determinación del forense, minutos después de haber sido firmado. "De ahí que le daba una patada por el culo a todos los autorretratos habidos y por haber desde el Renacimiento para acá", le hubiera gustado indicar. "Todos los restantes habían sido autorretratos de la vanidad, del ego, que Bob Harrison iba a negar con un pistoletazo en la sien" (¡!). "Un análisis minucioso, indicaba que, para acrecentar su *naturalismo abstracto*, tras la aparente uniformidad de la tela, se ocultaba algo más trascendente: había utilizado partículas de conchas marítimas desintegradas por la erosión con el objetivo de llegar a las entrañas de lo orgánico, la creación telúrica de las islas hawaianas y por extensión el mundo y su persona. En ciertos segmentos del cuadro descartó los pinceles y se concentró en el uso de una pintura dactilar para acrecentar la constancia física de sí mismo."

Del lado opuesto colgaba "El agujero" (que era el nombre que le daba el chino Chan, y con el cual se conocería después) pero que aparecía catalogado impersonalmente como "sin título", lo cual era mucho más discreto y de mejor gusto. Con la misma textura arenosa del cuadro al lado opuesto de la pared, lo complementaba con aquel hueco sin fondo que había dejado la bala en el lienzo. La quemadura había producido alrededor del "agujero" una especie de auréola, que parecía también una mácula en el ojo, pero que para él era "una mancha solar correspondiente a una zona de intenso campo magnético". "Estaba en correspondencia con "corona solar" (en la pared de la derecha), una verdadera obra maestra, donde el círculo negro al centro contrasta con la esfera de luz que lo rodea y que después se diluía en un azul que pasaba a convertirse en un universo en negro. Esta consistencia cosmológica persiste en su pintura hasta el momento de su muerte, que va a culminar en la auréola del "agujero" que pinta, precisamente, con el pincel balístico que lo llevó a la muerte, superando las jugarretas de Dalí, que no iban en serio y no pasaba de ser 'una escritura con escopeta' más humorística que otra cosa".

Lo que proponía el catálogo era una interpretación metafísica de toda su obra pictórica, insertada en el contexto del subconsciente atormentado de una personalidad desconocida, "como había descubierto en los cuadros *del subconsciente pictórico*, que el pintor escondía celosamente en el *búnker* al fondo de su casa, y que iba a conducir al desnudo total de aquel mural, "El múltiple orgasmo", que pintado directamente en las paredes del *búnker*, en plena oscuridad, iluminándola con velas encendidas, que jamás ha podido verse del todo, como un Caravaggio contemporáneo que se adentraba en la siquis por los caminos de un nuevo tenebrismo de la pintura actual".

Por consiguiente, el negro acabaría dominándolo todo: "una galería subterránea que era la caverna de la negritud, todo pintado en negro, una pintura de ciego, más negro que el negro mismo, hasta llegar al negro negro de Mike Jagger en el fondo de una música de sordos y de ciegos, espacio para la luz, para cualquier color, copulando un negro con negro, consumiéndose en las cenizas de un mar negro incinerado, puro parto en el cosmos", concluyó como si estuviera escribiendo una galería de disparates.

El éxito de la exposición tuvo repercusiones internacionales, gracias en gran parte al puntilloso desmembramiento de Bruno Miller, que iba desde las más estrictas interpretaciones plásticas hasta "el análisis freudiano y junguiano de los recovecos sicológicos que llevaban a la concepción de la línea, la forma y el color". Para él Bob Harrison recorría un camino que había dejado corto a los demás, comparable tan solo con Dalí y Picasso, sin ignorar los nexos con Sam Francis, Clifford Still, los garabatos de Cy Twombly y en particular Mark Rothko. El descubrimiento de la "plástica del subconsciente", de la cual dejaban muestras algunos cuadros de la exposición, no era más que la superficie visible del iceberg: una tensión psíquica que era su dispositivo creador, ley de la transferencia, dimensión coherente del caos". A esto había que unir la portada del *Time* que vino a ser una verdadera consagración, con los perfiles superpuestos de Bob y Bruno, uno sin barba y otro con ella, antes y después, diluyéndose el uno en el otro, como si se tratara de una misma persona.

VII

El cierre de la exposición coincidió, casi espectacularmente, con los funerales de Bob, que todavía no se habían llevado a efecto, aunque desde hacía tiempo el chino Chan había dejado de poner obstáculos para que lo llevaran al crematorio. Doris lo había mandado incinerar como había sido la última voluntad del difunto (¿?). Se lo llevaron en una urna a cuyas cenizas agregó Doris las de su *Diario*, que guardaba celosamente (porque finalmente había descubierto los celos) selladas en un sobre, mezclando las unas con las otras.

La ceremonia tuvo lugar a la sombra del *banyan* milenario del Hotel Moana, mientras se entonaban cadenciosamente las notas de *Perly Shells From the Ocean*, presidida la misma por el reverendo Akaka y con la asistencia del Duke Kaheaumoku, que no se había muerto todavía. El atardecer era, repitiendo el adjetivo, espectacular, y dejaba corto al monocromatismo de Bob y a las aguachentas acuarelas de Janet. Doris estaba toda vestida de blanco, con un collar de plumerias blancas. El blanco acentuaba aquel bronceado casi perfecto que era un baño de sol que bien pudiera ser la envidia de Mele, la diosa de los volcanes.

Asistió toda la plana mayor del profesorado, incluyendo Jack Wayne, *cocktail* en mano, Cold Salmon y Sam Mason (¿quién se acuerda de ellos?). Todo volvía a la normalidad, salvo el caso de Chan, que aunque no había sido invitado, se apareció de todas maneras, a modo del clásico chino de la charada, aunque no llevaba coletilla, con un tradicional batilongo de un estridente rojo satinado que le daba el aspecto de un dragón apabullado. Como llevaba zapatillas, estuvo a punto de caerse, cosa que no ocurrió gracias a la intercesión de Gordon Wright que logró evitarlo.

Janet Leighton, acompañada de Dean, vestía aquel *mumu* de flores blancas y negras que había sido el favorito de Bob, y tenía el rostro cubierto con una capa de maquillaje más espesa que nunca. Había, realmente, envejecido mucho (se supone) después de aquella instantánea lujuria que no volvió a repetirse: la primavera tardía de Mrs. Leighton, *un ménage à trois* de lo que no había sido.

Encallada en la arena había una primitiva embarcación con una vela, que parecía más bien una balsa, de esa que usaban los polinesios para recorrer el Océano Pacífico, de una isla a la otra, y unos hawaianos medio desnudos, remos en mano, parecían estar a punto de zarpar de un momento a otro. Como si fuera la luz al final del túnel surgió Bruno (¿?) (como si Bob Harrison hubiera resucitado) con las cenizas del muerto al hoyo y el vivo al poyo. Bajo los efectos pictóricos de la luz, la barba iba adquiriendo un más intenso y oscuro tinte rojizo, como quemado. Descalzo, precedido por el reverendo Akaka, subió a la embarcación. Vestía todo de blanco, con gafas oscuras, haciendo juego con las que llevaba Doris. La brisa lo despeinaba y parecía un actor de cine haciendo el papel protagónico. La incandescencia del horizonte acentuó el anaranjado gracias al efecto solar del atardecer, en una coloración pictórica que nunca había utilizado el pintor en ninguno de sus cuadros, como si le hiciera la competencia. En la orilla se encendieron un par de antorchas, y al unísono se escuchó la sinfonía fantástica de los caracoles, que estaban de fiesta, como si el océano fuera a recibir el cuerpo de Bob que volvía al habitat primigenio de la última guarida donde había vivido alguna vez, mientras Bruno (¿?) (como si Bob Harrison resucitara de sus cenizas), ya en alta mar, esparcía sus cenizas al viento. Puro *kitsch*.

Cuando apareció la palabra FIN todo parecía indicar que se trataba de un *happy ending*.

CAPÍTULO XIV

EL QUE LA HACE LA PAGA

Muchos años más tarde

Escandalizado por la lectura de *Un bronceado hawaiano,* tiró el libro contra un afiche de *Charlie Chan en Hollywood* y hasta le pareció que Sydney Toler había ladeado la cabeza para evitar el golpe. Desfallecido como estaba y a punto de consumirse entre el hambre, la tuberculosis, la anemia perniciosa y la ficción, aquella lectura lo había dejado agotado. ¿Quién había escrito aquella novelita *noir* donde él se volvía personaje y recogía toda la información que sólo a él debía corresponderle? ¿Lo hacían para despistarlo? ¿O era que el propio narrador se convertía en el asesino, se estaba burlando "del que leyere" y lo había despistado, como generalmente ocurre, para que no se hiciera justicia? Todas estas preguntas le venían a la cabeza, porque él era, esencialmente, un moralista guiado por el principio ético del que la hace la paga, y si no la pagaba tendrían que devolverle su dinero. El criminal utiliza toda clase de tretas. A él sólo le importaba descubrir el significado último de "El agujero", y por muchos agujeros que hubiera en ese episodio, no sabía en qué medida podría relacionarlo con "el agujero" del cuál él estaba hablando.

Desde que lo vio por primera vez, "El agujero" se convirtió en la razón de ser y no ser de su vida, y bien podría decir que por más de veinte años había estado metido en "el agujero", que era el fondo mismo del abismo. Cuando el Departamento de Investigaciones de la Policía de Honolulu puso en sus manos el caso de Bob Harrison, su vida adquirió un giro inesperado en aquella ciudad donde nadie mataba a nadie y la sangre no llegaba al río. Desgraciadamente, Honolulu no tenía el prestigio policíaco de Los Angeles o Nueva York, y eso era lo peor que le podía pasar a un detective. Aquel caso lo conmovió del último pelo a los testículos y de estos al dedo gordo, porque en el lamentable episodio confluían dos de las grandes pasiones de su vida, la que sentía por el crimen y el castigo, que hacían de él un sabueso de la culpa, un implacable inspector Javert, entre Dostoievski y Víctor Hugo; y su escondida pasión por el arte no figurativo. Al enfrentarse por primera vez al cuerpo de Bob Harrison, de bruces en el piso en un charco de sangre, recibió una sacudida brutal porque nunca había visto un muerto así, salvo en el cine, amontonándose de golpe y porrazo toda una secuencia de cine negro, como si le hiciera un homenaje, digna de los mejores festivales. Cerraba el montaje con el golpe final de *El hechizado,* la película en que Gregory Peck estaba medio loco e Ingrid Bergman haciendo de doctora chiringa lo quería volver a su sano juicio, con aquel primer plano del cañón de la pistola vuelto hacia el espectador, como si fuera este el círculo último del tiro al blanco: "el que la hace la paga". Porque, de no ser cosa de locos, ¿cómo explicarse aquella jodida "pesadilla recurrente" sin pies ni cabeza? Muchas veces le había dado la vuelta a la isla, tratando de atar cabos sueltos, buscando farallones más allá de Hanauma Bay hasta llegar al punto donde Burt Lancaster y Deborah Kerr se ponían a templar en la arena como si aquel memorable palo fuera *De aquí a la eternidad,* pero no por ello podía descubrir al asesino. Como si Dalí y Hitchcock hubieran metido la mano en la filmación de la película, la escena del crimen se complementaba con aquellos dos lienzos que había dejado Bob Harrison como testigos mudos de su muerte: uno de ellos, el que el hijo de puta de Bruno Miller dio en llamar "Autorretrato", y el otro, al otro lado de la habitación, al que él le puso el ordinario apodo metafísico-pornográfico de "El agujero". Había que quitarse el sombrero y reconocer, según diría más tarde el catálogo de la exposición, que Harrison había ido más lejos que Dalí, el cual, haciéndose pasar por loco pero sin tener ni pizca de ello, con una escopeta, le disparó clavos a un lienzo (una verdadera tontería que no por ello dejó de llamar la atención de la crítica), mientras que Harrison lo hizo con la bala que le había destapado la tapa de los sesos. Bajo la excusa del análisis químico, decidió llevárselos sin encomendarse ni a Dios ni al Diablo, y salió con ellos para la estación de policía, ya que eran testigos oculares, aunque mudos, del crimen que se había cometido. Allí los metió en el armario que tenía en su despacho, bajo llave.

    Coincidía todo este caso criminal y jurídico con su secreta pasión por el arte abstracto, de la que nadie tenía la menor idea, aunque algo le había dicho a Gordon

Wright, su amigo y confidente de sus correrías por Hong Kong, en el que había confiado como Peter Lorre confiaba en Robert Morley en *La burla del Diablo*. Ciertamente ningún pintor más abstracto que Bob Harrison y aquel cuadro se le metió en la cabeza desde el primer momento, como si allí estuviera la verdad última, no sólo de la muerte de Harrison sino de la creación del universo.

No debemos perder de vista su entrenamiento caligráfico, iniciado cuando apenas había salido del kindergarten, su padre lo puso a escribir adivinanzas de Confucio en las galleticas de la fortuna, a lo que ya hemos hecho referencia, que también lo inclinaron hacia la metafísica, como si fuera un hombre del Renacimiento. Para él la caligrafía de las letras orientales (y con ello incluía forma y contenido, plástica y literatura) era el *non plus ultra* de la estética, donde competían chinos, japoneses y coreanos con un elitismo que los distinguía y alejaba de toda la cultura occidental, especialmente de los americanos, que eran unos chapuceros y tenían tan mala letra. Lo cierto es que era innegable su destreza con los pinceles.

En todo caso, pensaba, que si los cuadros hablaran ambas obras maestras de Bob Harrison podrían convertirse en testigos para la fiscalía (lo que le recordaba la famosa película de Billy Wilder en que Tyrone Power se había salido con la suya). Llegó a creer que eran de su propiedad hasta que una carta del recién nombrado director del Museo de Arte solicitando la devolución de los cuadros con motivo de la mencionada "retrospectiva necesaria", le puso la tapa al pomo y lo hizo volver a la realidad. Lo único que podía hacer era plagiarlos y quedarse con los originales. Como tenía suficiente información, gracias a los análisis químicos, de los materiales que Harrison había utilizado para pintar los lienzos, eso le permitiría meterle mano a la obra, contando además con el hecho de que prácticamente nadie los había visto, incluyendo el cabrón de Miller. Cuando esta idea se le metió en la cabeza no se la pudo sacar, y nadie iba a poder hacerlo, a menos que le hicieran la trepanación del cráneo. Sin embargo, la dificultad que se le presentó era mayúscula en el caso del llamado "autorretrato", ya que como Bob lo había salpicado con su propia sangre había un componente orgánico que no podía comprar en la ferretería. Aquellas salpicaduras que había esparcido por el lienzo, no sólo resultaban algo difíciles de reproducir, sino que la firma, donde había obtenido un muy particular color magenta, podría poner al descubierto el plagio, gracias al ADN, que descubriría que aquella sangre era falsificada. Se conformó por lo tanto con plagiar "El agujero", que después de todo le gustaba más, y que con un poco de pintura con un tono de beige comprada en algún almacén, arena y conchitas de mar bien machacadas, cubriría la totalidad del lienzo de un solo brochazo, como si fuera algún pintor de brocha gorda. La mayor complicación era, específicamente, el agujero, que exigía que se metiera un pistoletazo. Más exactamente, que le metiera un pistoletazo al cuadro. Afortunadamente la pistola con la cual Harrison había pasado a mejor vida estaba debidamente encajonada, al alcance de su mano y prácticamente tirada al rastro del olvido porque él era el único que le había hecho caso, y le quedaban un par de balas. Sólo tenía que metérsela en el bolsillo de aquel saco raído y estrujado, a la medida de otra persona, que le había hecho aquel sastre de pacotilla de Hong Kong y que siempre tenía en su despacho colgado en un perchero.

La idea del plagio no le pudo parecer más original y hasta se sentía orgulloso de la misma, como si con ella su vida fuera a adquirir mayor significado. No había leído nada parecido en ninguna novela policíaca, y estaba seguro que Dean Leighton tampoco. Era, a su modo de ver, el crimen perfecto; tan perfecto como el que se había cometido con Bob Harrison, porque este barrenillo tampoco se le quitaba de la cabeza. Concebido el plan, una noche en la que sólo estaban en la estación de policía un par de policías somnolientos, salió con el cuadro envuelto en unas toallas grandes de playa, y se lo llevó, amarrado en el techo de su destartalado automóvil, para el barrio chino, donde vivía, que afortunadamente no estaba demasiado lejos.

El lienzo lo pintó en un dos por tres y le pareció que le había quedado tan bien como el original. Verdaderamente, no veía la diferencia, y no se podía imaginar como Bruno Miller se había atrevido a decir que Harrison había sido una perdida irreparable para la plástica norteamericana. Sus razones las tendría en el bolsillo. Ciertamente lo más logrado del cuadro no estaba en los pinceles sino en la bala que lo había agujereado. Finalmente, pistola en mano, y tras hacer los cálculos correspondientes, determinando el ángulo y otros detalles, colocó el lienzo reclinado contra una pared (como había sido la posición del original), buscó la pistola en el bolsillo del saco donde la había metido, y se la llevó a la sien poniendo el dedo en el gatillo. Procuraba actuar con la mayor sangre fría. Tan concentrado estaba en su papel que un momento antes de apretarlo tuvo que desviar la cabeza porque estuvo a punto, efectivamente, de pegarse un tiro.

El pistoletazo se oyó por todo el vecindario, pero no se le prestó mucha atención. Como los chinos son muy aficionados a los cohetes, particularmente en Año Nuevo, pues no fue gran motivo de alarma, aunque estaban en pleno verano. La viejita que tenía la lavandería en la planta baja, subió ligeramente alarmada y tocó a la puerta, preguntándole que qué había pasado, a lo que respondió Chan que no había pasado nada y que por un descuido se le había disparado la pistola.

A la mañana siguiente puso un cuadro al lado del otro y los dos se parecían de tal modo que hasta él estuvo a punto de confundirse, sin saber exactamente cual era el original, como si fueran hermanos monocigóticos. Titubeó por un momento, ya que la conmoción del disparo había sido muy grande, teniendo en cuenta que este había sido uno de los proyectos más ambiciosos de su vida. Pero pasada la sombra de una duda, recordó que el original lo había colocado a la izquierda de la ventana y el falsificado a la derecha, como podía comprobar por el agujero que ahora había en la pared. Aunque la argumentación no era muy sólida (bien pudiera haber sido a la inversa y la memoria siempre puede fallar), se convenció rápidamente que estaba en lo cierto. Además, contempló los dos cuadros y en particular la aureola que había hecho el disparo, y las dos se parecían muchísimo, y ni siquiera Bob Harrison, que en paz descanse, de estar vivo, hubiera podido reconocer el original. Un par de días más tarde, hizo la misma operación, y con el cuadro envuelto en las toallas de playa, volvió a la estación de policía, colocando la copia donde había estado el original.

La posesión del cuadro lo tranquilizó. Por una semana pudo dormir a piernas sueltas, pero fue un remedio temporal, ya que, de todos modos, no había podido llegar al meollo de la verdad. La presencia del cuadro lo calmaba, porque tenía la certidumbre que la solución de la incógnita estaba en aquel círculo que conducía al infinito.

Durante el tiempo que duró la retrospectiva necesaria de las obras de Bob Harrison, sentado en lo que pudiera llamarse el banquillo de los acusados, había estado sumido en los más contradictorios pensamientos. El plagio que había cometido lo tuvo sobre ascuas por bastante tiempo, sentándose ante "El agujero" desde la apertura al cierre de aquella famosa exposición, sin quitarle la vista de encima y, en especial, de los que lo miraban, hasta el punto de que llegó a considerarse, por su rigidez y constancia, parte de la muestra. La presencia de Chan no pasó inadvertida, y el guardia de seguridad que cuidaba la sala no lo perdía de vista desde que llegaba hasta que se iba, porque producía cierta inquietud. No obstante ello, como no hacía nada, salvo sentarse y mirar al cuadro, no se tomaron mayores precauciones. Con la paciencia de la raza amarilla estuvo sentado allí un par de meses, en espera de que alguien hiciera el descubrimiento del plagio. Cuando Bruno Miller entraba en la sala, se apendejaba, pues siendo un experto como decían en las artes plásticas, lo más lógico hubiera sido que lo descubriera. Por ese motivo, evitaba mirarlo cara a cara, por lo cual nunca lo miró analíticamente, como hacen los detectives y como hubiera hecho Sherlock Holmes. En cuanto al plagio que había tenido lugar, aparentemente ni se lo imaginaba, lo que demostraba, en su opinión que aquel individuo sabía de artes plásticas tanto como un pintor de brocha gorda. Como él, dada su profesión, sospechaba de todo el mundo, no dejó de sospechar de aquella aparición inesperada de Bruno Miller en Honolulu, que le parecía extraña, especialmente con aquel nombre que no sabía de donde había salido, y que le recordaba el de alguien, pero que no podía precisar. ¿Cuándo y dónde había conocido a una persona con un nombre tan disparatado? ¿Bruno?

Cuando Doris Harrison se aparecía, él, sin perder las formas de cortesía que le había enseñado su padre, se levantaba ceremoniosamente e inclinaba la cabeza, preguntándose cada vez que la veía si era rubia natural o teñida. A pesar de su seguridad respecto a esta última opción, con el paso del tiempo acabó asediado por la incógnita. Al resto de las víboras humanísticas que desfilaron ante sus narices no les hizo ni gota de caso, porque las despreciaba profundamente. Esto incluía a Gordon Wright, que tuvo la ladina hipocresía de venir a saludarlo y al que tuvo que darle un virón de cabeza.

Así pasaron varias semanas que lo tuvieron en vilo. Al principio no se iba por las preocupaciones que lo asaltaban, pero finalmente se quedaba allí por orgullo y satisfacción, convencido de que era tan buen pintor como Harrison, del cual se decían maravillas. Había personas que pasaban largo rato contemplando el cuadro, comentando sobre la textura arenosa, el tornasolado de las conchitas perladas, la perfecta geometría del disparo. Era un verdadero disparate, pero a la larga lo llenaba de satisfacción. Acabó sintiéndose profundamente orgulloso de su obra, que trascendía los límites del plagio. A pesar del anonimato, era la primera vez que se hablaba de él con tantos encarecimientos. Finalmente, algo adolorido de poner el culo en aquella tabla con la que habían hecho el banco colocado frente al cuadro; consciente de que tenía en su casa el original, que podía mirar por horas desde la comodidad del catre que tenía en su habitación, y seguro que sólo un detective como él sería capaz de descubrir lo que había hecho con los pinceles, optó por salir de aquellas cuatro paredes e irse para las suyas. Evidentemente, nadie sabía nada. (Y él, mucho menos).

Como nosotros no estamos tan locos como él (o eso pensamos), podemos afirmar que aquello no tenía sentido porque iba más allá de la lógica del dos y dos son cuatro. La reconstrucción de aquel rompecabezas irracional tenía la lógica precisa de una incógnita matemática que sólo podía descifrarse partiendo de los postulados de Euclides, con aquellas verdades evidentes que nadie se atrevía a contradecir aunque con el paso del tiempo aparecieron las posibilidades del álgebra abstracta y la teoría de los conjuntos.

Por otra parte, dejando a un lado su afición por la filosofía, la caligrafía y las artes plásticas, no debemos pasar por alto la que sentía por las matemáticas. Los chinos, como es de todos sabido, tienen particular talento en cuanto a lo que esta ciencia exacta respecta, donde no es posible meter gato por liebre y a la que han hecho contribuciones tan notables, como es el caso de los contadores. El chino Chan había sido también un experto parvulito que siempre recibía nota de sobresaliente en esta materia, resolviendo las incógnitas en un dos por tres. No era de extrañar que se hiciera detéctive ya que consideraba que todo crimen bien planeado era el resultado de una mentalidad matemática y que por las matemáticas se podía llegar a identificar al culpable. Los libros de matemática y las teorías más enrevesadas no faltaban en su biblioteca, y las aplicaba con frecuencia, como había hecho en el caso que nos ocupa, con resultados desastrosos. Todo parecía indicar que las matemáticas le habían dado con la puerta en las narices.

A pesar de los años que habían pasado no había desechado la idea de que sería él quien ganaría la partida, descubriendo al responsable de la muerte de Bob Harrison. Animado por el espíritu del Inspector Javert, por mucho que quisieran escapar, no iba dejar que aquellos personajes (y en especial el asesino) se escabullera por la puerta de atrás, porque para eso estaba él, aunque estuviera más loco que todos ellos juntos. Como Poincaré, el matemático francés, el principio de que el hueco del *donut* nunca podría ser cuadrado y que la proporción entre la masa y el hueco tenía que ser la misma (o algo por el estilo), él acabaría probando que en el hueco del cuadro estaba la identidad del criminal.

Su padre, experto ajedrecista, no sólo lo había entrenado en las jugarretas del ajedrez sino en la solución de los más intrincados rompecabezas, que cuando niño le había regalado al por mayor, dado el hecho de ser un coleccionista que coleccionaba rompecabezas de todas partes del mundo. En realidad, sin que fuera premeditado, lo había adiestrado en la profesión y de ahí que se convirtiera en aquel infatigable sabueso, como un canino que se regodea sacándole el jugo al esqueleto de un crimen. Pero, precisamente, esta fue su mayor desgracia, especialmente cuando el Departamento de Investigaciones de la Policía de Honolulu, sin poder tolerar un día más sus infundadas y disparatadas propuestas en el caso del pintor suicida, decidió ponerlo de patitas en la calle. A consecuencia de aquella trastada se vio precisado a jubilarse prematuramente. En el asunto nada tuvo que ver el plagio al que hemos hecho referencia, del que nadie se dio cuenta, incluyendo Bruno Miller, que hacía alarde de haber estado envuelto en la restauración de algunas obras maestras.

La seguridad de que se trataba de un tremendo hijo de puta no se le quitaba de la cabeza, pero no había modo de probar nada, y de haber insistido lo hubieran metido en un manicomio. Le parecía sospechoso que su llegada a Honolulu coincidiera más o menos con la muerte del pintor, pero muchísimas personas habían llegado a Honolulu en esos días, y eso no quería decir que alguna de ellas fuera el asesino. Claro que en este caso había ciertos puntos en que convergían, ya que uno era pintor y el otro crítico de arte, y se habían conocido en Ithaca, según propias declaraciones que aparecían en el catálogo de la exposición, lo que le hizo pensar en algún momento que Doris Harrison, que era una mujer de armas tomar, le hubiera pegado los cuernos al pintor con el crítico (como podía deducirse por signos obvios de la putería); pero eso no constataba que este último fuera el asesino, aunque quizás la idea de que él hubiera matado al pintor para meterle mano a su mujer, no debía descartarse de un manotazo. Las motivaciones eran obvias, porque Doris Harrison estaba buenísima aunque fuera mala, ya que la estética del culo no tiene que concordar con la ética del mismo. Y sin embargo, no podía ni remotamente probarlo, y ya bastantes líos se le habían formado con respecto a Leighton, porque lo mismo, ciertamente, podría pensar del jodido decano, inclusive con más razones, porque este tipo era un solapado, un manito boba y un mano muerta.

Aquel fracaso lo iba a perseguir por el resto de sus días. Peor todavía, como decían los árabes y había anotado Sir Richard Burton al margen de *Las mil y una noches*, "La ley musulmana no se cumple del todo hasta que no confiesa el criminal". Aunque él era budista, en el caso que nos incumbe no se había llegado, ni remotamente, tan lejos.

Lo ridículo de su situación (que ponía el nombre de los Chan por el suelo) acrecentó de nuevo la animosidad de su padre, que acabó prácticamente desheredándolo, salvo por el bajareque donde vivía en aquella especie de conventillo para marginados e inquilinos de dudosa moral en el cual cohabitaba, entre gentuza de baja estofa y viejitas chinas muertas de hambre con un pie en el cementerio. Esta única fuente de ingresos le permitía pagar los impuestos sobre la renta, dejándolo por lo demás con una mano alante y la otra atrás. Es por ese motivo que se había encerrado y se proponía encerrarse hasta el fin de sus días si era necesario, en aquella inmunda vivienda en un caserón que se mantenía en pie entre los rascacielos del barrio chino. Teóricamente, aquel pedacito de bienes raíces valía un dineral (si lo fuera a vender) y en cualquier transacción bancaria podría contar con incontables ceros a la derecha de la cifra, como si los mismos trazaran un camino a la otra orilla de un guiñapo humano que era un cero a la izquierda. Era algo así como el Willy Loman de *La muerte de un viajante,* aunque ya hubiera pagado los plazos de su refrigerador. Medularmente tenía un crédito que llegaba a Wall Street y se perdía en el infinito. En aquel trocito de bienes raíces haría como el macao, porque de allí no lo sacaban hasta cuando no llegara a las entrañas del crimen (tarde, mal y nunca) y aunque los rascacielos aledaños le cayeran encima a consecuencia de alguna guerra mundial, o un nuevo Pearl Harbor, porque la justicia tenía que cumplirse.

Frente a "El agujero", en un catre, dormía el detéctive, ya completamente desequilibrado y envejecido, pues había perdido la chaveta, pasando las peores horas de su vida entre el insomnio y la pesadilla, tratando de resolver, mentalmente, aquel rompecabezas que, para él, se había vuelto el crimen perfecto. Sin embargo, era la prueba con pelos y señales del fracaso absoluto de su vida, a lo cual se negaba a enfrentarse, que lo convertía en una figura legendaria del barrio chino, desde la época de los funerales de Bob Harrison en Waikikí, cuando se apareció, en pleno funeral, como un torero, vestido de rojo como el Chino de la Charada, con los correspondientes bordados e incrustaciones.

En la pared que estaba a la derecha de "El agujero", pegados a ella con unas tachuelas, se encontraba una serie de afiches de las películas de Charlie Chan. En esencia, transformado Chan en objeto de adoración, la composición de imágenes convertía la pared en algo así como el pórtico de un templo donde no faltaba, para dejarlo todavía mejor sentado, la imagen de un buda a quien todos los días le quemaba su ración de incienso en aquel altarcito. Verdad es que el buda barrigón no servía para mucho, pero era su tributo al detective chino, que consideraba su mentor, del cual era un firme creyente. La historia de aquel chino de película que había empezado de sargento en el Departamento de Investigaciones de la Policía de Honolulu, casado y con catorce hijos entre los cuales sobresalía Número Uno, había sido su fuente de inspiración y a la larga otra de sus muchas desgracias, que llevó a aquella injusticia descomunal en la cual le dieron tres patadas por el culo. En sus peores momentos había tenido grandes perretas en las cuales había mandado al chino Chan al carajo, poniéndolo del coño de su madre para arriba. Lo acusaba de haber sido su perdición, que impulsado por su ejemplo, había llegado a incriminar a Doris Harrison (sin contar al cornudo de Dean Leighton) de homicidio, convirtiéndose en el hazmerreír del mismo departamento policíaco al que Charlie Chan le había dado tanto prestigio. Epiléptico casi, caía en el piso echando espuma por la boca, desfallecido, y después, recuperándose, se daba golpes de pecho con el complejo de Peter Lorre, gritando aquello de "por mi culpa, por mi grandísima culpa", prometiéndose en momentos de desesperación, ir de rodillas a la casa de Charlie Chan en un punto imaginario de Punchbowl Hill donde se dice que había vivido por muchos años con su esposa y sus catorce hijos, y hacerle un santuario turístico como tenían Dulcinea en el Toboso, Romeo y Julieta en Verona y Hamlet en Dinamarca. Como en el caso de los lunáticos más prestigiosos, realidad y ficción se confundían.

Nada, que estaba completamente loco. En la estantería tenía las seis novelas sobre Chan que había escrito Earl Derr Bigger entre 1925 y 1932, una verdadera porquería, tenía que reconocerlo, que había superado el cine y, mucho más, su imaginación. Nacido en 1931, fecha en que comenzó a filmarse la serie de películas sobre el detective, se consideraba la reencarnación en carne y hueso del personaje, y no sabía cuál de los dos le gustaba más (y este pensamiento lo irritaba, porque parecía el de un jodido maricón), si Warner Orland, que hizo catorce películas, o Sydney Toler, que hizo once y que reemplazó al primero cuando aquel estiró la pata. Pero una cosa era cierta: las cosas no son como parecen, porque ninguno de los dos era chino y todo había sido una farsa. Había que admitir, sin embargo, que eran ¡héroes chinos! y habían resuelto casos complicadísimos, por muy sajones que fueran *ellos,* incluyendo una cotorra americana que hacía el papel de una cotorra china y un gato chino que tuvo un rol privilegiado en una de sus películas, argumentos todos que lo tranquilizaban. Para colmo de disparates, se había prometido antes de morir, recorrer el mundo por todos los lugares por donde Chan anduvo, tal y como los árabes van a la Meca y los judíos a Israel, y se había trazado un itinerario partiendo de Honolulu a Panamá, con un saltico a Malibú y Las Vegas, para después pasar a Nueva York, Londres y París, y de ahí al Egipto y Shangai, volviendo después a Honolulu, sin pasar por alto la ópera, el circo y las carreras de caballo por donde Charlie Chan anduvo.

Completaba el arreglo de aquella habitación un librero, bastante grande, con sus obras favoritas, mayormente detectivescas, muchas de ellas en chino, pues era su idioma preferido. La lectura en chino le fascinaba, pues le parecía no sólo más misteriosa sino más musical, particularmente si se hacía en alta voz, porque para él al idioma inglés le faltaban chillidos agudos que le dieran más vida, y aunque leía chino casi a la perfección, a veces se equivocaba y sufría grandes despistes, perdiendo las huellas del asesino. Arthur Connan Doyle tenía un lugar preferente, porque después de Chan, naturalmente, para él no había nada como la lupa de Sherlock Holmes y su gorrita. En medio de su soledad, se recreaba con este personaje y en uno de sus viajes a Honk Kong su sastre le había hecho un traje abombachado, a la medida, como el que había usado Sherlock Holmes en uno de sus filmes, con su gorrita que le hacía juego. Para divertirse a solas, de Pascuas a San Juan, se lo ponía y se inventaba unos "a propósitos" comiquísimos, algo así como lo que hoy en día llaman un unipersonal, desdoblándose en Holmes y Watson, interpretando ambos papeles en un derroche de histrionismo que era para que le dieran un Oscar. No lo hacía con más frecuencia porque le parecía que era un poco travesti, y esas cosas con él no iban, porque prefería estar solo que mal acompañado. Después de todo se rumoraba que Holmes y Watson eran un par de maricones, lo cual posiblemente era cierto.

Sorprendía, además, la amplitud de sus investigaciones, porque entre aquel conglomerado de historias detectivescas no faltaba *La mujer en blanco* de Wilie Collins, que sólo era conocida entre los escogidos. Naturalmente, en aquel librero se codeaban Raymond Chandler con Ellery Queen y Ágata Christie, y el crimen que no resolvía el Inspector Cluzot lo pasaba a solucionar Miss Marple, aunque en ocasiones, por no ponerse de acuerdo, aparecían más de dos culpables y acababan condenando a la horca a algún inocente. Sus pesquisas detectivescas en la vida real (si es que tal vida existe) se fundaban en los pasos que daban estos detectives por los caminos de la ficción, y de igual manera que los fiscales y los abogados hacían sus alegatos a base de las múltiples interpretaciones de la ley de acuerdo con casos previos, otro tanto hacía él respecto a sus investigaciones, cosa que le parecía absolutamente lógico. Con el tiempo se ha venido comprobando que la ficción y la realidad son una misma cosa, y la una es tan válida como la otra, hasta el punto que muchos actores, entrenados en el cine, hacen una estupenda carrera política, y de malos actores pasaban a ser excelentes politiqueros. Locos hay que creen que los están filmando y que son protagonista de una telenovela (especialmente *Sin tetas no hay Paraíso,* de tema bíblico), inventándose una nueva manifestación de la demencia. No obstante ello, estas incursiones filosóficas sobre la metafísica de la novela policíaca eran una verdadera locura que lo llevaba a estados mentales atroces y la mitad de la noche salía de una pesadilla para entrar en la otra, perseguido por callejones irlandeses, asesinando prostitutas por las calles de Londres y decapitando a unos cuantos por Estambul.

En su cabeza, dormido o despierto, se desarrollaban los argumentos más contradictorios. Perry Mason con frecuencia lo enjuiciaba y lo ponía en el banquillo de los acusados. Cada vez que lo veía venir le entraban unos temblores acompañados de desarreglos estomacales urgentes y lamentables. Terminaba poniendo el grito en el cielo, despertando a más de un vecino, todo acompañado de muy mal olor. Mason era un hombre implacable que no tenía piedad para con sus víctimas, como le explicaba Miss Marple. Por el contrario, el comisario Julies Maigret y Arsenio Lupin, que venían de las quimbambas de la memoria, hablándole en francés, le daban cierta seguridad en sí mismo. En algunos juicios la galería de testigos se volvía interminable, y Mike Hammer se bajaba con pruebas irrefutables, acusándolo de crímenes que no había cometido. Era una conspiración preparada por sus enemigos. Los disparates de Hercules Periot le habían hecho mucho daño, afectando su reputación y llevándolo a buscar pruebas francamente descabelladas, cosa que nunca le perdonaría a Ágata Christie. Había noches que se apoderaba de él el espíritu de Colombo y se ponía a recoger colillas de cigarros por todas las callejuelas del barrio chino. En más de una ocasión se había arrodillado en oración delante del Padre Brown, confesándole pecados que inventaba, y le pedía a gritos, a Chesterton, que le quitara al chino Chan de encima, mientras Jessica Fletcher se orinaba de la risa. Iba de una novela a la otra atando cabos, como un sabueso, buscando una solución, como quien está haciendo un doctorado en criminología a través de textos literarios, pero como lo hacía de una novela a la otra escrita por autores diferentes, acababa completamente despistado.

Pero las peores pesadillas eran las de Hawai Cinco Cero, porque se veía metido dentro de una ola inmensa en la costa norte, surfeando en una tabla que se llevaba una ola gigantesca que aparecía en pantalla. La música de fondo lo perseguía en las pesadillas más tenebrosas. Como muchos residentes de la ciudad habían participado en la serie en papeles secundarios o de extras, si por casualidad se encontraba con alguno de ellos por la calle, por las noches se le aparecía en la pesadilla. Era terrible. Por años aquel programa televisivo le había traspasado el alma, ya que Charlie Chan, su detective favorito, con un *dossier* más que respetable, había sido desplazado por un gringo ridículo, con un sombrero que daba pena mirar. No le perdonaba que su amigo Kam Fong, que era un chino de carne y hueso, hubiera tenido el valor de aceptar unos papeles de mala muerte en la serie, cuando eran ellos, los chinos, los que merecían los protagónicos. A Jack Lord, que era el actor que lo interpretaba, le hubiera pegado un tiro, cosa que habría hecho con gusto si le hubieran dado el papel del diabólico Wo Fat, el Chino Rojo encargado de llevar a efecto los más siniestros planes en la costa del Pacífico; pero cada vez que le tocaba hacer ese papel en algunas de sus pesadillas, era McGarret el que le pegaba el tiro.

Finalmente, una estantería de considerables proporciones cubría la pared frente por frente a la de los afiches. Bien es cierto que gran parte de los estantes estaban llenos de toda clase de novelas detectivescas, la mayor parte de ellas destinadas a mentalidades policíacas con los cerebros vacíos, pero no faltaba su buena literatura. El primero estaba dedicado, exclusivamente, a múltiples ediciones de *Los miserables,* y estas son palabras mayores, muchas de ellas ilustradas, que por la preponderancia que tenían en el conjunto, parecía que era su novela favorita. No faltaban ediciones críticas, que la interpretaban desde perspectivas tradicionales y postmodernas, sin excluir aproximaciones marxistas y arengas sobre la lucha de clases; análisis junguianos que iban al meollo del Inspector Javert, sacándole lascas y acusándolo de abuso de poder, que ponían a Chan echando chispas, porque Javert era para él un visionario y consideraba que con unos cuantos Javert en el mundo muchos hijos de puta pagarían las hijoputadas que hacían. El mundo estaba lleno de delincuentes y había que acabar con ellos. Tenía la obra en multitud de traducciones, sin faltar ediciones en francés, maltratadas y mugrientas, con cuidadosa anotaciones en chino, de su puño y letra. Las ediciones en chino eran muchas y al margen se veían palabras en francés, como si hubiera estado cotejando textos, decididamente a niveles académicos y bien hubiera podido escribir una tesis doctoral y presentar sus resultados en congresos internacionales, no sólo de literatura sino jurídicos. Aquello parecía un tributo a Víctor Hugo, que ponía a la altura de Charlie Chan. Muchos de estos libros tenían subrayados y exclamaciones al margen, particularmente en todo lo que se refiriera al Inspector Javert, que era la figura dominante en la pared que nos queda por ver.

Debemos agregar, antes de pasar a la cuarta pared, que en el librero había otras muestras del buen quehacer literario, empezando con *Crimen y castigo,* que sin lugar a dudas era otro de sus libros de cabecera, no muy distante de *Los miserables,* ya que para él una cosa debía ir acompañada de la otra. Lectura funesta, sin embargo, porque muchas noches se le aparecía Doris con un hacha en la mano persiguiéndolo por las calles de Hong Kong y como si fuera Joan Crawford. Por las penosas condiciones de la copia que allí había, debió haberlo leído un buen número de veces, tanto como el *Dr. Jekyll y Mr. Hyde,* deterioradísimo, con anotaciones y exclamaciones, incluyendo la palabra "¡coño!", "¡coño!", "¡coño!", repetida una y otra vez en forma casi decorativa, que ponía al margen de las transformaciones de Mr. Hyde, insultando en más de una ocasión al Dr. Jekyll, a quien llamaba "gilipollas", "hipócrita" y "descarado", con la mayor desfachatez. A Stevenson lo detestaba, pero era una relación de amorodio. Muchas páginas parecían "acuchilladas", como si al leerlas se hubiera sentido dominado por el espíritu de Jeckyll, mientras que en otras pintaba corazones atravesados por una flecha que no sabemos exactamente lo que querrían decir. Pero mucho menos podía pasar a Oscar Wilde, porque, entre nosotros, Chan era un detective homofóbico, y a Dorian Greay lo llamaba "maricón de mierda". A esta bibliografía hay que unir varios textos de Edgar Allan Poe, cuyos cadáveres estaban un tanto fuera de lugar, porque muchos de ellos eran muertos de otra naturaleza. Curiosamente, Shakespeare estaba bien representado, porque daba gusto codearse con aquella galería de asesinos donde Macbeth, Hamlet, Otelo y Ricardo III estaban en primera fila, pero para él no había como Lady Macbeth para tener las manos manchadas de sangre. Se regodeaba de placer cuando el culpable recibía un castigo bien merecido, desternillándose de la risa cuando imaginaba a Ricardo III gritando aquello de "mi reino por un caballo" (que era un disparate mayúsculo indigno de Shakespeare), mientras se le saltaban las lágrimas viendo a Hamlet rodeado de muertos, ya que todos bien se lo merecían, especialmente la madre y el tío, que era tremendo delincuente. En los peores momentos, en pleno Broadway, se le aparecía Rosalind Russell en el papel de Hedda Gabler, vestida de terciopelo negro y con una pistola en la mano para pegarle un tiro.

En todo lo que leía se imponía el sentido de la moral, que lo llevaba a rechazar la injusticia, siendo además radical: o se era bueno o se era malo. Aquello del que "la hace la paga" era un refranero que pasó a mejor vida y Hollywood, que había sido un modelo de ética donde no había un solo criminal que no las pagara todas juntas, se había vuelto una guarida de cínicos y desvergonzados, o de putas que iban enseñando el culo por todo Chicago. Aquellos tiempos, cuando se sabía quienes eran los buenos y quienes los malos (con una precisión digna del Papa) y los detectives tenían una misión que cumplir en este mundo, habían pasado a la historia y no había hijoputada que no estuviera bien vista y aplaudida. El mundo estaba perdido. Cada día la gente mataba más, y las novelas policíacas se volvían arcaicas, obsoletas, objeto de burlas, que no podían competir con aquella cantidad de muertos que se achicharraban en los crematorios, aumentando la polución ambiental. Se asesinaba a los niños con mayor frecuencia, de todas formas y maneras, y lo mismo lo hacían los padres que los vecinos o los desconocidos, sin contar los abusos que se cometían por el culo. Debajo de cada sotana se aparecía, según él, un redomado pederasta, lo que confirmaba su teoría de que Mr. Hyde tenía vara alta en el Vaticano. Se buscaba toda clase de excusa para reducir los años de prisión de un violador de niños inocentes y aquellos que cometían asesinatos espantosos salían a la calle al poco tiempo. Ya no se ahorcaba a nadie, ni se imponía la pena de garrote, que era la única manera de lidiar con los destripadores, y las Medeas que abundaban tanto en los barrios marginales como entre las mejores familias. Vivíamos rodeados de asesinos y el mundo producía criminales al por mayor, en serie. Muchos crímenes quedaban sin resolver y esto lo mantenía en un estado de duermevela, en un sonambulismo permanente, aunque tenía que reconocer que se cumplía la ley de la oferta y la demanda. Gracias a los criminales, los jueces, los abogados y los fiscales podían comer, y en algunos casos reventar a consecuencia de la gula y la avaricia. Se había perdido el sentido del límite. El mundo era una lluvia de mierda y había que salir a la calle con paraguas, porque siempre estaba lloviendo.

Tenemos que reconocer que la biblioteca de Chan era una colección sin orden y concierto, y no sabemos los motivos que lo llevaron a poner, en aquella galería de delincuentes de la peor calaña, a Don Quijote de la Mancha, que nunca le había hecho daño a nadie. Sería por loco y lector de novelas de caballería, pero esto no tenía ningún sentido. Justo es decir que a él el cine negro y la novela policíaca le habían hecho mucho daño. Además, su falta de juicio crítico era penoso, porque hasta allí habían llegado dos obritas de teatro de un tal Gerardo Fernández, que nadie sabía quién era ni de dónde había salido. A un nivel más respetable, había una novela corta de Luis Agüero y otras que se habían sacado la lotería en varios concursos de novela negra, todas estas en castellano, que no sabemos si había leído, más una, tirada en medio de la habitación, con tachaduras, arreglos y comentarios, *Un bronceado hawaiano,* a la que parecía tenerle particular inquina. Había arrancado algunas páginas que estaban tiradas por los rincones, estrujadas y maltratadas, como si hubieran sido víctimas de un ataque de ira.

Finalmente, un impresionante afiche del Inspector Javert, procedente de la primera edición ilustrada de *Los miserables*, cubría casi toda la cuarta pared encima del catre donde dormía, frente por frente y cara a cara con "El agujero". En todo caso, dormía bajo la bota de Javert, con "El agujero" al frente, que se le presentaba como un hueco sin fondo donde todo se iba a pique. No era de extrañar que se consumiera en pesadillas, que veía venir desde que se ocultaba el sol hasta que salían sus rayos a la mañana siguiente. Nada de espectaculares atardeceres en technicolor o amaneceres llenos de luz y color, porque su vida transcurría en un hermetismo en blanco y negro digno del mejor *film noir*.

Su fracaso al no poder descubrir al asesino que se le escapaba por "El agujero", lo llevaba a sentir dentro de sí mismo todos los engranajes de la culpa. De esta forma la farsa que era él, la invención misma de Charlie Chan que emergía de la pantalla, lo convertía en un fantoche que era el fantasma de la redención. Inclusive en el caso de que Bob Harrison se hubiera suicidado, había una culpa que le guiaba la mano para que se volara la tapa de los sesos. Un títere como él cargaba así con la falta de los otros, que no hacían otra cosa que disfrutar del goce de la culpa, fornicando mañana, tarde y noche mientras él no hacía otra cosa que hacerse la paja. Quizás este fuera una especie de martirologio chino-cristiano, una culpa que caía sobre él porque su padre nunca quiso convertirse al catolicismo y no fue bautizado, aunque su madre, ocultamente, rezaba el rosario, a pesar de ser china. De todas formas, ahí estaba aquel hijo pródigo del evangelio, que después de haber hecho de las suyas por el mundo, acostándose con quien le diera la gana, emborrachándose y metiéndole a la marihuana, cuando regresó al hogar sin un centavo, le mataron un cabrón para celebrarlo con un gran banquete y al comemierda del hermano, que había cumplido con todas sus obligaciones, no le mataron ni un jodido cabrito. La injusticia bíblica le ponía furioso y los sapos y culebras que salían de su boca bullían en el intestino de la habitación, apestándola, cubriendo las paredes, enroscándose por todas partes y conviviendo con él en la más apestosa de las pesadillas.

Implacable, el adusto Javert bajo el negro sombrero de copa, con ala ancha, con su pesado gabán y sus botas descomunales, que se había despatado sobre todos los adoquines de París y hasta descendido a las más malolientes alcantarillas persiguiendo a su presa, parecía pisotearlo, despreciarlo, como verdugo que no había llevado a sus últimas consecuencias la misión para la cual había nacido. Más que ser él la imagen de Javert persiguiendo al criminal para hacérselas pagar todas juntas, parecía haberse convertido en el criminal bajo la obstinada persistencia de Javert que no le permitía el descanso. A los pies de Javert se podía leer, borrosamente, "le loi", "la ley" para los que no sepan francés, confundiéndose la alegoría porque, en la transferencia de una vida a la otra, era difícil determinar si Chan era el portavoz del mensaje o la víctima misma de la justicia. Se establecía de esta forma un diálogo silencioso y permanente entre el crimen insoluble y la terquedad del verdugo. En todo caso, dormía a los pies de Javert, como un perro que le lame las botas.

Reducido al ayuno y la abstinencia, Chan se estaba muriendo de hambre, flaco, deteriorado y débil, sosteniéndose malamente gracias a tacitas de té verde que ingería periódicamente, con raciones de arroz blanco que comía diestramente haciendo uso de unos palitos chinos nacarados que le había regalado su tatarabuelo. Esta dieta estricta, apenas interrumpida por otra clase de alimento, se la había impuesto a partir de la fecha en que se cerró el caso de Bob Harrison. De ahí su acentuada delgadez y una coloración cetrina producto quizás del té, porque estaba en condiciones tan deplorables que ni siquiera se podía decir que perteneciera a la raza amarilla. No hablaba con nadie ni nadie hablaba con él y desde aquel infausto día en que aquel correveidile de Gordon Wright lo traicionó y se fue a darle a la lengua con Doris Harrison, jamás le volvió a dirigir la palabra ni le permitió que se la dirigiera, inclusive cuando lo sostuvo, a punto de un desmayo, en los funerales submarinos del pintor. ¿De qué le había valido aquella reticente pregunta que le dirigió a Doris Harrison ("¿Ha leído *Los miserables...?*"), que no hizo más que acrecentar el ridículo de su caracterización?

La publicación de *Un bronceado hawaiano* le hizo ver de una vez por todas el papelazo tan grande que había hecho. Si hubiera tenido cojones, le debió haber pegado un tiro a Doris Harrison, aunque fuera tan solo para que pagara por los cuernos que le había puesto a su marido y a consecuencia de los cuales no sólo pintó sino que también fue a parar a "el agujero". Aunque ella, directamente, no hubiera apretado el gatillo, para él era como si lo hubiera hecho. No era más que el antihéroe de Charlie Chan, una desgracia étnica que había desacreditado a todos los detectives chinos, no sólo a Chan sino también a Chan-Li-Po. Lamentablemente no era ni un detective japonés, que si no cumple su misión se hace el harakiri. Atrapado en la conciencia de su propio fracaso, se sostuvo en la memoria del Inspector Javert, que lo había llevado a sus investigaciones sobre *Los miserables*. Mal de muchos consuelo de tontos, lo reconfortó pensar en los vejámenes a los que Javert había estado sometido desde la publicación de la novela, cuando no hizo otra cosa que cumplir con sus obligaciones. No era que fuera el abogado del Diablo, pero al que roba un pedazo de pan y se lleva unos cubiertos de plata, hay que cortarle la mano.

Convertida en un *best-seller* internacional, el éxito de *Un bronceado hawiano* era lo último que le faltaba por ver, la mancha final, que lo había puesto totalmente en ridículo. Por otra parte, la edición en sí misma se las traía, profusamente ilustrada con los afiches de los *film noirs* que se mencionaban en el libro encabezando cada capítulo, y en particular aquellos de Charlie Chan que parecían burlarse de él, para deleite de los fanáticos (en los múltiples significados de la palabra, incluyendo algunos desquiciados) del género detectivesco. O aquel capítulo de "Una retrospectiva necesaria", presentado como un catálogo en una exposición que reproducía los textos, distorsionándolos, a lo tira cómica, donde no faltaba una subconciencia de surrealismo porno. Como era de la raza amarilla, lo habían presentado como un estereotipo, para ridiculizarlo y no tomarlo en serio, vuelto en el hazmerreír de la novela, que no sabía quien carajo la estaba escribiendo y que, si sabía tanto, a lo mejor era el asesino. Muy probablemente el autor había basado mucho de sus argumentos en los informes confidenciales que él mismo había enviado al Departamento de Policía como resultado de sus investigaciones, torciéndolo todo para hacer el falso retrato de su persona, y documentarlo seguramente con entrevistas a Doris Harrison, que razones tenía (tenía que reconocerlo) para desearle lo peor. Era posible que esa mujercita de armas tomar le hubiera abierto la papaya al autor, porque era capaz de todo y carecía de conciencia moral. Sin contar que aquella facultad universitaria era una olla de grillos. Para Chan era la novela de un loco, que decía lo que le daba la gana y que ni siquiera se molestaba en poner las cosas en orden cronológico, aunque bien sabía que eso se estaba haciendo desde hacía mucho tiempo.

Lo cierto era que el autor practicaba la teoría del rompecabezas cuyas piezas encajaban mal, de acuerdo con su punto de vista. Prefería a los clasicos, Ágata Christie, Raymond Chandler y Arthur Conan Doyle, que tenían un engranaje perfecto. En todo caso nos había dejado en Babia, y aunque no tenía nada contra los babianos, nos dejaba con más preguntas que respuestas, lo cual era francamente inadmisible, sin poner pie con bola. "Naturalmente, comprendo que no lo dijo al principio para mantenernos sobre ascuas. Pero, ¿no decirlo ni antes ni después y dejar que cada cual llegue a sus propias conclusiones haciendo el trabajo que al autor le corresponde? Ninguna novela negra que se respete a sí misma hace nada por el estilo".

Todo era un misterio como en cualquier novela policíaca, con la diferencia que *aquí* todo se quedaba sin resolver. Bajo esta premisa, mejor es no escribir nada, en lugar de emborronar páginas y páginas. Bajo la jodida excusa "de a cada instante otro ser se apodera de nosotros para confundirnos y negarnos la explicación", un aforismo estrictamente oportunista que repetía con frecuencia, como marca de fábrica y como hacía Hitchcock apareciendo en todas sus películas; el autor dice y se desdice. Después de todo, los autores de estas novelas son siempre los culpables.

Con la cabeza en la almohada, acostado de lado, como era su inveterada costumbre y mirando "El agujero", se caía de sueño, sus ojos se le cerraban pero no se podía dormir. Chan empezó a contar como hacía todas las noches, repitiendo un cuento de la buena pipa que no tenía ni principio ni fin: "La sospechosa número uno era Doris, porque se estaba acostando con Wayne y quería deshacerse de su marido. En segundo lugar, era posible que lo hubiera matado Jack Wayne, un materialista de pura cepa, para quedarse con ella y con los cuadros, que era un surplús del culo. En tercer lugar, era probable que lo hubiera hecho Dean Leighton, pensando que algo estaba pasando entre su mujer y Harrison, porque después de todo la pistola era de él, sin contar que, dado algunas insinuaciones discretamente sugeridas, es posible que le tuviera puesto el ojo a la rubia de platino. En cuarto lugar, y esto era lo que le parecía lo más racional y había iluminado el bombillo de su inteligencia detectivesca, el asesino era Bruno Miller que se había aparecido en Honolulu, como *deus ex machina,* el día antes de la muerte de Harrison, formando un tinglado con las dos mujeres. Al preparar aquella "retrospectiva necesaria", inflaba el valor de los cuadros de Harrison, llevándose el botín en los testículos al acostarse con la viuda alegre, cuya relación había empezado años atrás en aquella exposición en Ithaca. ¡Aquellas dos fichas estaban de acuerdo! Esta idea le pareció estupenda y dejaba en claro muchos cabos sueltos. ¿Acaso no había entrado en la casa por la puerta trasera, que era la del culo? Todo no había sido más que una estrategia del coño de su madre para despistarlos a todos. Jack Wayne no estaba mal encaminado, aunque también había hecho un papelazo, porque posiblemente Doris, mientras hablaba por teléfono para tener una coartada, había dejado abierta la puerta del estudio para que Miller le pegara un tiro a su marido... "¿Cómo había sido posible que en su debido momento no se hubiera dado cuenta?" Pero, ¿lo había matado con la pistola que Dean Leighton le había comprado a Janet? Descartó la pregunta de inmediato porque jodía todos sus cálculos, salvo asumiendo que Leighton fuera el criminal. "En el fondo, de Bruno Miller no se sabía nada y estaba abierto a todas las opciones. Era un *souteneur* profesional, con mucha clase y mayor trastienda, que bien podía darle lecciones a las más descomunales muestras del arte porno. Un vivo, un descarado, que conocía al muerto desde hacía mucho tiempo, y que desde el primer momento le puso los ojos encima para sacarle partido. ¡Mentiras y nada más que mentiras! Por otra parte, la relación entre el uno y el otro nunca había quedado bien aclarada, y todo aquel cuento de un par de cervezas e irle a ver el culo a la tipa que se encueraba no era más que una pantalla de vaya usted a saber. Un profesional que se anunciaba en las guías del ocio como sabroso, juguetón y complaciente; apuesto y bien parecido; un bilingüe, un pelotero ambidiestro. Lo que había pasado entre ellos aquella noche de las cervecitas, ¡pues quién sabe!, porque él no metía la mano en la candela por nadie y mucho menos por aquel individuo que se hacía el inocente y que lo mismo haría una cosa como la otra, capaz de entrar ¡coño! en cualquier ¡agujero!

Como si estuviera de cuerpo presente, donde iba a parar noche tras noche en el más absoluto estado de desolación, yacía una edición príncipe, en inglés, de *The Strange Case of Dr. Jekyll and Mr. Hyde*, de Robert Luis

Stenvenson, publicada en en Londres por Longmans, Green and Co. en 1986, que en sus buenos tiempos (antes que la despaginara) debió haber valido un dineral, que su padre había conservado como una reliquia porque la había recibido de manos del propio Stevenson, cuando en 1889 el escritor visitó al Rey Kalakahua y se puso a repartir unos cuantos ejemplares, dándole uno de ellos al que fuera su abuelo. Cuando de adolescente entró en la biblioteca de su padre en el Barrio Chino, sacó el librito como quien no quiere la cosa y se lo metió en el bolsillo. Por la noche se puso a leerla y lo hizo de un tirón, y a partir de ese momento, durante su adolescencia (y ocasionalmente después), estuvo masturbándose con las aventuras de Mr Hyde por los bajos fondos londinenses, que imaginaba de mil posiciones y maneras, hasta ponerlo en la espina. Después, haciendo el papel del Dr. Jekyll, que era un verdadero gilipollas, se flagelaba. Su padre la guardaba como una reliquia, y cuando comprobó la desaparición de la novela, llamó a la policía para que hiciera investigaciones, recayendo la culpa en una samoana que hacía de sirvienta y que acabó de patitas en la calle, a pesar de haberse probado su inocencia. Después, cuando vio la película, ya se pueden imaginar como se puso entre Ingrid Bergman y Lana Turner, formando un tremendo cuadro, iniciándose así sus relaciones con esta última, que después culminarían en *El cartero siempre llama dos veces*. Justo es decir que ciertas películas pornográficas de impacto más directo se le superimpusieron más tarde, pero fueron las malas compañías de Hyde las que le hicieron perder su inocencia. Esto había quedado más o menos metido en el subconsciente de las entrepiernas, hasta que en medio de aquellas funestas elucubraciones que provenían de "El agujero" de Harrison, y aquella tumultuosa anatomía de un muerto, vino a parar nuevamente en la novela de Stevenson, que llenó de anotaciones con referencia a aquel tinglado de hijos de puta. De todas formas, ¿de qué le había valido? El re-encuentro con las apariencias engañan lo volvió más loco todavía, porque si uno era el otro, no habría modo de probar el crimen y mucho menos meter en la cárcel el asesino, porque a lo mejor estaba muerto y enterrado.

Aunque apenas podía sostenerse, se puso de pie, tambaleándose, mientras que Charlie Chan y el Inspector Javert empezaron a darle vueltas, apuntándole con el dedo, como si estuvieran acusándolo, o tal vez haciéndole una señal obscena. Gradualmente, como un sonámbulo, de pie, tropezaba con paredes y estanterías, dando golpes de ciego. Creía que lo vapuleaban de un lugar para otro y empezó a dar vueltas por la habitación en dirección contraria a las que daban las paredes, como si estuviera dentro de una pesadilla cibernética. Para saber la verdad no tendría más remedio que ponerse en lugar de Bob Harrison y pegarse un tiro. Decidamente, no le quedaba más remedio: sólo así saldría de aquel callejón sin salida. Se lanzó hacia la puerta del armario donde estaba aquel raído traje de dril, estrujado y sucio, que se había mandado a hacer en Hong Kong, a la medida, pero que siempre le había quedado como si se lo hubieran hecho con las medidas de otro. Escuálido y desnutrido, reducido a su mínima expresión, se vio ante el espejo del armario y quitándose el camisón que tenía encima, se quedó en calzoncillos. Parecía el espectro de sí mismo. Daba pena verlo y lo que es peor, le daba pena verse. Agarró una camisa blanca de vestir que no era más que trapo sucio y se puso alrededor del cuello una corbata negra que más bien parecía la soga de un ahorcado. En un perchero estaban los pantalones, que se puso dando traspiés, y a punto de caerse agarró el saco y con torpeza acabó de ponérselo, confundiendo una manga por la otra. Finalmente, quedó como un torero mal vestido que se lanza al ruedo.

Como un sonámbulo entraba por el ojo de "El agujero" y caminaba por Hotel Street donde cualquier cosa era posible, como si el sueño quisiera dejar corto lo que ya había vivido, su deambular por el fracaso de una sexualidad prostibularia (de putas chinas teñidas de rubio) buscando el espectro de su padre y topándose con filas de militares en el distrito rojo, haciendo colas, buscando el de aquí a la eternidad en la cueva de una desconocida, mientras caras conocidas y por conocer se perdían entre los culos de los pájaros *majus*, entre travestis que asomaban la cola, prostitutas y transeúntes inocentes que compraban muñequitas chinas. Le pareció cruzarse con Dean Leighton, pero bajo las condiciones en las cuales se encontraba debió ser pura imaginación. En total estado de deterioro se le acercó aquella prostituta de Hong Kong, que tenía unos trenzados cabellos que se torcían en el aire, la favorita de su padre, que lo guiaba por pasillos de parabanes hasta la esterilla repleta de armadores con dragones rojos que metían miedo, mientras que al final del corredor aparecía Lana Turner con el turbante blanco que le paralizaba el pene con un pubis teñido de rubio. De pie ante el espejo del armario las convulsiones lo sacudían de pies a cabeza, y como apenas había comido, el hambre se le enquistaba en el estómago. Por entre las persianas le llegaba la voz de un predicador evangelista que entonaba en chino versículos de la Biblia y que le alargaba la mano para sacarlo del culo del Infierno en el cual se había metido, aquellos teatricos callejeros prostibularios impregnados de olor a semen donde a través de unos agujeritos se veían parejas de todo tipo copulando. Con latas de querosén se proponía purificar todo aquel barrio chino que había llegado al colmo de la degradación moral del Este y el Oeste, aquel negocio que había sido de su padre, con dos plantas llenas de ropa, calcetines, blusas, pantalones, medias, entremezclados con toda clase de alimentos que tenían ese fuerte olor a culo sucio que lo impregnaba todo como si fuera una delicia gastronómica, la sexualidad envolvente de un bacalao sin bañar que tanto incitaba a la verga de Chan, donde blancos sucios americanos, japoneses, chinos, filipinos, portugueses, vietnameses, laotanios y hawaianos entremezclaban sus sudores del trabajo, el descanso y el deseo para crear aquel delicioso potaje de la olla de oro del Pacífico. Pero de esas incursiones no había pasado la cosa, y aunque su padre había hecho los trámites para traerle una china en particular, importada de una aldea en las entretelas de China, él se negó terminantemente. Tiendas y cines de pornografía se entremezclaban con los prósperos negocios de sus antepasados, fábricas, mercados al aire libre, restaurantes llenos de *chop suey,* pavos asados que colgaban del techo, arroz chino, establecimientos de acupuntura y tatuajes donde él se veía cubierto de todos ellos, preferentemente el negro del escorpión que le caminaba por el cuerpo y lo mordía, produciéndole sacudidas febriles, espasmos de golosas ladillas que se le metían entre los pendejos, los testículos y el culo como un delicioso anoplurus fénix. La picazón no lo dejaba dormir, rascándose hasta el desgarramiento existencialista, aflicción, congojas de ladillas atormentadas, mientras se veía caer hacia las profundidades cagadas del tubo digestivo, pasándole la lengua porque tenía un sabor azucarado de deliciosas calabacitas chinas, y evocaba mañanas inolvidables de *dim sum* con sus abuelos, sus padres y sus hermanos, todos vestidos de trajes chinos de seda cubiertos de dragones mamalones que querían tragarse lo que tenía entre las piernas, para tirarlo después en alta mar, flotando cubierto de *leis,* collares de jazmines, plumerias, pikakes, orquídeas y ginebra encendida. Tambaleante, a punto de caer muerto por la debilidad, a través del olfato le llegaba un mundo de sabores afrodisíacos que apenas olfateó el pene, penosamente caído, lánguido, mustio, triste e insignificante, víctima de su soledad, sujeto a la risa de Miller que tenía el dragón en la mano, porque había alcanzado su objetivo. De aquí a la eternidad, se sostuvo contra el espejo por donde caía y sintió la pistola con la que Bob Harrison había pasado a mejor vida y la palpó en el fondo de la consola, como cuando la tocó por primera vez. Iba a descansar, finalmente, de aquella ladilla de mentiras. Tenía que calcular exactamente el ángulo del disparo y acercándose hacia el cuadro, no supo ni como, lo descolgó del clavo que lo sostenía en lo alto de la pared, colocándolo en el piso, tal y como lo había visto la primera vez cuando entró en el estudio de la muerte. No podía fallar, porque era esencial que midiera exactamente el punto preciso, para que la bala le atravesara el cráneo y fuera a caer en el ojo del agujero. Cuando entró en el intruso mercado japonés de Tamashiro, con su brillante y gigantesco cangrejo naranja, el hambre se le intensificó con aquel olor que le recorría las raíces del olfato, lleno de pescado fresco, calamares, almejas, langostinos y langostas de todos los tamaños, vivitos y coleando en estanques que lo llevarían al otro mundo pasando por estómagos e intestinos, delicia gastronómica que como todo estaba predestinado a despiadada expulsión por "el agujero" del culo, llevándose la pistola a la cien, en un primer plano que también apuntaba hacia nosotros, y fue entonces cuando se pegó el tiro. En un instante recordó todas las novelas que había leído y vio todas las películas que había visto, exclamando y exhalando su último suspiro:

–¡*Extraños en el tren! ¡Un pacto siniestro!* ¡Bruno! ¡Bruno Anthony!

UN PACTO SINIESTRO

–¡Coño! ¡Creía que esto no se iba a acabar nunca!– exclamó Bruno (¿?) mientras colocaba la urna donde habían estado las cenizas de Bob (¿?) sobre la consola que Doris tenía precisamente a la entrada de la casa. –¿Te parece bien aquí?
–Sí, sí, perfecto.
–La tensión...
Doris movió la urna, colocándola con precisión en el centro de la consola.
–Era muy grande, no podía resistirla... Hasta el momento preciso en que dispersé las cenizas al viento... Se me quitó un peso de encima... El atardecer rojizo estaba en todo su esplendor...
Después, tras una pausa, como si lo pensara dos veces:

– *A Bob le hubiera gustado... Me sentí aliviado. Finalmente iba a poder descansar... Estaba agotado... Y tú también, porque necesitas un descanso...*

("Un muerto que contempla su propio funeral", pensó "¡Que romántico!")

Se acercó a ella y le tomó las manos.

–Sí, es un descanso merecido.

Después, tras una pausa:

–Creo que voy a darme una ducha y lavarme la cabeza, porque eso me relaja...

–Bueno, entonces me voy a dar una ducha contigo, porque eso me relaja a mí también...–, dijo con alguna intención.

–No, no, porque a mí eso no me relaja como a ti... Tal vez más tarde... –le dijo Doris, alejándolo también con intención. – Ve al estudio de Bob, que allí también hay una ducha. Más tarde nos damos un chapuzón en la piscina.

Al contrario de Bob, a Bruno (¿?) le encantaba nadar en la piscina, especialmente desnudo.

Se volvió y le dijo:

–Prepárame un trago—y le dio un beso en la mejilla.

Parecía una cita.

Doris se lavó la cabeza, se secó el pelo y, con la toalla, se envolvió en aquel turbante fílmico que tanto le gustaba. Cuando se contempló en el espejo se dio cuenta que sus esfuerzos no habían sido en vano. Desnuda ante el mismo, que había mandado a colocar frente por frente a la bañadera, se veía de pies a cabeza. Finalmente, había logrado el bronceado perfecto. Más bien ligero, porque no era cosa de transformarse étnicamente, que se extendía uniformemente por todos los poros de su cuerpo. En fin, no se podía quejar. Había logrado lo que quería, y aunque caro le había costado (en cierto sentido), pen-

saba que de ahora en adelante las cosas iban a ser diferentes. Se secó con una toalla, se envolvió en ella, se puso la bata de baño y, como todo se repetía al dedillo, temió por un momento que fuera a escuchar un pistoletazo. Pero claro, Bruno (¿?) no haría cosa semejante y tan fuera de lugar. Se puso las gafas de sol, fue al bar y preparó los tragos que él le había pedido, colocándolos en una mesita al borde de la piscina, junto a dos toallas que Bruno (¿?) había extendido en el piso. Secándose el pelo y quitándose la bata, se acostó después sobre una de ellas, bocabajo, de espaldas al sol, como si fuera Danae dispuesta a que el mismísimo Zeus la bañara de oro o de otra cosa. La medianoche se había vuelto mediodía. Porque, sin transición, ahora había un sol que rajaba las piedras.

Bruno (¿?) abrió la puerta de cristal del estudio y la claridad lo cegó, poniéndose de inmediato las gafas de sol. Estaba descalzo, y sólo llevaba una toalla envolviéndolo por la cintura, sostenida precariamente por un nudo. A Doris le pareció extraño que viniera con una bandeja donde estaban la navaja de afeitar de Bob, que ella misma le había regalado hacía años y que le había costado bastante, una brocha plateada que hacía juego con la navaja (esa de barbero, que Gregory Peck tenía en la mano como si fuera a cortarle la yugular a Ingrid Bergman en lugar de templar con ella), un pote para la crema de afeitar, una toallita y un espejo de mano, y todo lo colocó sobre la mesita.

—¿Y eso para qué es?
—Luego te digo.

Tomó uno de los vasos y le pasó el otro a Doris, musitando un brindis. Dejó caer la toalla, quedando completamente desnudo y dejando absoluta evidencia de que se trataba de un bronceado perfecto. Al contrario del de Doris, que era perfecto pero de tonalidades ligeras, el suyo era profundo, muy oscuro, un tanto a lo George Hamilton, en "Amor a la primera mordida", y el de ella a lo de Bo Derek en "10", que fueron los que pusieron el bronceado de moda. Un quehacer mediterráneo que empezó en la Riviera Francesa con el signo de putería sofisticada a lo Coco Chanel, para acabar en las fleteras habaneras del Caribe, que tenían un bronceado al natural mucho más auténtico.

–Gracias, Bob–, dijo ella, equivocándose.

–Yo creía que yo era Bruno–, dijo Bruno (¿?), y agregó con doble intención: –Debe ser que nos parecemos mucho y no sabes diferenciar una cosa de la otra.

La intención era obvia. Estaba completamente desnudo, pero Doris no podía decir que lo reconociera, salvo por el hecho fundamental de que Bob nunca se bañaba desnudo en la piscina y siempre se había negado a aquellos baños de sol que no recomendaban los dermatólogos... Así que, debía ser Bruno, bronceado por todos lados... Por lo demás... Doris recordó la piel de Bob, que jamás se bronceaba y que se ponía rojo como un tomate, parcialmente, porque nunca se expuso a los rayos de sol en un desnudo total. Blanco como la leche, tal parece que tuviera el concepto tradicional del alabastro, clásico, como si estuviera cubierto de una capa de cal, plomo, arsénico y plata que era puro Renacimiento.

Por oposición, aquel cuerpo tan lampiño no podía ser otro que el de Bob, por muy bronceado que estuviera, y eso fue lo que la llevó a decir aquel "gracias, Bob", que no tenía sentido (la fuerza de la costumbre) porque él no era más que cenizas, cuya constancia la dejaba aquella urna ahora vacía, prueba fehaciente de que Bob (¿?) no estaba allí. Así que, sencillamente, estaba equivocada.

Cerró los ojos. Estaba decidida a no seguir elucubrando. Desde la muerte de Bob (¿?) todo se había vuelto signos de interrogación, preguntas que carecían de respuestas, y la sombra de una duda se había acrecentado tras la llegada de Bruno, aumentando a medida que intimaban, gracias a remotos parecidos envueltos en contradicciones que surgían día a día, con aquel resquemor de que Bob estuviera allí, en un ménage à trois que la confundía y la excitaba al mismo tiempo. Pero ahora, tras aquella "retrospectiva necesaria" y con las cenizas esparcidas al viento, quizás pudiera descansar de una vez por todas, como Kathleen Turner en "Fuego en el cuerpo" ("Cuerpos calientes", "Candela pura", "Con fuego en el culo"), que había sido un éxito de taquilla, tomándose un mojito hawaiano en una silla de extensión con un gigoló a su servicio... Bruno... ¿Bruno? Pudo verse con los ojos cerrados: la cuchilla de la navaja se deslizaba suavemente rasurando aquella barba que la desvelaba, soñando al Bob que quedaba al desnudo...

Sintió unas gotas de crema bronceadora que le recorrían los senos, deslizándose sinuosas, y después una mano que esparcía aquel aceite balsámico sobre la piel, acariciándola lentamente. Bruno (¿?) se había acostado a su lado sobre la otra toalla y la cubría de aquella miel protectora hecha con extractos de caña de azúcar y carica papaya que la perfumaban e invitaban a saborearla. Después se le pego a ella, besándola.

—Si no nos ponemos las gafas vamos a acabar ciegos y si no nos cubrimos con varias capas de la crema bronceadora acabaremos achicharrados—, y dejó que le corrieran otras gotas de la crema bronceadora por la *espalda y las nalgas, porque los dos habían llegado al bronceado perfecto por ambos lados. Después agregó...*

—Tengo que decirte algo.

Cada vez que Bob se había bajado con esta oración o alguna parecida, Doris había sentido una especie de escalofrío; pero esta vez, como la decía Bruno (¿?), le causaba gracia. Lo recordaba todo exactamente. Como si nunca lo hubiera soñado.

—Sé lo que me vas a decir.

—¿Cómo puedes saber lo que no te he dicho todavía?

—Es que ya me lo dijiste.

—¿Qué cosa?

—Que Bob era tu hermano.

—Yo no te he dicho eso jamás.

—¿De verás?

—Bueno, a lo mejor te lo dije pero al revés, que no es exactamente lo mismo; que éramos hermanos, y no sólo eso, sino que éramos hermanos monocigóticos–, y pasó a explicárselo: —Los hermanos monocigóticos....

—No, no me lo tienes que explicar, porque ya me lo has explicado— le dijo Doris, sorprendiendo a Bruno (¿?).

—Te lo explicaría... Bob–, le dijo Bruno (¿?)

—Sí eran hermanos idénticos, da lo mismo que lo explicara el uno como el otro... En última instancia: el uno es el otro. Por eso pensé que no tenía que decidir nada, porque lo amaba a ambos.

El "lo" era monocigóticamente intencional.

El razonamiento de Doris lo desconcertaba, como si lo hubiera sabido todo el tiempo. Pero no lo sabía. Era, además, muy conveniente.

—Bueno, si y no. No es lo mismo que te lo explique Bob a que te lo explique Bruno–, le dijo, extendiendo la crema bronceadora por la espalda, de arriba abajo, sua-

vemente pero haciendo una ligera presión, excitándola, excitándose. Parecía un masajista profesional, en más de un sentido.

–No creas que me has engañado del todo. Desde que te vi por primera vez me lo sospechaba... Claro que la barba... Me costó trabajo decidirlo... Hubo momentos en que creí volverme loca, porque me parecía absolutamente disparatado... Una contradicción que no podía explicarme: porque un día eras tú y al siguiente era el otro.

Le costaba seguir, porque se sentía humedecida, como una caricia que estuviera goteando un líquido que se entremezclaba con la crema bronceadora, un fluido que le daba una textura orgánica, diluyéndola entre los muslos, y una mano que se deslizaba en busca de un conejo escondido en su guarida, "un retruécano obsceno y poético a la vez, por su tersura, su suavidad y su espesura" (como decía Cela, aclaremos).

–Hasta que llegué a la conclusión que daba lo mismo, porque si eran monocigóticos, eran los dos al mismo tiempo, como Bob me había dicho.

–¿Qué cosa...?

–Lo que tú sabes. Que tenía un gemelo idéntico y que querías acostarte conmigo, desde aquella exposición en Ithaca, cuando me viste por primera vez.

–Me pareciste más linda que Grace Kelly. Me volví loco por ti, coño–, *le dijo y se le encimó, arrastrándola consigo.* –Cuando te vi por primer vez, sentí ganas de patearte, de arrancarte la piel a dentelladas, comerte. No sé cómo pude contenerme, porque tan pronto te vi quería tirarme encima de ti, entrarte a mordidas, y acabar contigo con el cuerpo que yo tenía.

Lo hacía, efectivamente, y ella trataba de resistir aquella lujuria que se desataba. Se calentaban en un preludio progresivo que iba de la caricia a la violencia. Ella logró separarse un poco, en la medida de lo posible, hasta que logró decir:

—Yo creía que me parecía a Doris Day, que era una muchacha tan comedida, tan decente.

Esto lo frenó y se separó bruscamente, casi sombrío

—Pero tú no eras así. Y Bob lo sabía.

—¿Lo sabía?

—Lo volviste loco. Lo pusiste en un callejón sin salida.

—¿Yo?

—Sí, naturalmente. Lo sabía. ¿O es que tú crees que él no sabía que le pegabas los cuernos con Jack Wayne?

Se cabreaba, se le cortaba la leche, pero la violencia le endurecía la polla, como si se le agradaran los cojones, a punto de dispararlo todo, para acabar con ella de un lechazo envenenado... "No, no, no podía ser Bob..."

—Pero eso vino después, así que no tiene sentido lo que estás diciendo—, dijo ella, tratando de elaborar una cierta lógica.

—Quizás lo anticipara. Una premonición de cojón abierto.

Hubo una larga pausa. Ella no sabía qué decir.

—Sabía que tú no lo querías. Lo que es peor. Que tú no querías acostarte con él.

—No es verdad. Siempre volvía sobre lo mismo: que lo quería más que lo deseaba. Y sin embargo, lo deseaba más que a nadie en el mundo y era él el que ofrecía resistencia. Es cierto que lo engañé después. La ley de la necesidad profesional, porque mi cuerpo era lo único que contaba. Pero Bob era, es, el único hombre que he amado en mi vida. Sólo quería hacerlo feliz, aunque tú no lo creas.

Se le enrollaba, a veces casi sin poder respirar y sin que ella pudiera respirar tampoco. Pero lo agarraba de sorpresa, porque ella... estaba seguro... nunca había amado a su marido.

—Entonces, lo que está pasando en este momento es una farsa.

La volvió hacia sí y le dio un beso en la boca tan profundo como aquel bronceado hawaiano que se le había incrustado en la piel.

—No, no es mentira, pero es también como si lo amara más que nunca, todavía. No sabría como explicártelo. Solo acariciándote. Como si lo reconociera en la piel que te envuelve. No sé si me explico.

Y tomaba la iniciativa, forzándolo a que se dejara hacer mientras ella lo hacía. Puteaba, y no dejaba de producirle una cierta irritación, pero era obvio que él tampoco podía ofrecer resistencia, hasta el punto de tener que alejarla, porque no quería venirse todavía.

—Cuando te conocí...

—Cuando me viste en Ithaca.

—No, no fue allí cuando te vi por primera vez. Te vi desde que nos conocimos.

—Yo no lo recuerdo. ¿Cuándo nos conocimos? Porque Bob ni siquiera te invitó a la boda. Me había dicho que era hijo único y que nadie lo quería. Indefenso... A lo Montgomery Cliff...

—Era su modo de conquistarte.

—Entonces, ¿cuándo me conociste?

—Cuando él te vio por primera vez.

—No entiendo nada.

El se volvió bocarriba, en la constante de las delicias, con una erección que era una fijeza.

—Es que no me conoces lo suficiente.

Tomó la crema bronceadora y se la empezó a pasar sobre el pecho desnudo, intensamente bronceado, pero totalmente lampiño como el de Bob.

—Desde que nos vimos en Ithaca me enamoré de ti hasta que la muerte nos separe. Antes de casarme contigo. No te diste cuenta de cuánto te amaba.

Sonaba romántico.

—Querrás decir antes de casarme con Bob.

Ella se dio una vuelta. El empezó a besarla pegándosele a las espaldas. Cerró los ojos mientras se dejaba llevar por su boca, que la zarandeaba.

—Si somos gemelos idénticos, ¿qué importancia tiene? ¿No es eso lo que más o menos de me has dicho? Una relación ideal, donde el uno y el otro son una misma persona.

—¿Bob?

—¿No es posible que sea Bruno? "Pues si tenemos de joder antojos/ y si de leche se llenan los cojones..."—, y se le llenaban

—Estás jugando conmigo. Bob no haría cosa semejante.

—Este es el juego, ¿no? Los prolegómenos del palo... Un cachorreo necesario, como una prescripción facultativa.

—Basta, Bruno, no sigas...

—Solté la leche por todas partes... Por el piso... Por el cielo raso... Como si estuviera pintando un mural de la leche que cubriera todas las paredes... ¿Entiendes?

—¿Has perdido el juicio?

—Sí, lo perdí contigo.

Y después, encabronado:

—Todo lo que te dijo de mí eran mentiras...

—¿Qué cosas eran mentiras?

—Que él era el bueno y yo era el malo, que él era Dr. Jekyll y yo era Mr. Hyde.

—No seas ridículo.

Le dijo, sin dejar que se separara del todo, manoseándola y siguiendo con el toqueteo, como si estuviera aplicando una técnica experimental de los juegos preliminares que calentaban por un lado y enfriaban por el otro, en el cual una cosa no tenía que ver con la otra, para que durara más: un manual del palo perfecto.

—Desde que nacimos fue así. Bueno, realmente, desde mucho antes, cuando estábamos en el mismo cigoto... Durante nueve meses estuvimos en una batalla campal, que por poco vuelve loca a mamá, con aquellas patadas que nos dábamos en el útero. El quería salir primero que yo, tomarme la delantera, para ser el primogénito y tener los derechos que la ley les da a los primogénitos. Nos empujábamos como locos, hasta que en una de esas el primero que salió fui yo, aunque él no se cansaba de negarlo. Mamá no lo supo, naturalmente, porque no tenía fuerzas para nada. —y mientras hablaba el aliento recorría su cuerpo de un extremo al otro, erizándole la piel, chupándola toda, pero tuvo que hacer una pausa, para darle cierta lógica a lo que estaba diciendo.

—De niños nos llevábamos mal, y estábamos en una constante pelea, nos detestábamos, nos dábamos golpes. Para tranquilizarnos mamá nos llevaba al cine, y empezamos a ver todas las películas habidas y por haber, hasta que un día fuimos a ver "Una vida robada" de Bette Davis, que era una actriz estupenda y ella hacía de Patricia y Kate Bosworth, los dos papeles, porque eran monocigóticas, y cuando una de las dos se muere en un bote cuando hay una tempestad, Kate, que era la *buena, asume el papel de Patricia, que era la mala, que estaba casada con Glenn Ford, que era un gilipollas.*

Contando la película se prolongaba el éxtasis, despistaba al pene y no se le salía la leche. –Porque Patricia se acostaba con cualquiera... y cuando una ocupa el lugar de la otra, ni siquiera se dan cuenta de lo que está pasando –y agregó, cambiando de tono, con cierta violencia, casi como si fuera a cubrir la piel con mordidas, sin llegar a hacerlo: –Sin ni siquiera reconocer el coño de la una y de la otra, porque siendo coños monocigóticos un coño tenía que ser igual al otro. Bueno, Glenn Ford siempre fue un comemierda. En fin, un robo de identidad, y cuando salimos del cine nos dimos cuenta que eso podía pasarnos a nosotros en cualquier momento, que uno podía robarle la identidad al otro y matarlo, ocupar su lugar para hacer lo que le diera la gana... Una cuestión de vida o muerte... –y mientras hablaba el aliento recorría su cuerpo de un extremo al otro, erizándole la piel, chupándola toda, subiendo por la garganta –La pelea fue terrible, y nuestros padres no sabían qué hacer con nosotros... Temiendo que eso pudiera pasar... En fin, que *no nos matamos de milagro, hasta que mamá y papá nos separaron y nos mandaron a colegios diferentes y ellos vinieron para Hawai y tuvo lugar aquel accidente horrible, al borde de un barranco al lado del mar... Que tú conoces, porque ya te lo he contado.*

—Que Bob me había contado—, aclaró Doris

—Que te había contado yo—, le dijo totalmente encabronado.

—¡Déjame!

—No, no te voy a dejar. Quiero que sepas, que después de la muerte de nuestros padres, decidimos separarnos para siempre, hasta el punto de falsificar nuestras inscripciones de nacimiento para que Bob fuera Harrison y Bruno fuera Miller, adoptando una identidad diferente, pensando que esta sería una tregua en aquella lucha sin cuartel que sosteníamos, y que lo mejor era pensar que el otro estaba muerto.

—Pero uno de los dos está muerto, porque por muy monocigóticos que sean, uno de ustedes no está vivo. ¿Es que hemos llegado hasta tal punto que no nos damos cuenta que uno de los dos... está muerto y el otro... está vivo?

Se quedaron como congelados y él hizo una pausa en el toqueteo, como si tuviera algún cargo de conciencia, porque, después de todo, a Doris no le faltaba razón, pero en el caso de los monocigóticos, un monocigótico no muere del todo hasta que el otro estira la pata, porque los genes son los mismos, y se reparten a partes iguales. Por un momento se quedó un poco pasmado e interrumpió el toqueteo, aunque no del todo, sin dejar que la manito boba, y la lengua se embobaran demasiado y cayeran en una parálisis total, siempre peligrosa, siguiendo en aquel preludio progresivo, porque después *de todo era mejor así, un altibajo moderado, para ganar fuerzas en aquel cachorreo sin llegar a un coito desenchufado y tuviera que meterle mano a la viagra.*

—De todos modos, nos queríamos tanto, a la manera monocigótica, claro, que tuvimos que vernos nuevamente. Las intenciones eran buenas, pero los resultados fueron desastrosos. Desde que nos vimos en Ithaca, —y él dejaba la puerta abierta para que no se supiera exactamente, acentuando la ambigüedad —la suerte estaba echada. Para bien de los dos: uno tenía que acabar con el otro. Por eso no me invitó a la boda. Porque temía, efectivamente, que te fueras a acostar conmigo. Era inevitable. Por un tiempo resistí, no lo quería ver, porque sabía que si nos veíamos iba a ser un dolor de cabeza, que nos empezaríamos a mentir. De una forma o de la otra, no quedaba más remedio que nos engañáramos mutuamente. Hasta que un día me entró tal nostalgia de verlo que no pude más, hasta tal punto que él la sentía, presintiendo que llegaría de un momento al otro, porque después de todo éramos hermanos monocigóticos y no íbamos a poder descansar hasta que uno de los dos desapareciera de este mundo, y finalmente logré localizarlo. El me esperaba, sin saber exactamente cuando. Fue muy amable, haciéndose el bueno, como era su costumbre... Ya conoces como era: incapaz de matar una mosca, pero sí a un hermano monocigótico. Se quejaba de su suerte, de que su obra no era reconocida como debía, de que necesitaba un crítico que se ocupara de él y la pusiera en su lugar, porque estaba seguro que él era una revolución dentro de la plástica norteamericana, y no sé cuántas cosas más... Y me lo explicaba... Horas y horas hablándome de lo mismo, de un bar a otro, emborrachándonos... Y que yo, tal vez... Como me había dado ahora por la histo-

ria del arte y estaba haciendo un doctorado... Que quizás yo... Pudiera hacerlo famoso... Bueno, era un descarado, y perdona que te lo diga, porque quieras o no fue tu marido... –decía, todo este tiempo en joda progresiva.

"Es posible que esté mintiendo, inventándolo todo... Porque Bob me lo había dicho... Como si anticipara lo que estaba pasando..."

–Un redomado hipócrita, pensé, y sin embargo, no pude resistirlo, porque me parecía convincente, que sí, que era finalmente el hermano que creía perdido, uña y carne, el Caín desterrado del Paraíso, y yo Abel, el bueno, aunque él muy cabrón no me viera así, y que nos "complementábamos" el uno al otro, porque el uno pintaba y el otro era crítico de arte, tomando cursos de artes plásticas para volverse, algún día, curador de un museo, donde entonces podría exhibir los cuadros del otro, hacerlo famoso... ponerlo en el lugar que merecía... Y en eso tenía razón, porque después de todo yo también lo había pensado... planeado... desde hacía mucho tiempo.

Hizo una pausa para tomar aliento. Entonces ella se dio cuenta de lo que estaba pasando, de lo que sentía por todas las partes de su cuerpo: en una cama con los dos, Bruno y Bob, cogiéndola por todas partes: un sueño de "complementarios" dentro del cual se desleía, entregándose por igual. Mitad y mitad haciendo el todo.

–Entonces nos pusimos de acuerdo, en el bar, en el tren, y creo que medio borrachos, o seguro que totalmente borrachos, y yo le dije lo que pensaba, de ti, precisamente, que estabas buenísima, que lo que yo quería era acostarme contigo, comerte de arriba abajo –repetía mientras la acariciaba de nuevo y se la comía, saboreando aquella crema bronceadora que era deliciosa y resbaladiza, con un sabor exquisito a papaya en almíbar, empalagosa, que abría el apetito del pene, pasándole la lengua por aquí y por allá. —En eso estábamos de acuerdo, porque nos "complementábamos" Me dijo ("¿le dije?") que le había sido muy difícil llegar a donde había llegado, y que para pagar su carrera había tenido que "hacer de todo", inclusive salir en pelotas en un club donde venían las mujeres y los maricones buscando machos... y que ser gigoló era lo que siempre había querido...

—¿Bob?–, preguntó Janet, porque Bruno (¿?) sin darse cuenta, suponía ella, había cambiado de una persona gramatical a la otra.

—No, no, Bruno.

—Te has vuelto loco.

—Acabó proponiéndome un intercambia: él me daba los cuadros y tú me daba las tetas y la papaya— "¡coño, qué chusmería!".

Y se reía, como si no tuviera escrúpulos por nadie ni por nada. Sin conciencia moral de ningún tipo y como si no le importara que su hermano estuviera muerto e incinerado. Tenía que ser Bruno.

—En todo caso, después empezamos a insultarnos, a decirnos malas palabras... dispuestos a irnos a las manos y la gente nos miraba..., hasta que nos fuimos al último coche y nos entramos a golpes, en la plataforma, que yo creía que nos íbamos a matar, e hicimos un pacto siniestro, porque la borrachera era del carajo, con aquella idea de que uno de los dos podía hacer famoso al otro... Como pasó con Fausto con aquello de la fuente de la eterna juventud... Ser jovencito siempre... Pero él lo que quería era ser famoso, la inmortalidad, que todo el mundo lo aplaudiera, lo reconociera... —intensificó la carga, enrollándosela, fajándole con mayor intensidad, porque aquella conversación lo calentaba— y que entonces sus *cuadros se venderían al por mayor, y que lo único que yo quería era metértela y era un jodido barrenillo, acostarme contigo, a cambio de hacerlo famoso... un "happy ending", decíamos, como en las películas de Hollywood, y nos abrazamos, porque, después de todo, no le hacíamos daño a nadie, ni siquiera a ti, pues sería un* ménage à trois *delicioso, que nos uniría, contigo en el medio, que podrías disfrutar del bueno y del malo... ¡al mismo tiempo! ¡Imagínate!*

–¡Eso no es cierto! ¡Estás mintiendo! ¡Estás diciendo eso para calentarme! ¡Para que me deje llevar por ti! ¡Para que lo rechace y te abra el coño! ¡Te odio! ¡Te detesto! —le gritó violenta, tratando de separarse, pero él no la dejaba, como si se hubiera calentando demasiado.
– ¡Tienes que ser Bruno! ¡Ya Bob me lo había advertido! ¡Bob sería incapaz de expresarse de una forma tan grosera!

–¡Pero por favor, Doris, mi amor, no lo tomes de ese modo! No, no, no es eso. Los dos estábamos borrachos. No sabíamos lo que decíamos. Ni él ni yo. Ni el bueno ni el malo. Los dos queríamos gozarte y hacerte feliz. Vender cuadros, de paso, para celebrarlo y darnos a la buena vida. ¿Qué más podrías pedir?

–¡Cabrón! ¡Degenerado!—y lo golpeaba, pero mientras más lo hacía más él se ponía en celo. –¡Me estaban negociando, me estaban negociando!

–Era el Pacto del Diablo, porque estábamos locos por el coño que tenías. Eras tú la que nos perdías y nos metías en aquel laberinto, olfateándote, pensando en la trampa. Además, como le pegabas los tarros con Jack Wayne, que se hacía el macho de la película, me necesitaba a mí para ganarle la partida, porque él solo no era suficiente. Queríamos lamerte como si fuéramos perros–, dijo y la apretaba contra él, muy intensamente, los cuerpos resbalando uno contra el otro, en un desliz de la crema bronceadora, que los enardecía a pesar de la contradicción de las palabras. –Había una cosa en común, algo que nos unía y nos separaba, que él sabía que era un reto, un duelo a muerte, una batalla de las espadas que tenía un punto en común, que eras tú, tu cuerpo, tus tetas, tu culo, tu papaya...–le dijo, casi a punto de llegar al objetivo, pero ella forcejeaba, ofrecía resistencia.

–Pero, ¿quién lo dijo primero? ¿Quién hizo la propuesta?

Se separó un poquito para no venirse antes de tiempo.

–Los dos, quizás, al mismo tiempo. A veces los hermanos gemelos, y en particular los idénticos, empiezan una oración y el otro la termina.

La había manoseado por todos partes y le había pasado la lengua por todos lados, y no había zona erógena a la que no le hubiera metido mano. La leche le iba a salir a borbotones y ella estaba al vórtice del orgasmo, aunque lo que estaba contando no había llegado a su clímax y el final estaba por eyacularse. Aminoró el ritmo, porque no había llegado al final de la película, y le parecía imprescindible que una cosa se coordinara perfectamente con la otra, porque sólo así se llegaría al bronceado perfecto. Se abrazaron y se quedaron inmóviles, como quien baja la temperatura de la candela, porque al menor movimiento todo habría terminado y aquella pausa era el secreto del éxtasis. Tampoco era cosa de que aquella delicia gastronómica acabara achicharrándose.

—*En todo caso, nos separamos, dejamos de vernos, como si la escena de "El pacto siniestro" en "Extraños en un tren" nunca hubiera tenido lugar. Después, cuando nos volvimos a ver en Houston, ya Bette Davis había hecho "El zumbido de la muerte", que yo mismo se la recomendé, que no dejara de verla, aunque nunca segundas partes fueron buenas y no era un clásico como "Una vida robada", pero estaba bastante bien. Claro que eran dos hermanas monocigóticas algo arrugadas, verdaderamente (porque esto de las hermanas era una especialidad de Bette Davis), en parte como nosotros porque ya no éramos unos niños. En esta película, y te la voy a contar porque creo que no la has visto y no es muy conocida, Margaret Da Lorca, que era una puta mala pero que estaba podrida en dinero, va a ver a la buena, Phillis Kate, que se estaba comiendo un cable, y la buena le pega un tiro a la mala y ocupa su lugar. Bueno, que sin quererlo se jodió, porque tuvo que cargar con los crímenes de la verdaderamente mala y con todos los queridos que tenía, sin que ellos ni Karl Marden, que siempre hizo de comemierda, se dieran cuenta. Entonces, ¿no era posible hacer lo mismo?*

Y se quedó pensativo por un instante, tomando fuerzas para despachar el final.

—Para esa fecha Bob tenía sus dudas, y daba marcha atrás, sin querer cumplir aquel pacto fatal de "Extraños en un tren", pero en realidad era demasiado tarde y ya Bruno tenía su doctorado y algo tenía que hacer con él. No hacíamos más que pensar en el peligro, en el riesgo que estábamos tomando, que al menor descuido uno de nosotros hacía como Bette Davis y le pegaba un tiro al otro, y nos volvimos más monocigóticos que nunca, pero nos pusimos la careta. La tensión era insostenible. Por eso, cuando nos separamos nos dimos un fuerte abrazo, llorando casi, prometiendo volvernos a ver (o no volvernos a ver, que era mejor todavía), olvidarnos de todas aquellas ideas descabelladas que se nos habían ocurrido, los dos haciendo el papel de bueno aunque uno de los dos era el malo, ¿pero cual de los dos? Bueno, esto es una crisis frecuentísima entre los monocigóticos, que se confunden, sin saber quién es quién, pero básicamente pensando que como uno es el bueno, está arriesgando la tira del pellejo y que por consiguiente, por muy bueno que uno sea, no queda más remedio que matar al otro. Lo cierto es que Bruno decidió seguir con el proyecto, y fue entonces cuando solicitó la posición para la plaza de curador en el museo de arte, aquí en Honolulu. Se puso en contacto con Bob, pidiéndole una carta de recomendación y explicándole lo estupendo que sería volverse a reunir en Hawai, y que más allá de lo que habían estipulado en el pacto, estaba dispuesto a hacer por él lo que le había prometido, sin pedir recompensa de ninguna clase: es decir, el culo de Doris. Quiero decir, el tuyo...

Y se lo tocó, entrándole a besos y mordidas.

—No, no—, dijo ella, tratando de separarlo y muy interesada en la película que estaban viviendo. —Sigue, sigue...

Y él seguía, mal interpretándola.

—El cuento, quiero decir. ¡Termina!

—Bueno... Bueno... Entonces Bob le dijo que no, que de ninguna manera, que Ohahu era una isla muy pequeña para que pudieran convivir en ella dos hermanos monocigóticos en celo por la misma mujer. Eso enfureció a Bruno, diciéndole a Bob que no era nadie para oponerse a que él viniera a Hawai, y que eso lo decía porque no tenía cojones para evitar que su mujer templara con su hermano. Esto naturalmente lo encolerizó, a la manera de Bob, que parecía que no mataba una mosca, pero que en el fondo era el malo. Sin embargo, viendo que Bruno iba a venir para Hawai de todos modos, se puso a cavilar, sin encontrar otra opción, y decidió decirle que sí, que como no, que encantado, que había tenido un minuto de flaqueza y que lo perdonara. Fue entonces que escribió la carta de recomendación, que fue lo peor que pudo hacer, poniendo por lo alto su talento, su obra crítica, su personalidad y un montón de mierda, que todos se creyeron, y fue su recomendación la que tuvo más fuerza y determinó que le dieran la plaza. Pero todo lo tenía calculado. Es por eso que cuando vio la pistola de Janet en la consola que tenía en la playa, se la metió en el bolsillo por si tenía necesidad de defenderse contra alguna componenda de Bruno, porque en realidad no pensaba pegarle un tiro. A menos que fuera en defensa propia, claro. Bruno, por su parte, no hacía otra cosa que pensar en Bette Davis en "El zumbido de la muerte", que era una película clave, aunque en realidad "Extraños en el tren" era la que lo inspiraba, porque a él le encantaba Robert

Walker, que hacía el papel de Bruno, y detestaba a Farley Granger, que hacía el papel de Guy Haines. Fue una suerte loca que el pobre chino Chan estuviera tan despistado, porque no resistía esta película, que nunca acabó de ver porque, como era un homofóbico de marca mayor, decía que aquellos dos tipos eran un par de maricones. Esta falla trágica de Chan fue su talón de Aquiles, por lo cual había borrado el nombre de Bruno Anthony de sus archivos de criminales en serie. ¡Menos mal! A Bette Davis le tenía tirria, porque no era rubia y ciertamente era un poco pesada, y a pesar de lo mucho que le gustaba el cine negro, debió perderse "El zumbido de la muerte", lo cual, te advierto, me salvó la vida.

Aquello era "Ascensor para el cadalso". Estaban templando ya con una técnica refinadísima, diríase que exquisita, porque se calentaban con el aliento, sin siquiera pasarse la lengua, y hasta con los títulos de las películas. ¡Lo nunca visto! ¡Una fantasía erótica fuera de serie! Estaban tan calientes que no podían dar un paso en falso, ni nombrar una película más, ya que los movimientos tenían que acoplarse con una precisión exacta, acondicionada con aquel disparo que se sentía venir de un momento a otro, que era un verdadero **thriller**, *y que ambos, casi sin respirar, ajustaban, mientras ella, dejando pendiente el movimiento final de la sinfonía, abría las piernas y se movía como si hubiera perdido el juicio. Era un ascenso musical que contenía la nota, un sonido que entraba lentamente, suavemente, como el jugo de aquella crema bronceadora que los deslizaba. La sílaba om, como afirman los críticos.*

—Bueno, bueno, que ahora termino—, dijo casi a punto de apretar al gatillo... —-Tanto Bruno (el malo) como Bob (el bueno) estaban seguros de que uno de los dos

estaba de más en este mundo, aunque cuando Bruno llegó a Hawai con el propósito de matar a Bob, la única pistola que tenía era la que llevaba entre las piernas. Lo llamó y quedaron en verse: que viniera a su casa y entrara por la puerta trasera, la que daba al estudio. Recelaba naturalmente de Bruno, que siempre se acostaba con las mujeres que a él le gustaban. No le cabía la menor duda que lo haría con Doris. Bruno era un descarado y un vividor muy seguro de sí mismo, lo tenía todo calculado: ocupar el lugar de Bob (que era un comemierda según él), metérsela a Doris, preparar aquella "retrospectiva necesaria" y ponerse a vender cuadros como pan caliente. Pero no había calculado que aquel comemierda tenía una pistola en la gaveta. Al llegar al estudio, en un momento de la discusión, cuando Bruno empezó a calentarse hablándole de la papaya de Doris, de lo mucho que quería acostarse con su mujer, pero preferiblemente de que ella lo montara, porque aquella era su posición favorita, preguntándole que cual era la de ella, para darle por la vena del gusto, aquella con la que más gozaba, llevarla de una posición a la otra sin sacar el pene del coño, etcétera, etcétera, etcétera, Bob, como es natural, por muy bueno, por muy cabrón que pudiera ser, se encabronó de tal forma que se fueron a las manos. Bob se dio cuenta que a mano limpia tenía todas las de perder porque, aunque fueran monocigóticos, Bruno era más fuerte que Bob, y a Bob no le quedó más remedio que buscar la pistola y pegarle un tiro —que fue en el preciso momento en que se besaron y le salió el chorro de leche, que Doris sintió como un disparo del diablo que hacía de las suyas, sincronizado con el éxtasis de la película "El beso de la muerte".

Después, se dejaron caer sobre las toallas, como si estuvieran muertos: que era el secreto del orgasmo.

−Yo soy Bob−, le dijo Bob. −Y es por eso que yo sabía desde el principio que tú sabías donde estaba el Diario, que lo habías hecho desaparecer para que no dejar rastro de mí y quedarte con Bruno...

−Eso no es cierto, porque después de todo, me acabo de acostar contigo.

−Porque te creías que era Bruno.

−Pero no eres Bruno.

− Nadie conoce a nadie.

−El uno o el otro.

−Las cosas no son como parecen. No fue fácil ocupar *mi* lugar. Por lo de la barba. Por lo mucho que nos parecíamos. Primero se me ocurrió una barba postiza, pero la mía me fue creciendo con bastante rapidez. Decidí ocultarme por un tiempo, mientras me crecía, pero acabé pensando que no era tan necesario. Cuando una persona se muere, los demás empiezan a olvidarla desde que la dejan en el cementerio, y mucho más si son incinerados. La gente olvida a los muertos, más rápido de lo que parece, y al poco tiempo las caras se vuelven borrosas en una especie de impresionismo negro. Y además, empecé a teñírmela, de la forma más efectiva posible, oscureciéndola un poco. Y el bigote. En fin: me las arreglé para que casi no se me viera la cara, aunque me costó bastante trabajo.

−¿Y el bronceado? Porque cuando tomaba el sol, Bob se ponía rojo como un tomate.

−Sí, eso era un problema serio, pero la técnica y la química están muy adelantadas... Así que lo descarté y acabé en un salón de bronceado... No es, precisamente, un bronceado hawaiano. El sol jode mucho, y si seguimos aquí vamos a empezar a arder de un momento a otro.

"Así y todo, no lo podía creer".

—Aféitame–, le dijo Bob.

—¿Cómo?

—Para que sepas de una vez por todas con quién estás acostándote.

No tuvo que insistir.

—Y si te parece bien, decapítame, como hizo Judith con la cabeza de Holofernes. Me lo tendría bien merecido.

Tomó la navaja y toda la utilería que Bruno había traído al final de la película, y a horcajadas, como una jinetera, se puso sobre Bob navaja en mano, dispuesta a rasurarlo, mientras Bob hacia uso de la navaja que siempre llevaba consigo, para asegurarse de que no se la cortaba, porque allí estaba segura. Se quitó las gafas y dejó ver los inconfundibles ojos azules de Bob, que resplandecían más que nunca al contrastar con su intenso bronceado. Con la brocha, cubrió la barba de espuma y abrió la navaja. Bien podía cortarle la yugular y quedarse con todo, como Kathleen Turner al final de la película, pero de hacerlo se hubiera quedado sin la navaja de Bob y sin la navaja de Bruno. No, no le cabía la menor duda, todo había sido una trampa en que Bob había ocupado el lugar de Bob, haciéndose pasar por Bruno. Un final feliz hasta con su moraleja matrimonial porque... porque aquel amor era un pacto con todas las de la ley: "hasta que la muerte nos separe". Poco a poco fue surgiendo aquel rostro lampiño de Bob, inocente, incapaz de hacerle daño a nadie, que era el bueno; aquel rostro cándido del único hombre que había amado en su vida y que sólo había querido hacer feliz, mientras se movía al ritmo de *la navaja de Bruno, que era el malo. Aquello sí era un bronceado perfecto.*

ÍNDICE

CAPÍTULO I
CASI PERFECTO 7
la hora cero

UNA PESADILLA RECURRENTE 35

CAPÍTULO II
AUTORRETRATO 41
cinco años antes

MONOCIGÓTICOS 81

CAPÍTULO III
LA LLAMADA FATAL 95
Seis años después, un minuto más tarde

CAPÍTULO IV
UN ANÁLISIS DE SANGRE 105
Inmediatamente después de seis minutos más tarde

CAPÍTULO V
EL NOTICIERO DE ÚLTIMA HORA 131
Al mismo tiempo

CAPÍTULO VI
LA SOMBRA DE UNA DUDA 145
Después de las últimas noticias

CAPITULO VII
EL VELO PINTADO 167
Un mes después

CAPITULO VIII
DESCONOCIDOS A LA MEDIANOCHE **181**
Una recepción a las cinco de la tarde

CAPÍTULO IX
TRES PÁJAROS DE UN TIRO **209**
Casi al mismo tiempo

CAPITULO X
LA BURLA DEL DIABLO **229**
A renglón seguido

CAPITULO XI
HEDDA GABLER **249**
Pasado un instante

CAPÍTULO XII
NADIE CONOCE A NADIE **273**
Al día siguiente de una recepción
a las cinco de la tarde

CAPITULO XIII
UNA RETROSPECTIVA NECESARIA **297**

CAPITULO XIV
EL QUE LA HACE LA PAGA **321**
Muchos años después

UN PACTO SINIESTRO ***357***

ÍNDICE FÍLMICO

CAPÍTULO I   *From Here to Eternity* (1953)
Director: Fred Zinnemann
Debora Kerr y Burt Lancaster

UNA PESADILLA RECURRENTE
Suspicion (1941)
Director: Alfred Hitchcock
Joan Fontaine y Cary Grant

CAPÍTULO II   *Portrait of Jennie* (1948)
Director William Dieterle
Jennifer Jones y Joseph Cotton

MONOCIGÓTICOS
Dr. Jekyll and Mr. Hyde (1941)
Director: Victor Fleming
Spencer Tracy

CAPÍTULO III   *The Postman Always Rings Twice* (1946)
Director: Ted Garnet
Lana Turner

CAPÍTULO IV   *Anathomy of a Murder.* (1959)
Director: Otto Preminger
Afiche

CAPÍTULO V   *Double Indemnity* (1944)
Director: Billy Wilder
Barbara Stanwick y Fred MacMurrray

CAPÍTULO VI   *Ascensor para el cadalso* (1958)
   Director: Luis Mallé
   Afiche. Jean Moreau

CAPÍTULO VII   *Citizen Kane* (1941)
   Director: Orson Welles
   Orson Welles y Ruth Warrik

CAPÍTULO VIII   *The Woman in the Window* (1944)
   Director: Fritz Lang
   Joan Bennett, retrato

CAPÍTULO IX   *The Misfits* (1961)
   Director: John Huston
   Marilyn Moroe

CAPITULO X   *Beat The Devil* (1953)
   Director: John Huston
   Robert Morley y Peter Lorre

CAPITULO XI   *The Velvet Touch* (1948)
   Director: Jack Gage
   Rosalind Russell

CAPÍTULO XII   *Dr. Jekyll and Mr. Hyde* (1941)
   Director: Victor Fleming
   Spencer Tracy, Ingrid Bergman
   y Lana Turner

CAPÍTULO XIII   *Psycho* (1960)
   Director: Alfred Hitchcock

CAPÍTULO XIV *Charlie Chan in Honolulu* (1938)
Director: H. Bruce Humberstone
Afiche. Sidney Toler

UN PACTO SINIESTRO
Strangers on a Train (1951)
Director: Alfred Hitchcock
Robert Walker y Farley Granger

A Stolen Life (1946).
Director: Curtis Bernhardt
Dead Ringer (1964)
Director: Paul Henreid
Bette Davis con Bette Davis

Made in the USA
Charleston, SC
21 October 2016